Wicked and the Wallflower

by Sarah MacLean

悪魔は壁の花に恋をする

サラ・マクリーン
岸川由美[訳]

ライムブックス

Published by arrangement with Avon,
an imprint of Harper Collins Publishers,
through Japan UNI Agency, Inc., Tokyo

悪魔は壁の花に恋をする

主要登場人物

フェリシティ・フェアクロス……………侯爵の娘
デヴィル（デヴォン［デヴ］・クルム）………密輸業者。ベアナックル・バスターズ。先代マーウィック公爵の非嫡出子
ビースト（ウィット）………………デヴィルの母親違いのきょうだい。ベアナックル・バスターズ
ユアン（ロバート・マシュー・キャリック）…デヴィルの母親違いのきょうだい。マーウィック公爵
ダリア（グレース・コンドリー）…………デヴィルのきょうだい同然の女性。マーウィック公爵夫人の娘
バンブル侯爵……………………フェリシティの父
キャサリン………………………フェリシティの母。バンブル侯爵夫人
アーサー…………………………フェリシティの双子の兄。グラウト伯爵
プルーデンス（プルー）……………アーサーの妻
ナターシャ・コークウッド……………フェリシティの昔の友人
ヘイヴン公爵……………………フェリシティの昔の結婚相手候補
ジョン……………………………デヴィルの部下。倉庫の警備
ニク（アニカ）……………………デヴィルの部下。倉庫の監督

プロローグ

過去

当人たちがそう知るはるか前から、その三人は運命ですら切り離せない強固にしてしなやかな絆《きずな》によって結ばれていた。

三人の男きょうだいは同日、同時刻に異なる腹から産み落とされた。高級娼婦《しょうふ》。お針子。兵士の夫に先立たれた寡婦。同日、同時刻に生まれた、同じ父を持つきょうだい。

父である公爵の傲慢さと残虐さは運命によって躊躇《ちゅうちょ》なく罰せられ、金でも権力でも手に入れることのできない唯一の彼の望み、跡継ぎを奪い去った。

これぞ予言者が警告した三月の凶事（ルータスによるカエサルへの裏切りの意味）、裏切りと復讐《ふくしゅう》、運命の転換、不可侵の摂理の約束。だがこの公爵、この種馬――決してそれ以上ではなく、父親とはほど遠い男――にとっては、六月がその身の破滅となった。

なぜなら同日、同時刻に、四番目の子どもが、四番目の腹から、公爵夫人の腹から産み落とされたのだ。そして公爵が立ち会ったのはこの四番目の出産であり、嫡出子の誕生と世間の誰もが思っていた。公爵家の名も、財産も、未来も受け継ぐ跡継ぎが、自分の種ではないことを公爵はわかっていたが。それでもいかなるめぐり合わせか、この出産が彼の唯一の希望だった。

しかし、生まれてきたのは女児だった。

そしてその最初の呼吸で、彼女は全員から未来を盗み取った。生まれながらにして大人の女と変わらぬ力強さをもって。だが、彼女の話を物語るのはまた別のとき。

この物語は少年たちとともに始まる。

1

現在
一八三七年五月

悪魔は楡《にれ》の古木の陰に隠れ、マーウィック・ハウスの外から母親違いのきょうだいを監視した。

揺らめく蠟燭《ろうそく》の明かりと擦りガラスが、舞踏室で楽しんでいる貴族と裕福な紳士階級どもの姿をゆがめて見分けのつかない動く塊へと変え、ぬるぬると濁って悪臭を放つテムズ川の潮の満ち引きを連想させる。

正装の男たちは黒い影、シルクやサテンをまとった女たちはきらきらした光となっている。そんなふうにもはや個人を識別できない人ごみというかたまりと化した人々が、舞踏室のよどんだ空気の中で首を伸ばしたり、扇の風で噂話《うわさばなし》や憶測を飛ばしたりしているせいで、そこを通り抜けることもままならなかった。

そしてその中央にいるのが、連中がなんとか会おうとしている男、世捨て人のマーウィック公爵だ。ぴかぴかの新品の公爵。その父の死後より爵位を所持しているにもかかわらず。彼らの父の死後より。

いや、父ではない。種馬だ。

そしてこの若くハンサムな新公爵は放蕩《ほうとう》息子のごとくロンドンへ舞い戻ってきた。まわりより頭ひとつ背が高く、金髪、無表情、代々マーウィック公爵家の誇りである琥珀色《こはくいろ》の瞳の持ち主。健康で未婚、貴族社会が彼に求めるものはすべてそろっていた。

しかしてその正体は、貴族社会が信じているようなものではない。

舞踏会場でせわしなく交わされる愚かなささやきが、デヴィルには想像できた。

〝あんな立派な男性がどうして世捨て人を演じていたのかしらね？〟

〝そんなことはどうでもいいでしょう？　なにせ彼は公爵よ〟

〝噂は本当だと思うかい？〟

〝そんなのはどうだっていいさ。なにせ彼は公爵だ〟

〝なぜこれまで一度も街へいらっしゃらなかったのかしら？〟

〝そんなことどうだっていいわ。なにせ彼は公爵だもの〟

〝噂どおり、頭がどうかしている男だったらどうするんだね？〟

〝そんなのはどうでもいいですよ。なにせ彼は公爵ですからね〟

〝跡継ぎをもうけるために結婚市場へ出てきたという話よ〟


デヴィルを闇から招喚したのはこの最後の噂だった。

二〇年前、彼らが苦難を分かちあう三人の男きょうだいだったとき、ひとつの約束が交わされた。あれから多くのことがあったものの、決して変わらないことがひとつある。それが〝誰もデヴィルとの約束を破ってはならない〟だ。

破れば罰を受けるのは免れられない。

だから、デヴィルは辛抱強く待っていた。歴代のマーウィック公爵がロンドンでの住まいとしたこの屋敷で庭園に潜み、約束を交わした三番目の人物が到着するのを。デヴィルとウイット——ロンドンの裏社会では素手のろくでなし《ベアナックル・バスターズ》どもで通っているきょうだい——が最後に公爵の顔を見てからおよそ二〇年の歳月が流れていた。真夜中に公爵の屋敷から逃げだし、秘密と罪を置き去りにして、別の種類の秘密と罪で自分たちの王国を築きはじめてからおよそ二〇年。

　ところが二週間前、ロンドン中の名家、最も高貴な名を持つ家々に招待状が舞いこんだ。そしてその頃、当のマーウィック・ハウスには、はたきにワックス、アイロンに物干しロープで完全武装した使用人たちが到着したばかりだった。蠟燭に布、ジャガイモにポートワインなどの木箱が運びこまれたのはつい一週間前で、巨大な舞踏室へ搬入された六脚もの長椅子にはいま、ロンドンで最も魅力的なレディたちがドレスの裾を広げて座っている。

三日前には、バスターズが本拠地とするコヴェント・ガーデンに『ニュース・オブ・ロンドン』が配達され、その第四面の見出しではにじんだインクが告げていた。〝謎多きマーウィックが結婚へ？〟

デヴィルはその新聞を慎重に折りたたみ、ウィットの執務机に置いて帰った。翌朝仕事場へ戻ると、記事にはナイフが突きたてられていた。

つまりはそれで決定だ。

彼らのきょうだい、公爵は舞い戻ってきた。やんごとなき人々のためにつくられ、貧民があふれるこの場所に、その爵位を手に入れた瞬間に継承した土地に、デヴィルたちがわがものとした街に、前触れもなしに現れたのだ。そうすることにより、自身の強欲さをあらわにした。

しかしここでは、この土地では、強欲は容赦されない。

だからデヴィルは待ち構え、監視していた。

しばらくすると空気が揺らぎ、ウィットが背後に現れた。物音ひとつたてないが、その気配は軍人のごとく殺気に満ちている。それは妥当と言えた。これは戦いにほかならないのだから。

「いいところに来たな」デヴィルは静かに告げた。

うなり声が返ってきた。

「公爵は花嫁を求めてるのか？」

闇の中で頭がこくりとさがる。

「それに跡継ぎも？」

静寂。質問を無視したわけではなく、怒っているのだ。

デヴィルは母親違いのきょうだいが屋内で人混みの中を進み、舞踏室の奥へ、暗い廊下が屋敷の深部へと延びるほうへ向かうのを見つめた。今度はデヴィルがうなずく番だった。

「始まる前に終わらせるぞ」黒檀《こくたん》のステッキをつかむ。持ち手の銀のライオンは使いこまれ、たてがみが手のひらにぴったりおさまる。「おれたちのあとを追えないよう徹底的につぶす」

ウィットがうなずいたものの、互いに頭の中にあることは口にしなかった。ロンドンがマーウィック公爵ことロバートと呼ぶ男、かつてふたりがユアンとして知っていた少年は、貴族どころか獣であり、ふたりを打ち負かしかけた唯一の男であることは。だがそれはデヴィルとウィットがベアナックル・バスターズに、コヴェント・ガーデンの王になる前の話、正確に武器を繰りだし、脅威に対抗することを学ぶ前の話だ。

今夜ふたりはロンドンが自分たちの縄張りであることを示して、マーウィック公爵を田舎へ送り返す。屋敷の中へ入って行動に移す、それだけの話だ。はるか昔に交わした約束を彼に思いださせるのだ。

マーウィック公爵が跡継ぎをもうけることはないと。

「よい狩りを」ウィットの言葉は低いうなり声のように響いた。その声は滅多《めった》にしゃべらないせいでかすれている。

「よい狩りを」デヴィルは応じ、ふたりは長いバルコニーの物陰へ音もたてずに移動した。目撃されるのを避けるにはすばやく行動しなければならないのは百も承知だ。

デヴィルは流れるような身のこなしでバルコニーをのぼって手すりを飛び越え、その先の暗がりにそっと着地した。ウィットも続く。ふたりは温室の扉へと向かった。客が入れないよう鍵がかかっているのはわかっており、彼らにとっては屋内への完璧な侵入口になる。ふたりは正装していた。まずは客たちに紛れ、公爵を見つけたら一撃を加えてやる。

ベアナックル・バスターズから罰を受ける貴族はマーウィックが最初でも最後でもないだろうが、デヴィルとウィットがここまで罰をくだしてやりたいと思った相手はこれまでいなかった。

デヴィルの手が触れるや、扉の取っ手が静かに動いた。彼はすぐさま手を離して後ずさりし、暗がりに身を潜めた。ウィットがバルコニーから下の芝生へ音もなく飛びおりる。

若い女性が姿を現したのはそのときだった。

彼女は急いでいる様子で扉を閉め、背中をもたせかけた。純然たる意志の力だけで、ほかの者たちがついてくるのを防げるかのように。

なぜか彼女ならそうできるかもしれないと思えた。

女性は緊張している様子で、首をそらして頭を扉に預けた。長い喉が月明かりを浴びて青白く浮かびあがる。胸は波打ち、乱れた呼吸を静めるように、手袋に覆われた片手をドレスの襟ぐりの上の陰になっている肌へと置いた。長年の観察を積んだデヴィルの目には、それが自然な動作で作為的なものではないことが見て取れた。彼女は見られていることに気づいていない。ここにいるのが自分ひとりではないと気づいていない。

ドレスが月の光を反射して輝いているが、暗すぎて色まではよく見えなかった。青、いや、緑か？　月の光がところどころを銀色に変え、ほかは黒く見える。

月の光だ。彼女は月の光をまとっているかに見える。

そんな奇妙な考えが脳裏をよぎったとき、女性が石造りの手すりへと進みでた。一瞬、デヴィルは錯乱でもしたのか、よく見るために自分も光の中へと足を踏みだしかけた。

それもナイチンゲールの柔らかな低いさえずりが聞こえるまでだった。ウィットからの警告だ。自分たちの計画を、この女性はそれにはなんの関わりもないことを、デヴィルに思いださせているのだ。ただし、彼女は計画の実行を妨げている。

彼女はその鳥が鳥でないのを知るよしもなく、夜空へ顔を向けると、手すりに両手をのせて長々と息を吐いた。警戒心が解けたらしく、肩から力が抜ける。

彼女はここへ逃げてきたのだ。

女性が暗い部屋へ逃げこみ、屋内にいる者よりもずっとたちの悪い恐れのある男が待ち伏せする、さらに暗いバルコニーへ出てきたことに、デヴィルは何か苦々しいものを感じた。

そのとき闇の中で、銃声のごとき笑い声が彼女の口から漏れた。デヴィルは体をこわばらせた。肩の筋肉が緊張し、ステッキの持ち手を握る手に力が入る。

彼女に近づくのをやめるには意志の力を総動員しなければならなかった。このときを何年も待ち構えていたことを思いだすには。あまりに長すぎて、生まれてからずっときょうだい相手に戦う準備をしてきたかのようだ。

この女性に邪魔をさせるつもりは毛頭ない。しかし顔すらよく見えていないのに、目をそらすことができなかった。

「彼らの醜悪ぶりを誰かがはっきり言ってやればいいんだわ」女性が夜空へ向かって言った。「アマンダ・フェアファックスの前に進みでて、つけぼくろだってみんなが知っているわよと誰かが言ってやればいいのに。それからヘーゲン卿《きょう》には、香水のにおいがひどいからお風呂に入ってはどうかしらと誰かが言ってやればいいのよ。

それにジャレッドにはわたしからぜひとも思いださせてやりたいものね。うちの母が開いたカントリーハウスのパーティーで彼が池に尻もちをついたとき、誰にも見られないように着替えを用意したのはこのわたしだったことを」

彼女は黙りこんだ。宙へ向かっての独白はこれで終わりかとデヴィルが思うくらい長く。だが、いきなり声をあげる。「それにナターシャときたら、どうしてあんなに不愉快なの？」

「それがきみの精いっぱいか？」

デヴィルは自分の言葉にぎょっとした。いまはバルコニーでひとり言を言っている女性に話しかけている場合ではない。

ウィットはさらにぎょっとしたらしい。すぐさま続いたナイチンゲールの鋭い鳴き声がその証《あかし》であるなら。

だが、一番ぎょっとしたのは彼女だろう。

女性は小さな悲鳴をあげるとともに、デヴィルがいるほうをすばやく振り返った。片手を胴着《ボディス》の襟ぐりの上へ当てて肌を覆う。ボディスは何色だ？　月の光がなおもいたずらをしていて、はっきり見えない。

彼女は首を傾けて暗がりを見透かそうと目を細くした。「そこにいるのは誰？」

「おれも同じことを思ってたところだ。誰とおしゃべりをしてるのかとね」

女性が細めた目でにらみつける。「わたしは自分自身とおしゃべりをしていたのよ」

「そしてどちらのきみも、そのナターシャに〝不愉快〟よりましな罵倒の言葉を見つけられないわけか？」

彼女は一歩踏みだしたが、暗がりにいる見知らぬ男に近づくのを考え直したらしく、そこで足を止めた。「あなたならナターシャ・コークウッドをどう言うの？」

「その女性のことは知らないから、何も言わない。だがきみはヘーゲンの衛生状況を威勢よくこきおろし、フォークの過去の失態を蒸し返したんだ。レディ・ナターシャについても同じ程度には創造力を発揮できるんじゃないか？」

女性は陰を見つめた。視線はデヴィルの左肩を通り越した先に据えられている。「あなたは誰?」

「名乗るほどの者じゃない」

「マーウィック公爵邸の人けのない部屋の外で暗いバルコニーにいるんですもの、極めて重要な人物という印象よ」

「その理屈で言うと、きみも極めて重要な人物ということになるな」

彼女の笑い声は大きく唐突で、互いを驚かせた。彼女がかぶりを振る。「それに賛成する人はほとんどいないでしょうね」

「おれは他人の意見にはあまり関心がない」

「それなら社交界の一員にはならないことね」女性は皮肉めかして言った。「上流社会では他人の意見は金ですもの。とても大切にされている」

彼女は何者だ?

「きみはなぜ温室の前にいた?」

彼女は目をしばたたいた。「なぜ温室だと知っているの?」

「ものごとを知るのがおれの努めだ」

「自分のものではない屋敷についても?」

〝一度はおれのものになりかけた屋敷だ〟デヴィルは口をついて出かけた言葉に抗《あらが》った。

「あそこは使われてない。なのに、なぜあそこにいた?」

女性は片方の肩をすくめてから落とした。

今度はデヴィルが女性をにらみつける番だった。「男との密会か？」

彼女が目をみはる。「いま、なんて言ったの？」

「暗いバルコニーは密会の場にちょうどいい」

「わたしにはわからないわ」

「バルコニーのことがか？　それとも密会か？」別に気になるわけでない。

「正直に言えば、どちらもね」

その返答に満足感を味わうのは間違っている。

女性が続けた。「温室が好きなのと言ったら、信じる？」

「いいや」デヴィルは言った。「そもそもその温室は立ち入り禁止だ」

彼女が小首をかしげる。「そうなの？」

「明かりのついていない部屋は入ってはならない場所だと、たいていの者は判断する」

彼女は手をひらひらさせた。「わたしはあまり利口じゃないの」デヴィルはそれも信じなかった。「わたしも同じ質問をあなたにできるのよ」

「どの質問だ？」自分の好きなように会話の向かう先をねじ曲げる彼女のやり方が気に食わない。

「あなたは密会しに来たの？」

唐突に、この暗いバルコニーで彼女と初夏の逢瀬《おうせ》を果たす自分の姿が頭に浮かんだ。ロンドンの半分の人間がすぐそこでダンスと噂話に興じる中、彼女がデヴィルに許すかもしれないことが。

デヴィルが彼女に許すかもしれないことが。

彼女を抱えあげて石造りの手すりに座らせ、その肌の感触、香りを発見するさまを想像した。歓喜を迎えたときに彼女が漏らす声を。彼女は吐息をつくだろうか？　叫び声をあげるだろうか？

デヴィルは凍りついた。この女性は平凡な顔立ちに、ぱっとしない体つきをしている。自分自身とおしゃべりするこの女性は、普段デヴィルが壁に押しつけて体を奪うところを想像するたぐいの女ではない。何が自分に起きている？

「沈黙はイエスということね。では、わたしは密会の邪魔にならないように失礼するわ」彼女はバルコニーの奥へ去ろうとした。

そうさせるべきだった。

なのにデヴィルは声をあげていた。「密会じゃない」

再びナイチンゲールが鳴いた。さっきよりさらにすばやく大きな声で。ウィットはいらだっている。

「じゃあ、なぜここに？」女性が問いかけた。

「きみがここにいる理由と同じかもしれないな、かわいい人《ラブ》」

彼女は苦笑した。「あなたは、一度は友だちと呼んでいた人たちからあざけられて暗い場所へ逃げこんできた行き遅れには見えないけれど」

　つまり、自分の見立ては正しかったわけか。やはり彼女は逃げてきたのだ。「たしかに、おれはそのどれにも当てはまらない」

　彼女は手すりに寄りかかった。「明るいところまで出てきてもらえる？」

「悪いが、それはできない」

「どうして？」

「おれはここにいるべき人間ではないからだ」

　女性が小さく肩をすくめる。「それはわたしも同じよ」

「きみはバルコニーにいるべきではないというだけだ。おれはこの場にいるべきではないんだよ」

　彼女の唇が小さく開いて丸を形づくる。「あなたは誰なの？」

　デヴィルは質問を無視した。「きみはなぜ行き遅れなんだ？」どうでもいいことではあるが。

「結婚していないから」

　彼は笑いそうになるのをこらえた。「まあ、おれに説明する必要などないな」

「わたしの父なら、もっと具体的な質問をするようあなたに言うでしょうね」

「きみの父親は誰だ？」

「あなたの父親は誰なの？」

彼女はデヴィルがこれまで出会った中で一番機転のきく女性だ。「父はいない」

「誰にだって父親はいるわ」

「自分の親と認めたい相手じゃない」感じてもいない冷静さで口にした。「じゃあ、ふりだしに戻ろうか。きみはなぜ行き遅れなんだ？」

「誰もわたしと結婚したがらないから」

「理由は？」

正直な答えがすぐさま彼女の口をついて出かけた。「わたしは……」言葉を切り、両腕を大きく広げた。その先を聞けるなら、デヴィルは全財産をくれてやっただろう。彼女が思い直して手袋に覆われた長い指を立てて理由を並べたてだすと、言いかけたほうの答えがなおさら気になった。「婚期を過ぎている」

そんな年齢には見えない。

「平凡」

それはデヴィルも思ったが、彼女は平凡ではない。実際は違う。むしろその逆ではないか。

「退屈」

それは断じて当たっていない。

「わたしはとある公爵に捨てられたの」

まだ真実をすべて話しているわけではなさそうだ。「それが問題なのか？」

「大問題ね」女性が言った。「だけど、ひどいと思うの。だって当の公爵は最初から結婚するつもりがなかったんですもの」

「それはまたなぜ?」

「公爵は自分の妻ひと筋だったのよ」

「残念だったな」

彼女はデヴィルから顔をそむけ、再び夜空を見あげた。「奥さまにとっては幸せなことだわ」

こんなにも誰かに近づきたいと感じたことはこれまでの人生でなかった。しかしデヴィルは暗がりにとどまり、壁に背中を押しつけて彼女を見守った。「そういった理由から結婚できないなら、なぜここで時間を無駄にしてるんだ?」

彼女が小さな笑い声をあげる。低く愛らしい響きだ。「知らないの? 独身女性は独身男性のそばでこそ有益な時間を過ごすものでしょう」

「なるほど、つまり花婿探しはあきらめていないわけか」

「希望の泉は涸《か》れず、よ」

使い古された言い回しに、デヴィルは笑い声をあげかけた。危うく。「それで?」

「難しいわね。ここまでくると、母も相手に厳しい条件をつけるようになったの」

「たとえば?」

「心臓が動いていること」

これにはデヴィルも短い笑い声をあげ、自分自身を驚かせた。「それだけ高い水準を設けられては、きみが苦労するのも無理ないな」

彼女はにっこりした。白い歯が月の光に輝く。「ええ、マーウィック公爵がわたしを手に入れようと躍起になっていないのが不思議でしょう」

今夜の自分の目的を不意に突きつけられた。「きみのお目当てはマーウィックか」

おれが生きている限り、その願いを叶《かな》えさせはしない。

彼女は手をひらひらさせた。「母のね。それにロンドン中の母親の」

「やつは頭がどうかしているという噂だ」デヴィルは指摘した。

「みんな、社交界の外で暮らすことを選ぶ人の気持ちが理解できないから、そう噂しているだけだわ」

マーウィックが社交界の外で暮らしているのは、その中で暮らすことはないと遠い昔に誓ったからだ。しかしデヴィルはそう口にする代わりに言った。「連中は公爵の顔すらろくに目にしてないだろう」

彼女の笑みが冷ややかなものに変わる。「あの人たちの目には彼の爵位はしかと入っているわ。彼は罪なほど見目麗しい。相手が世捨て人の公爵でも、結婚すれば公爵夫人になれるのよ」

「くだらない」

「それが結婚市場というものでしょう」彼女はしばし口をつぐんだ。「でも、どうでもいいことね。わたしは花嫁候補ではないもの」

「なぜ花嫁候補じゃないんだ？」理由など気にならない。

「なぜって、わたしでは公爵の花嫁になれないわ」

〝どうしてだめなんだ？〟

問いかけをデヴィルは声に出さなかったが、彼女は部屋を埋めつくしているレディたちとお茶でも飲みながら話すかのように、気楽な口調で答えた。「自分も公爵夫人になれるかもしれないと思っていたときもあったわ」デヴィルにというより、自分自身に向かってしゃべる。「ところが……」肩をすくめた。「何が起きたのかはわたしもわからない。きっといろいろな理由が合わさったのね。平凡、退屈、年齢、壁の花、行き遅れ」彼女は並べたてた言葉に笑い声をあげた。「夫ぐらいすぐに見つけられると、ぐずぐずしていたのがいけなかったんだと思うわ。結果的に夫は見つからなかったんですもの」

「それでいまは？」

「それでいまは」彼女はあきらめのにじむ声で言った。「母は心臓が元気に動いている男性を求めているわ」

「きみが求めているものはなんだ？」

ウィットのナイチンゲールが闇の中でさえずり、その残響に返事が重なる。「そんなことを尋ねられたのは初めてよ」

「それで、きみの答えは？」デヴィルは促した。そうすべきでないのはわかっていた。この女性を、このバルコニーと、どんなものであれ彼女が迎える未来に残して立ち去るべきだと。

「わたしは……」彼女の視線は屋敷へ、真っ暗な温室とその先の廊下へ、さらに奥できらめく舞踏室へと向かった。「もう一度あの輪の中へ戻りたい」

「もう一度？」

「以前は――」彼女は話そうとしてやめ、かぶりを振った。「どうでもいい話ね。あなたにはほかにすべきことがあるんでしょう」

「ああ。だが、きみがここにいるあいだはそれもできない。だから、お嬢《マイ・レディ》さん、きみが悩みを解決するのに喜んで手を貸そう」

それを聞いて彼女が微笑《ほほえ》む。「おもしろい人ね」

「おれを知っている人でそれに同意する者はいないだろう」

女性の笑みが大きくなった。「わたしは他人の意見にはあまり関心がないの」

自分の言葉をまねされたのにデヴィルは気づいた。「信じられないな」

彼女は手をひらひらさせた。「以前はわたしもあの輪の中にいたわ。輪の真ん中に。とんでもなく人気者だったのよ。誰もが知り合いになりたがった」

「それで何が起きた？」

彼女は再び両腕を大きく広げた。その仕草は見慣れたものになりつつあった。「わからない」

デヴィルは片方の眉をあげた。「自分が壁の花になった理由がわからないのか？」

「そう」静かに言う。その口調には困惑と悲しみがあった。「わたしは壁のそばにさえいなかった。なのに、ある日気がついたら……」彼女は肩をすくめた。「わたしは壁にへばりついていたわ。蔦《つた》みたいに。だから、何を求めているのかと問われたら？」

彼女は孤独なのだ。孤独なら知っている。「あの輪の中へ戻りたいというわけか」

彼女は投げやりな小さな笑い声をあげた。「誰も戻れはしないのに。長いあいだ語り継がれるような良縁なしには」

デヴィルはうなずいた。「それが公爵か」

「母が夢を見るのは勝手ですもの」

「きみは？」

「わたしはあの輪の中へ戻りたい」またもやウィットからの警告が響き、女性は首をめぐらした。「いやにうるさいナイチンゲールね」

「いらついてるんだろう」

女性が問いかけるように首を傾けたが、デヴィルはそれ以上言わなかった。彼女が尋ねる。

「自分が何者なのか、言うつもりはあるの？」

「ないな」

彼女がうなずく。「それでいいんでしょうね。わたしは嘲笑や嫌みから逃れて静かなひとときを求めに外へ出てきただけですもの」バルコニーの先の明るいほうを指す。「わたしは向こうへ行って適当な隠れ場所を探すから、どうぞあなたは陰でこそこそするのを続けて」

デヴィルは言葉を返さなかった。自分が何を言いだすかわからない。自らを信用できなかった。

「あなたを見たことは誰にも言わない」彼女がつけ加える。

「実際、おれの姿は見ていない」

「それなら嘘《うそ》をつかずにすむわね」気を遣っているのか、彼女はそう言った。

再びナイチンゲールの鳴き声がした。デヴィルをこの女性とふたりきりにしておくのはまずいとウィットは思っているのだろう。

それは正しいのかもしれない。

女性が腰を落として軽くお辞儀をした。「それではどうぞ悪事にお戻りくださいな」

唇の両端の筋肉が動くなじみのない感覚。笑みか。最後に笑ったのがいつだったか、デヴィルは覚えていなかった。この風変わりな女性は魔法使いのように彼から笑みを引きだした。

返事をする間もなく彼女は去り、ドレスの裾が角を曲がって光のほうへ消えた。あとを追わないためには、持てるものすべてを振り絞らなければならなかった。その姿をひと目見ないように――彼女の髪の色を、肌の色合いを、瞳の輝きを見ないようにするには。

ドレスの色もまだわからない。

あとを追いかけさえすればわかる。

「デヴ」

自分の名前を呼ぶ声で、現実に引き戻された。デヴィルが目をやると、ウィットは再びバルコニーの手すりを飛び越え、暗がりの中でかたわらに立った。

「行くぞ」ウィットが言った。計画へ戻る時間だ。ロンドンの地を踏もうものなら破滅させてやると誓った男のもとへ。かつて盗んだものの権利を主張しようものなら。二〇年前の誓いを破ることを考えでもしようものなら。

そうだ、あいつを終わらせてやる。しかし、その手段はこぶしではない。

「行くぞ、きょうだい《ブラヴ》」ウィットがささやいた。「さあ」

デヴィルは首を振った。その目は不思議な色をしたドレスが消えた場所を見据えている。

「いいや、まだだ」

2

フェリシティ・フェアクロスの心臓はいつまでも激しく打っていて、このままでは医師に診てもらう必要がありそうだった。

それはきらびやかなマーウィック・ハウスの舞踏室を抜けだし、目の前にある鍵のかかった扉を凝視して、髪に手をやりヘアピンを抜き取るという、こらえがたい要求を無視していたときから始まっていた。

わかっている、絶対にヘアピンを抜いてはいけないと。二本抜き取るなんてもってのほかで——目の前にある鍵穴にヘアピンを挿し入れ、内部のタンブラーを辛抱強く探るなどとんでもないことだ。

〝もうこれ以上のスキャンダルは許されないぞ〟

まるでそばに立っているかのように双子の兄のアーサーの言葉が聞こえた。気の毒なアーサー。二七歳で婚期を過ぎ、売れ残りになった双子の片割れを引き取ってくれる相手を血眼になって探さなければならないなんて。気の毒なアーサー。兄の祈りが聞き届けられることはないだろう。たとえ彼女が錠前破りをやめたとしても。

けれども、がんがんと耳にこだましているのは別の言葉だ。冷笑まじりの陰口。〝ひとりぼっちのフェリシティ〟〝誰にも相手にされないフェリシティ〟そして一番ぐさりとくるのが……〝もう終わっているフェリシティ〟

〝彼女がここにいる意味があるのかしらね？〟

〝まさか彼女を欲しがる者がいるなどとうぬぼれてるわけでもあるまい〟

〝気の毒な兄上は彼女を嫁に出そうと奔走しているな〟

〝もう終わっているフェリシティなのに〟

フェリシティにとって、今夜のような夜が夢の舞台だったときもあったのだ。街へやってきた新顔の公爵、歓迎の舞踏会、ハンサムで魅力的な新参の独身男性と婚約できるかもしれないという淡い期待。きっと申し分のない一夜だっただろう。ドレスに宝石にフルオーケストラ、噂話におしゃべりにダンスカードにシャンパン。フェリシティのダンスカードに空いている時間はなかったはずだ、あったとしたら、それは自分のために空けておいたから、この華やかな世界こそ自らにふさわしい場所だと感慨に浸るために。

でも、いまは違う。

いまは舞踏会をなるべく避けていた。踊り明かす代わりに、何時間も会場の隅にいるだけなのがわかっているから。それにかつての知人たちにばったり出くわすたびに赤恥をかかされるから。彼らとともに笑うのがどんなふうだったかをフェリシティは覚えていた。彼らとともに王さま気分でいるのがどんなふうだったかを。

けれど、ぴかぴかに輝く新顔の公爵のために開かれる舞踏会とあっては避けようがなく、フェリシティは昔のドレスに体を押しこめると、兄の馬車に乗りこみ、気の毒なアーサーに引きずられるがままマーウィック家の舞踏室へ来た。そして兄がよそを向くなり、逃げだした。

暗い廊下を走り、胸を高鳴らせて髪からヘアピンを二本抜き取ると慎重に曲げ、一本、また一本と鍵穴に挿し入れた。カチッと小さな音がし、ラッチが跳ねあがる慣れ親しんだ感覚を味わったときには、心臓が胸から飛びだしかけた。

しかもこの轟《とどろ》くような胸の鼓動が、あの男性と出会ってからずっと続いているだなんて。

けれど、〝出会う〟は適切な言葉とは言えない。

〝遭遇する〟も違う気がする。

あれは〝体験する〟に近い何かだった。彼が口を開いた瞬間、低く響くその声は初夏の闇の中でシルクのごとくフェリシティに絡みつき、彼は悪党さながらに彼女を誘惑した。

思い返すと頬がかっと熱くなる。糸で結ばれているみたいに引き寄せられそうに感じた。引き寄せられたら、抗うことなく近づいてしまいそうだった。彼はフェリシティを引き寄せようとしただけではない。フェリシティから真実を引きだそうとし、彼女はあっさり白状した。

自分の欠点を空模様の変化みたいに並べあげてしまった。誰にも打ち明けていないことまですべて吐露しかけた。闇の中に隠していることまで。なぜなら、告白のようには感じなかったからだ。彼は最初からすべてを知っている気がしたから。ひょっとすると、そうなのかもしれない。彼は暗がりにいた男性などではなく、暗がりそのものなのかもしれない。闇は実体がなく、神秘的で心をそそる。欠点や傷や失敗を余すところなく照らしだし、見逃すことをできなくする昼の光よりもずっと魅力的だ。

フェリシティは昔からふらふらと闇に引き寄せられた。錠前にも。障害にも。自分の手に余ることにも。

そこが問題なんでしょう、違う？　フェリシティはいつも手に負えないものを求めてしまう。彼女は手に負えないものを享受できるたぐいの女性ではなかった。

だけどあの謎めいた男性に、自分が極めて重要な人物だとほのめかされたときは？　ほんのつかの間、フェリシティは彼を信じた。フェリシティ・フェアクロス、自らが招いた不運により結婚に適した独身男性から一度ならず無視されてきたバンブル侯爵の平凡な未婚の娘が、長らく社交界から遠ざかっていたハンサムな公爵が花嫁探しをしている舞踏会で今宵《こよい》の勝者となる可能性がなきにしもあらずだと。

そんなのは不可能なのに。

だから逃げだした。またも悪い癖が出て、暗がりへ転がりこんだ。冷たく容赦のない光の中より、闇の中ならなんでももっと可能性があるように思えたから。

あの見知らぬ男性にはそれすらも見透かされていた気がする。だから、陰の中に彼を置き去りにするのをためらった。彼とあの場にとどまりかけた。そして一瞬、自分が戻りたいのはこの世界ではなく、一からやり直すことのできる新たな闇の世界かもしれないと思った。そこでなら〝もう終わっているフェリシティ〟、行き遅れの壁の花以外の何者かになれるかもしれない。バルコニーにいた男性は、まさにそんな機会を与えてくれる相手に見えた。

もちろん、そんなのはばかげている。バルコニーで出会った見も知らぬ男と逃げだす人はいない。第一に、そんなことをするから人は殺されるのだ。第二に、母が許しはしない。それにアーサーだっている。〝もうこれ以上のスキャンダルは許されないぞ〟が口癖の、生真面目で完璧で気の毒なアーサーが。

だから闇の中でのおかしな一瞬のあと、フェリシティはすべきことをし、背中を向けて光のほうへ戻った。胸をちくりと刺す後悔を無視し、石造りの巨大なファサードの角を曲がり、大きな窓の向こう側でロンドン中が踊り、笑い、噂話に花を咲かせ、謎めいたハンサムな公爵の注意を引こうと競いあっている舞踏室の輝きの中へ足を踏み入れて。

かつてフェリシティもその一部だった世界は、彼女なしでも回っていた。

眺めていると、舞踏室の奥にマーウィック公爵の姿がちらりと見えた。長身に金髪の典型的なハンサムで、貴族的な美しい顔立ちにため息をつくところなのだろうけれど、実際には胸が少しもときめかなかった。

フェリシティの視線は時の人からそれ、舞踏室の反対側できらりと光った兄の赤銅色の髪につかの間留まった。兄はまわりの雰囲気よりも厳粛な顔つきの男性たちと話しこんでいる。何を話しているのだろう。わたしのこと？　アーサーは〝もう終わっているフェリシティ〟はまだ終わってはいないと、またもや妹を売りこもうとしているの？

〝もうこれ以上のスキャンダルは許されないぞ〟

この前のスキャンダルだって許されるものではなかった。その前のもだ。けれどフェリシティの家族はその事実を認めたがらなかった。だからこうして彼女は公爵の舞踏会に出席し、真実が真実でないふりをしている。どんなことも可能だというふりを。マーウィック公爵がどれほど頭がどうかした世捨て人であろうと、平凡で不完全で売れ残りのフェリシティが、公爵の心やそれより重要な求愛を得ることは決してないのだと納得するのを拒絶して。

その可能性が絵空ごとでなかったときもかつてはあった。世捨て人の公爵が両膝をつき、レディ・フェリシティのまなざしを懇願したかもしれないときも。まあ、両膝をついて懇願するとまではいかなくても、彼女とダンスはしただろう。そうすればフェリシティは公爵を笑わせていたはずだ。そしてもしかしたら……ふたりは惹《ひ》かれあっていたかもしれない。

でもそれはすべて、フェリシティが社交界を外から眺めるはめになるとは夢にも思っていなかったときのことだ。社交界に外側があるとは考えもしなかったときのこと。なぜなら彼女はずっと内側にいたのだから。若く、魅力的で、愉快な貴族の娘として。

何十人もの友人、何百人もの知人がいて、訪問にハウスパーティー、サーペンタイン池沿いの散歩への誘いは引きも切らなかった。フェリシティとその友人たちがいなければ、どんな集まりも出席する価値はなかった。彼女が孤独だったことは一度もなかった。

それが……一変した。

ある日、世界は輝くのをやめた。いいえ、より正しく言えば、フェリシティが輝くのをやめたのだろう。友人たちは離れていき、それどころか、軽蔑の念を隠そうともせずに背を向けた。フェリシティをあからさまに無視して楽しむようになった。フェリシティがかつての仲間ではないかのように。始めから友人ではなかったかのように。

たぶんそうなのだろう。どうして気づかなかったの？　あの人たちは本心から自分を求めていたわけではないとどうしてわからなかったの？

そして何よりつらい疑問はこれだ――どうしてあの人たちに見限られたの？

わたしがいったい何をしたというの？

本当に、愚かなフェリシティ。

いまとなっては答えはどうでもよかった。あれからずいぶん経《た》つから、彼女たちは理由を覚えてさえいないだろう。それより問題なのは、いまや誰ひとりとしてフェリシティを気に留めないことだ。哀れみや蔑みの目を向ける以外は。

売れ残りに世間の目は冷たい。

フェリシティ、貴族社会のかつてのダイヤモンドには（ダイヤモンドは言いすぎとしても、ルビーぐらいなら。サファイアであれば自信を持って言える。侯爵の娘で地位に見合った持参金付きなのだし）、完全に行き遅れで、レースのキャップをかぶってお情けで招待状が送られてくるのを心待ちにする未来が待っていた。

結婚さえできれば……とアーサーはよく言う、フェリシティにまだその可能性があるかのように。

結婚さえできれば……と母はよく言う、家族にまだその希望が残されているかのように。行き遅れになるのは当の本人にとって恥だが、その母にとっては不名誉な烙印《らくいん》だ。自身がかつてうまい具合に玉の輿《こし》に乗って、侯爵夫人の座におさまったのであればなおのこと。そういうわけで、フェアクロス家の面々はすでにフェリシティが行き遅れになっている事実から目をそらし、彼女をそれなりの相手に嫁がせるためならなんでもする気だった。彼らはフェリシティの本当の望みからも目をそらした。闇の中の男性が即座に問いかけてきた、彼女が本当に求めているものからは。

本当は、自分に約束されていたはずの生活を手にしたかった。あの輪の中へ戻りたかった。正直に言えば、無理なのはわかっている。彼女は愚か者ではない。でもそれが無理なら、結婚による安らぎ以上のものが欲しかった。これがフェリシティのよくないところだ。いつも手に入れられる以上のものを求めてしまう。

結局そのせいで何も手に入れていないでしょう？

フェリシティはレディらしからぬ乱暴なため息をついた。もはや心臓は激しく打ってはいない。これはいい兆候だ。

「誰にも気づかれずに家へ帰れないかしら？」

そう口にするなり、舞踏室へ続くガラス張りの大きな扉が開き、唇に笑みをたたえ、手にシャンパンを持った五、六人の男女がどっと出てきた。

今度はフェリシティが物陰に引っこむ番で、壁にぴたりと身を寄せていると、客たちは息を弾ませ、騒ぎながら石造りの手すりのところへとやってきた。彼らが誰であるかに気づいて、フェリシティの全身がかっと熱くなる。

ああ、間違いない。

アマンダ・フェアファックスとその夫ヘーゲン卿ことマシュー、それにフォーク卿ことジャレッド、その妹のナターシャ、そしてさらにふたり――新品のおもちゃみたいにきらきらした、金髪の若い男女だ。アマンダ、マシュー、ジャレッド、ナターシャは新たな取り巻きをつくるのが好きだった。フェリシティも一度は彼らの取り巻きに加えられていた。

かつてはフェリシティを加えた五人組だった。フェリシティは彼らのお気に入りだったのだ。そうでなくなるまでは。

「世捨て人であれなんであれ、マーウィックはたいそうなハンサムじゃない」アマンダが言った。

「しかも裕福ときてる」ジャレッドが指摘する。「先週一週間でこの屋敷の家具や調度品を買いそろえたと聞いたぞ」

「そうそう、そうなんですって」アマンダは興奮のあまり息があがっている。「社交界の重鎮である年配女性たちとせっせとお茶をしているとも聞いたわ」

マシューがうめき声をあげた。「頭がどうかしてるって噂は本当みたいだな。年寄り連中と誰がお茶を飲みたがる？」

「花嫁を求めている男だろう」ジャレッドが返した。

「それに跡継ぎを、よねえ」アマンダの声に欲がにじむ。

「おお、わが妻よ」マシューが咳払《せきばら》いをしてからかい、一同は笑いに包まれた。彼らの冗談やいたずら、噂話に迎え入れられるのがどんな気分だったかを、フェリシティはつかの間思い返した。きらめく世界の一部になる気分を。

「公爵は、その年配の女性たちに会うことなしには、今夜ロンドン中の人たちをここへ招くことはできなかったんでしょう？」一団の中にいる三番目の女性が言葉をはさんだ。「彼女たちの承認がなければ、誰も集まらなかったはずだもの」

短い沈黙のあと、古顔の四人組が笑いだした。当初は親しげだった笑い声は残忍な響きに変わった。ジャレッドが身を乗りだし、若い金髪女性の顎をつつく。「きみはあまり賢くないみたいだな？」

ナターシャが兄の腕をぴしゃりと叩《たた》き、しらじらしく叱りつけた。「お兄さまったら。やめなさいよ。アナベルが貴族階級の仕組みを知ってるわけがないでしょ。自分よりうんと身分の高い相手と結婚したんだもの。幸運にもそんな知識はこれまで必要なかったんだわ！」

その嫌みがアナベルに伝わるよりも先にナターシャが顔を近づけ、言わずもがなのことさえ哀れなアナベルには理解できないかのように、大きな声でゆっくりと言った。「世捨て人の公爵よ。みんなひと目見たいに決まってるでしょ、ダーリン。たとえ公爵が丸裸で登場しても、みんな気づかないふりをして喜んで彼とダンスをするわ」

「とんでもなく頭がどうかした人という噂だったから」アマンダが言葉を差しはさむ。「ほんとに丸裸で出てくるんじゃないかとなかば期待していたわよね」

アナベルの夫、ワッピング侯爵の跡取りは咳払いをし、妻への侮辱を受け流した。「とはいえ今夜、公爵はすでにかなりの数のレディたちとダンスを踊られている」ナターシャに目を向ける。「あなたも含めて、レディ・ナターシャ」

ナターシャは得意げな顔をし、残りのみんなはくすくす笑った。アナベルだけは別で、一緒に笑っている夫を険しい目つきでにらんでいる。その反応にフェリシティはいい気味だと思った。すぐさま妻をかばおうとしなかったくだんの夫は、なんであれ妻が思案中の罰をくだされて当然だ。

そしていまさら妻の弁護に回ることもできない。

「ええ、まあね」ナターシャはご満悦だ。「公爵はとおーっても話し上手だったことをつけ加えておこうかしら」

「公爵が?」アマンダが尋ねる。

「そうなの。おかしなところなんてこれっぽっちもなかったわ」

「それは興味深いな、ナターシャ」マシューは何気ないふうに言うと、シャンパンを傾けて大げさに間を空けた。「ぼくらはずっと見ていたよ。ダンス中、公爵は一度たりともきみに向かって言葉を発したようには見えなかった」

みんなに嘲笑《あざわら》われて、ナターシャが真っ赤になる。「あら、公爵がわたしと話したがっていたのは明らかでしょう」

「とおーっても、な」ナターシャの兄がからかい、妹に向けてシャンパンのグラスを掲げた。

「それに」ナターシャが続けた。「公爵はそれはきつくわたしを抱きしめたのよ。節度を超えて引き寄せたいのを我慢しているのが感じられたわ」

「ええ、そうでしょうとも」アマンダは明らかに真に受けていない様子で薄く笑った。

それからぐるりと目を回してみせたので、一同はどっと笑った。ひとりを除いて。

フォーク卿ジャレッドは一心にフェリシティを見ていた。

しまった。

ジャレッドの目に満ちる渇望と喜悦に、フェリシティの胃が足元の石造りの床まですとんと落下する。あの表情はこれまでに一〇〇〇回も見たことがある。あれは意地の悪い皮肉で誰かをやりこめようとするときの表情で、かつてのフェリシティは息ができなくなるほど大笑いしたものだが、いまは別の理由から息ができなくなっていた。

「おやおや！　フェリシティ・フェアクロスは舞踏会場からとっくに引きあげたと思っていたよ」

「わたしたちで追い払ったんでしょう」アマンダは、ジャレッドが見ている人物に気づかずに言った。「ほんと、あんな年なんだし、友だちと呼べる相手もいないんだから、舞踏会に出席するのをいい加減やめそうなものよね。行き遅れにうろつかれるのは目障りよ。どんよりしちゃう」

アマンダは北風のごとく厳しい言葉で人を傷つけるのが昔からうまい。

「いや、それがあそこで」ジャレッドが薄ら笑いを浮かべ、フェリシティがいるほうを手ぶりで示した。一同がゆっくりと振り返ると、身の毛もよだつ光景が現れた。六つの笑顔のうち四つは熟練の冷笑、ふたつはやや気まずそうな笑みだ。「陰に隠れて盗み聞きをしているのさ」

アマンダは海の泡を思わせる色合いの手袋を見おろし、埃《ほこり》がついていないか調べるふりをした。「あきれるわね、フェリシティ。ほんと、あなたにはうんざりさせられる。ほかにつきまとう相手はいないの？」

「紳士の寝室に勝手に入りこむとか、やることはあるだろう？」これはマシューだ。うまいことを言ったと思っているらしい。

少しもうまくない。けれどもほかの人たちはそうは思わないらしく、にやにやしている。フェリシティは頬がかっとほてり、それがいやでならなかった。マシューの言葉が喚起した羞恥心に、自身の過去に対する羞恥心が混じりあう。彼女も、かつてはあんなふうににやにや笑いをしていたのだ。

壁に背中を押しつけた。壁の中へ消え入りたかった。

さっきのナイチンゲールが再びさえずった。

「かわいそうなフェリシティ」ナターシャが仲間へ向かって言った。声ににじむ見せかけの同情心がフェリシティの肌を這《は》いあがる。「いつも重要人物になりたがってばかり」

そのひと言——重要人物——で、フェリシティの忍耐が限界を超えた。胸を張り、背筋を伸ばして光の中へ足を踏みだし、一度は友人と見なしていた女性にとびきり冷ややかなまなざしを向ける。「かわいそうなナターシャ」相手の声音をまねて言った。「ねえ、わたしが知らないと思っているの？　あなたのことはここにいるほかの誰よりよく知っているわ。わたしと同じく未婚。平凡なのもわたしと同じ。婚期を逃しそうで怯《おび》えているんでしょう。わたしがそうだったように」フェリシティの言葉に、ナターシャは大きく目を見開いた。フェリシティは最後の一撃を放った。ほかの誰よりもこの女性を罰したかった。巧妙に友人のふりをし、巧妙にフェリシティを傷つけたこの女性を。「いずれあなたもここにいる人たちに仲間はずれにされるのよ」

ナイチンゲールが再び鳴き声をあげた。いいえ、あれはナイチンゲールではない。低く長い響きは口笛だ。鳥があんなふうに鳴くのは聞いたことがない。

それともどくどくと音をたてて打つ心臓のせいで変なふうに聞こえるのだろうか。フェリシティは勢いのままに新顔の女性に向き直った。相手は目を丸くしてフェリシティを凝視している。「いい、わたしは祖母から気をつけるようよく言われたものよ。友人を見ればその人がわかるというのが祖母の口癖だった。その格言はここでも当てはまるわね。あなたも気をつけないと下品な人たちに染まってしまうわよ」フェリシティは扉を振り向いた。「わたしはこの人たちから逃れられて幸運だった」

舞踏室の入り口へと向かいながら、長いあいだ自分を虐げてきた人たちに立ち向かえたのが誇らしかった。先ほどの言葉が耳にこだまする。

〝きみも極めて重要な人物ということになるな〟

思い返して、笑みが唇をよぎった。

そうよ、わたしは極めて重要な人物だわ。

「フェリシティ？」扉にたどり着いたところでナターシャに呼び止められた。

フェリシティは足を止め、振り返った。

「あなたはわたしたちから逃れたんじゃないわ」ナターシャがぴしゃりと言った。「わたしたちがあなたを追いだしたのよ」

ナターシャ・コークウッドは本当に、なんて……不愉快なんだろう。

「あなたはいらなくなったから捨てたの」ナターシャが冷ややかで残忍な言葉をつけ加えた。「ほかのみんながしたようにね。これからもそうするように」明るすぎる笑い声をあげて仲間を振り返る。「なのに公爵をものにできるかもしれないと思ってここにいるなんてね！」

なんて不愉快なの。

〝それがきみの精いっぱいか？〟

いいえ。いいえ、もっと言える。「あなたが勝ち取るつもりの公爵ということ？」

ナターシャが得意げに笑った。「わたしが勝ち取ることになっている公爵よ」

「あいにくもう手遅れね」よどみなく言葉が出てきた。

「どうしてだ？」マシューが訊《き》いた。したり顔で、ひどいにおいの香水をつけ、おとぎ話の王子さまみたいな髪型をしたマシュー。しかももったいなくも話しかけてやっているんだと言わんばかりに見くだした口調で問いかけてきた。

かつて友人だったことなどないかのように。

のちのちフェリシティは、自分があんな返事をしたのは仲がよかった頃の思い出のせいだと考えた。理由もわからないまま瞬時に失った日々の片鱗《へんりん》のせい。その圧倒的な悲しみのせい。ある日突然、のけ者にされたせいだと。

だってあんな愚かにもほどがある言葉を口走ってしまったのには、なんらかの理由があるはずなのだから。あの無謀でしかない発言には。

太陽を覆い隠すほど巨大な嘘には。

「もう手遅れで、公爵をものにするのは無理だってこと」繰り返しながらも、口からこぼれでる言葉を止めなければならないのはわかっていた。けれども言葉は暴れ馬のように奔放で自由で手に負えなかった。「彼はすでにわたしが勝ち取ったんですもの」

3

デヴィルが最後にマーウィック・ハウスに足を踏み入れたのは、初めて父の顔を見た夜だった。

デヴィルは一〇歳。ずっと暮らしてきた孤児院をそろそろ追いだされる年だった。孤児院を出る年齢になった少年たちのその後は、噂で耳にしていた。だから彼は脱走の準備をした。救貧院に入れられてなるものか。噂が本当なら、そこへは死にに行くようなもので、死んでも遺体の存在さえうやむやにされるらしい。

デヴィルはその噂を信じた。

毎晩、迎えが来るのは時間の問題だと、持ち物を入念にまとめた。洗濯室からくすねてきたぶかぶかの靴下一足。昼食のときに残しておいたパン切れやハードビスケット。数えきれないほどたくさんの男の子たちに使いこまれ、穴だらけでもはや手を温めてもくれないミトン一対。そして乳飲み子だった彼が発見されたとき、深紅の〝M〟という刺繍《ししゅう》が施してあるおくるみに刺さっていた、金めっきが施された小さなピン。めっきはとうの昔にはげて真鍮《しんちゅう》がむき出しになり、白かった布は彼の手垢《てあか》で灰色に変色していた。しかしデヴィルの過去を物語るものはそれしかなく、それだけが未来の希望の種だった。

毎晩、真っ暗な中で横になると、ほかの少年たちのすすり泣きを聞きながら、藁《わら》の寝床から廊下まで、そして廊下から玄関までの歩数を数えた。玄関を出たら、夜の中へ逃げだそう。木のぼりは得意だから、通りに出るのではなく、屋根にのぼるのだ。そうすればたとえ追いかけられたとしても見つかりにくい。

誰も追ってはこないだろうが。

自分を欲しがる人がいるとは思えなかった。


玄関広間に足音が響くのが聞こえた。迎えが来たんだ。救貧院に連れていかれる。デヴィルは体を転がして藁の寝床からおりると、かがみこんで荷物をまとめ、扉の脇の壁にぴたりと身を寄せた。

鍵がカチャリと音をたて、扉が開き、蠟燭の明かりが差しこむ。孤児院で夜に明かりがついているのを見たのはそれが初めてだ。彼は光に向かって突進し、ふた組の脚のあいだをすり抜け、廊下の半分まで逃げたところで力強い手に肩をつかまれ、抱えあげられた。

デヴィルは足をばたつかせて叫び、首を伸ばして脱走を阻む手に嚙《か》みつこうとした。

「あきれたな。野蛮な子どもだ」深みのあるバリトンの声が言い、その響きにデヴィルは動きを止めた。こんな完璧で堂々とした英語は聞いたことがなかった。嚙みつこうとするのをやめ、自分をつかんでいる男を見あげる。木みたいに背が高く、これまでデヴィルが見た中で誰よりも清潔で、その目はお祈りをさせられる部屋の床と同じ色だった。

デヴィルはお祈りが苦手だった。

誰かが蠟燭をデヴィルの顔の近くまで持ちあげ、まぶしさに彼は顔をそむけた。「この子でございます」院長だ。

デヴィルは自分をつかまえている男をもう一度見あげた。「救貧院には行かねえぞ」

「もちろんだ」見知らぬ男が言った。デヴィルを床におろし、荷物を取りあげて中を見る。

「おい！　おれのだ！」

男はデヴィルを無視して靴下とビスケットを脇へ放り、ピンを持ちあげて明かりにかざした。この男に、赤の他人に、母親の唯一の形見に勝手にさわられ、デヴィルは逆上した。自分の過去の唯一の手がかりに。小さな手を握りしめて振りあげ、男の尻に叩きつける。「それはおれのだ！　おまえにはやらないぞ！」

男が痛みに声を荒らげた。「こいつめ。なんというパンチだ」

院長は上品ぶった口調で言った。「決してわたくしどもが教えたわけではございません」

デヴィルは顔をしかめた。じゃあほかにどこで教わるっていうんだ？　「返せよ」

上等な服を着た男はデヴィルの宝物を宙に掲げ、近くへ来させた。「母親からもらったのだな」

デヴィルは両手を伸ばし、男の手からすばやくピンを奪い返した。相手の言葉に決まりの悪さをかきたてられたのがいやだった。決まりの悪さと恋しさを。「そうさ」

男がうなずく。「ずっとおまえを捜していた」

デヴィルの胸に希望の炎が燃えあがった。熱くて苦しいほどに。

男が続ける。「公爵とは何かわかるか?」

「わからない」

「いずれわかる」男は約束した。


記憶とは、たちの悪いすれっからしだ。

デヴィルは足音を忍ばせ、マーウィック・ハウスの長い廊下を進んだ。階下から薄暗い空間へオーケストラの音色がかすかに流れこんでくる。父が捜しに来た夜を思い返すのは一〇年ぶりだ。もっと久しぶりかもしれない。

しかし今夜、なぜかいまもにおいの変わらないこの屋敷にいると、あの最初の夜の出来事を細部まで思いだしていた。風呂に温かい食事、ふかふかのベッド。まるでうたた寝から目が覚めたらまた夢の中にいたかのようだった。

あの夜は本当に夢心地だった。

すぐに悪夢の始まりとなったが。

記憶を頭から追いだし、主寝室へたどり着くと、扉の取っ手をつかみ、すばやく静かに回して室内に入った。

彼のきょうだいは蠟燭の明かりで髪を金色に輝かせ、タンブラーを手に窓辺にたたずんでいた。ユアンはデヴィルを振り返ることはせず、代わりに言った。「今夜来るだろうかと考えていた」

声は変わらない。教養を感じさせる深みのある堂々とした声は父と同じだ。「公爵みたいな物言いだな」

「わたしは公爵だ」

デヴィルは扉を閉めた。「そういう意味で言ったんじゃない」

「どういう意味かはわかっている」

デヴィルはステッキを床に二度打ちつけた。「何年も前に約束を交わしたんじゃなかったか？」

ユアンが体の向きを変え、横顔があらわになる。「この一二年間きみたちを捜し続けてきた」

デヴィルは暖炉脇の低い肘掛け椅子に体を沈みこませ、公爵が立っているほうへ脚を伸ばした。「そいつは知らなかった」

「知っていたくせに」

もちろん知っていた。彼らが成人するなり、男たちが次々と貧民窟へやってきて、何年も前にロンドンへ流れ着いた可能性のある三人の孤児について嗅ぎ回った。男の子ふたりに女の子ひとり、子どもたちの名前に聞き覚えのある者はコヴェント・ガーデンにはひとりもいなかった。バスターズ自身以外は。

バスターズとユアン——王のごとく裕福で金を自由に使える年齢に達した若きマーウィック公爵以外は。

しかし貧民窟での八年間は、デヴィルとウィットを狡猾《こうかつ》であるのと同じくらい支配権を持つ男にし、危険であるのと同じくらい屈強にしていたため、報復を恐れてベアナックル・バスターズのことをしゃべる者はいなかった。相手がよそ者ならなおさらだ。

手がかりが絶えると、嗅ぎ回りに来た男たちはにおいを残してつねに去っていった。

だが、今回やってきたのは手下どもではなかった。マーウィック公爵本人だ。しかもこれまでにない名案を携えて。

「花嫁探しを開始すると告知すれば、おれたちの注意を引けると考えたんだな」デヴィルは言った。

ユアンが振り返る。「うまくいっただろう」

「跡継ぎはなしだ、ユアン」本人に向かって公爵の名を口にすることはできなかった。「そう誓ったはずだ。前におれとの約束を破ったときのことを覚えてるか？」

公爵のまなざしが翳《かげ》った。「ああ」

あの夜、デヴィルはユアンが愛するものすべてを奪って逃げた。「おれがもう一度そうしないとなぜ思う？」

「今回、わたしは公爵だからだ」ユアンは言った。「いまではきみのこぶしがどれほど強力であろうと、わたしの力はコヴェント・ガーデンのはるか先まで及ぶんだ、デヴォン。わたしはきみに地獄を味わわせてやる。きみだけじゃない。われわれのきょうだいにも。きみの仲間にも。商売にも。きみはすべてを失う」

すべてを失おうとも、そうするだけの価値はある。デヴィルはきょうだいを見据えて目を細くした。「何が望みだ？」

「言っただろう。彼女を捜しだす」

グレース。四番目の子ども。血のつながりはなくても、ウィットとデヴィルがきょうだいと呼ぶ女性。あの頃、まだ子どもだったときから、ユアンが愛していた女性。

グレース。はるか昔、裏切りによって絆を引き裂かれる前、幼く純真だった三人の男きょうだいが守り抜くと誓った女性。

グレース。ユアンの裏切りにより、マーウィック公爵家の最も危険な秘密となった女性。なぜならグレースこそが公爵家の真実なのだから。先代公爵とその妻である公爵夫人のあいだに生まれたグレース。三人の男きょうだいとは異なる形で非嫡出子でありながら、公爵の子として洗礼を受けたグレース。

しかし歳月が流れたいま、その洗礼名を持っているのはユアンだ。四人のきょうだいの誰も受け継ぐ権利のない爵位を継承して。

グレースはユアンが爵位と財産、未来を盗んだという生ける証拠だった。その盗みを、当局が軽視することはない。

もし露見したら、ユアンはニューゲート監獄前で首つり縄にぶらさがるはめになるだろう。

デヴィルはきょうだいを見据えた。「おまえがグレースを見つけることはない」

ユアンのまなざしが暗くなる。「わたしは彼女を傷つけない」

「おれたちがそれを鵜呑《うの》みにすると考えてるなら、大事な貴族のお仲間の言うとおり、おまえは頭がどうかしてる。おれたちが逃亡した夜のことを覚えてないのか？　おれは覚えている。鏡を見るたび思いだす」

ユアンの視線がデヴィルの頰へすばやく動いた。そこに刻まれた大きな傷は、力をめぐる争いとなったとき、幼いきょうだいの絆など無意味に等しいことをまざまざと示していた。

「わたしに選択肢はなかった」

「あの夜、おれたち全員に選択肢があった。おまえは爵位と金と権力を選んだ。おれたちはその三つをすべておまえに譲った。ウィットはおまえが父親の悪に染まる前にその息の根を止めたがったがな。おれたちはおまえを生かした。おれたちに対するおまえの殺意は明白だったのに。だがそれには条件がひとつあった。おれたちの父は跡継ぎをもうけることに執着した。そしておまえというまがいものを得はしたかもしれないが、今後その血が受け継がれる喜びを得ることはない——たとえ死後であろうとな。この戦いではおれたちは今後も敵対するだろう、公爵。跡継ぎはなし、これが掟《おきて》だ。唯一の掟だ。何年も前、爵位を奪い取ったおまえを打ち捨てておいたのは、その掟があったからだ。だがこれは肝に銘じておけ。掟を破れば、おれはおまえを破滅させる。おまえは二度とこの暮らしに一片の幸せも見いだせはしない」

「いまのわたしは幸せいっぱいだとでも考えているのか?」

まさか。そうでないよう願っている。公爵を幸せにするものなどひとつもないといいのに。世に知れたユアンの世捨て人のような暮らしぶりに、デヴィルはこれまでは大いに満足してきた。三きょうだいが競いあったあの屋敷でユアンが暮らしているのは知っていた。正統な跡継ぎとなって名前と爵位、財産を継承する権利をめぐり、三人は婚外子同士で競わされた。出自という恥を偽る、ダンスや食事と会話の作法を教えこまれた。

幼い日々のあらゆる記憶にユアンがさいなまれていればいい。おぞましい怪物を慕う息子を演じることにしたのを死ぬほど後悔していればいい。

だが、デヴィルは嘘をついた。「おれにはどうでもいいことだ」

「わたしは一〇年以上きみたちを捜し続け、こうして見つけだした。ベアナックル・バスターズ、裕福で非情、コヴェント・ガーデンのど真ん中でいかなる犯罪集団を率いているかは神のみぞ知る。つけ加えるなら、あそこはわたしが生まれた場所でもある」

「コヴェント・ガーデンはおまえに唾を吐きかけたんだ。おまえがあの場所を、おれたちを裏切った瞬間に」

「わたしは一〇〇〇もの手段で一〇〇〇もの質問をして回った」ユアンは背を向け、金髪を乱暴に手で撫《な》でつけた。「きみたちに女の影はない。妻もいない。姉や妹らしき者も。グレースはどこにいる?」

その言葉には焦燥感があった。答えを与えられなければ頭がどうにかなりかねないとさえ感じさせた。裏社会での暮らしが長いデヴィルは、頭がどうかした人や妄執について理解していた。彼はかぶりを振り、コヴェント・ガーデンの人々の忠誠心を神に感謝した。「おまえには決して手の届かないところだ」

「きみたちはわたしからグレースを奪った！」焦りが徐々に激昂《げっこう》に変わっていく。

「おれたちはグレースを爵位から遠ざけたんだ」デヴィルは言った。「おまえの父親の分別をつかなくした爵位から」

「きみたちの父親でもあるんだぞ」

デヴィルはその言葉を無視した。「おまえの分別をつかなくした爵位から。おまえにグレースを殺させようとした爵位から」

公爵はしばらく天井を見あげ、やがて口を開いた。「きみを殺すべきだった」

「それでもグレースは逃げただろう」

「いまきみを殺すべきだな」

「おれを殺せば、二度とグレースは見つからない」

彼らの父の面影をたたえた顎をユアンが噛みしめる。目に激怒がにじみ、そのあと虚《うつ》ろになった。「だったら心しておけ、デヴォン。わたしは約束を守るつもりはない。跡継ぎをもうける。わたしは公爵だ。一年以内に妻と子どもができるだろう。きみがグレースの居場所を吐かないなら、わたしは約束を破棄する」

胸に怒りが燃えあがり、デヴィルはステッキの銀の持ち手を握りしめた。この場でユアンを殺すべきだ。忌まわしい床の上で失血死させ、今度こそマーウィック家を断絶させてやる。

黒いブーツのつま先にステッキの先端を打ちつける。「おまえに関してこっちが握っている情報は重々承知だろう、公爵。おれがひと言漏らせば、おまえは絞首刑だ」

「なぜそうしない？」デヴィルの予想に反して、その問いは喧嘩腰《けんかごし》ではなかった。どこか苦しげな響きは死を歓迎するかのようだった。死を求めているかのようだ。

デヴィルは気づいたことを無視した。「おまえをなぶるほうが楽しいからな」

それは嘘だ。この男を、かつてのきょうだいを、自分は喜んで葬ってやりたい。しかし何年も前、ウィットとともにマーウィック公爵領から逃げだし、ロンドンと未知の未来を目指したとき、グレースを守り抜く誓いとは別にもうひとつ、グレースに対して誓ったことがあった。

ユアンを手にかけはしないと。

「わかった、おまえのくだらないお遊びにつきあってやろう」デヴィルは立ちあがり、ステッキで床を二度突いた。「おまえは悪党の力を見くびってる。レディは暗がりへ散歩に連れだしてくれる男を好むものだ。おれは喜んでおまえの未来の花嫁を破滅させてやる。ひとり、またひとりと、いつまでも。躊躇はしない。おまえが跡継ぎを得ることはないんだ」ユアンに近づいて目を合わせてささやく。「おれはおまえの目の前からグレースを連れ去った。ほかも全員連れ去ってやることができないと思うか？」

熱い怒りにユアンの顎がこわばる。「彼女を奪ったことをいずれ後悔するぞ」

「おれが奪ったんじゃない。グレースがおまえを見限ることを選んだんだ。グレースが逃げることを選んだ。おまえといて安全だとは考えなかった。グレース自身が、おまえのどす黒い秘密の証拠だからな」間を置いてつけ加えた。「ロバート・マシュー・キャリック」

その名を聞いて、公爵のまなざしがぼんやりする。噂は本当なのかもしれないとデヴィルは思った。ユアンはやはり頭がどうかしているのだろうか。

ユアンに取り憑《つ》いている過去を思えば、そうであっても驚きはしない。自分たち全員に取り憑いている過去を思えば。

だが、デヴィルはかまわずに続けた。「グレースはおれたちを選んだんだ、ユアン。おれはおまえの求愛を受ける女性たちも必ずそうさせてみせる。喜んで、彼女たちをひとり残らず破滅させてやる。そうすることで、おまえのくだらない権力欲から彼女たちを救ってやれる」

「同じ欲望が自分にはないとでも考えているのか？　われわれの父親から自分は受け継いでいないとでも？　きみは〝コヴェント・ガーデンの王〟と呼ばれているそうじゃないか。権力と金と罪にまみれているのはきみも同じだ」

デヴィルは薄く笑った。「どれもこの手でつかんだものだ、ユアン」

「盗んだ、だろう」

「未来や名前を盗むことなら、おまえには一家言ありそうだな、マーウィック公爵、ロバート・マシュー・キャリック。コヴェント・ガーデンの売春宿で産み落とされた子どもにはもったいない名前だ」

公爵は怒りの表情になり、翳った瞳が冴《さ》え冴《ざ》えとする。「では、火蓋を切ってやろう。どうやらわたしはすでに婚約者を与えられたらしいぞ。レディ・フェリシア・フェアヘイヴンだかフィオナ・ファージングだか、とにかくばかげた名前の相手を」

フェリシティ・フェアクロス。

バルコニーにいた愚か者たちは彼女のことをそう呼んでいた。連中にさんざん嘲笑された彼女はついかっとなり、公爵との婚約が決まったかのように大嘘をついたのだ。事の次第を見ていたデヴィルは、フェリシティがユアンの問題に関わろうとするのを食い止められなかった。デヴィルの問題に関わろうとするのを。

「女性たちを傷つけるために結婚市場に参入したのではないと言いたいなら、罪のない女性を巻きこもうとするのは間違ってるだろう」

ユアンの目がすぐさまデヴィルの目をとらえる。デヴィルは自分の言葉を、ユアンに何か勘づかれたことを悔やんだ。「傷つけはしない」ユアンが言った。「彼女と結婚する」

不快な宣言に挑発されそうになりながらも、デヴィルは努めて平静を装った。これではばかげた名を持つフェリシティ・フェアクロスは完全に巻きこまれた。こうなっては自分も彼女と関わりを持つしかない。

ユアンがなおも続けた。「彼女の家族は是が非でも娘を公爵家へ嫁がせようと必死らしい。必死すぎて、娘が今晩自ら婚約を発表したぐらいだ。わたしの知る限り、われわれは会ったことさえない。彼女は明らかに痴《し》れ者だが、かまわない。跡継ぎは跡継ぎだ」

フェリシティは痴れ者ではない。彼女は魅力的だ。口が達者でおもしろく、デヴィルの想像を超えて暗がりで心地よい時間を過ごせた。その笑みは男を振り向かせる。

残念だ。フェリシティを破滅させなければならないとは。

「彼女の家族を見つけ、財産に爵位、すべてを差しだそう。目的のためならなんであれ。日曜には教会で結婚予告を公示する」ユアンは天気の話でもするかのようにおだやかに告げた。「一カ月もせずに結婚成立となるだろう。ほどなく跡継ぎも生まれる」

〝誰も戻れはしないのに。長いあいだ語り継がれるような良縁なしには〟

フェリシティのさっきの言葉がデヴィルの耳にこだまする。この成り行きに彼女は歓喜するだろう。ユアンとの結婚で、フェリシティは求めるものを手に入れる。ヒロインの貴族社会へのご帰還となる。

ただし、彼女が帰還することはない。

デヴィルがそうはさせないからだ。フェリシティの笑みが美しかろうとそうでなかろうと。その笑みゆえに彼女を破滅させるのは楽しくなりそうだが。

デヴィルは怒りの表情になった。「おまえがフェリシティ・フェアクロスから跡継ぎを得ることはない」

「彼女がメイフェアよりコヴェント・ガーデンを選ぶとでも考えているのか？」

〝わたしはあの輪の中へ戻りたい〟

メイフェアはフェリシティ・フェアクロスが望むものすべてだ。デヴィルはただ、そこにはほかにどんなものがあるかを示してやればいい。とりあえず、彼は一番鋭利なナイフを投じておいた。「おまえと一生過ごすより、おれといる危険を選ぶ女性は彼女が最初ではないだろう、ユアン」

ナイフは急所に命中した。

公爵は窓へと顔を向けた。「出ていけ」

4

フェリシティはすぐ後ろから兄がついてくるのを無視して、先祖代々受け継がれてきた父の屋敷の開いた玄関扉から中に入った。足を止め、まだ扉を押さえている執事につくり笑いを向ける。「ただいま、アーヴィング」

「おかえりなさいませ、お嬢さま」執事は厳かに言うと、アーサーの後ろで扉を閉め、手袋を受け取ろうと手を差しだした。「閣下」

アーサーはかぶりを振った。「ぼくはすぐに帰る、アーヴィング。妹と少し話をしに寄っただけだ」

フェリシティは自分の瞳とそっくり同じ茶色の目に向き直った。「いまになって話をしたいの？　馬車の中では沈黙していたのに」

「あれは沈黙とは言わない」

「あら、違うの？」

「違う。言葉を失っていたんだ」

彼女は鼻で笑って手袋を引っ張り、その勢いを利用して兄の視線と、今夜の大惨事について話すことを思うと胸を焼く罪悪感を退けた。

「いいか、フェリシティ、おまえの恥知らずな宣言のあとで言葉を見つけられる兄がこのキリスト教世界に存在するものか」

「もう、大げさなんだから。ささやかな嘘をついただけでしょう」フェリシティは階段へと向かいながら手をひらひらさせ、生きた心地がしていないのが声に出ないよう気をつけた。「もっとんでもないことをした人はいくらでもいるわ。何も売春宿で働きだしたわけじゃなし」

アーサーは目玉が飛びださんばかりになった。「さ、さ、さ、ささやかな嘘だって？」フェリシティが言葉を返すよりも先につけ加える。「それに売春宿なんて言葉、おまえは知りさえしないことになっているんだぞ」

フェリシティは振り返った。すでに階段を二段あがっているから、双子の兄を見おろす形になる。「そうなの？」

「そうだ」

「わたしが売春宿って言葉を知っているのは適切ではないと考えているのね」

「考えているんじゃない。事実として知っているんだ。それに売春宿と口にするのはやめなさい」

「わたしがその言葉を口にすると落ち着かない？」

兄はフェリシティの目をにらみつけた。「いいや。だが、おまえがぼくを狼狽《ろうばい》させようとしているのはわかる。それにアーヴィングだって不快なはずだ」

執事の眉があがる。

フェリシティは執事に顔を向けた。「わたしはあなたに不快な思いをさせている、アーヴィング?」

「いつもとなんら変わりありません、お嬢さま」老執事は大真面目に答えた。

フェリシティは小さく笑い、執事はその場を退いた。

「うれしいよ、ぼくたちのうちひとりでもこの状況で笑えるとはね」アーサーは頭上の大きなシャンデリアを見あげて言った。「いいか、フェリシティ」

これでまたふりだしへと戻り、罪悪感とパニック、それに決して少なくない量の恐怖がフェリシティの中を駆けめぐった。「口に出すつもりはなかったのよ」

兄がじろりと見る。「売春宿と?」

「もう、今度はお兄さまがふざけるの?」

アーサーは両腕を大きく広げた。「ほかにどうしろというんだ?」言葉を切り、やがて言うべきことに思いいたる。言うまでもないことに。「よくもあんな――」

「わかっているわ」フェリシティはさえぎった。

「いいや、おまえはわかっていない。おまえのふるまいは――」

「わかっている」彼女は言い張った。

「フェリシティ、おまえはマーウィック公爵と結婚すると世界中に公言したんだぞ」

なんだか吐きそうだ。「世界中にではないでしょう」

「ああ、違う。世界中で一番噂好きな六人にだけだ。つけ加えるなら、その中でおまえに好意を持っている者はひとりとしていないから、黙らせることもできない」彼らから向けられた嫌悪感を思いだしても、フェリシティの気持ちを落ち着かせる役には立たなかった。けれどもアーサーはそんなことには気づかずに話を続けている。「黙らせることができたとしても変わらない。おまえはオーケストラがいた演壇から大声で宣言したも同じだ。あっという間に舞踏室中に知れ渡ったんだからな。おかげでぼくはマーウィックに見つかって問いつめられる前に、急遽《きゅうきょ》あの場を離れなければならなかった。あるいはマーウィックが一同の前で立ちあがり、おまえを嘘つきだと糾弾する前にな」

あれはとんでもない過ちだった。それはわかっている。けれども、ナターシャたちのせいでかっとなったのだ。あの人たちはとことん意地悪だった。それでフェリシティは自分がひとりぼっちだと感じてしまった。「そんなつもりじゃなかった——」

大変な重荷を背負わされたとばかりに、アーサーが長々とため息をつく。「おまえはいつもそうだ」

ぽつりと吐かれた言葉はささやきに近く、フェリシティが耳にしてはいけないかのようだった。あるいはフェリシティがこの場にいないかのようだった。だがもちろん、彼女はここにいる。これからもこの家からいなくなることはないのかもしれない。「アーサー——」

「紳士の寝室にいるところを見つかるつもりもなかったんだろうな——」

「あそこが寝室だなんて知りもしなかったのよ」扉には鍵がかかっていた。その部屋は彼女が心をずたずたに傷つけられた舞踏室の上にあった。もちろん兄は決して理解してくれないだろう。アーサーの頭の中では、あれは愚行の極みなのだ。実際、そうに違いない。

アーサーはいまやほかのことまで蒸し返していた。「申し分のない求婚を三カ月連続で拒絶したのも、そんなつもりじゃなかったんだろう」

フェリシティは背筋を伸ばした。あれはそのつもりで拒絶したのだ。「お年寄りや頭の鈍い人でもよければ、申し分のない求婚相手だったでしょうね」

「おまえと結婚してもいいという相手だったんだ、フェリシティ」

「いいえ、わたしの持参金と結婚したがっていた相手よ。あの人たちが求めていたのはお兄さまとの取り引きでしょう」フェリシティは指摘した。アーサーには投資の才能があり、鵞《がち》鳥《よう》の羽根を金に変えることもできるのだ。「彼らのひとりは、なんならわたしはこの家に暮らしたままでいいとさえ言ったわ」

兄の頬がみるみる朱に染まる。「それの何がいけない？」

フェリシティは目をしばたたいた。「愛のない結婚をして夫と離れて暮らすことの？」

「いい加減にしてくれ」アーサーは冷笑した。「今度は愛か？ 自ら売れ残りになろうとしているようなものじゃないか」

彼女は険しい視線で兄を見据えた。「どうしていけないの？ 自分は恋愛結婚だったのに」

アーサーが鋭く息を吐いた。「それとこれとは別だ」

数年前、アーサーはレディ・プルーデンス・フェザーストーンと世に語られる恋愛結婚を果たした。プルーデンスは、アーサーとフェリシティの父が田舎に所有している家の隣に住んでいて、侯爵の跡継ぎ、才気あふれる若きグラウト伯爵と、ぼろぼろの家に暮らしていた貧しくも美しい花嫁の結婚にロンドン中がため息をついた。プルーデンスは妻を熱愛する夫にすぐさま跡継ぎを与え、いまは次の子を身ごもって家で留守番をしている。

プルーデンスとアーサーの熱愛ぶりは度を越していて、実際目にするまではそんな愛が存在するとは信じられないほどだ。口喧嘩ひとつしないし、趣味もまったく同じ。ロンドンの舞踏会では人と交わるよりもふたりきりでいるのを好み、隅でぴったりくっついているのをしばしば目撃されている。

正直に言って、嫌気が差すくらいだ。

でも、そこまで不可能なことではない。そうよね？　「理由は？」

「なぜならぼくはずっとプルーを知っていたからだ、それに誰もが愛に恵まれるわけじゃない」兄は言葉を切り、それから言い添えた。「恵まれたとしても、さまざまな試練がついてくる」

その言葉にフェリシティは首をかしげた。いまのはどういう意味だろう？　「アーサー？」

兄はかぶりを振って返答を拒んだ。「ぼくが言いたいのは、おまえは二七歳で、ぐずぐずするのをやめてちゃんとした相手と結婚すべき年齢だということだ。無論、いまやおまえのせいでそれも不可能に近いが」

でも、夫になってくれるのであれば年寄りでもなんでもいいわけではない。フェリシティにだって夫に求めるものがある。彼女が求める男性とは……それさえはっきりしなかった。結婚後は妻にいっさい干渉しない夫以上のものを求めていることはたしかだ。

とはいえ、自分の愚かなふるまいのために家族が迷惑をこうむるのは望んでいなかった。フェリシティは両手を見おろし、胸にある思いを口にした。「ごめんなさい」

「悔やんでみせたくらいではだめだ」厳しい言葉が返ってきた。生まれ落ちた瞬間から、それ以前からいつもそばにいてくれた双子の兄からの、予期していなかったほどの厳しい言葉だ。フェリシティは兄の茶色の瞳を探った。この瞳のことならよくわかっている。自分の瞳と同じなのだから。そこに不安を見いだした。違う、もっと悪いもの。落胆だ。

フェリシティは兄のほうへと階段をひとつおりた。「アーサー、何があったの？」

アーサーは唾をのみこみ、首を振った。「なんでもない。ぼくはただ……見込みはあるだろうと期待していた」

「公爵と結婚する見込みが？」彼女は耳を疑って目を丸くした。「見込みなんてなかったでしょう、アーサー。わたしがあんなことを言う前でさえ、なかったわ」

「相手は……」アーサーが深刻な顔で言葉を切る。「しかるべき相手であればよかった」

「今夜わたしにぜひ会いたいという紳士が群れをなしていた？」

「マシュー・ビンガムトンが来ていただろう」

フェリシティは目をしばたたいた。「ミスター・ビンガムトンは死ぬほど退屈よ」

「彼は王のように金持ちだ」アーサーが弁護する。

「結婚したいと思うほどのお金持ちではないわ、悪いけど。富で人柄は買えないでしょう」

アーサーがうなり声をあげたので、彼女はつけ足した。「独身のままでいるのはそんなに悪いこと？　わたしが結婚できなくても、誰もお兄さまを責めはしないわ。父はバンブル侯爵、自身はその跡継ぎで伯爵。妹が未婚でも平気よね？」

今夜の出来事には面目丸つぶれだけれど、これで花婿探しに終止符を打てると、フェリシティはむしろ少なからず満足感を覚えていた。

アーサーは別のことを考えこんでいるような顔だ。何か重要なことを。

「アーサー？」

「フリードリヒ・ホムリッヒハウゼンもいた」

「フリードリヒ……」フェリシティは首をかしげた。困惑が頭をもたげる。「アーサー、ヘア・ホムリッヒハウゼンは一週間前にロンドンへ到着したばかりよ。それに英語をしゃべらないわ」

「その点は彼には問題ないようだった」

「わたしには問題ありだと思わないの？　わたしはドイツ語をしゃべらないのよ」

アーサーが片方の肩をすくめる。「学べばいい」

フェリシティは目をしばたたいた。「アーサー、わたしはバイエルンに住むつもりはないわ」

「いい場所だと聞いている。ホムリッヒハウゼンは城を所有しているという話だ」兄は手を振った。「小塔付きだぞ」

彼女は首を傾けた。「お兄さまがわたしのために探しているのは夫ではなく小塔なの？」

「そうかもしれないな」

フェリシティは長々と兄を見つめた。何か引っかかるものがある。それをうまく言葉にできず、代わりに言った。「アーサー？」

兄が返事をする前に、犬が吠《ほ》えるのに続いて上階から声がした。「まあまあ、舞踏会は計画どおりにはいかなかったのかしら？」その問いかけはバンブル侯爵夫人ご自慢の長毛のダックスフント三匹に続いて、二階の手すりの上から聞こえてきた。侯爵夫人は風邪のために留守番をしていて、まだ鼻が赤いのにもかかわらず、美しいワイン色のドレッシングガウンに身を包み、銀色の髪を肩に垂らして優雅にたたずんでいる。「公爵にはお会いしたの？」

「実は、フェリシティはお目にかかってもいないんです」アーサーが言った。

侯爵夫人はひとり娘へ失望のまなざしを転じた。「ああ、フェリシティ、そんなことではだめよ。公爵は毎年市場に出回るわけではないんですからね」

「あら、そう？」フェリシティは平然と言い返し、双子の兄が黙っていてくれるよう念じつつ、後ろ脚で立ってドレスの裾を前脚で引っかく犬たちを追い払おうとした。「だめよ！あっちへ行きなさい！」

「おもしろいことを言ったつもりでしょうけど、おもしろくないから」母は愛犬たちが階下でおいたを繰り広げるのを無視して続けた。「独身の公爵なんてせいぜい年にひとり、いればいいほうでしょう？　ひとりもいない年だってあるんですからね！　それをあなたは去年も失敗してしまって」

「ヘイヴン公爵はすでに結婚していたでしょう、お母さま」

「わたしが覚えていないみたいに繰り返す必要はないのよ！」母が指摘する。「わたしが公爵をこってり搾ってやりたいところだわ。妻に迎える気もないのにあなたに求愛するなんて」

フェリシティはもう一〇〇〇回は聞いている母のひとり言を聞き流した。そもそも公爵夫人の後釜の座をめぐる争いに送りこまれたのは、ほかにフェリシティを欲しがる花婿候補がいなかったからであり、公爵が妻とよりを戻したことはたいして気にしていなかった。ヘイヴン公爵夫人がとてもいい人だった点を別にしても、あの機会のおかげで結婚について極めて重要な知識を得もした。燃えるような恋に落ちた男性はすばらしい夫になると。燃えるような恋に落ちた夫はフェリシティの手札にないけれど。その札を乗せた船は今夜港を出てしまった。いいえ、正直になるなら何カ月も前に出航していたのだ。けれど今夜の出来事で棺桶《かんおけ》に最後の釘《くぎ》が打ちつけられた。「比喩がごちゃごちゃね」

「なんだって？」アーサーが嚙みつく。

「なんですって？」母も問い返す。

「なんでもないわ」フェリシティは手を払った。「考えが言葉に出ただけよ」

アーサーは嘆息した。

「何度言ったらわかるの、フェリシティ。そんなふうだから公爵を勝ち取れないのよ」侯爵夫人がたしなめた。

「母上、フェリシティが公爵を勝ち取ることはありません」

「そんな態度では無理でしょうよ」母が言い返す。「公爵はわたしたちを舞踏会へ招いてくださったのよ！　花嫁を探しているとロンドン中が考えているわ！　そしてあなたは侯爵の娘で、伯爵の妹、それに歯も全部そろっている！」

フェリシティはつかの間目を閉じ、叫びだす、泣きだす、笑いだす、あるいはそれらをいっぺんにしてやりたい衝動をこらえた。「それが近頃の公爵が求める条件？　歯が全部そろっていること？」

「条件のひとつよ！」恐慌をきたした侯爵夫人の言葉はぜいぜいいう咳《せ》き込みに変わった。ハンカチで口元を覆う。「いまいましい風邪ね。わたしが元気だったら、自らフェリシティを公爵に引きあわせられたのに！」

フェリシティはなんであれ二日前バンブル・ハウスに風邪を持ちこんでくれた神に無言の感謝を捧《ささ》げた。もし母が元気だったら、マーウィック公爵とダンスをさせられるとか、何かばかげた《ライフィア》状況に追いつめられていただろう。

誰もラタフィア（甘口のリキュールワイン）は好きでもないのに。それがなぜこのキリスト教世界の舞踏会につきものなのかは、フェリシティの理解を超えている。

「お母さまがいても引きあわせることはできなかったでしょうね」フェリシティは言った。「公爵と会ったことがないんですもの。誰も会ったことがないわ。なぜなら彼は世捨て人で頭がどうかした人だから。噂を信じるならね」

「誰も噂なんて信じないわよ」

「お母さま、みんな噂を信じるわ。信じないのだったら……」侯爵夫人がくしゃみをしたので、フェリシティは言葉を切った。「お大事に《ゴッド・ブレス・ユー》」

「神のお恵み《ゴッド・ブレス》があるなら、あなたをマーウィック公爵と結婚させてほしいものだわ」

フェリシティはあきれて天を仰いだ。「お母さま、今夜のあとでマーウィック公爵がわたしになんらかの関心を示すとしたら、それこそ本当に頭がどうかしている人だという動かぬ証拠になるでしょうね。あの広大な屋敷にひとりで暮らして、未婚女性を収集してはきれいなドレスで飾りたてて、秘密の博物館でもつくるんでしょうよ」

アーサーが目をしばたたく。「気味が悪すぎないか」

「くだらない」母が一蹴した。「公爵は女性を収集したりしません」動きを止める。「待ちなさい。〝今夜のあとで〟って？」

フェリシティは黙りこんだ。

「アーサー？」母がせっつく。「今夜、何かあったの？」

フェリシティは母に背中を向けると、目を見開いて兄に懇願した。今夜の大惨事を母へ報告する気力はない。そうするには睡眠が必要だ。アヘンチンキの助けもいるかもしれない。

「話すほどのことはなかったわよね、アーサー？」

「残念ね」侯爵夫人が言った。「追加の見込みはひとつもなし？」

「追加？」フェリシティは繰り返した。「アーサー、あなたも花婿探しをしているの？」

アーサーは咳払いをした。「いいえ」

フェリシティの眉があがる。「いいえって、それは誰への返事？」

「母上へのだ」

「まあ」侯爵夫人が階段の上から問い返す。「ビンガムトンもだめだったの？ ドイツ人のほうは？」

フェリシティは目をしばたたいた。「ドイツ人。ヘア・ホムリッッヒハウゼンね」

「お城を持っているという話よ！」侯爵夫人は言うなり再び咳きこみ、続いて犬たちがいっせいに吠える。

フェリシティは母を無視して兄へ注意を向け続けた。アーサーはひたすら彼女の視線を避けていたが、結局いらだたしげに返事をした。「ええ」

その言葉がきっかけとなり、さっき引っかかっていたものの正体がわかった。「彼らはお金持ちだわ」

アーサーがにらむ。「何を言いたいのかわからない」

フェリシティは母を見あげた。「ミスター・ビンガムトン、ヘア・ホムリッッヒハウゼン、マーウィック公爵」アーサーを振り向く。「わたしにとっては誰ひとりとしていい相手じゃない。けれど彼らはみんなお金持ちよ」

「口を慎みなさい、フェリシティ！　レディは求婚者の財政状況についてあれこれ言ったりするものではないわ！」侯爵夫人が叫ぶと、ダックスフントたちはころころした小天使みたいに母のまわりに集まって吠えたてた。

「ただし、彼らはわたしに求婚していない。そうでしょう？」フェリシティは状況を理解し、非難の目を兄へ向けた。「求婚する可能性があったとしても……今夜わたしがそれを台なしにした」

侯爵夫人が息をのむ。「今度は何をしでかしたの？」

フェリシティはその口調を無視した。この娘なら結婚に適した独身男性が逃げだすようなまねをしかねないと言わんばかりだ。まさにそのとおりのまねをしたという事実は重要ではない。重要なのはこれだ。家族はフェリシティに何か隠しごとをしている。「アーサー？」

アーサーが母を見あげ、フェリシティは兄の目にいらだちまじりの懇願の色を認めた。子どもの頃、彼女が最後のチェリータルトを食べてしまったり、兄が友人たちと午後に池へ行くのについていきたいとだだをこねたりしたときと同じ目だ。兄の視線をたどり、高みから見おろしている母に目をやると、三人でこうしてまったく同じ位置に立ったときのことがすべて思い起こされた。ソロモン王のごとく上に立つ母の下で、自分たちの些細《ささい》な問題への解答を待つ子どもたち。

けれど、これは些細な問題ではない。

母の途方に暮れた表情からすると、この問題はフェリシティが想像していたより大きそうだ。

「何があったの?」フェリシティは問いかけてから、兄の真正面へと移動した。「だめよ、お母さまに助けを求めないで。問題の中心にいるのはわたしよね、それなら何があったのか聞かせて」

「わたしも同じ質問をできるのよ」母が高みから声をあげた。

フェリシティは侯爵夫人を振り返ることなく告げた。「マーウィック公爵と結婚すると、わたしがロンドン中に宣言したの」

「なんですって?」

飼い主が再び咳きこみ、犬たちが興奮してまたもやかましく吠えたてる。それでもフェリシティは兄から目をそらさなかった。「ええ、とんでもないわよね。わたしのせいで面倒なことになってしまったわ。だけど問題を抱えているのはわたしひとりではない……そうなのね?」アーサーのやましそうな目が彼女の目をとらえる。フェリシティは繰り返した。「そうなのね?」

アーサーは深々と息を吸いこむと、いらだちにまみれた長い息を吐きだした。「ああ」

「何かあったのね」

彼がうなずく。

「お金絡みのことが」

再びうなずく。

「フェリシティ、紳士とお金のことをあれこれ話すものではないと言っているでしょう」

「だったら、お母さまはどうぞ部屋に引き取って。でもわたしはこの話を続けるつもりだから」アーサーの茶色の目が彼女を見る。「お金絡みの話を」

彼は目をそらし、家の裏手へ視線を転じた。暗い廊下の先の狭い階段をあがると使用人部屋があり、自分たちの未来が揺らいでいるのも知らずに二〇人あまりが眠りに就いている。フェリシティがこれまで毎晩そうしてきたように。ところが、彼女が心から愛する兄が、最後にもう一度うなずいてこう告げたのだ。「金がない」

フェリシティは目をしばたたいた。兄の返事は予想どおりでもあり、衝撃的でもあった。

「どういう意味？」

アーサーは腹立たしげにそっぽを向き、髪にさっと手を走らせてから、両腕を広げてもう一度振り向いた。「どういう意味に聞こえる？　金がないんだよ」

フェリシティは首を振りながら階段をひとつおりた。「どうしてそんなことに？　お兄さまは手に触れたものを金に変えるミダス王でしょう」

アーサーが冷ややかな笑い声をあげた。「いまはもう違う」

「アーサーのせいではないのよ」バンブル侯爵夫人が踊り場から声をあげた。「アーサーは悪い取り引きだと知らなかったの。信用できる相手だと思っていた」

フェリシティはかぶりを振った。「悪い取り引き？」

「悪い取り引きではない」アーサーはそっと言った。「だまされたわけじゃないんだ。単に……」フェリシティは兄へと近づき、手を伸ばして慰めようとした。すると兄が続けた。「金を失うなんて考えてもみなかった」

フェリシティは兄の両手を取った。「大丈夫よ」静かに言う。「お金を少し失ったのね」

「すべてだ」アーサーはつながれた手を見つめた。「どうすればいい、フェリシティ。プルーに知られるわけにはいかない」

アーサーが投資に失敗しようと、義姉はまったく気にしないだろう。フェリシティは兄に微笑みかけた。「アーサー。あなたは侯爵家の跡継ぎよ。お父さまが事業と評判を立て直す力になってくれる。領地に屋敷があるんですもの。それで再建できるわ」

アーサーはかぶりを振った。「違うんだ、フェリシティ。父上もぼくと一緒に投資した。何もかも失ったんだ。限嗣相続で条件が定められているもの以外はすべて」

フェリシティはまばたきをし、ようやく母を見あげた。母が胸に片手を当ててうなずく。

「何もかもよ」

「いつの話？」

「それは重要じゃない」

フェリシティはすばやく兄を振り返った。「いいえ、重要よ。いつの話なの？」

アーサーは唾をのみこんだ。「一八カ月前だ」

フェリシティはあぜんとして口を開けた。一八カ月前。兄たちは一年半も嘘をついていたのだ。理想的とは言えない男性たちのもとへフェリシティを嫁がせようとしたあげく、カントリーハウスでのばかげたハウスパーティーへ送りこみ、四人のレディたちとともにヘイヴン公爵夫人の後釜の座を競わせた。礼節と、愛犬と、子どもたちを（その順番で）大事にしている母が、娘が公爵の争奪に参戦するのは健全なことだと言いだしたときにおかしいと気づくべきだった。

父がそれを許可したときに気づくべきだった。

兄が許可したときに。

フェリシティは兄に目を向けた。「公爵はお金持ちだったわ」

アーサーが目をしばたたく。「どっちの公爵だ？」

「両方よ。去年の夏の公爵。今夜の公爵」

兄はうなずいた。

「それにほかの人たちもみんなそう」

「全員充分な金があった」

耳がかっと熱くなる。「わたしはそのうちのひとりに嫁ぐはずだったのね」

アーサーがまたうなずいた。

「そしてわたしが結婚すれば、わが家の懐は温かくなるはずだった」

「そういうことだ」

兄たちは一年半にわたってフェリシティを利用していた。彼女が知らないあいだに計画を練って。一年半、フェリシティはゲームの駒にされてきたのだ。彼女はかぶりを振った。

「どうして言わなかったの。何がなんでもわたしを結婚させるのが狙いだったと？」

「そうじゃないからだ。嫁がせる相手が誰でもいいわけはない……」

フェリシティはその言葉尻にためらいを聞き取った。「だけど？」

アーサーは嘆息し、それから片手を振った。「だけど、だ」兄が口に出さなくても、その先に続く言葉は聞こえた。〝結婚してくれなくては困るんだ〟

お金がない。「使用人たちはどうなっているの？」

兄は首を振った。「この家以外はどこも人員を削減した」

フェリシティはかぶりを振って母に向き直った。「あれは……あれこれ理由をつけてカントリーハウスへ行こうとしなかったのはそういう理由だったのね」

「心配させたくなかったのよ」母が返した。「あなたはすでに……」

〝ひとりぼっちのフェリシティ〟と呼ばれていたから。〝もう終わっているフェリシティ〟と。〝忘れられたフェリシティ〟と。

彼女は首を振った。「領民たちは？」領地を耕す勤勉な小作人たち。侯爵家の世話と庇護《ひご》に頼っている人たち。

「現在、収穫物はすべて彼らのものだ」アーサーが答えた。「家畜の取り引きも自分たちでさせている。住居の修理もだ」いまのところは大丈夫なのだろう。けれど土地を所有している侯爵家によって守られているわけではない。

お金がなくては、今後の世代のために土地を守るすべはない。領民の子どもたちのために。アーサーの幼い子どもや、妻のおなかにいる次の子のために。フェリシティ自身の未来のために。彼女が結婚しない限りは。

〝もうこれ以上のスキャンダルは許されないぞ〟

求めてもいないのに、アーサーの言葉が再び耳にこだました。新たに、文字どおりの意味をともなって。

一九世紀にもなると、たとえ爵位があろうが、かつてのようにそれに見合った暮らしが確約されているわけではない。貧しさにあえぐ貴族はロンドンのいたるところに存在し、もうじきフェアクロス家はその仲間入りをする。

それはフェリシティのせいではないのに、なぜか何もかも自分が悪いみたいに感じた。

「そしてもう、わたしを妻に迎える人はいない」

アーサーは決まりが悪そうに顔をそむけた。「もう誰もおまえを妻には迎えないだろう」

「わたしが大嘘をついたから」

「何を血迷ってそんなとんでもない嘘をついたの?」母は動揺するあまり、息を切らした。

「お母さまとお兄さまを血迷わせ、とんでもない事実をわたしに秘密にしたのと同じものでしょうね」腹立たしさがフェリシティの全身を駆けめぐる。「絶望感よ」

怒り。孤独。後先も考えず未来を形にしたいと焦る切望感。

双子の兄が彼女の視線をとらえた。正直な澄んだまなざしだ。「あれは過ちだった」

フェリシティは顎をあげた。熱い怒りと恐怖があふれだす。「わたしの問題でもあったのよ」

「話しておくべきだった」

「わたしたちのどちらもしておくべきことが多々あったわ」

「おまえには迷惑がかからないようにできると思ったんだが――」兄が話すのを、フェリシティは片手をあげてさえぎった。

「お兄さまは自分に迷惑がかからないようにしたかった。愛し、慈しんでいるはずの妻に、事実を伝えずにすむようにしたかった。恥をかかずにすむようにしたかったのよ」

「それだけじゃない。心配なんだ。ぼくはプルーの夫だ。彼女の面倒を見なければならない。家族全員の」妻。子ども。おなかにいる次の子ども。

フェリシティの胸を後悔が貫いた。兄の気持ちは理解できる。そこに自分への失望感が混じり、そら恐ろしさに駆られた。なんて軽率にふるまい、なんて大きな声で嘘を言い放ち、なんてたくさんの間違いを犯してしまったのだろう。罪悪感がこみあげる。

沈黙が落ちる中、アーサーが言い添えた。「おまえを利用しようと考えるべきではなかった」

「そうね」憤るあまり、兄を許せなかった。「利用すべきではなかった」

アーサーが再び冷ややかな笑い声をあげる。「ぼくは自業自得だな。どのみち、おまえは裕福な公爵と結婚はしない。さらに言うなら、誰であれ裕福な相手とも。それにおまえも理想をさげさせられるべきではなかったんだ」

ただし、いまやフェリシティの大嘘のせいで彼女の理想が叶う見込みはなくなった。家族の未来を守るチャンスまで台なしにした。もう誰もフェリシティをもらってはくれないだろう。過去の愚行という汚点がついて回るだけでなく、公爵と結婚すると公然と嘘までついたのでは。

正気な人なら、見逃せる罪とは思えない。

さようなら、理想。

「住む家にも困るようでは、理想どころではないわ」娘の考えが頭の上から読めるかのように、侯爵夫人はため息をついた。「フェリシティときたら、本当に何を考えていたの？」

「もういいでしょう、母上」フェリシティが口を開く前にアーサーがさえぎった。

アーサー——いつも妹を守ってくれる兄。いつもみんなを守ろうとするおばかさん。

「それもそうね」侯爵夫人が嘆息する。「いま頃それが嘘だというのは社交界中に知れ渡っているでしょうから。わたしたちは自分にふさわしい場所、つまりは醜聞の真っ只中《ただ》へ舞い戻るはめになるのね」

「そうね」フェリシティの胸の中で罪悪感と怒り、いらだたしさが入り乱れてせめぎあった。

結局、こんなときに女である自分にはたったひとつの用途しかない。お金のために結婚し、家族の名誉と富を回復させること。

でも、今夜のあとではフェリシティと結婚しようとする人はいない。

少なくとも、正気の男性は。

双子の妹が暗い顔をしているのに気づき、アーサーは彼女の両肩をつかんで額に軽くキスをした。「ぼくたちは大丈夫だ」きっぱりと言う。「別の方法を見つけよう」

フェリシティはうなずき、こぼれそうになっている涙が目をちくちく刺すのを無視した。わかっている。すでに一八カ月の歳月が流れ、アーサーが考えていた最善策は妹の結婚だったのだ。「お兄さまは家で待っている妻のもとへ帰って」

その言葉にアーサーは唾をのみこんだ。一族郎党がはまりこんでいる泥沼のことなどまったく知らない、愛する美しい妻を思い返したのだろう。幸せなプルーデンス。アーサーは声を取り戻してささやいた。「プルーに知られるわけにはいかない」

その言葉ににじむ恐怖に、フェリシティまで鳥肌が立った。

なんて泥沼にはまりこんでしまったの。

フェリシティはうなずいた。「わたしたちだけの秘密にしましょう」

兄が帰って扉が閉まり、フェリシティはドレスの裾をつまみあげた。去年の社交シーズン用に仕立てたドレスで、譲ったり新調したりする代わりに、流行の変化を取り入れて手直ししたものだ。なぜおかしいと思わなかったの？　階段をあがると、犬たちが足のまわりをうろちょろした。

踊り場にたどり着いたところで、母と向かいあう。「お母さまの愛犬たちはわたしを殺そうとしているみたい」

侯爵夫人は話題の変更を許してうなずいた。「ありうるわね。とても賢い子たちだから」

フェリシティは笑みをつくった。「お母さまにとって一番かわいい子どもたちね」

「ほかの子たちより面倒がないわ」母は腰をかがめ、長い毛を引きずるダックスフントを一匹抱きあげた。「公爵はハンサムだった？」

「人が多くてよく見えなかったけれど、そうだったみたいよ」気がつくと、なんの前触れもなしにほかの男性のことが頭に浮かんでいた。闇の中にいたほうの男性。顔を見られなくて残念だったほうの男性。彼は魔法のようだった。目に見えない炎のよう。

けれども今夜フェリシティが学んだことがあるとしたら、魔法なんて現実にはないということ。

現実にあるのは災難だ。

「わたしたちは、あなたがしかるべき相手と結ばれることを望んでいただけなのよ」母の言葉に、彼女は物思いをさえぎられた。

フェリシティの口角がさがる。「わかっているわ」

「それがそんなにひどいことかしら？」

〝あなたはわたしたちから逃れたんじゃないわ。わたしたちがあなたを追いだしたのよ〟

〝もう終わっているフェリシティ〟〝忘れられたフェリシティ〟〝ひとりぼっちのフェリシティ〟

〝もう手遅れで、公爵をものにするのは無理だってこと。彼はすでにわたしが勝ち取ったんですもの〟

フェリシティはうなずいた。「ひどいどころじゃないわ」

暗い廊下を自室へと進んだ。薄明かりのともる部屋へ入り、手袋と手提げ袋《レティキュール》を扉の横の小さなテーブルに放って扉を閉め、何時間も前にマーウィック邸の舞踏会のためにドレスを身につけたときから潜めていた息をようやく吐きだす。

薄暗い部屋を横切り、ベッドに身を投げだした。しばし天蓋を見つめ、さんざんだった今夜を頭の中で振り返った。

「大惨事ね」

自分でなかったらどうしていただろうと、ふと考えた。のっぽで、平凡で、婚期を過ぎていて、ずけずけものを言って、結婚相手にふさわしい独身男性を射止める可能性は皆無のまさに壁の花でなかったら。そして家を抜けだし、自分が壊滅的な罪を犯した現場へ戻るところを想像してみた。

家族のために財産を、自分自身のために広い世界を勝ち取るところを。

〝いつも手に入れられる以上のものを求めてしまう〟

彼女が自分でなかったら、きっとできる。公爵を見つけ、歓心を得るだろう。公爵をひざまずかせられるだろう。フェリシティがきれいで、才気煥発《かんぱつ》で、輝いていたら。世界の隅っこではなく、中心にいたら。鍵穴からのぞいているのではなく、部屋の中にいたら。

情熱をかきたてることができたら。フェリシティも見たことがある、魔法のように男性を夢中にさせ、火のように、炎のようにその身を焦がさせる情熱を。

空想が快感を呼び覚まし、胸がどきどきしてきた。こんな想像を自分に許した経験はこれまでなかった。公爵が彼女に夢中になるところなんて。

〝長いあいだ語り継がれるような良縁〟

「わたしが炎だったらよかった」天蓋に向かって語りかけた。「それですべて解決するのに」

でも、そんなのは不可能だ。今度は別の種類の炎が頭に浮かんだ。メイフェアを焼きつくし、自分の未来を灰にする炎が。家族の未来を灰にする炎が。

意地の悪いあだ名が頭に浮かぶ。

〝嘘つきのフェリシティ〟

〝ほら吹きのフェリシティ〟

「もうやめなさい、フェリシティ」彼女はささやいた。

恥と恐怖が胸にのしかかり、これからのことを考えてベッドでしばらく横になっていた。空気がどんよりとし、メイドを呼んで着替える代わりに、このまま眠ってしまおうかとも思った。けれどドレスは重たくてきつく、コルセットのせいで息をするのが苦しかった。うめき声をあげて体を起こし、ベッド横のテーブルの蠟燭をともしてから、メイドを呼ぶために呼び鈴の紐《ひも》があるところへと向かう。

だが紐を引く前に暗がりから声がした。「嘘をつくのはいけないな、フェリシティ・フェアクロス」

5

フェリシティは小さな悲鳴をあげて飛びあがり、あわてて部屋の奥を振り返った。闇に包まれた一角はいつもと変わりなく見える。

蠟燭を高く掲げて目を凝らすと、完璧に磨き抜かれた黒いブーツにようやく光が届いた。交差した足首、片方のブーツの上にのっているのは、ステッキの銀色に輝く先端だった。

彼だ。

ここに、フェリシティの寝室にいる。それが当たり前のことのように。

今夜は何ひとつ当たり前ではない。

胸が高鳴りだした。公爵邸にいたときよりさらに激しく高鳴っている。フェリシティは扉へと後ずさりした。「家を間違えているみたいよ」

ブーツは動かない。「この屋敷で合ってる」

フェリシティは目をしばたたいた。「部屋を間違っているんだわ」

「部屋も合ってる」

「ここはわたしの寝室よ」

「真夜中に玄関扉をノックし、きみと話がしたいとは言えないだろう？　近所の噂になったら、きみはどうなる？」

フェリシティの嘘がロンドン中に知れ渡ったら、どのみち朝には近所の噂になっていると指摘するのはやめておいた。

言わずとも彼には聞こえたらしい。「なぜ嘘をついた？」

フェリシティは質問を無視した。「寝室で見知らぬ人と話はできないわ」

「見知らぬ人ではないだろう」ステッキの銀の先端がブーツのつま先を一定のリズムでゆっくり叩く。

彼女の唇がぴくりと動いた。「名乗りもしない人のために割く時間はないわ」

彼は闇にとどまっているが、笑みを浮かべた音が聞こえた気がした。「極めて重要な人物のためにしか、ということか、フェリシティ・フェアクロス？」

「嘘をついたのはわたしだけではないでしょう」フェリシティは険しい目で暗がりを見据えた。「あなたはわたしが誰だか知っていたのね」

「この屋敷を崩壊させられるほどの大嘘をついたのはきみだけだ」

彼女は顔をしかめた。「この口論はあなたの勝ちよ。何が目的？　脅し？」

「いいや。きみを怖がらせるつもりはない」彼の声は、まとっている闇のごとく重々しかった。低く静かで、それでいて銃声よりも鮮明だ。

フェリシティの鼓動はますます激しくなった。「あなたの狙いはまさにわたしを怖がらせることでしょう」ステッキの銀色の先端が再びブーツを叩く音がして、彼女はいらいらと目を向けた。「わたしが怖がるより怒りだす前に帰ったほうがいいわよ」

ステッキが止まる。それからまたブーツを叩く音がした。

彼が動いて光の輪の中へ身を乗りだし、長い両脚と、腿に置かれた黒いシルクハットが見えた。手袋はつけておらず、腕と肩にぴったりと沿う厚手の外套《がいとう》の黒い袖の下で、右手の親指、人差し指、それに薬指につけた三つの銀の指輪が蠟燭の明かりを反射する。髭《ひげ》がきれいに剃《そ》られた、くっきりした顎の線で光の輪は終わっていた。もう一度蠟燭を持ちあげると、その上の顔が見えた。

フェリシティは鋭く息をのんだ。おかしな話だけれど、頭をよぎったのは今夜マーウィック公爵をハンサムだと思ったことだ。

あれは訂正しなくては。

なぜなら、この地球上でこの人ほどハンサムな男性がいるはずはないのだから。彼の見た目はその声の響きそのものだった。なめらかな低い響きそのもの。誘惑そのもの。罪そのもの。

顔の右側は陰に隠れたままだが、見えるほうの側は――うっとりするほど美しい。鋭角と陰影のあるくぼみからなる細く長い顔、弧を描く濃い茶色の眉と豊かな唇、瞳に輝く叡智《えいち》を彼が人と分かちあうことは決してないと賭けてもいい。そして王族も顔負けの筋の通った鼻は、匠《たくみ》の技により鋭い刃で削られたかのようだ。

髪は濃い茶色で、頭の丸みがわかるほど短く刈られていた。「あなたの頭は完璧だわ」

彼が薄く笑う。「自分でもつねづねそう思っている」

フェリシティは蠟燭をさげ、彼を闇へ戻した。「形が完璧だと言ったの。どうやって髪をそんなに短く刈っているの？」

彼は返事をする前に躊躇した。「信頼する女性の手でだ」

意外な答えにフェリシティの眉が跳ねあがる。「あなたがここにいることをその女性は知っているの？」

「いいや」

「その頭に定期的に刃物を当ててもらっているのなら、彼女の機嫌を損ねる前に帰ったほうがいいでしょうね」

低い響きが聞こえ、フェリシティは息をのんだ。いまのは笑い声？　「その前になぜ嘘をついたのか聞かせてもらおう」

フェリシティは首を振った。「言ったでしょう、知らない人と話はしないことにしているの。どうぞ出ていって。入ってきたところから」ふと黙りこむ。「どうやって入ってきたの？」

「ここにはバルコニーがある、ジュリエット」

「この寝室は三階でもあるわ、ロミオもどきさん」

「それに丈夫なトレリスがある」彼の言葉には、悠然と構えておもしろがっている響きがあった。

「トレリスをのぼってきたの？」

「ああ、そうだ」

誰かがあのトレリスをのぼってこないものかとは、昔から空想していた。ただし、犯罪者が来るとは考えていなかった。何をしにここへ来たの？「そのステッキは動作の補助用ではないということかしら」

「そういう目的のものではないな」

「武器ということ？」

「必要としている者には、あらゆるものが武器になる」

「うってつけの助言ね。ここには侵入者がいるみたいだから」

彼は舌打ちしてたしなめる。「友好的な侵入者だ」

「ええ、そうね」フェリシティは冷笑した。「〝友好的〟は、わたしがあなたを描写するのに真っ先に使う言葉だわ」

「きみを隠れ家へ連れ去るつもりなら、とっくにそうしてる」

「隠れ家があるの？」

「ああ、ある。だが、連れていくつもりはない。今夜は」

最後の言葉にどきりとしなかったと言ったら嘘になる。「よかった。おかげで今後もわたしの安眠が守られるわ」

彼が笑った。この部屋の明かりのように控えめな笑い声だ。「フェリシティ・フェアクロス、きみはおれの想像とは違うな」

「まるで褒めているような言い方ね」

「褒めてるんだ」

「この燭台《しょくだい》を頭にお見舞いされてもそう言える？」

「きみはそんなことはしない」

強がりを見抜かれ、フェリシティはむっとした。「わたしのことを知りもしないのに、やけに自信があるのね」

「きみのことなら知っている、フェリシティ・フェアクロス。マーウィック邸の鍵がかかった温室の外で、バルコニーにいるのを見たときから、きみのことは知っていた。唯一謎だったのはそのドレスの色だ」

フェリシティはドレスを見おろした。ひとシーズン前のドレスで、いまの彼女の頬と同じ色。「ピンクよ」

「ただのピンクじゃない」彼の甘美な声は、約束と、彼女の気に入らない別の何かを帯びていた。「デヴォンの夜明けの空の色だ」

その言葉が自分の胸を満たすのが気に入らなかった。いつの日かその空を見て、この男性とこの瞬間を思い返しそうな気がしたからだ。この男性が消えないしるしを残していきそうな気がする。

「質問に答えたらおれは去ろう」

〝なぜ嘘をついた?〟

「覚えていないわ」

「いいや、きみは覚えている。あの恵まれない連中になぜ嘘をついた?」その形容があまりにばかげていて、フェリシティは笑いだしそうになった。笑いはしなかったけれど。だが彼はふざけてはいないようだ。

「あの人たちは恵まれているでしょう」

「互いの尻に頭を深々と突っこんでるものだから、世の中がめまぐるしく変化し、自分のいる場所がじきに他人に奪われることもまるでわかってない。そんなわがままで横柄な貴族連中だろう」

フェリシティは口をぽかんと開けた。

「だがきみは、フェリシティ・フェアクロス」彼は自分のブーツをステッキで二度叩いた。

「きみの場所は誰にも奪われない。だからもう一度尋ねる。なぜ彼らに嘘をついた?」

彼の描写にびっくりしたせいか、それとも率直な口ぶりのせいか、フェリシティはつい答えていた。「わたしの場所を欲しがる人はいないわ」彼が黙っているので、フェリシティはしかたなく沈黙を埋めた。「つまり言いたいのは……わたしのいる場所は無価値だということよ。なんの価値もないわ。わたしもかつては彼らとともにいた。だけどあるとき……」言葉が尻すぼみになり、彼女は肩をすくめた。「誰もわたしを相手にしなくなった」自分を止められず、そっとつけ加えた。「彼らをこらしめたかったの。わたしをもう一度仲間にしたいと思わせたかった」

口から出てきた本音がいやでならなかった。彼らに背を向けることができるくらい強いのではなかったの？　気にしていないのではなかったの？　自分の弱さを彼にむき出しにされたのがいやでならない。

彼女の弱さをむき出しにした彼がいやでならない。

暗がりから彼が返事をするのを待っていると、なぜかロンドン王立昆虫学会を訪問し、琥珀に封じこめられた大きな蝶《ちょう》を見たときのことが思いだされた。美しく繊細で、何ひとつ欠けることなく保存されているけれど、永遠に時が流れることはない。

この男性は自分をとらえはしない。今日のところは。「使用人を呼んであなたを連れていかせるわ。わたしの父は侯爵だと知っておくことね。許しもなく貴族の館《やかた》に入るのは禁じられているわ」

「誰の家であれ、許しもなしに入るのは禁じられてるよ、フェリシティ・フェアクロス。だがおれがきみの父親の爵位に敬服してみせれば、きみは満足か？　きみの兄の爵位にも？」

「今夜、あなたも嘘をついちゃいけない理由はないでしょう？」

しばらく間があり、それから答えが返ってきた。「つまり自分は嘘をついたと認めるんだな」

「そうね。どうせ明日にはロンドン中に知れ渡るわ。頭がどうかしたフェリシティと空想上の婚約者、とね」

フェリシティの自虐を彼はおもしろがらなかった。「言っておくが、きみの父親の爵位はばかげてる。きみの兄の爵位もだ」

「なんですって？」ほかに何も言うことができなかった。

「〝へま《バンブル》〟に〝かす《グラウト》〟とは、笑える名前じゃないか。いよいよ生活が苦しくなったら、いつでも薬屋になれる。ランベス地区の病人にチンキ剤や強壮剤を売ってそうな名前だ」

フェリシティの家族がお金に困っているのを彼は知っているのだ。ロンドン中が知っているの？ 知らなかったのは自分だけ？ 知らされたのは彼女が最後？ 彼女を利用して起死回生を図っていた家族さえ真実を教えてくれなかったせいで？ そう考えると腹立たしさがこみあげた。

男性が続けた。「そしてきみ、フェリシティ・フェアクロスはおとぎ話に出てきそうな名前だ」

フェリシティは彼をにらみつけた。「わたしたちの名前についてぜひご意見をうかがいたいと思っていたの」

男性は皮肉を無視した。「おとぎ話のお姫さま。塔に幽閉され、閉じこめた張本人の貴族社会の一部になりたいと……貴族社会に受け入れられたいと切望してる」

この男性の何もかもが奇妙でどこか腹立たしく、彼女を不安にさせる。「あなたなんて嫌いよ」

「それは違うな。きみは図星を指されるのがいやなんだ、嘘つき娘。きみのくだらない望みは、気取った香水くさい貴族連中からまがいものの友情を得ることだと、おれに見透かされるのがいやなんだろう。あいつらには本当のきみの姿さえ見えてないというのに」

暗がりで見知らぬ相手がすぐそばにいるのだから、フェリシティはなんらかの発作を起こしてもおかしくなかった。なのに……。「本当のわたし？」

「本当のきみはあの六人よりはるかにすばらしい」

その返答に全身がぞくぞくし、思わず彼に近づきかけた。シャンパンを飲んでいたら、この男性は魔法によって生みだされたと信じていたかもしれない。けれどもかぶりを振り、精いっぱい尊大な態度を取った。「わたしがお姫さまだったら、あなたはここにはいないわ」呼び鈴の紐を引こうと壁のほうを向く。

「万人が好きなのはそこだろう？　お姫さまが塔から救いだされるくだりだ」

フェリシティは首だけめぐらした。「救いだすのは王子さまよ。あなたじゃないわ……あなたがなんであれ」呼び鈴の紐へ手を伸ばした。

引くよりも先に彼が声をあげた。「誰が夏の虫なんだ？」

はっと振り返った。恥ずかしさが燃えあがる。「なんですって？」

「きみは炎になりたがっていただろう、お姫さま。飛んで火に入《い》る夏の虫は誰なんだ？」

頬がかっと熱くなる。そんなこと、ひと言も口にしなかったのに。ひとり言の意味がどうしてわかったの？　「盗み聞きはよろしくないわね」

「薄暗いきみの寝室にいるのもよろしくないが、おれはこうしてここにいる」

フェリシティはじろりとにらんだ。「あなたは決まりごとに注意を払う人ではないということかしら」

「おれたちの長いつきあいで、おれが決まりごとを守ってるところを見たことがあるか？」

いらだちが一気に高まった。「あなたは何者なの？　なぜマーウィック・ハウスのまわりをうろついていたの？　怪しげに……うろうろと」

彼はけろりとしている。「うろうろとうろつく、それがおれのやってたことか？」

この男性は、ロンドン中がそうであるように、彼女よりも一枚うわ手らしい。戦いの場を理解し、戦いを仕掛ける腕を持っている。それが憎らしい。フェリシティはとっておきの怖い目でにらみつけた。

効果はなしだ。「もう一度訊く。きみという炎に飛びこんできてほしい夏の虫とは誰なんだ？」

「絶対にあなたではないわね」

「それは残念」

その言葉ににじむ傲慢さも気に入らない。「わたしはそう決めたことに大いに満足しているわ」

彼の低い笑い声を聞き、フェリシティは奇妙な感覚に襲われた。「おれの考えを話そうか？」

「話さないでもらえるかしら」ぴしゃりと言った。

「その虫をおびき寄せるのは、はなはだ困難なんだろう」フェリシティは口を引き結んだが、何も言わなかった。「おれならきみのためにそいつをおびき寄せることができる」彼女は息をのんだ。男性がさらに続ける。「そいつの翅《はね》を焦がしてやったと、きみがすでにロンドンの半分に吹聴《ふいちょう》した相手を」

部屋が暗くてよかった。おかげで顔が真っ赤になったのを見られずにすむ。驚愕《きょうがく》していることも。興奮しているのも。この男性は、深夜に寝室へ忍びこんできたこの人は、フェリシティの人生も、彼女の家族が再起するチャンスも、まだ台なしにはなっていないと言っているの？

希望とは手のつけられない感情で、勝手に舞いあがってしまう。

「あなたなら彼を手に入れられるの？」

男性が笑う。おかしくもなさそうな低く暗い響きに、フェリシティは心ならずもぞくぞくした。「子猫をミルクの皿へ引き寄せるくらいたやすく」

フェリシティはにらみつけた。「からかうのはやめて」

「おれにからかわれているなら、きみにはそうとわかるはずだ」彼は後ろにもたれかかり、脚を伸ばしてあのいまいましいステッキでブーツを叩いた。「マーウィック公爵をきみのものにすることは可能だ、フェリシティ・フェアクロス。あれが嘘だったのをロンドン中に知られずに」

呼吸が浅くなる。「不可能よ」言いながらも、なぜか彼を信じていた。

「この世に真に不可能なことがあるか？」

フェリシティは無理に笑い声をあげた。「裕福な独身の公爵が、英国中の女性そっちのけでわたしを選ぶこと以外に？」

二度ブーツを叩く音がした。さらに二度。「それすら可能だ、行き遅れで平凡で頑固で、捨てられたフェリシティ・フェアクロス。おとぎ話なら、ここはお姫さまの願いがすべて叶う場面だ」

ただし、これはおとぎ話ではない。そして彼女の望みを叶えることはこの男性にはできない。「その手の展開では、通常始めになんらかの妖精が登場するものよ。あなたは妖精には全然見えない」

低く響く笑い声。「一本取られたな。だが、妖精以外にも同じような取り引きをするものがいるだろう」

再び胸が高鳴る。闇の中にいるこの謎めいた男性なら不可能な約束を果たせるのではないかと、無謀な希望が芽生えるのをフェリシティは嫌悪した。

常軌を逸しているのに、彼へと近づいていく。もう一度彼を光の輪の中へ入れながらどんどん近づき、ついにはありえないほど長い脚と、ありえないほど長いステッキの先に立った。

そこで蠟燭を高く掲げ、ありえないほど整った男性の顔をもう一度あらわにした。

けれども今回はその全貌が見えた。顔の右半分は、完璧な左半分とは調和していなかった。

こめかみから顎へと無惨な白い傷跡が走り、皮膚が引きつっている。

フェリシティが鋭く息をのむと、彼は光から顔をそむけた。「残念だな。きみは噛みついてくる気満々に見えたから楽しみにしていたが、こうも簡単にひるむとは」

「あら、ひるんでなんかいないわ。むしろほっとしたぐらいよ。あなたはわたしがこれまで出会った中で一番完璧な男性でなかったと判明したんですもの」

男性は顔を振り向け、翳った瞳が彼女の目をとらえた。「ほっとした？」

「ええ。恐ろしくハンサムな男性を相手にすると、どうすればいいかわからなくなるから」

彼が片方の眉をあげた。「〝どうすればいいかわからなくなる〟だと？」

「言わずと知れたことのほかにはね」

彼が首をかしげる。「言わずと知れたこと」

「眺めることよ」

「なるほど」

「とにかく、これでずっと気が楽になったわ」

「おれが完璧でないとわかったからか？」

「限りなく完璧に近いけれど、わたしが出会った中で一番のハンサムというわけじゃないわね」嘘をついた。

「侮辱と受け取るべきな気はするが、よしとしよう。参考までに、おれを王座から蹴落としたのは誰だ？」

そんな人はいない。傷があるほうがかえってハンサムに見える。

けれど、彼はこんなことを話すべき相手ではない。「厳密に言うと、彼はあなたの前に王座に就いていたの。だから奪還しただけよ」

「名前を教えてもらえるとうれしいが、レディ・フェリシティ・フェアクロス」

「あなたはさっきなんて呼んでいたかしら？　夏の虫？」

彼が一瞬、動きを止めた。普通の人なら気づかないほど短い時間だった。

フェリシティは気がついた。「あなたは察していたのだと思っていたわ」小ばかにした調子で言う。「わたしのために彼をおびき寄せてくれるなんて申しでてくれたから」

「その申し出はまだ有効だが、おれは公爵をハンサムだとは思わない。少しもな」

「その点について議論する必要はないわ。彼は明らかに魅力的ですもの」

「どうだか」彼は納得していないらしい。「なぜ嘘をついたのか聞かせてくれ」

「なぜわたしの嘘を繕う手伝いをしようとするのか聞かせて」

彼はフェリシティの目を長々と見つめた。「よきサマリア人のように人助けが好きだと言ったら信じるか？」

「いいえ。なぜマーウィック邸で舞踏会場の外にいたの？　公爵とはどんな関係？」

彼は片方の肩をすくめ、それからさげた。「教えてくれ。公爵はきみと婚約したことになっているのを知っても喜ばないとなぜ思う？」

フェリシティはにっこりした。「まず、彼はわたしがどこの誰だか知らない」

彼の口の片端がぴくりと動く。この人から満面の笑みを向けられるのはどんな気分だろう。そんな突拍子もない考えを脇へ押しやり、フェリシティはつけ加えた。「次に、さっきも言ったとおり、恐ろしくハンサムな男性はわたしをどうすればいいかわからないでしょう」

「さっき言ったことと違うな」彼が言い返した。「きみは〝恐ろしくハンサムな男性を相手にすると、どうすればいいかわからなくなる〟と言ったんだ」

フェリシティはしばし考えこんだ。「どちらも事実ね」

「なぜマーウィックはきみをどうすればいいかわからないと思うんだ？」

彼女は顔をしかめた。「言わなくてもわかるでしょう」

「いいや」

質問に反発し、フェリシティは身を守るように腕組みをした。「そんなことを尋ねるのは失礼よ」

「トレリスをのぼってきみの寝室に侵入するのも失礼だ」

「それはそのとおりね」そしてフェリシティは自分でも完全には理解できない理由から彼の質問に答えていた。いらだちと不安、それに身に迫る破滅の実感にのみこまれるがままに。「なぜなら、わたしは平凡そのものだからよ。きれいでもないし、おもしろくもないし、話し上手でもないから。自分が行き遅れになるなんてありえないと昔は思っていたけれど、いつの間にかそうなっていて、本気でわたしを求めてくれる人は現れずじまい。いまさらハンサムな公爵が相手にしてくれることは期待していないの」

彼がしばらく黙りこみ、フェリシティは恥ずかしさに身もだえせんばかりになった。

「帰って」そう言い足した。

「おれが相手だと、きみはなかなかの話し上手のようだが」

彼がその他の自己評価に異議を唱えなかったことには目をつぶろう。「あなたは暗がりに潜む見知らぬ人よ。闇の中ならなんだってたやすいわ」

「闇の中でたやすいことなどひとつもない」男性が言った。「だがそれは関係のない話だな。きみは間違ってる。だからおれはここにいるんだ」

「わたしは話し上手だと伝えるために？」

歯がきらりと光る。たたずむ彼はその長身でこの部屋を満たすかのようだ。彼の体つき、美しい脚、そしてかすかに見える広い肩と引きしまった腰を見つめていると、神経がちりちりする。

「おれはきみが求めてるものを与えるために来た、フェリシティ・フェアクロス」

ささやきにこめられた約束が彼女の全身を駆け抜ける。いま感じているのは恐怖だろうか。それとも別の何か？　フェリシティは首を振った。「無理よ。誰にも与えることはできない」

「きみは炎を求めている」彼がそっと言う。

フェリシティはもう一度首を振った。「求めていないわ」

「もちろん求めている。だが欲しいのは炎だけじゃない、そうだろう？」彼が一歩近づくと、どこか禁断の場所からやってきたかのように、煙を思わせる温かな香りがした。「きみはすべてを欲している。この世界、公爵、財産、権力。それにほかの何かを」さらに近づいて彼女を見おろした。伝わってくる彼の体温が、フェリシティを誘惑し、魅了する。「それ以上の何かを」言葉がささやきになった。「秘密の何かを」

フェリシティはためらった。この見知らぬ男に心を見透かされているみたいで悔しい。返事をしそうになっているのが悔しい。返事をしているのが悔しい。「手に入れられる以上のものをね」

「誰に言われたんだ、お嬢さん《マイ・レディ》？　すべてを手に入れるのは無理だと誰に言われた？」

フェリシティの視線は彼の手へとさがった。ステッキの銀の持ち手を大きな力強い指がはさみ、人差し指の銀の指輪が彼女を見あげるように輝いている。ステッキの金属の模様を観察し、持ち手はどんな形をしているのだろうと考えた。「あなたには名前があるの？」

「デヴィル」

その言葉に、鼓動が速くなった。あまりにばかげた名前はなぜかぴったりに思えた。「本当の名前ではないでしょう」

「世間が名前をこんなに重要視するなんておかしいと思わないか、フェリシティ・フェアクロス？　おれのことはなんだって好きなように呼べばいい。だが、おれはきみにすべてを与えることのできる男だ。きみが求めるものすべてを」

信じられない。当然でしょう。少しも信じられるものですか。「なぜわたしなの？」

そのとき彼が手を伸ばしてきた。後ろへさがるべきなのはわかっていた。触れさせてはいけないのは。なのに彼の指はフェリシティの左頬を撫でおろした。指が触れた箇所に火が燃えあがる。まるで彼が自分の傷を、おのれの存在のしるしを残そうとしているかのように。

だが、頬に熱さは残るものの、痛みはまるで感じなかった。彼に言い返されたとき、なおさら痛みではないと思えた。「なぜきみではいけない?」

なぜ自分ではいけないの? なぜ自分の求めるものを手にしてはいけないの? なぜどこからともなく現れてじきに消えるこの悪魔と取り引きしてはいけないの?

「嘘を撤回したいの」フェリシティは言った。

「過去は変えられない。変えられるのは未来だけだ。しかし、きみの約束を実現させることはできる」

「藁を紡いで金に変えるの?」

「なんと言っても、おれたちはおとぎ話の世界にいるんだから」

彼が話すとなんでもないことみたいに聞こえる。夜のあいだにすばやく奇跡を起こし、なんだってできるかのように。

もちろん、そんな考えはどうかしている。フェリシティが言ってしまったことは彼には変えられない。彼女のついた嘘は誰の手にも負えない。フェリシティを取り囲んでいた扉は今夜すべて閉ざされ、彼女はあらゆる道から締めだされた。自分の未来へ続く道から。家族の未来へ続く道から。アーサーの途方に暮れた表情が脳裏をよぎる。母の絶望した顔も。ふたりのあきらめの表情。破ることのできない錠前。

そしていまこの男性は……鍵をちらつかせている。

「あなたなら願いを叶えられるのね」

彼が手を裏返し、フェリシティの頰から顎に沿って熱が伝わってくる。その短い一瞬、彼はたしかに妖精の王だった。フェリシティはたしかに魅了されていた。「婚約するのは簡単だ。だが、きみの望みはそれですべてじゃないんだろう?」

なぜ知っているの?

彼の指がフェリシティの喉へと炎を広げ、彼女の鎖骨にそっと触れる。「全部言ってしまえ、フェリシティ・フェアクロス。塔のお姫さまはほかに何を求めている? 世界をひざまずかせること。自分の家族がもう一度裕福になること。それに……」

途切れた言葉が部屋を満たし、こらえきれずにフェリシティは続きを口にした。「公爵が夏の虫になることよ」彼の手が肌から離れ、強烈な喪失感が残った。「そしてわたしが炎になること」

彼がうなずき、その唇が罪のごとく弧を描く。暗がりの中で彼の瞳は色がないように見える。色がわかればこうまで魅了されずにすむのだろうかとフェリシティは思った。「きみの願いは公爵を誘惑することか」

妻を熱愛する夫。愛する人を切望する男。あらゆる力をその手に握る女性ひとりに注がれる、否定しようのない情熱。どれも実在することは彼女の記憶が証明していた。「そうよ」

「誘惑は慎重に扱うことだ。危険な代物だぞ」

「なぜそれを気にするの？　恋人？　愛人？　彼の妻だろうか？」

「実体験があるかのような口ぶりね」

「実際あるからな」

「あなたの理髪師さんと？」彼の妻だろうか？　愛人？　恋人？　なぜそれを気にするの？

「情熱は諸刃《もろは》の剣だ」

「情熱は必要はないでしょう」この見知らぬ男性といるのが、なぜだか急にとても心地よくなってきた。「いずれは夫を愛するようになれればと思うけど、わたしが彼に夢中になる必要はないわ」

「相手を夢中にさせたいわけか」

求められたい。夢中にさせたい。切望されたい。

「きみの炎に飛びこませたいんだな」

そんなのは不可能よ。

フェリシティは答えた。「きら星に見向きもされないでいると、自分はいつか明るく輝くことがあるのかどうかわからなくなるわ」言ったそばから恥ずかしくなって顔をそむけた。われに返って咳払いをする。「もういいの。過去は変えられない。わたしの嘘を消し去って本当にすることはできないわ。公爵にわたしを求めさせることはできない。たとえあなたが悪魔でもね。不可能なのよ」

「哀れなフェリシティ・フェアクロス、何が不可能で何がそうでないかと、こうも思い悩んでいる」

「あれは嘘だったんですもの。公爵には会ったこともないのよ」

「じゃあ、おれが真実を告げよう……マーウィック公爵はきみの言葉を否定しないだろう」

不可能だ。なのにそうあってほしいと願う気持ちが心の片隅にあった。もしそれが本当だったら、みんなを窮地から救えるかもしれない。「どうすればそんなことが起こるというの？」

彼が薄く笑う。「デヴィルの魔法だ」

フェリシティは片方の眉をあげた。「もしそんなことができるなら、あなたはそのばかげた名前に値するわ」

「たいていの者はこの名を不気味だと言う」

「わたしはたいていの人ではないの」

「少なくともそれは本当だな、フェリシティ・フェアクロス」

彼の言葉を聞いて体にぬくもりが広がるのが気に入らず、フェリシティはその反応を無視することにした。「そしてあなたは人助けの気持ちからわたしに手を貸そうというの？　悪いけれど、信じられないわ、デヴィル」

彼が頭を傾ける。「無論、違う。この心に人助けの気持ちなどかけらもない。願いが叶って公爵が身も心もきみのものとなったあかつきには、おれはきみに代価を求めに来る」

「それであなたは、〝代価はおまえが最初に産む子どもだ〟って言うのね？」

彼は笑い声をあげた。ひそやかな低い笑い声は、フェリシティが自覚していた以上におもしろいことを言ったかのようだった。彼が問いかける。「ぴーぴー泣く赤ん坊をもらってどうしろっていうんだ？」

彼女はくすりと笑った。「わたしがあげられるものは何もないわ」

彼は長々とフェリシティを見つめていた。「きみは自分を安く見積もりすぎだ、フェリシティ・フェアクロス」

「わたしの家族には差しだせるお金もない。あなたがそう言ったんでしょう」

「家族に金があれば、きみがこんな窮地に立たされることはなかった。そうだろう？」

率直な指摘に、その言葉が胸にもたらす無力さに、フェリシティは顔を曇らせた。「どうして知っていたの？」

「グラウト伯爵とバンブル侯爵が財産を失ったことをか？　それならロンドン中が知っている。マーウィックの舞踏会へ招かれていないおれたちでも」

フェリシティは顔をしかめた。「わたしは知らなかったわ」

「家族がきみに知らせる必要が出てくるまでは」

「知っておくべきだったときですら知らなかった」彼女はうめいた。「わたしにはどうすることもできなくなったときまで」

彼はステッキで床を二度突いた。「だからおれがここにいる。そうだろう？」

フェリシティは険しい目で彼を見据えた。「代価と引き換えにでしょう」

「この世は等価交換だ」

「自分の求める代価はもうわかっているみたいね」

「ああ、実を言うとな」

「代価はなんなの？」

彼が微笑む。それは不道徳な笑みだった。「話せばお楽しみがなくなる」

熱い興奮が肩から背筋へと広がってぞくぞくした。怖いのに希望をかきたてられる。どんな代価を払えば、家族が安心して快適に暮らせるのだろう？　どんな代価を払えば、自分が風変わりではあっても嘘つきではないことにできる？

どんな代価を払えば、自分の過去を知らない夫をつかまえられる？

この悪魔と取り引きしてみたら？

〝危険よ〟とささやく声が聞こえたが、誘惑に心が激しくぐらついた。だが、まずは確かめなくてはならない。

「もしわたしが取り引きに応じたら……」

またもや彼が薄く笑う。カナリアをくわえた猫のような笑いだ。

「い、もしわたしが応じたら」フェリシティは顔をしかめて繰り返した。「公爵は婚約を否定しないの？」

悪魔が首を傾けた。「きみの嘘だったことは誰にもばれない、フェリシティ・フェアクロス」

「そして公爵がわたしを求めるの？」

「空気を求めるように」彼の言葉は耳に心地よい約束だった。

不可能だ。この男性は悪魔ではない。たとえ悪魔だったとしても、今夜の出来事を消し去って、マーウィック公爵をフェリシティと結婚させることなど、神さまにさえできないだろう。


でも、彼にはできるとしたら？

取り引きも諸刃の剣だ。そして彼はたいていの男性より刺激的に見える。

この男性は手に入れることなど不可能な情熱を与えてみせると約束しているが、彼がそれに失敗したら、こちらが彼から何か勝ち取れるかもしれない。フェリシティは彼と目を合わせた。「あなたが失敗したときは？　別の願いごとを叶えてもらえるの？」

男性は沈黙し、やがて言った。「本気で悪魔に願いごとをするつもりか？」

「つねに非の打ちどころのない善人に願いごとをするより効力がありそうでしょう」彼女は指摘した。

傷跡の上で彼の眉が愉快そうにあがる。「いいだろう。おれが失敗したら、きみの願いごとをひとつ叶える」

フェリシティはうなずき、取り引き成立の握手をしようと手を差しだした。そして大きな手が自分の手の中へ滑りこんでくるなり、それを後悔した。大きな温かい手のひらはごつごつしていて、上品な紳士であればとうてい従事することのない活動を連想させた。

その甘美な感覚に、フェリシティは急いで手を放した。

「きみは応じるべきじゃなかったな」彼が言い添える。

「どうして？」

「闇の中で交わされる取り引きから善がもたらされることはないからだ」彼はポケットに手をやり、名刺を出した。「二日後の夜に会おう。それまでにおれに用があれば別だが」椅子の隣の小さなテーブルに名刺を落とす。これから先、あのテーブルは彼のものと思うようになるだろうと、フェリシティはふと考えた。「おれが帰ったら扉に鍵をかけるんだな。寝ているあいだに怪しい男に侵入されては困るだろう」

「鍵をかけていても、今夜ひとり目の怪しい男を防ぐことはできなかったわよ」

彼の口の片端が持ちあがる。「ロンドンにいる錠前破りはきみひとりじゃないんだ、かわいい人《ラブ》」

かっと赤くなるフェリシティをよそに、彼はシルクハットに手をやって別れの挨拶をし、錠前破りではないと彼女が否定する間もなく、銀のステッキを月の光にひらめかせてバルコニーの扉から外へ出ていった。

彼女がバルコニーへと駆け寄ったときには、その姿は夜にのまれて消えていた。

フェリシティは室内へ戻って扉に鍵をかけた。それから、置いていかれた名刺へと視線を落とす。

名刺を持ちあげ、そこに記されている凝った紋章を見つめた。

裏面には住所が記載されていた。聞いたことのない通りだ。その下には、同じく男性的な筆跡でこう記されていた。

〝悪魔が歓迎する〟

6

二日後の夜、最後の日の名残が闇に消える頃、ベアナックル・バスターズは、酒場や劇場で知られるコヴェント・ガーデンの界隈《かいわい》が犯罪と残虐性に場所を譲る最奥の通りをゆっくり歩いていた。

コヴェント・ガーデンはくねくね曲がる無数の細い通りが入り組んだ迷路で、無知なよそ者は気づけばその蜘蛛《くも》の巣にとらわれている。劇場帰りに道を一本間違えたら、財布を掏《す》られて自身は側溝へ、もしくはさらにおぞましい場所へと突き落とされかねない。奥深くの貧民窟へと続く通りはよそ者にやさしくはない。華麗な服装の上品な紳士であればなおさらだが、デヴィルとウィットは上品でもなければ紳士でもなく、いかに華麗な服をまとっていようとベアナックル・バスターズに手出しをしてはならないことは誰もが承知していた。

何より、きょうだいはこの界隈で一目置かれている。自身も貧民窟の出で、喧嘩と盗みに明け暮れ、汚泥にまみれて眠った過去を持っているのだ。同じ貧しい境遇からなりあがった男たちほど好かれるものはない。きょうだいが商売のほとんどを貧民窟で行っているのも、ふたりの受けを悪くはしない。ここでは屈強な男たちと利口な女たちがきょうだいのために働き、正直者の少年たちと賢い少女たちはつねに目を光らせて、おかしなことがあれば彼らに報告して金貨一枚の褒美を手にしていた。

金貨一枚あれば、ここではひと家族が一カ月食べていける。バスターズはこの肥だめで湯水のように金をばらまき、自身とその商売を無敵にしていた。

「ミスター・ビースト」幼い少女がウィットのズボンを引っ張り、きょうだい以外の全員が使う名で呼んだ。「届いたんでしょ！　いつまたレモンのかき氷を食べさせてくれるの？」

ウィットは足を止めてしゃがみこんだ。滅多にしゃべらないためにその声は嗄《か》れ、幼少期の名残のきつい ロンドン訛《なま》りがここにいるときだけは戻ってくる。「いいか、お嬢ちゃん、通りでかき氷の話をしちゃいけない」

少女の明るい青の目が真ん丸になる。

ウィットが彼女の髪をくしゃっとした。「おれたちのことを内緒にできたら、ちゃんとレモンのかき氷をあげるよ」少女は歯が抜けたばかりらしく、笑みを浮かべた口元にぽっかり隙間が空いていた。ウィットは彼女の向きを変えさせた。「お母さんを捜しに行け。倉庫の仕事が終わったら、おれが洗濯物を引き取りに行くと伝えるんだぞ」

少女は弾丸みたいに飛んでいった。

きょうだいは再び歩きだした。「おまえが洗濯を頼んでるおかげで、メアリーも助かってるだろう」デヴィルは言った。

ウィットがうなる。

きれいな水を共用できる貧民窟はロンドンには数えるほどしかない。ここで水が使えるのはベアナックル・バスターズがそうさせたからだ。医師と牧師がいて、子どもたちが働きに出る前に字を覚えられる学校があるのもデヴィルとウィットがそうなるよう働きかけたからだった。しかし何もかも与えるのは不可能であり、どのみちここに暮らす貧者たちの誇りがそれに甘えることを許さないだろう。

だからバスターズはなるべく多くの者に仕事を与えるようにしていた。世界各地から集まった、利口でたくましい老若男女たちに。ロンドンっ子、北イングランド出身者、スコットランド人、ウェールズ人、アフリカ人、インド人、スペイン人、アメリカ人。コヴェント・ガーデンへ流れ着き、働くことのできる者であれば、バスターズは手がけているあまたの商売の中から何かひとつを紹介している。酒場に拳闘場、精肉店にパイの店、皮なめし所に染め物店、この界隈にはほかにもあちこちに五つ、六つは働き口があった。

たとえデヴィルとウィットがここの汚泥からなりあがっただけでは不充分だったとしても、ふたりが提供する、安全な環境で正当な賃金がもらえる仕事が貧民窟の住人たちの忠誠心を買った。その点が貧民窟についてほかの事業主には理解できないところだ。連中はすぐ目の前に飢えた者がごろごろいる環境でも人を働かせることができると考えている。この地区の端にある、現在ふたりが所有している倉庫は、かつてはピッチ（黒色の樹脂。木造船の防水に使用される）の製造工場として稼働していた。しかし工場を建てた会社の経営者が、地域住民には忠誠心のかけらもなく、見張っていないとなんでも盗んでいくことに気づいたため、長らく閉鎖されていた。

これが地元の男たち二〇〇人が雇われているとなると、話は変わってくる。デヴィルは建物へ入ると、薄暗い庫内のあちこちで見張りをしている五、六人の男たちにうなずきかけた。ここはいまでは一元管理型の倉庫であり、バスターズが扱う商品がすべて保管され、酒や菓子、革製品に羊毛製品の木箱が積まれていた。国が課税しているものならなんでも、ベアナックル・バスターズは安値で売る。

そしてきょうだいから盗みを働こうとする者は、その名が約束する罰を恐れて皆無だった。体重もまだずっと軽かった二〇年前、素手《ベアナックル》で戦い、年に似合わぬ俊敏さと強さで縄張りを手に入れ、敵に対して容赦がなかった頃につけられたあだ名だ。

デヴィルは見張りを率いる大男に声をかけに行った。「問題ないか、ジョン?」

「ありません」

「赤ん坊は生まれたのか?」

濃い茶色の顔に、真っ白な歯が誇らしそうにひらめく。「先週生まれました。男の子ですよ。頑丈なところは父親似だ」

新米の父親の満足げな笑みは薄暗い庫内を陽光のように照らし、デヴィルはジョンの肩を叩いた。「だろうな。奥さんのほうは?」

「おかげさまで元気にしてます。ほんとにおれにはできすぎた嫁さんですよ」

デヴィルはうなずき、声を低くした。「女はみんなそうだ。おれたち男が力を合わせてもかなわない」

げらげら笑うジョンから顔を振り向けると、ウィットはニクと立っていた。彼女は倉庫の監督役でまだ二〇歳そこそこだが、ほかに類を見ないほど有能な組織のまとめ役だった。分厚い外套に帽子、手袋で肌はほとんど隠れていて、そうでないところも薄暗い明かりで見えないが、ニクは近づいていくデヴィルを迎えて片手を差しだした。

「どうなってる、ニク?」デヴィルは尋ねた。

金髪のノルウェー娘はあたりを見回したあと、ふたりを倉庫奥の一角へ手招きした。見張りのひとりが床にある扉を開けると、下へと続く真っ暗な大穴があらわになる。

一抹の恐怖が胸をよぎり、デヴィルはウィットを振り返った。「先に行け」

ウィットは身ぶり手ぶりで雄弁に意思を伝えてくることもあるが、今回はしゃがみこむと躊躇なく暗闇の中へ飛びおりた。

デヴィルも続き、火の入っていないランタンをニクから受け取った。最後に入ってきたニクは見張りを見あげてひと言発した。「閉めな」

すぐさま見張りが言われたとおりにする。大きな洞窟を思わせるこの闇の深さに勝るのは死のみだ。デヴィルはそう確信し、呼吸を落ち着かせようとした。思いださないようにしようとした。

「おい」闇の中でウィットがうめく。「明かり」

「あんたが持ってるよ、デヴィル」これはニクのきついスカンジナビア訛りだ。

くそっ。自分が持っているのを忘れていた。ランタンの火屋を探るが、暗さと焦りのせいで手間取った。だが火打ち石でようやく点火して明かりがつき、安堵《あんど》する。

「じゃあ、急いで」ニクはデヴィルからランタンを取り、先に向かった。「必要以上に温度をあげたくないから」

真っ暗な区域の先は細長い通路になっている。デヴィルはニクに続いた。通路をなかばまで進むと、空気が冷たくなってきた。

ニクが振り返って告げる。「帽子と外套でちゃんと防寒して」

デヴィルは外套の前をかきあわせてボタンをすべて留め、ウィットも同じ動作をしてから帽子を目深にかぶった。

通路の突き当たりでニクは真鍮の鍵束を取りだし、重厚な金属の扉にずらりと並ぶ錠を開けだした。すべて解錠すると扉を開け、次の扉につけられた錠の列に取りかかる――ふたつの扉を合わせて錠前は一二個あった。二番目の扉を開ける前に振り返る。「すばやく入ってよ。扉が開いてる時間が長くなるほど――」

ウィットがうなり声で彼女をさえぎった。

「ビーストが言わんとしてるのは」デヴィルは説明した。「おれたちはきみが生まれる前からこの倉庫を使ってるということだ、アニカ」

愛称でない名前で呼ばれ、ランタンの明かりにニクの目が細められる。だが、彼女は扉を開けた。「だったら入って」

中へ入ると、ニクは扉を叩きつけるようにして閉め、三人は再び闇の中に立った。ニクが振り返って光を高く掲げ、ブロック状の氷が積まれた巨大貯氷庫を照らしだす。

「無事だったのはどれぐらいだ？」

「一〇〇トンだね」

デヴィルは口笛を鳴らした。「三五パーセントを失ったのか？」

「いまは五月だから」ニクは声が聞こえるよう、顔の下半分を覆っていたウールのマフラーをさげて説明した。「海流が温かいんだ」

「残りの貨物は？」

「すべて確認ずみ」ニクはポケットから船荷証券を取りだした。「ブランデー六八樽《たる》、アメリカ産バーボン四三樽、シルクが二四箱、トランプ二四箱、サイコロ一六箱。それにおしろいひと箱とフランス製のかつら三箱、最後のふたつは目録にはないけど、それには目をつぶっていつものところへ配達すればいいんだね」

「そのとおりだ」デヴィルは言った。「溶けた氷で積み荷に被害は出なかったか？」

「まったく。あっちできっちり梱包《こんぽう》してくれてたから」

ウィットが承認のうなり声をあげる。

「きみのおかげだな、ニク」デヴィルは言った。

ニクは笑みを隠さなかった。「ノルウェー人はノルウェー人が好きだからさ」言葉を切る。

「ひとつだけ」ふた組の目が彼女の顔をとらえた。「波止場に監視してるやつがいた」

きょうだいは目を見交わした。バスターズの縄張りで彼らを相手に盗みを働こうとする者はいないものの、安全なコヴェント・ガーデンを出発したあと、荷物を積んだ荷馬車がこの二カ月で二度も拳銃強盗に遭っていた。この仕事にはつきものの危険とはいえ、デヴィルは急に何度も襲われたのが気に入らなかった。「どんなやつだった？」

ニクは首を傾けた。「はっきりしたことは何も」

「なんでもいいから言ってみろ」ウィットが促す。

「服装は同業者みたいだった」

ありうることだ。フランスやアメリカから密輸している者はいくらでもいる。ここまで水も漏らさぬやり方をしているのはベアナックル・バスターズのみだが。「だけど？」

ニクは唇を引き結んだ。「チープサイドの男にしてはブーツがやけにきれいだったね」

「当局の回し者か？」密輸はつねに危険と隣り合わせだ。

「かもしれない」ニクの返事は確信に欠けていた。

「積み荷は？」ウィットが問いかける。

「いつも見えないようにしてた。氷は平台にのせて荷馬車に引かせ、箱は安全な荷台の中。それにみんな普段と違うところはなかったってさ」

デヴィルはうなずいた。「荷物はここで一週間保管する。誰も出入りさせるな。通りの子どもたちに、おかしなやつがいないかどうか目を光らせるよう伝えてくれ」

ニクがうなずく。「わかった」

ウィットは氷のブロックを蹴った。「氷自体は？」

「きれいなもんだね。売り物にできる」

「今夜、地域の精肉店に分けてやってくれ。一〇〇トンもの氷があるんだから、誰にも傷んだ肉を食べさせるな」デヴィルは間を置いてから言った。「そうそう、ビーストは子どもたちにレモンのかき氷を約束してたな」

ニクが眉をあげる。「やさしいねえ」

「みんなそう言ってる」デヴィルは冷ややかな口調で言った。「それでこそビーストだ、すごくやさしいんだよ」

「レモンシロップもかけてあげるの、ビースト?」ニクがにやにやしながら訊く。

ウィットはうなった。

デヴィルは笑い、氷のブロックにぴしゃりと手を叩きつけた。「ひとつ事務所へ運んでもらっていいか?」

ニクがうなずく。「もう手配ずみ。植民地産のバーボンひと箱もね」

「よくわかってるな。おれはそろそろ戻る」貧民窟を歩き回ったあとは風呂が欠かせない。これからボンド・ストリートでひと仕事ある。

そのあとはフェリシティ・フェアクロスを相手にひと仕事だ。

フェリシティ・フェアクロス。蠟燭の光にその肌は黄金色に変わり、大きくて聡明《そうめい》な茶色の瞳は不安と情熱と激しい怒りに満ちていた。最近思いだせる限りでは、あんなふうに言葉を戦わせられる相手にはお目にかかっていなかった。

もう一度彼女と一戦交えたい。

そんな考えに咳払いをして振り向くと、ウィットが見透かすような目でこっちを見ていた。

デヴィルは無視して外套をきつく引き寄せた。「ここは凍える寒さだな」

「氷の商いに手を出すことにしたのはあんただろ」ニクが言った。

「まずい考えだぞ」デヴィルをまっすぐ見てウィットが続ける。

「考えを変えるにはいささか遅すぎだよ。言わば船は……」ニクはにやりとしてつけ加えた。

「すでに出航したんだから」

陳腐な冗談にデヴィルとウィットは頬をゆるめなかった。ウィットが言っているのは氷のことではないのにニクは気づいていない。ウィットはあの女性のことを言っている。

デヴィルはきびすを返して貯氷庫の扉へ向かった。「行くぞ、ニク。明かりを持ってきてくれ」

彼女は従い、三人は通路へ出た。ニクが鋼鉄の二重扉を施錠し、暗がりを通ってふたりを倉庫まで連れ戻すあいだ、デヴィルはウィットの見透かすような目を見ようとしなかった。

ウィットの洗濯物を受け取り、石畳の通りを何本も抜け、コヴェント・ガーデンの中心、アーン・ストリートの大きな建物内にある事務所とアパートメントへ戻るあいだも、ウィットの目を避け続けた。

一五分間黙りこくって歩いたあと、ウィットが口を開いた。

「彼女のために罠《わな》を仕掛けるのか」

デヴィルはその含みのある物言いが気に食わなかった。「彼女とユアンの両方を罠にかけるんだ」

「まだあのレディを誘惑してユアンから奪うつもりなんだな」

「彼女も、今後あいつが目をつける女性も、必要ならすべて誘惑する」デヴィルは返した。

「ユアンの傲慢さは相変わらずだ、ウィット。あいつは跡継ぎをもうけるつもりでいる」

ウィットは首を振った。「いや、ユアンが狙ってるのはグレースだ。あのレディに次期公爵を産ませるのを阻止するためなら、おれたちがグレースを手放すと踏んでるんだ」

「ユアンの見込み違いだな。グレースも彼女も渡さない」

「二台の馬車が互いに向かって突っこんでいく意地の張り合いだぞ」ウィットがうめいた。

「向きを変えるのはユアンだ」

ウィットの視線がデヴィルの目をとらえる。「これまでやつが折れたことは一度もない」

記憶の中の一場面が脳裏をよぎった。ユアン、背が高く、痩せこけ、こぶしを高くあげ、目は腫れあがり、唇は裂け、屈することを拒んでいる。退くことに反抗している。勝ちにしがみついている。「昔とは違う。長いあいだ飢えを味わってきたのはおれたちだ。おれたちのほうががむしゃらに働いてきた。公爵の座におさまったせいで、あいつはやわになった」

ウィットがうなる。「グレースのことは？」

「ユアンには見つけられない。永遠に」

「おれたちでユアンを始末するべきだったんだ」

公爵を殺《あや》めれば、バスターズが築きあげたものは崩壊する。「危険が大きすぎる。それはわかってるだろう」

「それに、グレースとの誓いがある、か」

デヴィルはうなずいた。「ああ」

「ユアンの帰還はおれたち全員の脅威だ。誰よりグレースにとっての」

「いや」デヴィルは言った。「あいつの帰還で最も脅かされるのはあいつ自身だ。忘れるな、やつのしたことを……どうやって爵位を手に入れたかを人に知られたら、あいつは首つり縄からぶらさがることになる。国家に対する裏切りで」

ウィットはかぶりを振った。「その危険を冒してでも彼女を見つけるつもりだったら？」

グレースを、かつて愛した女性を。ユアンの手にかかっていた女性を。デヴィルとウィットがいなければユアンの手にかかっていた女性を。

「その場合、あいつはすべてを犠牲にしたあげく」デヴィルは言った。「何ひとつ得られない」

ウィットがうなずく。「跡継ぎさえも」

「跡継ぎは絶対にだ」

ウィットが提案した。「もともとの計画だってまだ有効だろう。公爵を叩きのめして田舎の屋敷へ送り返すんだ」

「それでやつの結婚を止めることはできない。いまとなっては無理だ。ユアンはあと一歩でグレースを見つけられると考えてる」

ウィットは片手を開いてから閉じた。その動作で黒革の手袋がきしむ。「叩きのめしてやったら、すかっとするだろうけどな」それから数分無言で歩いたあと、ふとつけ加える。「あのレディも気の毒に。罪のない嘘のためにおまえとベッドをともにするはめになるなんて、予想のしようがない」

もちろんそれはもののたとえだったが、それにもかかわらずその光景が目に浮かび、デヴィルは抗うことができなかった。フェリシティ・フェアクロス。デヴィルの前に広がる彼女の茶色の髪、ピンク色のドレス。利口で美しく、その口は罪を思わせる。

彼女を破滅させるのは悦《よろこ》びとなる。

デヴィルは胸をかすめるかすかな罪悪感を無視した。ここには罪悪感の入りこむ余地はない。「身を滅ぼす女性は何も彼女が初めてじゃない。父親に金をくれてやるんだ。彼女の兄にも。連中は苦境から救済されたことに、ひざまずいて感謝の涙を流すだろう」

「おやさしいな」ウィットが冷ややかに言う。「だがあのレディの救済はどうなる？　不可能だろう。身の破滅どころか、国外へ逃げるしかなくなるぞ」

〝わたしをもう一度仲間にしたいと思わせたかった〟

フェリシティ・フェアクロスの望みは貴族社会へ戻ることだけだ。その願いが叶うことはない。叶えてみせるとデヴィルは約束したが。「次の夫候補を自由に選べるだろう」

「若くもない身を滅ぼした行き遅れに、貴族の男たちが列をなして求愛するものか？」

デヴィルの胸に不愉快なものがこみあげた。「貴族でなくともよしとすればいい」

一拍置いてウィットが尋ねる。「つまりおまえのような男か?」

何をばかな。違う。自分のような男とフェリシティ・フェアクロスとでは境遇に天と地の差があり、考えるだに笑止千万だ。

デヴィルが返事をしないでいると、ウィットが再びうなった。「グレースに知られるわけにはいかないぞ」

「もちろんだ」デヴィルは言った。「グレースが知ることはない」

「グレースは首を突っこまずにはいられないけどな」

事務所の扉を目にしてこうもうれしく思ったことはなかった。デヴィルは扉へ近づきながら鍵を出したが、解錠する前に小窓がすっと開いてから閉まった。扉が開き、ふたりは中へ入った。

「遅かったわね」

ふたりの後ろで扉を閉めてそれに寄りかかる長身で赤毛の女性に、デヴィルはすばやく視線を投げた。相手は片手を腰に当て、何年も待ちぼうけを食わされていたかのような態度だ。デヴィルはすぐにウィットに目をやった。ウィットは無表情で、その目が静かにデヴィルの目をとらえる。

〝グレースに知られるわけにはいかないぞ〟

「何があったの?」彼らの女きょうだいは交互にふたりを見た。

「何がだ？」デヴィルは帽子を取って問い返した。

「子どもの頃、わたしに内緒で拳闘の試合に出ることにしたときと同じ顔をしてる」

「あれは名案だっただろう」

「ろくでもない考えだったのはわかってるでしょ。最初の晩に殺されなかったのは幸運だった。あなたはあんなおちびさんだったんだから。ふたりともわたしがリングにあがって幸運だったのよ」グレースはかかとに体重を預け、腕組みした。「それで、何があったの？」

デヴィルはその質問を聞き流した。「おまえだって最初の夜は鼻を折られて帰ってきた」

彼女がにっこりする。「へこんだ鼻はわたしのチャームポイントよ」

「へこみはへこみだ」

グレースは咳払いをしてから続けた。「話が三つあるの。それを伝えたら、わたしには本物の仕事がある。あなたたちふたりが戻ってくるのを待ってここでのんびりしてる暇はないんだから」

「誰も待っててくれとは頼んでない」デヴィルはそう言うと、尊大なグレースを押しのけてその先の暗い廊下を通り、自分たちのアパートメントへと裏階段をあがっていった。

グレースはひるまずついてきた。「まずはあなたに」ウィットに一枚の紙を渡す。「今夜予定されてる拳闘の試合は三つ。それぞれ別の場所で、一時間半後に開始。ふたつはフェアな試合になるけど、三つ目は大荒れになるわよ。住所はここ。先に男の子たちをやって、賭けの受付を始めさせてる」

ウィットがうなり声で承諾し、グレースは先を続けた。

「次に、カルフーンが〝おれのバーボンはどこだ〟ですって。こっちが入手に手こずるようなら、自分で同国人を見つけてそっちにやらせると言ってるわ。ほんと、傲慢さでアメリカ人に勝てる人っている？」

「カルフーンに伝えろ。到着ずみだがまだ動かせない、だからおれたち全員がそうしているように待っているか、新たに注文し直してアメリカから届くまで二カ月待つかだと」

グレースがうなずく。「〈堕《お》ちた天使〉への配達も同様ってことね？」

「この船荷から配達予定のものはすべてそうなる」

グレースはデヴィルを見つめ、怪訝《けげん》そうに目を細くした。「監視されてるってこと？」

「ニクはその恐れがあると見てる」

グレースはしばし口をすぼめてから言った。「ニクがそう見てるならそうかも。ところで三つ目だけど、わたしのかつらは届いた？」

「一生かかっても使いきれないおしろいとともにな」

彼女はにっこりした。「やってみないとわからないでしょ」

「おれたちの船はおまえに私物を届けるためのラバじゃないんだぞ」

「あら、でもわたしの私物は密輸品じゃないし税金もかからないわよ、きょうだい《ブラヴ》。だから、かつら三箱の受け取りはこの世で最悪のことじゃないわ」手を伸ばし、短く刈られたデヴィルの頭を撫でる。「あなたもかぶってみたら……もうちょっと髪があってもよさそう」

デヴィルはグレースの手を払いのけた。「血のつながったきょうだいでなければ――」

グレースがにんまりする。「実際、血のつながりはないわね」

血のつながりはなくても絆で結ばれている。「なのにどういうわけだか、おれはおまえに我慢してるんだ」

グレースは顔を突きだした。「それはあなたたち荒くれ者に代わって、わたしがどんどん稼いであげてるからでしょ」ウィットがうめき、グレースは声をあげて笑った。「ね？ウィットはわかってるわ」

ウィットは廊下の奥にある自分の部屋へと姿を消し、デヴィルはポケットから鍵を取りだして自分の扉の鍵穴に挿しこんだ。「ほかにも何かあるのか？」

「きょうだいにお茶ぐらい勧めたっていいでしょ。あなたのことだから、自分のバーボンはもう届けさせてるのよね」

「仕事があるんじゃなかったのか」

彼女は片方の肩をすくめた。「わたしが行くまでクレアが店を見てくれてるわ」

「こっちは出かける場所があるのに、貧民窟のにおいが服にしみついてるんだ」

グレースが眉をあげる。「どこへ出かけるのよ？」

「おれには夜に何もすることがないかのような言い方だな」

「日没から深夜までは何もないじゃない」

「そんなことはない」当たらずといえども遠からずだが。鍵を回し、グレースを振り返りながら扉を開けた。「いいから、いまはあっちに行けと言ってるんだ」

グレースがなんと言い返そうとしていたにしろ——彼女がつねに言い返さずにいられないのは神がご存じだが、その言葉は発されなかった。グレースの青い目はデヴィルの肩先からその奥の室内へと向かい、彼が不安になるほど見開かれた。

デヴィルはその視線をたどって振り返りながら、ありえないことだが、これから自分が目にするものをなぜか察していた。

目にする相手を。

レディ・フェリシティ・フェアクロスは、あたかもそこが自分の居場所であるかのように、部屋の奥の窓辺にたたずんでいた。

7

彼は女性と一緒だった。

体調の悪いふりをし、黄昏《たそがれ》どきに家を抜けだして辻《つじ》馬車を拾い、名刺の裏に綴《つづ》られた謎の場所へと向かいながら、どんなことが待っているだろうといろいろ、本当にいろいろと想像したけれど、女性がいるとは考えていなかった。

背が高く、完璧な化粧が目を引く女性は、夕日のような髪に、アメジスト色のティアードスカート、装飾を施されたコルセットはフェリシティが見たこともないような豊かな暗紫色だった。美人というわけではないが、堂々として落ち着き払っていて、圧倒的に……圧倒的だ。

男性が夢中になる女性。それは間違いない。

まさにフェリシティが自分もそうなれたらとたまに夢見るような女性。

デヴィルは彼女に夢中なの？

部屋の明かりが薄暗くてよかったといまほど思ったことはない。うろたえて顔が燃えあがり、全身の細胞が逃げだしたがっている。問題は、デヴィルと称する男性とその連れが、ひとつきりの出入り口をふさいでいることだ。窓から飛びおりる可能性を考慮に入れなければ。

フェリシティは暗い窓ガラスを振り返り、下の路地までの高さを目測した。

「飛びおりるには高すぎる」デヴィルは彼女の頭の中にいるかのように言った。

フェリシティは振り向いて居直った。「確信はあるの？」

女性が笑い声をあげた。「間違いないわね。それに爵位持ちのレディがぺしゃんこになるのはデヴも願いさげよ」そこで口をつぐむ。親しげな愛称での呼び方がふたりのあいだの空間を埋めた。「あなた、爵位持ちなんでしょ？」

フェリシティは目をしばたたいた。「父はそうです」

女性はデヴィルがそこにいないかのように彼を押しのけて進みでた。「興味深いわね。どんな爵位？」

「父は――」

「答えるな」デヴィルは部屋に入ってくると近くのテーブルに帽子を置き、そこにあったランプに火をともして金色の光であたりを満たした。こちらを向いた彼を、フェリシティはつい凝視しそうになるのに抗った。

そして失敗した。

彼女は完全に凝視していた。デヴィルのこの季節には温かすぎる分厚い外套と、その下のロングブーツを見つめていた。ブーツには、どこかで豚と遊んできたみたいに泥がこびりついている。彼は外套を脱いでそばの椅子に放った。異性がこんなにくだけた格好をしているのを見るのは初めてかもしれない。柄物のベストの下はリネンのシャツ、どちらも灰色だけれど、首巻き《クラヴァット》は締めていない。シャツの開いた襟ぐりを埋めるものは何もなかった。喉の筋肉と、長く深い三角形に切り抜かれ、黒い体毛にうっすらと覆われた肌以外は。

それは見たこともない光景だった。アーサーや父のクラヴァットをつけていない姿を見たことなど、片手で数えられるほどしかない。

それに、ここまでつくづく男性的なものを目にするのも初めてだ。

三角形からのぞいている肌に目が釘付けになる。

長すぎる沈黙のあと、フェリシティは自分がデヴィルを凝視していたことに気づき、女性へ注意を戻した。相手はフェリシティがしていたことを正確に把握している様子で、眉を高くあげている。女性の好奇のまなざしに耐えきれず、フェリシティの視線は再びデヴィルへと、今度は彼の顔へと飛んだ。これまた失敗だ。デヴィルのハンサムさに慣れることはあるのだろうか。

とはいえ、オートミール粥《ポリッジ》に入っていた虫を見るような目で彼に見られるのは心外だった。ポリッジを食べるような人には見えないけれど。

デヴィルににらみつけられて、フェリシティはもうたくさんだと思った。「あなたは朝食には何をとるの？」

「どういう……」彼が頭をはっきりさせるように頭を振った。「なんだって？」

「ポリッジ？」

「まさか、違う」

「おもしろくなってきたわね」女性が言った。

「おまえには関係ない」デヴィルが言い返す。

乱暴な口調がフェリシティの癇《かん》に障った。「そんな口をきくものじゃないでしょう」

女性がにんまりする。「まったく同感ね」

フェリシティは背を向けた。「わたしは失礼するわ」

「きみは来るべきじゃなかった」

「ちょっと！　間違いなくそんな口をきくものじゃないわよ」女性が言った。

デヴィルは忍耐力を乞うかのように天井を見あげる。

フェリシティは彼の脇を通り抜けかけた。

「待て」デヴィルが手を伸ばして止める。「そもそもどうやってここへ来た？」

フェリシティは立ち止まった。「あなたが住所を教えたんでしょう」

「それでメイフェアからここまでやってきたのか？」

「わたしが来たぐらいでなぜ騒ぐの？」

その質問にデヴィルはいらだった様子だった。「途中で何が起きてもおかしくなかったからだ。盗賊に襲われていたかもしれない。誘拐して身代金を要求しようとするごろつきはいくらでもいる」

心臓がどきりとした。「怪しい連中ね？」

「そのとおりだ」

フェリシティはそらとぼけて言った。「勝手に寝室に忍びこんでくるような人たち？」

デヴィルはぴたりと動きを止め、怖い顔になった。

「あらあら！」女性が手を打ち合わせる。「いまのがどういう意味かは知らないけど、とんでもなくおもしろそう。ドルリー・レーン劇場の出し物よりずっといいわ」

「黙ってろ、ダリア」デヴィルは癇癪《かんしゃく》を起こさんばかりに言った。

〝ダリア〟彼女にお似合いの名前だ。フェリシティには絶対に似合わない名前。

ダリアは何も言わず、デヴィルはフェリシティに向き直った。「どうやってここへ来た？」

「辻馬車でよ」

彼が悪態をつく。「それでどうやってここへ来たんだ？　どうやって部屋に入った？」

フェリシティは動きを止めた。髪に挿しこんだヘアピンがいやというほど意識される。ありのままを教えるわけにはいかない。「鍵はかかっていなかったわ」

デヴィルが目を細くする。嘘だとわかっているのだ。「それならこの建物にはどうやって入った？」

フェリシティはつじつまの合う返事を探した。何か事実以外のことを。でも見つからず、いまの質問は無視することにした。再度帰ろうとして動きながら告げる。「ごめんなさい。あなたが……」言葉を探した。「ご友人と一緒だとは思わなくて」

「友人じゃない」

「あら、ひどい」ダリアが文句を言う。「それでよく一度はわたしのお気に入りになれたものね」

「おれがおまえのお気に入りだったことは一度もないだろう」

「そうね、いまはたしかに違う」女性はフェリシティに向き直った。「わたしはこの人の女きょうだいなの」

〝女きょうだい〟

その言葉に、名前をつけたくないなんらかの感情が大波のごとく押し寄せる。フェリシティは首を傾けた。「女きょうだい？」

女性がくっきりとした大きな笑みを浮かべる。一瞬、デヴィルと似ている気がした。「ひとりきりのね」

「ありがたいことにな」

ダリアはデヴィルの嫌みを聞き流し、フェリシティへと近づいた。「ぜひわたしを訪ねてきて」

フェリシティが返事をする間もなくデヴィルがぴしゃりと言った。「彼女がおまえを訪ねる必要はない」

ダリアの赤い眉があがる。「彼女はあ、あなたを訪ねてくるから？」

「おれを訪ねてきてなどいない」

ダリアがにんまりしてこちらを向いた。「なるほどね」

「何がなるほどなのか、わたしにはよくわからないわ」フェリシティはこの奇妙な会話を終わらせる必要がある気がして言った。

ダリアは指で顎をトントンと叩き、フェリシティを長々と見つめた。「いずれわかるわよ」

「訪ねてくるのもいくのもなしだ！　ダリア、出ていけ！」

「なんて無礼なのかしらね」ダリアは進みでて、フェリシティに両手を差しだした。フェリシティがその手を取ると、ダリアはフェリシティを引き寄せて頬にキスをし、反対側の頬にもキスをしながらそのまま頬をくっつけてささやいた。「シェルトン・ストリート七二番地。ダリアの客だと伝えて」デヴィルへと目を転じる。「わたしが残って付添人《シャペロン》役をしましょうか？」

「出ていけ」

ダリアはにっこりした。「じゃあね」そしてすべては通常どおりであるかのように姿を消した。もちろんそんなことはない。なにせこれはフェリシティがシャペロンなしに裏庭からこそこそ抜けだし、一キロ以上歩いて辻馬車を拾い、コヴェント・ガーデンのど真ん中まで運ばれてきたところから始まっているのだから。彼女はこれまでコヴェント・ガーデンに足を踏み入れたことはなく、それが当然だと思っていた。

けれどもこの謎めいた場所に、この謎めいた男性とともにいて、謎めいた女性から謎めいた住所を耳元でささやかれると、ここに足を踏み入れない理由を考えるほうが無理だった。何もかもにわくわくして胸が躍った。

「そんな顔をするもんじゃない」ダリアが立ち去ったあと、扉を閉めながらデヴィルが言った。

「そんな顔って？」

「わくわくした顔だ」

「なぜいけないの？　わくわくするわ」

「ダリアが何を言ったにしろ、忘れろ」

フェリシティは笑い声をあげた。「それはできないでしょうね」

「あいつになんと言われた？」

「あなたに聞かせてもいいことなら、聞こえるように言ったんじゃないかしら」

デヴィルは唇を引き結んだ。傷跡が真っ白になる。いまの返事が気に入らなかったのだろう。「ダリアには近づくな」

「彼女がわたしを堕落させるのが心配？」

「違う」彼は鋭い声で言い返した。「きみがダリアを破滅させるのを心配してるんだ」

フェリシティはぽかんと口を開けた。「なんですって？」

デヴィルはサイドボードへと顔をそむけた。そこには深い琥珀色の液体が満たされたクリスタルのデカンタがあった。彼は獲物を嗅ぎつけた猟犬のようにそこへ向かうと、グラスに注《つ》いでぐいと飲み、彼女を振り返った。

「いいえ、結構よ」フェリシティはつっけんどんに断った。「あなたが〝きみもどうだ〟と勧めなかったものがなんであれ、飲むつもりはないわ」

デヴィルは再び酒を飲んだ。「バーボンだ」

「アメリカの？」返事はない。「アメリカ産のバーボンは法外に高価で、そんな水みたいに飲めるものではないはずよ」

デヴィルは冷ややかな目で彼女を見据えてから、別のグラスにバーボンを注いで歩み寄り、長い腕でグラスを差しだした。フェリシティが受け取ろうとするとさっと引っこめ、届かないところでグラスをぶらぶらさせる。親指にはめた銀の指輪が明かりを反射した。「どうやって入った？」

フェリシティはためらってから言った。「別にお酒は欲しくないわ」

デヴィルは肩をすくめ、自分のグラスにもうひとつのグラスの中身を空けた。「いいだろう。その質問には答えたくないというわけか。これならどうだ？　なぜここにいる？」

「約束していたでしょう」

「おれがきみのところへ行くつもりでいた」

彼がトレリスをのぼってくるのはまんざらでもなかったけれど、フェリシティは返した。

「待ちくたびれたの」

デヴィルが片方の眉をあげる。「おれはきみの使用人じゃない」

フェリシティは息をのんだ。彼の冷たい言葉にむっとした。もっと正直に言うなら、彼にむっとした。「訪ねてきてほしくないなら、住所を記した名刺を置いていくべきではなかったわね」

「きみはコヴェント・ガーデンにいるべきじゃない」

「どうして？」

「なぜなら、フェリシティ・フェアクロス、きみは公爵と結婚し、社交界の宝石として自分がいるべき場所におさまりたいと願ってるからだ。なのにここにいるのをどこかの年寄りの貴族に見られたりしたら、願いは決して叶わなくなるぞ」

たしかにそうだ。けれどなぜかここへ来るあいだ、社交界のことは頭に浮かびすらしなかった。名刺の住所ではどんなことが自分を待っているのかと胸が弾んで、そんなことは考えもしなかった。「誰にも見られなかったわ」

「それでも泥の中に咲いたデイジーみたいに目立ったはずだ」

フェリシティの眉が跳ねあがる。「泥の中に咲いたデイジー？」

デヴィルは唇を引き結んだ。「もののたとえだ」

彼女は首を傾けた。「そうなの？」

デヴィルが酒を飲む。「コヴェント・ガーデンはきみがいるべき場所じゃない、フェリシティ・フェアクロス」

「それはどうして？」そんなふうに言われると、この場所を隅から隅まで探索したくなることが彼にはわからないの？

デヴィルは長いあいだフェリシティを見つめていた。そのまなざしからは彼の考えを読み取れなかった。そのあとデヴィルは一度うなずき、きびすを返して部屋の奥へ大股で進んで呼び鈴の紐を引っ張った。やはり、彼はわかっているのかもしれない。

「誰かを呼んでわたしを送り届けさせる必要はないわよ。道ならわかるから——」

「それは明白だな、お嬢《マイ・レディ》さん。それに誰かにきみを送り届けさせるつもりはない。目撃される危険は冒せないからな」

腹の立つ男性だ。フェリシティはだんだん我慢ができなくなってきた。「わたしがあなたのきょうだいに加えて、あなたまで破滅させるんじゃないかと心配しているの？」

「ありえなくはないな。きみには……おれはよく知らないが、身のまわりの世話をするメイドとかシャペロンとか、そういう者はいないのか？」

その質問に、フェリシティは居心地の悪さを覚えた。「わたしは二七歳の行き遅れよ。シャペロンなしで出歩いていても、気に留める人はほとんどいないわ」

「きみがシャペロンなしでこんなところへ来たのを知れば、きみの兄に父親、それにメイフエアの上流人士の大勢が気に留めるどころではないはずだぞ」

フェリシティは引きさがらなかった。「シャペロンがいればここへ来ても問題ないということ？」

デヴィルが顔をしかめる。「それは違う」

「あなたはわたしを実際以上の危険人物と見なしているみたいね」

「おれはきみを額面どおりの危険人物と見なしている」その言葉は率直で、皮肉めいたところはなく、フェリシティははっとした。不思議な感覚が、力のようなものが全身を駆けめぐる。デヴィルが鋭く息を吸いこみ、彼女をにらみつけた。「いまのもわくわくするところではない、フェリシティ・フェアクロス」

そうは思わないけれど、言わないほうがよさそうだ。「なぜずっとわたしをフルネームで呼ぶの？」

「そうすれば、きみがおとぎ話のお姫さまだというのを忘れないだろう。フェアクロスとはよく言ったものだ。誰より美しい人《フェア》」

デヴィルの嘘が胸に突き刺さる。嘘をつかれることより、それに傷つく自分のほうがいやだった。けれどもそれを口に出す代わりに、心ない冗談を笑い飛ばしてやった。

デヴィルが眉根を寄せる。「笑うようなことか？」

「だって笑わせようとしたんでしょう？　自分はとてもおもしろいと思ったのよね？」

「おれがどうおもしろいんだ？」

彼女に言わせようとしているのだ。ますますデヴィルのことがいやになる。「どうって、わたしは美しさとは正反対だからよ」彼は何も言わず、視線をそむけもしない。フェリシティは続けなければならないと感じた。終わりまで言わなければならないと。「わたしは誰より平凡だわ」

それでもデヴィルは無言のままで、フェリシティはだんだん自分がばかみたいに思えてきた。それに腹が立ってきた。

「わたしたちの取り引きはそういうことでしょう？」彼女はデヴィルに答えるよう促した。「あなたがわたしを美しくしてくれるのではないの？」

彼はいまやさらに一心に、ガラスの下にある興味深い標本を眺めるかのようにフェリシティを見つめている。やがて口を開いた。「ああ。おれがきみを美しくしよう、フェリシティ・フェアクロス」意図的にフルネームを使われて、フェリシティは顔をしかめた。「夏の虫が飛びこんでくるほど美しい炎にしてやる」

不可能を可能に。でも……。「どうやったの？」

デヴィルが目をしばたたく。「何をだ？」

「どうやって公爵に否定させなかったの？　今日の午前中、社交界で権威のある年配女性が五、六人わが家へお茶にいらしたけれど、みんなわたしは未来のマーウィック公爵夫人だと疑わなかったわ。どうやったの、いったいどうやったの？」

彼は背を向け、書類が積まれた低いテーブルへ歩み寄った。「おれはきみに不可能を約束した。そうだろう？」

「だけど、どうやったの？」フェリシティには理解できなかった。今朝はもう終わりだと思いながら目を覚ました。嘘がばれ、マーウィック公爵から〝彼女は正気ではない〟とロンドン中に宣告され、彼女の家族は破滅するのだと確信していた。

だが、そうはならなかった。

少しもそんなことはなかった。

それどころか、マーウィック公爵は婚約を暗に認めたようだ。あるいは、少なくとも否定はしていない。

そんなのは不可能なはずだ。

けれどこの男性、デヴィルはまさにそうなると約束し、実現させた。

なんらかの手を使って。

ぶしつけな目で見てくる来訪者に祝福の言葉をかけられるたび、フェリシティは胸が高鳴り、希望のようなものが胸の中で大きくなった。それとともに別の感情——怖いくらい感嘆に酷似しているものがこの男性に対して、彼女とその家族を救いだせるらしい彼に対して芽生えた。

だから、もちろん会いに行かずにはいられなかった。

そうしないのは、率直に言って不可能だった。

ノックの音が聞こえたので、デヴィルは出入り口へと向かい、扉を大きく開けて、廊下に並んでいた十数人の使用人を中へ通した。彼らは湯気の立つ大きな手桶をそれぞれ抱え、誰もひと言も発さず、フェリシティに目も向けず、室内を横切って開けっぱなしの奥の扉へ行き、その先の暗がりへ吸いこまれていった。

フェリシティの視線がデヴィルに向けられる。「あそこは何?」

「寝室だ」彼はあっさり答えた。「錠を破って部屋に入ったときにのぞかなかったのか?」

頬がかっと熱くなる。「わたしは錠前破りなんて——」

「しただろう。レディが錠前破りの腕をどうやって身につけたのかはさっぱりわからないが、いつの日か聞かせてもらえると期待しよう」

「わたしを熱愛する夫を連れてくることの代価はそれにしましょうか」

この会話を楽しんでいるかのように、デヴィルの険しい口元がぴくりと動いた。「いいや、それはただで聞かせてもらう」

フェリシティは夜の薄暗い明かりに感謝した。そうでなければ、おだやかで確信に満ちた彼の言葉に、思わず顔が赤くなったのを見られていただろう。なんだか落ち着かずに咳払いをし、ちょうど明かりのともった寝室に目をやると、中でいくつもの影が躍るほど明るくなっていたが、その先に何があるのかは見えなかった。

やがて空になった手桶を持って使用人たちが戻り、彼らが何をしていたのかがフェリシティにもはっきりわかった。使用人たちが退室して扉を閉めもしないうちから、デヴィルはベストを脱いで、その下のリネンのシャツのボタンを手早くはずしだした。

彼女がぽかんと口を開けると、デヴィルは背中を向けて奥の部屋へ向かい、中へと消えながら首をめぐらした。「じゃあ、始めようか」

フェリシティは目をしばたたいた。「始めるって何を?」

しばし間があった。彼は……服を脱いでいるの? 次に、さらに遠くから声がした。「おれたちの計画をだ」

「あの……」フェリシティはためらった。こちらが勘違いをしているのだ。「もしかして、入浴しようとしているの？」

扉からデヴィルの頭がのぞいた。「ああ、そうだ」

彼はもうシャツを着ていなかった。フェリシティの口の中がからからになる。デヴィルは再び奥へと消えた。誰もいない扉をしばらく見つめていると、ブーツを脱ぐ音のあと、浴槽に入る水音がした。

フェリシティは人けのない居間でかぶりを振った。何が起きているの？　すると彼が呼びかけてきた。「レディ・フェリシティ・フェアクロス、きみはそこから声を張りあげるつもりか？　それともこっちへ来るのか？」

こっちへ来る？

どういう意味か思わず問い返しそうになるのをこらえ、代わりに心を決めた。問い返せば、自ら生贄《いけにえ》の羊になるようなものだとわかっていた。「そっちへ行くわ」

いいえ、自分は生贄の羊ではない。

夏の虫が飛びこむ炎よ。

8

からかっているつもりだった。世間知らずなレディ・フェリシティ・フェアクロスに、彼のアパートメントへ勝手に入るという軽率な判断を考え直させようとしたのだ。彼女がデヴィルの寝室に入ってくることはありえないとわかっていた。ましてや彼の入浴中に。というわけで、寝室で銅製の浴槽に腰まで浸《つ》かり、隣室のレディにしかるべき教訓を与えてやったとほくそ笑んだ。この界隈の下品さを見せつけられて恐れをなし、フェリシティがシャペロンなしでコヴェント・ガーデンの彼の部屋へ現れることは二度とないだろうと思っていると、当のレディが返事をしてきた。「そっちへ行くわ」

驚きを隠す間もなく、フェリシティがつかつかと寝室へ入ってきた。デヴィルが苦労して入手したバーボンのグラスを手にしていて、まるでここが自分の居場所であるかのようだ。なお悪いのは、そうだったらとふと想像してしまったことだ。本当にここがフェリシティの居場所だったらと。デヴィルのベッドに腰かけたフェリシティに見守られて、一日の汚れを洗い流したあと彼女とともにベッドに入るのが当たり前の日常だったら。

フェリシティのために体を洗うのが。

くそっ、思わぬ方向へ転がってしまった。

しかも軌道修正するすべはない。なにせデヴィルは裸で湯に浸かり、フェリシティはきちんと服を着て従順そうに膝の上で手を重ね、興味津々で彼を見つめているのだ。

興味津々なのは彼女だけではないと言っておこう。

もっとも、デヴィルの下半身がその興味を満たされることはない。フェリシティは暗がりで奪っていいたぐいの女性ではない。彼女は勝ち取らなければならないたぐいの女性だ。フェリシティは自身の寝室で、情熱について詩的な言葉を使って語っていなかったか？

フェリシティ・フェアクロスを誘惑してユアンから奪うなら、コヴェント・ガーデンのデヴィルの部屋で一夜をともにするだけでは無理だ。それにそもそも誘惑の舞台がコヴェント・ガーデンとなることはない。彼女はここへは二度と来ないのだから。

ベアナックル・バスターズの縄張りで人々の安全を気にしたことなどなかったが、相手がフェリシティとなると気になった。気になりすぎるほどだ。まずい事態にならずにどうやってここまで来られたのかは、いまだにはっきりしていない。

それを思うといらいらし、デヴィルはその腹立たしさを逆手に取って心から動揺を追い払った。動揺しなければならないのは自分ではない。彼女だ。

浴槽へ寄りかかってみせ、縁にかけてあるリネンのタオルを取って意図的に動かした。

「体をきれいにしたら、きみをメイフェアへ送り届ける」

悠然と胸をこするデヴィルの腕を、フェリシティがちらりと見る。彼女が唾をのみこみ、その頬にかすかな赤みが差すのに気づいて、デヴィルはさらにゆっくり手を動かした。フェリシティはバーボンをぐいと飲むと、目を大きく見開いて少し涙目になった。彼女の喉の奥で小さな音がした。むせそうなのをこらえているのだろう。それがおさまったところで彼女はデヴィルの視線をとらえてにらんできた。「あなたが何を企《たくら》んでいるのかはお見通しよ」

「どんな企みだ？」

「わたしを怖がらせてここから追いだそうとしているんでしょう。だったらわたしをここへ呼びだす前に考えるべきだったわね」

「おれはきみを呼びだしてはいない。住所を残したのは、必要なときに連絡がつくようにだ」

「どうして？」フェリシティが尋ねる。

デヴィルはまばたきした。「どうして？」

「どうしてわたしがあなたに連絡する必要があるの？」その質問に、彼は面食らった。デヴィルが返事をひねりだす必要もなく、フェリシティが続けた。「悪いけど、あなたはわたしが助けを求めるたぐいの男性とは言えないわ」

そいつはおもしろくない。「どういう意味だ？」

「寝室までのぼってくる招かれざる客は、馬車に乗る手助けをしたり、舞踏会でダンスカードを埋めてくれたりするような相手ではないというだけよ」

「理由は？」

フェリシティがじろりと見る。「あなたはダンスをするような人には見えない」

「おれにどんなことができるか知れば、きみは驚くだろう、フェリシティ・フェアクロス」

彼女がにっこりする。「いまはわたしの目の前でお風呂に入っているわね」

「きみが部屋へ踏みこんでくるからだ」

「あなたが呼んだからでしょう」

こうも扱いにくい女性だとわかっていたら、決してこの計画を進めはしなかっただろう。

それは嘘だ。

フェリシティは高いベッドに腰をおろし、ベッドカバーに手をついた。ピンク色の靴を履いた足がぶらんと宙に浮く。「でも、気にしなくていいわよ。服を着ていない男性を見るのは初めてではないから」

デヴィルの眉が勢いよく跳ねあがった。てっきり生娘だと思っていたが。しかし錠前の破り方を心得ているぐらいだ。フェリシティ・フェアクロスには彼の想像以上のものがあるのかもしれない。興奮と別の何かがせめぎあう。もっと危険な何かが。そして勝ったのは後者だった。「相手は誰だ?」

フェリシティが再びグラスを傾けた。今度はさっきより気をつけたようで、酒に喉を焼かれることもなかったらしい。もしくはうまく隠せるようになったか。「あなたに関係あるとは思えないわ」

「おれの手で炎に変わることを求めるなら、自分がこれまでどんなふうに輝いたことがあるのかすべてを話すんだな」

「言ったでしょう。これまで輝いたことは皆無よ」

デヴィルは信じなかった。この女性は輝きの塊だ。いつだっていまにも燃えあがりそうになっている。

「だからあなたの申し出に応じたんでしょう。怖いのよ、このまま一度も輝くことがなさそうで。いまや完全に売れ残りですもの」

売れ残りになど見えない。

「陶磁器の人形みたいな美しさには恵まれていないし」

「きみは魅力に欠けてはいない」

「うれしいわ」フェリシティは皮肉めかして言った。「どうぞあなたのすてきなお世辞でわたしの頭をいっぱいにして」

この女性はもう何十年も感じたことのなかったものを彼に感じさせる。デヴィルはそれがおもしろくなかった。フェリシティは悔しさのようなものを感じさせる。「そう言われても何も出てこないな」

「あら、それはどうも」

急に自分がまったくのろくでなしに思えて話題を変えた。「服を着てない男を見たことがあるというのは、どうせ父親が田舎で形式張らない軽装だったとか、そんなもんだろう？」

フェリシティはにっこりした。「貴族社会のことがわかっていないわね、デヴィル。父の田舎での軽装はつねにクラヴァットと上着込みよ」かぶりを振る。「いいえ。実を言うと、相手はヘイヴン公爵だったわ」

デヴィルは立ちあがりそうになるのをこらえた。ヘイヴンなら知っている。公爵は、アメリカ人と伝説の歌姫が所有するふたつ先の通りの酒屋、〈歌う雀《すずめ》〉亭の常連だ。だがヘイヴンは妻ひと筋で、それは噂話ではなかった。デヴィルはこの目で目撃している。

「それがきみを捨てて妻を選んだ公爵か？」

フェリシティがうなずく。「つまり服を着ていようといまいと関係なかったってことね。わたしは女性求婚者たちのひとりだったのだから」

それですべての説明がつくかのような物言いだ。「どういう意味だ？」

彼女の眉間にしわが刻まれる。「ヘイヴンの公爵夫人の後釜探しについて耳にしたことがないの？」

「ヘイヴンに妻がいるのは知ってる。その妻を熱愛していることもだ」

「彼女に離婚を迫られたでしょう。新聞を読んでいないの？」

「貴族の夫婦喧嘩には微塵《みじん》も興味がない」

フェリシティは身動きをやめた。「冗談で言っているわけじゃないのね」

「なぜこんなことで冗談を言う？」

「何が起きたか本当に関心がないの？　ゴシップ面はその話で持ちきりだったじゃない。しばらくはさんざん騒がれたわ」

すもの」

「ゴシップ面は読まない」

マホガニー色の眉が片方あがる。「ええ、そうでしょうね。あなたはお忙しい重要人物で

どうもからかわれているらしい。「おれが関心があるのは、その話がきみとどう関係しているかだ、フェリシティ・フェアクロス。そこから先にはほぼ興味がない」

最後の言葉を聞いて、フェリシティはちらりとデヴィルに目をやった。「去年の夏、ヘイヴン公爵夫人は離婚を求めたの。公爵夫人の後釜の座をめぐって競い合いになった。もちろん、何もかもばかげた話よ、公爵は奥さまを熱烈に愛していたんですもの。彼がそう話してくれたわ。部屋着一枚の姿で」

「話す前に着替えられなかったのか?」

フェリシティは柔らかでロマンティックな笑みを浮かべた。「ちゃかすのはやめてちょうだい。あれほど愛の虜《とりこ》になっている人を見たのは初めてだったわ」

デヴィルの目が険しくなる。「きみが不可能な願いを叶えたがるのはそのせいか」

彼女はしばし黙りこんだ。無数の感情が顔をよぎる。羞恥心。罪悪感。悲しみ。「あなたはそんなふうに愛されたいと思わないの?」

「言っただろう、お嬢さん《マイ・レディ》、情熱と戯れるのは危険だ」デヴィルはつかの間沈黙した。「それで、ヘイヴンは妻とよりを戻し、きみたちはどうなった?」

「ひとりは競争を途中で抜けてほかの男性と結婚したわ。ひとりは年老いたおばさまの話し

相手となり、いまはヨーロッパで花婿探し。残るふたりは……レディ・リリスとわたしは未婚のままね。わたしたちは最初から最高級のダイヤモンドではなかったんですもの」

「そうなのか？」

フェリシティは首を振った。「二級品のダイヤモンドですらなかったわ。そしていまとなっては、それぞれの母親がしゃにむに娘を公爵に嫁がせようとした一件が、わたしたちにうっすらと汚点をつけてしまった」

「うっすらとはどれぐらいだ？」

「うっすらと傷物として見なされる程度ね」またバーボンを飲む。「わたしはその前からうっすらと傷物だったけれど」

これまでデヴィルは、女性は完全な傷物か、まったくの無傷か、そのどちらかだとずっと考えていた。彼女は傷物には見えない。

完璧に見える。

「明確な理由もなく無視されるようになったのはそのせいか？」デヴィルは問いかけた。

「それならありうるな。くだらない理由ではあるが、貴族連中は仲間のひとりをいたぶるためなら、そういうことに嬉々《きき》としてこだわるものだ」

フェリシティがデヴィルを見る。「あなたが貴族の何を知っているの？」

「連中がバーボンやトランプを好きなのは知っている」それにおれもやつらの仲間になりたかったときがあったのを知っている。きみが仲間になりたいと願っているように、フェリシティ・フェアクロス。デヴィルは浴槽に背中をもたせかけた。「それに天国でつくり笑いを浮かべるより、さっさと地獄へ行くほうがいいのも知っているぞ」

彼女がむっとして唇を引き結ぶ。「どちらにせよ、わたしの願いを叶えるのは難題よ。マーウィック公爵は評判に傷のついている妻は欲しがらないかもしれない」

マーウィック公爵は妻に関心がない。以上だ。

それは口に出さなかった。フェリシティのうっすら傷のついた評判がじきにずたずたになることも言わなかった。デヴィルは不意に落ち着かなくなり、全身から湯をしたたらせてすっくと立った。

フェリシティが目を真ん丸にし、小さな悲鳴をあげてベッドから飛びおりて背を向けたのを、楽しまなかったと言えば嘘になる。「なんて無作法なの」彼女は奥の壁に向かって言った。

「おれは礼儀正しさでその名を知られてるわけじゃない」

フェリシティが鼻を鳴らす。「それは意外だこと」

デヴィルはかぶりを振った。おもしろい。こんな状況でも、彼女は口が達者だ。「さっき大胆な口をきいたのを後悔してるのか？」

「いいえ」甲高く割れた声で言う。フェリシティは再びバーボンを飲んだ。「おしゃべりを続けて」

今度はデヴィルがいぶかる番だった。「どうしてだ？」

「わたしが背を向けているのをいいことに近づいてきていないとわかるようによ」

「きみに近づくなら正面からそうするよ、フェリシティ・フェアクロス。おれの姿をしかとその目に焼きつけて楽しめるように。だが、喜んでおしゃべりをしよう」彼女から目を離さず、服を取ろうと移動した。「おれたちはまずドレスから始める」

「ドレス？」

デヴィルはズボンを身につけた。「きみを求めてマーウィックによだれを垂らさせると約束しただろう？」

「よだれを垂らさせたいなんてわたしは言っていないわよ」

不快感丸出しの彼女の口調にデヴィルは微笑み、黒のリネンのシャツを取って頭からかぶると、裾をしまってズボンのボタンを留めた。「ああ、違ったな。きみは自分が出会った中で公爵は一番のハンサムだと言ったんだったかな？」

間があった。「そうね」

デヴィルは胸をよぎるいらだたしさを退けた。「夏の虫が炎に引き寄せられるように公爵を惹きつけたいときみは言った。炎に近づいた虫がどうなるかは知ってるだろう？　振り返っていいぞ」

フェリシティは言われたとおりにし、その目はすぐさまデヴィルを見つけると、肩から何も履いていない足へと彼の服をたどった。自分を見つめる遠慮のない熱いまなざしに、デヴィルの全身が目を覚ます。アイロンがけされたズボンの中が不意に張りつめ、彼は足を踏み替えた。

「どうなるの？」フェリシティに問われて目をしばたたくと、彼女がつけ足した。「虫は」

「燃えあがる」デヴィルはベストを着た。

上着のボタンを留める指を見つめられ、動きをゆっくりにせずにはいられなかった。そうしながら自分を見つめる彼女を見つめた。女性に見つめられるのは昔から好きだが、レディ・フェリシティ・フェアクロスは純然たる興味もあらわに見つめてくるから、こちらも彼女が望むものをなんでも見せてやりたくなる。

「燃えあがるほうが、よだれを垂らすより響きがいいわ」フェリシティの声はさっきよりかすれている。

「と、燃えあがらせたことも、よだれ《スレヴァー》を垂らさせたこともない女性がご発言だ」ボタンを留め終え、胸板から腹部へとベストを撫でつけた。「さて、あとは……」

「どうぞお世辞《スレヴァー》を並べて」

見事な切り返しに、デヴィルは笑い声をあげそうになるのをかろうじてこらえた。「公爵を夢中にさせたいなら、そうできるだけのドレスを着るんだな」

フェリシティは首を傾けた。「彼のためにおめかしをしろということ？」

「そうだ。できれば肌が見えるものがいい」デヴィルは桜貝色のハイネックのドレスに手をひらひらと振った。「それではだめだ」嘘だった。そのドレスは実に効果的だ。デヴィルの体に限って言うなら。

彼女は喉元へ手をやった。「お気に入りのドレスなのよ」

「色がピンクだ」

「わたしはピンク色が好きなの」

「それには気づいていた」

「ピンク色の何が悪いの？」

「何も。きみがぐずぐず泣く赤ん坊ならな」

フェリシティは唇をきつく引き結んだ。「別のドレスを着たら具体的に何が起きるの？」

「公爵がきみから手を離していられなくなる」

「まあ。自分の手が言うことを聞かなくなるほど、男性が女性のドレスに弱いなんて初耳だわ」

話がいやな方向に向かっている気がして、デヴィルは躊躇した。「一部の男は、だ」

「あなたは違うのね」

「おれは衝動を抑えられる」

「たとえわたしが……あなたが提案したのはなんだったかしら？　もっと肌を見せても？」

そのひと言で、フェリシティの肌が頭から離れなくなった。「もちろんだ」

「それは男性特有の弱さなの？」

デヴィルは咳払いをした。「人間の弱さだと言う者もいるだろう」

「興味深いわね」フェリシティが返した。「だってあなたはほんの少し前までかなり肌を見せていたのに、どういうわけかわたしの両手は驚くべきことにあなたから離れたままだったわ」にっこりする。「わたしはよだれひとつ垂らさなかったでしょう」

その言葉は闘牛に赤い布を振ったも同然で、デヴィルはすぐさま挑発に応じ、フェリシティ・フェアクロスを誘惑してよだれを垂らさせたくなった。しかしそうするのは危険だ。彼はすでにこのレディに惹きつけられすぎており、何か起きる前にそれをやめなければならなかった。

「きみ宛《あて》にドレスを送ろう。それを着てボーン邸の舞踏会へ行け。三日後だ」

「寸法の合ったドレスがすぐに手に入るものではないのは知っているわよね？　ドレスは注文するものよ。その後、仕立ててもらうの。できあがるまでには何週間も――」

「一部の者にとってはそうだろう」

「ああ、そうよね」フェリシティはちゃかした。「ただの人間にとってはね。あなたにはドレスをつくってくれる魔法の妖精たちがついているのを忘れていたわ。藁を紡いで服をつくるの？　ひと晩でできるんでしょう？」

「おれはきみのために公爵を勝ち取ってやると言わなかったか？」

フェリシティは首を振った。「どうやって公爵に婚約を否定させなかったのかは知らないけれど、デヴィル、彼を黙らせたままにしておくのは不可能よ」

公爵に否定させないようにする必要がなかったことは彼女に言わなかった。二日前の夜、すでにフェリシティを都合のいい餌食と見なしていた公爵を勝ち取るのは不可能だと思いこませたことは、つまり、自分が彼女を罠にはめたことは言わなかった。デヴィルもまた、フェリシティを都合のいい餌食と見定めたことは言わなかった。

急に自信がなくなった。彼女は本当に都合のいい相手だろうか。

「言っただろう。おれは不可能を可能にできる。まず、きみは自分の嘘が本当であるふりを続け、おれが送るドレスを着る。そうすれば公爵がきみの前に現れるから、あとは彼を勝ち取るだけだ」

「まあ」フェリシティがやり返す。「彼を勝ち取るだけ。いともたやすいことのような言い方ね」

「たやすいだろう」彼女はすでに公爵をものにしているのだ。たとえそうでなくても、フェリシティなら自分の求める相手を誰でも手に入れられるだろう。それについてデヴィルには一片の疑念もなかった。「おれを信用しろ、フェリシティ・フェアクロス。ドレスを着て、公爵を勝ち取ってこい」

「それでも採寸は必要でしょう、デヴィル・下の名はなんであれ。それに妖精のつくった、男性たちを夢中にさせる魔法のドレスを着たとしても、わたしは……あなたはなんと言ったんだったかしら？　魅力に欠けてはいないというだけのままでしょう？」

後ろめたさを覚えるべきではなかった。デヴィルの目的はフェリシティ・フェアクロスに自分は美しいと思わせることではない。だが、デヴィルは彼女に近づくのを止められなかった。「もっと詳しく話そうか？」

フェリシティが片方の眉をあげた。不愉快そうな表情に、デヴィルは笑いそうになった。

「やめておいて。あなたからお世辞を浴びせられたら失神しかねないわ」

笑みがデヴィルの頬をひくつかせた。「きみは魅力に欠けてはいない、フェリシティ・フエアクロス。きみの顔と目は率直で、頭に浮かぶ考えをひとつ残らず表に出す。そしてきつく留められている髪は、ほどくと豊かなマホガニー色の波となってこぼれ落ちるだろう……」いま、デヴィルはフェリシティの真正面に立っていた。フェリシティが唇をかすかに開き、小さく息をのむ。そのかすかな動作が彼に気づきを与えた。「……そしてふっくらとした柔らかな唇には、どんな男も口づけたくなる」

デヴィルは彼女の魅力を余すところなく語るつもりだった。褒めつくし、レディ・フェリシティ・フェアクロスの誘惑を開始するつもりでいた。ユアンを罰し、自分が勝利をおさめるつもりでいた。

こうして近づくつもりでいたように。鼻と頬に散らばるそばかすが見えるほど近くまで。いつも頬で輝いているえくぼの名残が見えるほど近くまで。彼女の石鹸《せっけん》の、ジャスミンの香りがするほど近くまで。美しい茶色の瞳を縁取る灰色の輪が見えるほど近くまで。

キスをしたくなるほど近くまで。

キスをしてもフェリシティは拒まないとわかるほど近くまで。

〝彼女はおまえが触れていい相手じゃない〟

その考えが浮かんだ瞬間に、デヴィルは体を引き、互いの呪縛を解いた。「少なくとも、メイフェアのお上品な紳士連中であればな」

フェリシティのまなざしの中で、困惑、理解、悲しみと、ひとつの感情が次の感情を追いかけ、最後はなんの感情もなくなった。彼女にそんな思いをさせた自分がデヴィルは少しいやになった。彼女が咳払いをしてこう言ったときにはかなりいやになった。「あなたが家まで送ってくれるのを、隣の部屋で待っているわ」

フェリシティが横をすり抜けたので、デヴィルはそのまま行かせた。胸になじみのない後悔がわき起こり、彼女のドレスの裾が脚をかすめたときと同じくらい胸をざわめかせた。

デヴィルは長いあいだ立ちつくし、落ち着きを取り戻そうとした。三〇年間彼を生き延びさせてきた、どんなときも冷静沈着な心を。帝国を築きあげた心を。貴族の女性がたったひとりデヴィルの私的空間に現れただけでぐらついた心を。

そして落ち着きを取り戻した瞬間、再びそれを失った。なぜなら同時にカチャリという扉の音が聞こえたからだ。

音が消える前に動きだし、いまやもぬけの殻となった居間を突っきり、蝶番《ちょうつがい》を引きちぎらんばかりにして玄関の扉を開けて廊下へ出ると――そこにも誰もいなかった。

くそっ、なんてすばしこいんだ。

デヴィルはフェリシティを追い、絶対につかまえてやると階段を駆けおりた。迷路のような廊下を抜け、建物の出口へ向かうと扉が、何か言いかけているかのように半開きになっていた。

もっとも、フェリシティ・フェアクロスが自分の言いたいことをすべて言いきったのは明白だ。

乱暴に扉を開けて外へ飛びだし、右手の通り、ロング・エーカーへすぐさま目をやった。あっちへ向かえば屋敷まで連れ帰ってくれる辻馬車をすぐに拾える。だが、彼女の姿はない。ところが左手のセヴン・ダイアルズ、すぐに面倒ごとに見舞われる方向で、ピンクのドレスの裾が早くも闇の中へ消えようとしていた。「フェリシティ!」

彼女は立ち止まらなかった。

「くそっ!」デヴィルは怒鳴り、すぐさま建物へ引き返した。

失敗した。計算違いだ。

なぜならレディ・フェリシティ・フェアクロスは深夜にコヴェント・ガーデンの汚泥の真っ只中へと突き進んでいるのに、彼は裸足《はだし》だったのだ。

9

フェリシティは曲がりくねるアーン・ストリートからなるべく急いで離れ、来たときに辻馬車に降ろしてもらった大通りを目指した。角を曲がったところで足を止めた。ここまで来ればデヴィルの家からはもう見えないだろう。ようやく息が継げる。

息を継いだら、辻馬車を見つけて家へ戻ろう。デヴィルはお行儀よく送ってくれるかもしれないけれど、誰が送ってもらうものですか。デヴィルはフェリシティを破滅させるかもしれないのだ。

またもや腹立たしさが胸を焼いた。

よくもあんなふうにしゃべりかけ、彼女の髪や瞳、唇のことを語れたものだ。よくも彼女にキスをしかけたものだ。

デヴィルはなぜキスをしなかったの?

あれはキス未遂だったのだろうか? フェリシティに経験はないものの、あれはたしかに話に聞いていたキスの前触れだった。小説で読んだことがあるような。どんなふうかと繰り返し想像したような。

あのとき、デヴィルはすぐ近くまで来ていた。ヴェルヴェットを思わせる金色の瞳の黒い縁、うっすらと伸びた髭が見えるほど近くまで。あの髭が自分の肌に触れる感触を想像してしまった。長くて恐ろしげなあの傷跡はなぜか無防備に見え、手を伸ばして触れたくなった。

本当にそうするところだったが、キスをされるかもしれないと気づくと、それだけがフェリシティの求めるものになった。だがデヴィルはキスをする気はなかったのだ。なお悪いことに、彼はその気はないとフェリシティに告げることまでした。

「わたしにキスをするのはメイフェアの紳士連中にまかせるんですって」夜に向かって言った。悔しさで頬が熱い。デヴィルをあの場に、彼の部屋に、堂々と置き去りにしてきた自分をこれほど誇らしく思ったことはない。デヴィルには女性に言っていいことと悪いことについてじっくり考えさせよう。

フェリシティは夜空を見あげて深々と息を吸いこんだ。少なくとも、ここへ来たのは間違いではなかった。デヴィルのきょうだいのことはきっと忘れないだろう。自分の価値を心得ている女性なのは間違いない。フェリシティ自身、もっとダリアを見習ってもいい。〝シェルトン・ストリート七二番地を訪ねること〟と頭の中にメモした。そこで見つかるものがなんであれ、おもしろそうだ。

それに陰だらけの路地で、密集する建物の険しい山に取り囲まれているいまでさえ、フェリシティは気づくと開放的な気分になっていた。錠をはずされたみたいに。この場所が、メイフェアとそこにつきものの批判や嫌みから遠く離れたここが……好きだった。雨で落ち着く感じが好きだ。雨で汚れが洗い流されるのも。彼女を自由にしてくれる気がするのも。

「お恵みくだせえ、お嬢さん」

声はぎょっとするほどすぐそばであがり、フェリシティがあわてて振り返ると、真後ろに若い女が立っていた。みすぼらしい服は降りはじめた雨に濡《ぬ》れている。ロンドンの細かな霧が肌や衣服にしみこみ、脂じみた髪は結ばれもせずに肩にかかっていた。女は手のひらを上にして腕を突きだしている。

「あの……なんのご用？」

女は開いた手のひらを示した。「一シリングお持ちじゃねえですか？　何か食べるものを買いたいんで」

「ああ！」フェリシティは女を見て、それから手を見た。「ええ、もちろんあるわ」小銭の入った小さな財布をしまってあるドレスのポケットに手を入れる。

小銭の入った小さな財布はもうそこになかった。

「ああ」繰り返して言う。「それが……」言葉を切る。「わたしの財布が……」

女ががっかりした様子で唇をゆがめた。「やれやれ、もう巾着切りにやられちまってる」

フェリシティは目をしばたたいた。「巾着切り？」

「そうだよ。あんたみたいに立派なレディは、コヴェント・ガーデンに降り立った瞬間、掏《す》摸《り》に目をつけられるのさ」

フェリシティはポケットに残された穴に指を入れた。財布をなくしてしまった。手持ちのお金も全部。どうやって帰ればいいの？

心臓がどくどくと鳴りはじめた。

女が顔をしかめる。「ここいらじゃ、誰もが盗《ぬす》っ人《と》だよ」

「とはいえ」フェリシティは言った。「もう盗まれるものもなさそう」

女はフェリシティの足を指さした。「きれいな靴だね」次にドレスのボディスへ指を向ける。「それにそこにはリボンがあるし、首にはレースもある」その目がフェリシティの髪をちらりと見た。「それに髪のやつ。レディが髪につけてるやつはみんな欲しがるんだ」

フェリシティは自分の髪へ手をやった。「ヘアピンのこと？」

「それそれ」

「一本あげましょうか？」

女が宝石をあげると言われたかのように目を輝かせた。「おくれよ」

フェリシティが髪から一本抜いて差しだすと、女は躊躇なくひったくった。

「あたしにも一本おくれよ、レディ」

「あたしも」

はっとして振り返ると、さらにふたり、年配の女とせいぜい八歳か一〇歳の少女が後ろに立っていた。人が近づいてくる気配はまったくしなかったのに。「ああ」またそう言い、もう一度髪へ手を伸ばす。「ええ、もちろんよ」

「おれもいいだろう、ねえちゃん？」目をやると、ガリガリに痩せた男が離れたところで残忍そうに笑っている。歯のない笑みに、フェリシティは鳥肌が立った。「おれには何をくれるんだ?」

「何をって……」ためらってから言った。「何もないわ」

ぎらりと目つきが変わり、男ははるかに危険そうになった。「ほんとかよ?」

フェリシティは女たちのほうへ後ずさりした。「財布を盗《と》られてしまったの」

「かまやしない……別のもんでいいさ。ねえちゃんはおれがこれまで見た中で一番の美人ってわけじゃねえが、まあいい」

フェリシティの髪に誰かの手が触れ、指がまさぐる。「もうひとついい?」

差しだしてもいないものを勝手に取ろうとするその手をフェリシティは払いのけた。「それは必要なものよ」

「うちに帰れば、もっとあんでしょ?」少女がごねる。

「え……ええ」フェリシティは一本抜き取り、少女にやった。

「あんがと」少女はぴょこんと小さくお辞儀をし、結んである自分の髪に挿した。

「どっかへ行け、ガキが」男が言った。「今度はおれの番だぞ」

行かないでとフェリシティは心の中で懇願した。お願い。

デヴィルの事務所がある真っ暗な通りに目をやる。ここからでは見えもしない。彼はフェリシティがいないことにもう気づいているはずでは? 彼女を追ってくるだろうか?

「レディがあんたなんかの相手をするとでも思ってんの、レジー? 大金をもらおうが、彼女はあんたのばっちいあそこにさわりゃしないよ」

男の不快な笑みが消え、恐ろしげな渋面に取って代わられる。「その口をぶん殴ってやる」男が腕を振りあげて詰め寄ると、少女はぱたぱたと闇の中へ逃げた。

貧弱な力をひけらかして満足したらしく、男はフェリシティに向き直って近づいてきた。フェリシティは後ずさりしたが壁にぶつかった。いまやヘアピンを抜かれて肩にこぼれ落ちている髪へ、男の手が伸びてくる。

「こいつはきれいな髪だ……」男がそっと触れてきて、フェリシティはびくりとした。「シルクみてえだ」

フェリシティは壁に沿ってじりじりと横へ移動した。胸の中では後悔と恐怖が激しく争っている。「ありがとう」

「おいおい、レディ」男が彼女の髪をつかんでぐいと乱暴に引っ張った。痛みにフェリシティが息をのむと、男は言った。「こっちへ戻れよ」

「放して！」叫んで向き直る。パニックと恐れに駆りたてられて闇雲に振り回したこぶしが、それをよけた男の骨張った頬をかすめた。

「暴れたのを後悔させてやるぜ」頭を乱暴に後ろへ引っ張られ、フェリシティは悲鳴をあげた。

遠くから二度、ステッキの音がしたのが、乱れ打つ鼓動越しにかろうじて聞こえた。

「やべえ」フェリシティをつかまえている男が言い、手のひらを焼かれたかのように髪から手を離す。

「やっちまったね……レジー」最初の女がケラケラ笑った。「こりゃあ大変だあ……」声を潜めながらも聞こえよがしに言い、さらに闇の奥へとさがる。「悪魔に見つかっちまった」

一瞬、フェリシティは何がなんだかわからなかった。恐怖と混乱、それにレジーから解放された強烈な安堵感で頭がいっぱいだった。集まっている者たちから離れ、近づいてくる足音のほうへと壁を伝っていく。

「ごらんよ、彼女、旦那のもとへ向かってる」女が指摘する。「あんた、バスターズのレディに手を出したんだよ」

「知らなかったんだ！」ふてぶてしい虚勢はどこへやら、レジーは悲鳴をあげた。

そして男性が、彼らが悪魔と呼ぶ男が現れた。ついさっきフェリシティが目にした服をまとい、肌を滑る音を耳にしたつややかな黒のズボンをはいている。黒のリネンのシャツ。ベスト。そしていまはブーツを履いていた。

素手にステッキを握り、指輪と銀のライオンの持ち手を、危険な約束のごとく月の光に輝かせる。ステッキは武器だと、デヴィルは出会った夜に認めた。いまフェリシティはそれを確信した。

ほっとして小さく息を吐く。「よかった《サンク・ゴッド》」

デヴィルはフェリシティに目を向けなかった。レジーに集中し、脅すようにステッキをくるりと回す。「この地に神《ゴッド》の出番はない。そうだろう、レジー？」

レジーは返事をしなかった。

ステッキがくるりと回る。フェリシティはデヴィルから目を引きはがせなかった。彫りの深い冷ややかな顔は無表情で、恐ろしげな傷が闇の中で真っ白に光って見える。「神はおれたちをここ、コヴェント・ガーデンに見捨てていった、そうだろう、レジー？」

レジーは唾をのみこみ、うなずいた。

デヴィルはフェリシティが見えないかのように前を素通りした。「神が不在のこの地で、おまえがここにいられるのは誰のおかげだ？」

レジーの目が見開かれ、相手を凝視する。「あんただ」

「じゃあ、おれは誰だ？」

「デヴィル」

「おれの縄張りの掟を知ってるか？」

レジーはうなずいた。「ああ」

「言ってみろ」

「女には手を出さない」

「そうだよ」もう安全だと、女が勇ましさを取り戻して闇の中から言った。「失《う》せな、レジー」

デヴィルはそれを無視した。「ほかにはなんだ、レジー？」

「子どもには手をあげない」

「掟を破ったら？」

「悪魔がやってくる」

デヴィルは身を乗りだして静かに告げた。「おれと悪魔の両方がな」

レジーが目をつぶる。「悪かった！　何もやっちゃいねえ。何もする気はなかったんだ」

「おまえは掟を破った、レジー」デヴィルがステッキの銀の先端をつかんで引っ張り、路地の煉瓦《れんが》に金属音がこだました。

中から現れた長さ六〇センチほどの剣にフェリシティは息をのんだ。冷たい鋼が月の光を受けて銀色に光る。剣先はたちまちのうちにレジーの喉元に突きつけられていた。

レジーが目をむく。「おれが悪かった！」

フェリシティは足を踏みだした。「待って！」

デヴィルは振り向かない。聞こえていないかのようだ。「いまここでその喉をかき切っておくべきだな。雨がちょうど洗い流してくれる」

「悪かった！」

フェリシティはデヴィルの腕に手を置いた。「喉を切るなんてやめて！　彼は何もしていないわ！　わたしの髪を引っ張っただけ！　それだけよ！」

その言葉に、デヴィルはかえって冷血になったようだ。フェリシティの手の下で彼の筋肉がありえないほどかたくこわばる。長い時間が過ぎ、デヴィルはこの恐ろしい刃を使うのかもしれないとフェリシティは思った。男の喉をかき切るのかもしれない。自分はこの両手に血しぶきを浴びるのかもしれない。

「お願い」彼女はそっと懇願した。「やめて」

そこでようやくデヴィルがフェリシティに目を向けた。彼の瞳には激しい怒りが燃え盛り、フェリシティは思わず手を引っこめそうになるのをこらえた。「こいつの命乞いをするのか?」

「ええ、当然でしょう」男に消えてほしいとは思うけれど、死ぬことは望んでいない。

デヴィルは長いあいだフェリシティを見つめ、彼女に視線を据えたまま言った。「レディに感謝しろ、レジー。彼女は今夜おまえの命をおれから買い取ったんだ」

剣の切っ先がひらめいて黒檀の鞘《さや》におさめられると、レジーは安堵のあまり膝から崩れ落ちた。「感謝します、レディ」

レジーが足へ手を伸ばしてきたので、フェリシティはその手を避けて後ずさりした。「それは……必要はないわ」

ふたりのあいだにデヴィルが足を踏み入れた。「失せろ、レジー。二度と戻るな。またバスターズの縄張りにいるのを見つかっても、おまえを救う天使はここにはいない」

その言葉が消えないうちにレジーはいなくなっていた。

デヴィルは闇の中に潜む女性たちに向き直った。「そこの三人も」ポケットに手を入れて硬貨を取りだす。「今夜は働かなくていい、ヘスター」最初の女に声をかけてから手に硬貨をひとつ落とし、年配の女と少女にもそれぞれ与える。「家へ帰れ。また面倒に見舞われる前に」

三人は言われたとおりにし、フェリシティと悪魔だけが残された。

彼女は唾をのみこんだ。「やさしいのね」

デヴィルは無言だった。三人が消えた場所を見つめ、数秒が数時間にも引き延ばされたように思えたあと、口を開く。「ここにはやさしさなど存在しない」フェリシティを振り向いた。「あんなドブネズミの命のために自らを安売りすべきじゃなかったな」

その言葉に、フェリシティは急に自信がなくなった。だけど……。「見殺しにすべきだったと言っているの？」

「ほかの者たちならそうしてた」

「わたしはほかの者たちじゃない」端的に指摘した。「わたしはわたしよ」

デヴィルが振り向き、近づいてくる。「きみはほぼ無価値なもののために取り引きをした」

「あれが取り引きだとは思わなかったわ」

「コヴェント・ガーデンでは無償で提供されるものなどない、フェリシティ・フェアクロス」

彼女はかぶりを振り、無理して小さく笑った。「困ったわね。お金はないし、ヘアピンもほとんど残っていないの。だから彼はあまり高価でなかったことを願うわ」

デヴィルが凍りつく。「金も持たずに出ていったのか？　どうやって屋敷へ戻るつもりでいた？」

「持っていると思っていたのよ」フェリシティはドレスのポケットに手を滑りこませ、そこに開いた穴を見せた。「掏られたの。気づきもしなかった」

デヴィルはポケットの穴から突きでてぴょこぴょこ動いている彼女の指を見おろした。

「ここの掏摸は街で一番の腕ききどもだ」

「あなたはそれが大いに誇らしいのよね」まだ全身を駆けめぐっている安堵感から抜けだせず、フェリシティは軽口を叩こうとした。返事がないので、静かに告げた。「ありがとう」

デヴィルが再び凍りつく。「やつは情けをかけるに値しなかった」

「何もなかったのよ。何か起きる前にあなたが来てくれた。わたしにはほとんど触れてもいないわ」

デヴィルの傷跡が白くなり、頬の筋肉がぴくりと動く。「あいつはきみに触れた。きみの髪に」ヘアピンをはずされ、肩にこぼれ落ちている髪に彼の視線が留まる。

フェリシティは首を振った。「そうだけど、ほんのちょっとよ。髪が乱れているのは女性たちにヘアピンをあげたからだわ」

「ほんのちょっと？」デヴィルはさらにフェリシティに近づいた。「あいつが汚い手で髪をつかんでいるのをおれは見た。きみの髪をどう言い表したのかをおれは耳にした。シルクみたいだとやつは言った。そして髪を引っ張られてきみが悲鳴をあげたのをおれは聞いた」彼が口をつぐみ、言葉を押しとどめんとするように喉が動く。だが結局、言葉があふれでた。

「あいつはきみの髪に触れた。おれが触れる前に」

さっき寝室で、デヴィルがフェリシティの髪を表現するのに使った言葉が耳によみがえった。〝そしてきつく留められている髪は、ほどくと豊かなマホガニー色の波となってこぼれ落ちるだろう〟

フェリシティは目を見開いた。「ひょっとしてあなたもわたしの髪に――」

そのときデヴィルが片手をあげたので、フェリシティは一瞬、彼がそうするのかと、彼女に触れるのかと思った。一瞬、どんな感じだろうと想像してしまった。髪にデヴィルの力強い指が滑りこみ、きつく結いあげていたヘアピンから解放された地肌を撫でられるのはどんな感じだろうと。その指に頭をもたせかけるのは。頭を後ろに倒して唇を突きだすのは。

彼の唇が近づいてくるのは。

「きみに代価を求める」デヴィルがささやいた。「その髪に触れさせろ」

フェリシティはまばたきをして彼を見あげた。「どうぞ」

デヴィルが自分の決断に抗っているのがわかった。彼が折れ、欲求の前に屈するのもわかった。そのあと、デヴィルが手を伸ばしてきた。ああ、よかった。

髪にかすかに触れられただけなのに、こんな強烈な体験は生まれて初めてだった。彼がすくいあげた髪を指に滑らせる。フェリシティは息が詰まった。デヴィルの手は温かいの? 彼は触れさせてくれるだろうか? 彼はこれからキスをするのだろうか?

「きみの髪に触れた罰としてあいつを殺すべきだった」デヴィルが静かに言った。

「あれは……」フェリシティはためらってからささやいた。「こんなふうではなかったわ」

暗がりの中でデヴィルの目がフェリシティの瞳をとらえる。「どういう意味だ？」

「彼はわたしの記憶には残らない。いまこうしてあなたがここにいるのだから」

デヴィルがかぶりを振る。「フェリシティ・フェアクロス、きみはとても危険だ」労働で荒れた温かいデヴィルの指は彼女の頬へと移動し、曲線をたどって顎にたどり着き、そこから離れようとしなかった。

フェリシティは小さく体を震わせた。「ここにあなたといると……わたしでも危険になれる気がする」

デヴィルは貪欲に光る自分の瞳へと、コヴェント・ガーデンの霧へと、彼女の顔をうわ向かせた。「仮にそうだとしたら？　きみは何をする？」

〝ここにとどまるわ〟そんな愚かしい考えが頭をよぎった。〝この恐ろしくもすばらしい世界を探検するわ〟けれど、口には出さなかった。代わりに、三番目の衝撃的な答えに気持ちを向けた。強烈な切望がもたらした答えに。「あなたにキスをするわ」

一瞬デヴィルは動きを止め、それから深く息を吸うと、反対の手を持ちあげてフェリシティの顔を温かく包みこみ、もう一度言った。「きみはとても危険だ」

フェリシティの口からそっとこぼれた言葉はどこからやってきたのだろう。「わたしからキスをさせて」

デヴィルは目を合わせたまま、首を一度横に振った。「おれには逆らえない」

のちに、フェリシティは自分の行動を暗闇のせいにした。石畳の路地に降る雨のせい。恐怖と驚きのせい。彼の温かな手と美しい唇、そしてなぜか彼をありえないほどハンサムにしている頬の傷のせいだと。何かのせいにせずにはいられなかった。なぜなら婚期を逃した行き遅れの壁の花、フェリシティ・フェアクロスは男性にキスなどしないのだから。しかもコヴェント・ガーデン暮らしで剣を仕込んだステッキを携帯し、デヴィルなんて名前の男性とは断じてキスをするはずがなかった。

だがその瞬間、フェリシティはつま先立ちになってまさにキスをしていた。自分の唇を柔らかで豊かな唇に押し当てていた。デヴィルはとても温かで、リネンのシャツとベスト越しに体温が伝わってきた。フェリシティは何も考えずにすぐさまベストをつかんだ。情熱にとらわれたこの瞬間に、彼ならフェリシティを支えていられるかのように。

フェリシティの体に両腕を回してきつく引き寄せ、驚きに息をのませ、激情に駆りたてているのは彼ではないかのように。デヴィルがうなった。深く甘美な響きだ。そしてフェリシティの下唇にそっと歯を立てたあと、闇のごとくささやいた。「いいだろう。本気のキスをしてみろ」

許しを与えられ、フェリシティはこの危険な男性に初めてのキスを捧げた。彼は何かを無償で与えるたぐいの男性には見えなかった。なのに、自分のすべてをこの瞬間のために与えてくれている……フェリシティの悦びのために。

いや、彼女の悦《あいぶ》びのためだけではない。デヴィルはフェリシティの下唇に舌を這わせて口を開けさせ、深い愛撫を繰り返して彼女の唇をわがものにしようとしている。デヴィルが再びうなると、その響きは欲望の振動となってフェリシティの体を駆けおり、下腹部の奥に、下のほうにたまった。彼のうなり声、それに彼のみだらですばらしい口づけが相まって、フェリシティはかつて感じたことがないほど大きな力を与えられた気がした。デヴィルが錠前で、自分はそれを破ったかのようだ。

彼はフェリシティを破滅させた。

ただし、破滅したように感じない。勝利した気分だ。

フェリシティはデヴィルに体を押し当てた。もっと近づきたかった、この瞬間が、陶然とする力がもっと欲しかった。デヴィルが顔をあげて彼女を見おろす。彼の呼吸は切れ切れで、瞳には驚きの色があった。デヴィルは一歩後ずさりすると、手の甲で自分の唇をこすり、かぶりを振った。「フェリシティ・フェアクロス、きみはいずれおれを燃やしつくす」

遠くで悲鳴があがり、怒声と男たちの声が続いた。

フェリシティはデヴィルに身を寄せたが、彼はフェリシティが求めた安心感を与えてはくれず、きっぱりと首を振った。「だめだ」

フェリシティの眉間にしわが刻まれる。「だめ?」

デヴィルは返事をせず、フェリシティの腕を乱暴につかむと、事務所のほうへ引っ張っていった。角を曲がったところで、彼女を路上に立ち止まらせる。「何が見える?」

「あなたの隠れ家よ」ふた晩前には、それはくだらない言い方に思えた。でもいまは、そこはまさに隠れ家だった。フェリシティの想像をはるかに超える力を持つ男性の領土。罰することも守ることも気分次第でできる男性。

「ほかには?」デヴィルが尋ねる。

フェリシティは見回した。夜の街について深く考えたことはない。「きれいだわ」

デヴィルは不意を突かれたらしい。「なんだって?」

彼女は指さした。「ほら、あそこ。霧と明かりが石畳を黄金色に変えているでしょう? きれいだわ」

デヴィルはその場所をつかの間見つめていた。頬の傷が白く、怒気をはらんで見える。やがて彼は微笑んだ。けれど、それはやさしげな笑みではなかった。友好的な笑みでもない。何かもっと危険なものだ。「広い世界は美しいと思ってるのか、フェリシティ・フェアクロス?」

フェリシティは後ろへさがった。「わたしは――」

デヴィルは返事をさせなかった。「きみはここが自分のために存在すると思ってる。それはそうだろう? きみは権力と財産のもとで育てられた。惨めさの味さえ知らずに」

「そんなことはないわ」フェリシティは憤慨した。「惨めさなら何度も味わわされている」

「ああ、そうだな。忘れてたよ」デヴィルは小ばかにするように言った。「自分のくだらない世界の中心で、ろくでもない友人たちを失ったんだったな。きみの兄は自分のポケットに入れた金さえなくす。それは父親も同じだ。そしてきみは欲しくもない公爵を勝ち取らなきゃならない」

フェリシティはデヴィルの口調に顔をしかめた。大事なこともわからない子どもに言い聞かせているかのようだ。彼女はかぶりを振った。「わたしは――」

デヴィルがさえぎる。「ここからがきみの哀れな物語の泣けるところだ。きみは情熱を感じたことがない。きみは情熱とは甘美でやさしく、すてきで……夢中になれる愛だと考えてる。安心感であり、心遣いだと」

フェリシティの胸に怒りが燃えあがった。「考えているのではないわ。そうだと知っているのよ」

「情熱とはなんたるかをおれが教えてやろう、フェリシティ・フェアクロス。情熱とは妄執だ。理性を超えた欲求。憧れではなく、飢え。そして最悪の罪をともなうことのほうが、最良の罪をともなうことよりはるかに多い」

フェリシティは彼の指が食いこんでいる腕を引っ張った。「痛いわ」

デヴィルはすぐに手を離した。「愚かな娘だ。きみは痛みがどういうものかを知らない」

頭上に並ぶ暗い窓、陰になっている張りだした屋根、煉瓦造りの建物の横側にぽっかり空いた黒い傷を順に指さした。「もう一度訊こう。何が見える？」

「なんにも」怒りのあまり、声が大きく乱暴になった。「次は何？ わたしには屋根の見方もわからないというの？」

デヴィルは彼女を無視し、路地の入り口が五つ、六つある人けのない湾曲した道路を示した。「あそこはどうだ？」

フェリシティは首を振った。「何もないわ。闇よ」

デヴィルは彼女に反対の方角を向かせた。「あそこは?」

困惑が募っていった。「な、何もないわ」

「いいだろう。その感覚、恐怖、不安を忘れるな、フェリシティ・フェアクロス。その感覚がきみを守る」

デヴィルはフェリシティを振り向かせると、自分の後ろへ押しやってから、前へ進みでてかたい石畳をステッキで二度叩いた。陰に覆われた建物群を見あげ、誰にともなく宣言する。

断固とした鮮明な言葉が通りにこだました。

「誰も彼女に触れてはならない。彼女はおれの庇護下にある」

今度は反対を向き、再び宙空に言い渡す。

「彼女はおれのものだ」

フェリシティは目をむいた。「なんですって! 頭がどうかしてしまったの?」

デヴィルは彼女を無視した。ステッキの銀の先端が二度、歯切れのいい明確な音をたてる。

その反応は雷鳴のようだった。二度叩く音があちこちからあがる。フェリシティの頭上で、両横で、窓ガラスが、石壁が、通り自体が、木で、鉄で叩かれた。手が叩かれ、足が踏み鳴らされる。

一〇〇人はいるに違いなかったが、その姿はひとりとして見えなかった。

フェリシティは衝撃に打たれてデヴィルを見やり、首を振った。「こんなにたくさんの人が聞き耳を立てていたのに、なぜわたしは気づかなかったの？」

デヴィルの翳った瞳が月明かりに輝く。「気づく必要がなかったからだ。屋敷へ戻れ、フェリシティ・フェアクロス。三日後の夜に会おう。それまでは嘘を貫くんだ。きみとマーウィックについて誰にも真実を明かすな」

フェリシティはかぶりを振った。「公爵はきっと――」

「この話はもう充分だ。きみはおれが約束を叶えられる証拠を欲しがり、おれは与えた。きみはいまも破滅してないだろう？　深夜のコヴェント・ガーデンをほっつき歩いてせっせと身を滅ぼそうとしながらも」

「ほっつき歩いてなんかいないわ」

デヴィルは背中を向けた。一瞬、フェリシティは彼が小声で悪態をついた気がした。デヴィルはポケットに手を入れて金貨を一枚取りだすと、彼女の手のひらに押しつけてから、ふたりが来た方向とは反対の通りを指した。「辻馬車はあっちだ。反対側は地獄へいたる道だ」

「ひとりで行くの？」陰から一〇〇組の目が見ているのに？　「送ってくれるんじゃないの？」

「ああ、きみはその人生でいまほど安全だったことはないからな」

フェリシティは言われたとおりに大通りへと歩いていった。一歩ごとに恐怖も緊張感も薄らいでいく。

通りに出たところで、暗がりから男が現れて辻馬車を呼び止めると、扉を開けて帽子に手をやり、彼女に乗るよう促した。

石畳をガタガタ走る馬車に揺られながら、フェリシティは家に近づくにつれて闇に閉ざされた街が明るくなっていくさまを窓越しに眺めた。

デヴィルの言ったとおりだ。フェリシティはいまほど安全だと感じたことはなかった。

大きな力を手にしたように感じたことも。

10

三日後の夜、デヴィルがボーン・ハウスの庭園に潜み、舞踏室の巨大な窓の向こうに照らしだされる人々を眺めて、開いた扉からあふれだす音楽に耳をそばだてていると、背後にウィットが現れた。

「彼女を見つめてばかりだな」

デヴィルは振り返らなかった。「誰を見つめてるって?」

ウィットは返答しない。その必要はなかった。

「おれがフェリシティ・フェアクロスを見つめてばかりだとなぜわかる?」

「おまえの行き先を子どもたちに報告させているからだ」

デヴィルは顔をしかめた。「おれはおまえのあとをつけさせてないぞ」

「おれはコヴェント・ガーデンの外へは出ない」

「今夜は違うようだな」あいにくだが。ウィットは黙ったままでいる。デヴィルはつけ足した。「おれたちが子どもたちを配置してるのは通りを見張るためだ。ここそおれを監視させるためじゃない」

「人の監視はおまえの特権か？」

デヴィルはもっともな反論を無視した。「おれは彼女が言われたとおりにやってるかを確かめているんだ」

「おまえの言うことを聞かないやつがこれまでいたか？」

「誰もが賢明に従う決まりごとも、フェリシティ・フェアクロスはどこ吹く風だ」ウィットが小さな音をたてたので、デヴィルはじろりとにらんだ。「どういう意味だ？」

大きな肩があがってからさがる。

「まずい計画だと考えてるのか」

「おまえの想定どおりにはならない計画だとは考えてる」

「マーウィックの血筋はユアンで終わる。そう同意しただろう」

肯定のうなり声。

「なのにあいつはあそこにいる。ボーン・ハウスの中で、生ぬるいレモネードを飲み、クランペットを食べ、カドリールを踊ってる」

ウィットがちらりとデヴィルを見た。「クランペット？」

「なんであれ、連中が食べるものだ」デヴィルはうめいた。

「ユアンはおれたちがまばたきするのを待ってる」

デヴィルはうなずいた。「そしておれたちはまばたきなどしない」

「やつはまだ会ってないんだろう。フェリシティ・フェアクロスに」

「ああ」マーウィック邸での舞踏会の夜以後、フェリシティと公爵を見張らせているが、ふたりはまだ顔を合わせていなかった。しかしユアンがあの件について沈黙しているため、公爵は売れ残りのレディと結婚するのではないかとロンドン中が騒然としていた。

「やつには計画がある、デヴ」ウィットが言った。「あいつは昔からそうだ。計画がどんなものであれ、おれはおまえの計画に輪をかけて気に入らない」

記憶の中の一場面がよみがえった。よく似た子犬を抱えて川辺に並んで腰をおろしている、同じ瞳をした三人の少年たち。デヴィルは頭を振ってそれ以上思いだす前にやめ、舞踏会へ視線を戻した。

「彼女を利用する段になったら、おまえだって気に入らないはずだ」ウィットが言った。

「彼女のことはどうでもいい」その言葉を口に出すとき、喉に違和感を覚えたが、デヴィルは無視した。

「レジーをコヴェント・ガーデンから追放したと聞いたぞ」

「この世から追放されなかっただけ運がよかった」

「おれが気にしてるのはそこだ。彼女にレジーを殺さないでくれと乞われて、おまえが折れたとヘスターは話していた」

デヴィルはポケットに両手を突っこみ、それが事実であることを黙殺した。「フェリシティ・フェアクロスを味方につけておく必要があるだろう？　路地で男の喉笛をかき切るところを披露したら、彼女に逃げられる」

ウィットのうなり声は頭にある考えを如実に物語っていた。「彼女をおれたちの庇護下に置いたのは？」

　あれは自分でも予想外だった。フェリシティが自分たちの通りで傷つけられていたかもしれないことへの激しい怒り。それに彼女をベッドへ運んで、ひと晩、あるいはふた晩、あるいはもっと、そこにとどめておくことができないいらだちから生じた発言だ。「おれたちの本拠地から目と鼻の先で貴族の娘が死体となって発見されては具合が悪いだろう？」

「おまえが彼女を招いたんだ」

「おれは名刺を渡しただけだ。判断を誤った」

「おまえは判断を誤らない。それに自分たちの庇護下にある貴族の娘など、おれたちには必要ない。犬にダイヤモンドが必要じゃないのと同じだ」

「長くは庇護下に置かない」

「だろうな。じきにおまえの餌食となる。ユアンとともに」

「跡継ぎはなし」デヴィルは言った。「おまえも約束は覚えてるだろう」

　ウィットの唇が引き結ばれて一本の線になる。「覚えてるとも。それにもっとすっきりとした安全なやり方でおれたちの目的を達成できることも知ってる。壁の花にわざわざ新しいドレスを買い与えたりするよりな」

　デヴィルは次第にいらいらしてきた。「たとえばどんなやり方だ？」

「われらがきょうだいの顔におまえとおそろいの傷をつけてやるんだ」

デヴィルはかぶりを振った。「だめだ、こっちのやり方のほうがいい」ウィットは返事をせず、その沈黙にデヴィルは異論を聞き取った。「こぶしは脅迫だ。このやり方は約束だ。このやり方で、あいつの未来はおれたちが握ってることをユアンに思いださせる。かつておれたちの未来をあいつが握ってたように」

しばらく間を置いてからウィットが問いかけた。「彼女は？　おまえに未来を奪われたあと、彼女はどうなる？」

「代価はたっぷり与えてやる。おれは怪物じゃない」

ウィットが小さく鼻で笑う。

デヴィルはウィットに目をやった。「いまのはどういう意味だ？」

「破滅の代価をくれてやるのが怪物の所業でないと考えているなら、どうかしてるってだけだ。彼女は怒るだけじゃなく、報復しようとするだろう」

平凡な、婚期を逃した行き遅れのフェリシティ・フェアクロスが、ベアナックル・バスターズに報復するとは考えるだにばからしい。デヴィルは自分も笑ってみせた。「じゃあ子猫におれを切り裂けるかどうか、お手並み拝見といこうか。おれも剣を用意しておこう」

「彼女はレジーを殴ったと聞いたぞ」

その光景を思いだして胸にわき起こった誇らしさは、同時によみがえった怒りにたちまち追い払われた。「かすっただけだ」

「ぶん殴り方を教えてやれ」

「フェリシティ・フェアクロスがコヴェント・ガーデンに足を踏み入れることは二度とないんだから、教えてやる必要はない」そう、コヴェント・ガーデンの暗い路地でのあの一夜は、あの界隈には近づくものではないと彼女に確信させただろう。

あの路地をフェリシティがきれいだと思おうが関係ない。

まったく。彼女が輝く石畳を指さしてその美しさを説明したとき、あそこはいまは雨に濡れているが血で濡れていることもあるんだと、デヴィルは言ってやりそうになった。

たとえフェリシティが正しかろうが。輝く石畳はたしかに美しかった。

彼女に言われなければ気づくこともなかっただろう。くそっ。

そのときウィットがうなるように言った。「教えてやる必要がないのは、彼女がいまやバスターズの庇護下にあるからだろう」

「彼女は二度と来ない」デヴィルは言った。「なにせおれが男を殺そうとするのを目の当たりにしたんだ」

「だが、殺さなかった」

あの男はフェリシティに触れた。あの間抜けはフェリシティのシルクのような髪にデヴィルより先に触れたのだ。ステッキを握る手が暴力を求めてうずいた。それでいい。暴力を求めてうずいていれば、フェリシティに触れたくてうずくこともない。彼女を再び引き寄せたくてうずくことも。自分はフェリシティに再びキスをしたくてうずいてなどいない。

嘘だ。

るぞ」

デヴィルはかぶりを振った。「あいつを殺しておくべきだった」

ウィットは舞踏室の窓へ視線をやった。「だが、そうしなかった。これであれこれ騒がれ

「たしかにおまえは騒いでるな」

ありがたいことに、それでウィットは静かになった。

ふたりはしばらく無言で見張っていた。ウィットがそわそわと体を揺する。微動だにせずにいることの多い男にしては珍しかった。ウィットらしくないが、理由がわかっていれば別だ。デヴィルは言った。「今夜は試合があるのか?」

「三つある」

「出るのか?」

ウィットは肩をすくめた。「その気になったら」

拳闘士には二種類ある。ルールを守って戦う者と、勝つためには手段を選ばない者。ウィットは後者で、自分を止められないとき以外は決して戦わなかった。試合を取り仕切り、拳闘士を鍛えるほうが好きなのだ。しかしひとたびリングにあがれば、ウィットを打ち負かすのは不可能に近い。

打ち負かされたのは過去に一度きりだ。

別の記憶がよみがえる。泥と血にまみれ、意識を失って地面に倒れているウィット。デヴィルはその上に覆いかぶさり、何十、何百に思えたこぶしをその身に浴びた。ウィットをか

ばって。

その場からふたりで逃れるまで。

「グレースから彼女は何者だとうるさく訊かれてる」

デヴィルはウィットへ顔を向けた。「教えてはいないだろうな」

「ああ。だがグレースは愚か者じゃない。それに自分で情報屋を抱えてる。全員がうちの連中より優秀だ」グレースの下で働いている者たちはごく数人を除けば女性ばかりだ。ロンドンのたいていの場所では、女性のほうが目立たずにすばやく動ける。

そのとき室内で黄金色のドレスがきらりと輝き、デヴィルは返事をせずにすんだ。フェリシティ。人混みの中、視線は彼女をたどり、陽光のごとくその姿を吸収した。「彼女がいる」声がやさしくなるのを止められなかった。「あのドレスを着てる」

ウィットがうなった。「じゃあ、もう行くぞ」

だめだ。

デヴィルはその言葉をのみこみ、首を振った。「いや、おれはふたりが対面するのを確かめる」

ウィットは舞踏室の窓へと目をやり、低く口笛を鳴らした。「あのドレスを見たらユアンは正気を失うな」

デヴィルはうなずいた。「おれのほうが一歩先を行ってるとわからせてやる。おれのほうがつねに先にいると」

「おれも認めよう。レディ・フェリシティは馬子にも衣装だ」

「くだらないことを言うな」いまの発言を聞き、デヴィルはウィットの顔面にこぶしを見舞ってやりたい衝動に駆られた。だがこぶしを見舞うためにはフェリシティから目をそらさなければならず、デヴィルにそうするつもりはなかった。正直に言って、そうできるかどうかわからなかった。

彼女から目をそらすのは不可能だ。

フェリシティは流れ落ちる黄金をまとっているかのようだ。仕立屋はフェリシティに似合うドレスをつくってくれるだろうと信じていたとはいえ、これは傑作だ。深くくれたボディスの襟ぐりから美しい肌があらわに広がり、室内にいる男たちの視線を集めている。それが狙いなのだろうが、デヴィルは気に食わなかった。「襟ぐりがさがりすぎだ」

「何を言ってる」ウィットが言った。「あれならユアンも目をそらせない」

目をそらせないのはデヴィルも同じだった。問題はそこだ。肩先はキャップスリーブに覆われ、その先の長く美しい腕を隠している黄金色のシルクの手袋は、彼によからぬことを想像させた。

あの手袋を脱がせるところとか。

彼女の手首をベッドの支柱にくくりつける長さはあるだろうかとか。ふたりがともに罪に溺れるまで、何度も何度も彼女から歓喜を引きだすあいだ、彼女を縛っていられるだけの強度はあるだろうかとか。

しかもこれはドレスや手袋とともに届けられた別のもののことをデヴィルが思いだす前の話だ。あのドレスの下にフェリシティが身につけているものを彼は知っており、好奇心に胸が高鳴った。黒服の男たちがフェリシティに群がると、デヴィルの鼓動はさらに乱れた。デヴィルの知っている若いろくでなしどもの顔がいくつかあり、彼らは舞踏室への入場を許されるべきではない連中だった。ましてや非の打ちどころのないドレス姿のフェリシティに近づくなど、もってのほかだ。

中でもとりわけぶしつけな男が、フェリシティの手首からさがる扇の象牙の持ち手に触れた。いや、待て。扇か？ 彼女の手首に触れていないか？

デヴィルは喉の奥で低くうなった。ウィットがデヴィルを見て言う。「おまえの言うとおりだな。この計画にはなんの問題もない」

デヴィルは顔をしかめた。「もういい」フェリシティは手を引っこめ、扇を手首からはずして問題の男へ渡している。「あれは誰だ？」

「どうしておれにわかる？」ウィットは貴族社会には可能な限り近づかないようにしていた。

「また彼女に触れたら、あの手をへし折ってやる。彼女は明らかに不愉快そうだ」

室内にいる男はフェリシティの扇に何かを書きつけると、輪の中にいる隣の男へ扇を手渡し、次の男、さらにその次へと扇が回される。

「あいつらは何をしてるんだ？」

「貴族のくだらない儀式なのは間違いないな」ウィットは大声であくびをした。「彼女はもう心配ない」

そうは見えなかった。フェリシティは――驚いているように見える。彼女は若く、完璧で、落ち着かなさそうで、驚いているように見えた。まるであのドレスが何かを変えることなど期待していなかったように。まるでたいていの男は値の張るドレス抜きでも女性の真価がわかるだけの脳みそが頭に入っていると本気で信じていたように。あるいはおしろい抜きでも。あるいは口紅抜きでも。男たちに女性の真価がわかっていたなら、フェリシティ・フェアクロスは行き遅れになっていなかっただろう。立派な過去を持ち、復讐の〝ふ〟の字も頭にない立派な男と、とうの昔に幸せな結婚を果たしていた。

だが男たちにはそれができず、よってフェリシティも結婚していない。だから彼女は驚き、しかもおそらくいささか動揺している。デヴィルはフェリシティのもとへ行き、彼女が目的を持ってこの場にいることを思いださせてやりたくなった。輝かしい注目を満喫し、彼女が取り戻したいと願っていた自分の居場所を社交界に見つけるんじゃなかったのかと。

愛されるにふさわしいフェリシティを、いつの日か愛するようになるかもしれない男と、未来の約束を結ぶのだろうと。

「ユアンが来たぞ」

果たされることのない約束を。

デヴィルは罪悪感をのみこむと、無理やりフェリシティから視線を引きはがし、人混みの中に公爵の姿を見つけた。ユアンは大勢の客を見回している。巨大なターバンを巻いた年配の女性に話しかけられて会釈をしながらも、ユアンの視線はさまよい続けていた。

フェリシティを探しているのだ。

「行こう」ウィットが言った。「メイフェアは苦手だ」

デヴィルは首を振った。「あいつが彼女を見るまではだめだ」

そのとき顔も知らない自分の花嫁を公爵が見つけた。デヴィルのきょうだい、フェリシティ・フェアクロスが出会った中で一番ハンサムな男は、金糸で紡がれたドレス姿の彼女を二度見し、それから不審そうに目を細くした。

「うまくいったな」ウィットが言った。「警告は伝わった。黄金色のドレスは名案だ」

あれはユアンの注意を引いて記憶を呼び覚ますよう計算されていた。はるか昔に交わした約束をユアンに思いださせるよう。ユアンが守らなかった約束、これからも守ることのない約束を。

黄金色のドレスは、フェリシティ・フェアクロスに何も知られずに、デヴィルのほうが一歩先んじていることをユアンに伝えるだろう。このゲームでデヴィルが先手を取っていると。勝つのは彼だと。

ユアンは長々とフェリシティを見つめている。そしてデヴィルは彼女を奪い去ることだけを求めていた。

彼をその衝動から救ったのは、さっき彼女の手首に触れた男だった。男はオーケストラを示したあと、手を差しだした。ダンスへの招待だ。フェリシティが自分の手を重ねると、男はダンスフロアへと彼女を導き、ユアンから引き離した。

デヴィルからも。

ウィットがうなった。「おれは帰る」

「ああ、行け」デヴィルは言った。「おれは残る」

「彼女とか？」

そうだ。「彼らと、だ」

長い沈黙のあと、ウィットは静かに言った。「だったら、よい狩りを」そして、ダンスのパートナーからパートナーへと引き継がれ、舞踏室内をくるくる回るフェリシティを見つめるデヴィルを闇の中に残した。次々に変わるダンスの相手をフェリシティが笑顔で見あげるのを見つめながら、デヴィルはそれぞれの過ちを無言であげつらった。腰に置かれた手の位置が低すぎる。胸元をじろじろ見すぎだ。ささやくときに耳元に口を近づけすぎている。見ているとむかついてきた。フェリシティに触れ、彼女を抱き、彼女とダンスを踊れる男たちに対する強烈な不快感がこみあげ、この前の夜レジーに罰をくだしたように、連中を罰し、フェリシティの前から追い払うところをひそかに夢想した。そして一瞬、想像をめぐらした。男たちを次々に追い払い、残るは自分ひとりになったらどうなるだろうと。

デヴィルはフェリシティにはふさわしくない男だ。別の男を破滅させるのに利用したあと、彼女自身も破滅の中に置き去りにする気でいるのだから。

しかしおよそ二〇年前、あの部屋にいるのはデヴィルになっていたかもしれないときがあったのだ。華麗な衣服をまとい、極細の金糸で紡がれたドレス姿の婚約者を見つめ、幸福感に酔いしれながら彼女を腕に引き寄せ、舞踏室で踊っていたかもしれないときが。

公爵の座に就いていたかもしれないときがあった。フェリシティ・フェアクロスに彼女の夢見る人生を与えられたかもしれないときが。

デヴィルはつかの間思案した。向こう側にフェリシティがいるのを知っていたら、自分はその扉を開けるために何をしただろう。

なんだってしたに違いない。

幸いにもダンスが終わり、フェリシティは舞踏室の隅でひとりになると、鉢植えの羊歯《しだ》の陰から、開け放たれていた扉を通って夜へと足を踏みだした。

デヴィルが支配する夜へと。

11

フェリシティは二七年の人生の大半を社交界の中心で過ごしてきた。裕福な侯爵の子女として、さらに裕福な伯爵の妹として、そして公爵や子爵たちの親戚として、計り知れない特権を持って生まれていた。

社交界はフェリシティに微笑みかけ、最も大きな影響力を持つ貴族の子女たちは、彼女がデビューを果たすなり歓迎した。女性たちは噂話に花を咲かせるレディのサロンへフェリシティを招き、男性たちは彼女のためにこぞって飲み物のテーブルからシャンパンを取ってこようとした。

舞踏会の華だったことは一度もないが、華の添え物ではあり、よってすべてのダンスで相手がいたし、紳士たちと戯れた。舞踏室の隅に立っている者たちにはいくばくかの哀れみを覚えるだけだった。

そして舞踏室の中心にいるのがどういうことかは、いまひとつわかっていなかった。というのも、フェリシティはつねにそこにいたからだ。

だが、それもその場から追放されるまでだった。以後はアヘン常用者のように、戻ることだけを求めた。

デヴィルはそれを叶えると約束し、なんらかの手段で約束を果たしてみせた。本当に魔法のように。実際に不可能を可能にできるかのように。

デヴィルから送られてきた黄金の笑顔を紡いだかのようなドレスをまとってその夜到着すると、フェリシティはたちどころに歓迎の笑顔に取り囲まれた。誰もが競ってお世辞を言いたがり、やさしい言葉をかけたがり、彼女を笑わせようとした。それもこれも、フェリシティのついた嘘がなぜか暴かれなかったおかげだ。彼らの頭の中では、フェリシティは未来のマーウィック公爵夫人であり、その夜の彼女の価値は一週間前とは比べものにならないほど跳ねあがっていた。だから彼らは諸手《もろて》を挙げて彼女を歓迎したのだ。

けれどもそれはフェリシティの想像していたうれしい帰還とは違っていた。

なぜなら、彼女は一週間前となんの違いもなかったのだから。

そして舞踏会もなかばを過ぎたいま、五、六回ダンスを踊り、如才なく紳士たちと戯れるのに失敗し、笑うべきときと笑えば重大な侮辱と受け取られるときの区別をつけるのに手こずり、自分が言動を間違えたせいで家族を救う唯一のチャンスを台なしにしないかとびくびくし続けたあと、フェリシティ・フェアクロスは真実を悟った。

社交界の人気者とは、雨にさらされた薪《まき》でいっぱいの暖炉のようなものだ。一見、有望だけれど無価値。ロンドン中がつくり笑いを浮かべて話しかけてくるのは、公爵がふたりの婚約を否定せず、今夜そうするつもりもないようだからだ。ロンドンはフェリシティ・フェアクロスを再発見し、平凡、行き遅れ、壁の花から、魅力的、婚約中、陽気な仲間《ボン・ヴィヴァン》とあだ名をつけ直したらしい。

言うまでもなく、彼女はそんなものではなかった。今日のフェリシティはひと月前と何も違わない。ただ、今日の彼女は公爵と結婚の予定があるだけだ。そういう話になっているだけ。

おかげで社交界に再び歓迎されはしたものの、思っていたほどうれしくなかった。フェリシティはごった返す客たちから逃れ、鉢植えの羊歯の陰にそっと入った。その先の扉はありがたいことに開け放たれている。あそこから闇の中へと抜けだし、帰る時間になるまで隠れていられたらどんなにいいだろう。

でも、できなかった。ダンスカードには、まだダンスをする予定の相手の名前が三つ残っているのだから。

ダンスが三つ、その相手はどれも、彼女の婚約者であるはずのマーウィック公爵ではなかった。少なくとも、公爵は婚約を否定はしておらず、近々結婚の詳細の相談に行くとフェリシティの父に知らせをよこしはした。おかげで母は歓喜の発作に見舞われ、アーサーは笑みを取り戻した。フェリシティの父、家族のことにかかずらう時間は滅多になく、ましてや家族に喜びを伝える時間などまずないバンブル侯爵でさえ、この展開に喜びの言葉をぼそりと漏らした。

フェリシティと会う必要があると公爵が考えなかった点については、誰も気にしていなかった。

「もちろん、いずれいらっしゃるわよ」普通ではない事の成り行きと、姿の見えない仮の婚約者についてフェリシティに指摘されると、母はそう応じた。「単に忙しいだけでしょう」

婚約について連絡をよこす時間があるなら、自分の腰をあげる時間も見つけられそうなものだけれど、それは的はずれな指摘らしい。

それに彼女のドレスが公爵を引き寄せるから、彼が目の前に現れたらあとは勝ち取るだけだとデヴィルは約束したものの、いまのところ勝利の気配はゼロだった。公爵が舞踏会に来ているのかさえわからない。まさかすでにロンドンを離れた可能性はあるだろうか？　仮にそうなら、どうすればいいのだろう。このままで押し通して世界中に嘘をつき続ける？

マーウィック公爵も、実際には婚約などしていないことにどこかの時点で気づくだろう。そしてひとたび公爵をフェリシティの力で屈服させなければならなくなったら、どんなドレスの魔法も、悪魔からの贈り物であろうとなかろうと彼女を真実から守るには不充分だ。たとえフェリシティが想像したこともないほど魔法に満ちて見えるこのドレスでも。

ドレスは完璧だった。

デヴィルがどうやったのかは謎だ。けれど彼は採寸の必要はないと約束し、果たしてその朝到着したドレスはまるで魔法でつくられたかのように体にぴったりだった。実際には、ロンドン一有名な仕立人マダム・エベールの手によるものだが、フェリシティは彼女のもとへはもう何カ月も行っていなかった。いま思うと、社交界に歓迎されなくなったフェリシティがドレスへの興味を失ったせいだけでなく、家計が傾いていたせいもあるのだろう。

ところがマダム・エベールは、求められているのがどんなドレスかを心得ていたようだ。それはたしかに自分の求めていた一着だとフェリシティは認めざるをえなかった。彼女がそれをまとって現れたとき、アーサーの眉が跳ねあがらなかったとしても、フェリシティは〝H〟と金で型押しされた大きな白い箱を開けた瞬間に、これまで着た中で一番美しいドレスだろうと確信した。

だが、送られてきたのはドレスだけではなかった。靴にストッキング、手袋、それに下着一式。思い返してフェリシティは顔を赤らめた。どの下着もなまめかしいほど鮮やかなピンク色のリボンが縁にあしらわれていた。

〝わたしはピンク色が好きなの〟その週の始めに、フェリシティがそう言ったのだ。

デヴィルから贈られたものだと知りながら華やかなシルクやサテンの下着を身につけるのは罪深く感じた。このドレスを身につけるのと同じくらい罪深く。今夜そのドレスを目にしたすべての男性たちのためではなく、それを送ってきた男性のために着ているのだと思うのを止められないのだから。

デヴィルがもう一度忍びこんでくるかもしれないと、バルコニーへ続く扉を一日中開けたままにさえしていた。彼女のドレス姿を見たがるかもしれないと。ドレスを着たらそれなりにきれいに見えるのを確かめたがるかもしれないと。

けれどデヴィルは来なかった。

彼は闇の中でフェリシティに口づけ、悪と罪の味を教え、その力で誘惑し、三日後の夜に会おうと約束して、それから……彼女を見捨てた。

もっとも、武器を仕込んだステッキを持ち歩くコヴェント・ガーデン暮らしの男が、英国で最も由緒ある名家のひとつが開いた舞踏会に招待されるはずもなかった。たとえフェリシティが望んだとしても。

「彼は来なかったわ。あのろくでなし」真っ暗な闇に向かってつぶやいた。

「なんたる言葉遣いだ、フェリシティ・フェアクロス」

どきりとし、はじかれたように振り返るとデヴィルがいた。「あなたは本物の悪魔なの？ わたしの思いがあなたを招喚してしまったの？」

デヴィルの唇が弧を描き、皮肉めかした笑みが浮かぶ。「おれのことを思ってたのか？」

フェリシティはあっと口を開けた。そんなことを認めるなんて、シャンパンを飲みすぎたに違いない。「違うわ」

狼《おおかみ》を思わせる笑みを浮かべ、デヴィルは闇の中へ後ずさりした。「嘘つきめ。聞こえてたぞ、おしゃべりな壁の花。おれが来ないと毒づいてただろう。寝室で待ってたのか？」

フェリシティは赤くなった。暗くてよかった。「そんなはずないでしょう。いまでは扉には鍵をかけているわ」

「おれに錠前破りの腕がないのはあいにくだったな」彼女が咳払いをすると、デヴィルは笑い声をあげた。低く暗い魅惑的な響きだ。「闇の中へおいで、フェリシティ。敵と戯れているのを見られるぞ」

フェリシティは眉根を寄せながらも、彼のあとをついていった。「あなたは敵なの？」

デヴィルは角を曲がった。そこから先は舞踏室の明かりが闇に場を譲っている。「メイフエアの連中全員にとってのみだ」

フェリシティは顔を見たくて彼の影へと近づいた。「それはなぜ？」

「おれはあいつらが恐れるものすべてだから」低く暗い声で告げる。「誰もが罪を抱えている。そいつを握るのがおれのやり方だ。おれは人を見ればその罪がわかる」

「わたしの罪は何？」フェリシティはささやいた。答えを知りたくてたまらない一方で怖くもあり、鼓動が乱れる。

デヴィルは首を振った。「今夜のきみは炎だ、フェリシティ・フェアクロス。その炎にすべての罪は焼きつくされた」フェリシティは微笑んだ。彼の言葉を聞いて息が苦しくなる。

「じゃあ、聞かせてくれ。きみは貴族の輪の中に復帰したのか？」

フェリシティは両腕を大きく広げた。「もう壁の花ではないわ」

「残念だ」

「壁の花になりたがる人はいないわよ」

「これは持論だが、温室で一番美しいのは壁際の花だ。だが教えてくれ、わが鉢植えの蘭《らん》よ。きみはどの虫をおびき寄せた？」

フェリシティは鼻にしわを寄せた。「たとえをごちゃ混ぜにしているわよ」

「用心しろ、壁の花だった過去が見え隠れしてるぞ。社交界の人気者は男の文法批判なぞ夢にも考えない」

「社交界の人気者はあなたみたいな男性と密会するなんて夢にも考えないわ」

デヴィルの唇が険しい線となり、いまの言葉への後ろめたさがフェリシティの胸を突いた。

彼は屋敷の側壁にもたれかかった。「寝室での一件について詳しく聞かせてくれ」

フェリシティは動きを止めた。デヴィルに知られていても驚くことではないはずだ。例の件は誰でも知っている。けれどデヴィルは彼女にまつわるほかのスキャンダルは知らないのに、なぜこの件は知っているのだろう？

どうして彼はあのことの詳細を知らなければならないの？　フェリシティは唾をのみこんだ。「なんの話？」

「きみを花嫁不適格者にした一件だ」

その言い方に彼女は顔をしかめた。「どうしてあなたが知っているの？」

「きみもいずれわかるだろう。おれの知らないことはほとんどない」

フェリシティは嘆息した。「話すようなことは何もないわ。舞踏会があって、わたしは誤って男性の寝室に入りこんでしまったの」

「誤って、か」

「だいたいのところは」言葉を濁した。

デヴィルがフェリシティを見つめたあと尋ねた。「相手にさわられたのか？」

意外な質問だった。「いいえ、彼は……実際には、彼はわたしが寝室にいるのを見つけてかんかんになったわ。それには感謝すべきなんでしょうね。だって彼が怒りださなかったら、まるでわたしは……」言葉を切り、言い直そうとする。「そもそもわたしは世界一の美女ではないし、それに加えてあのときわたしは……」フェリシティは口をつぐんだ。

「なんだ？」

「なんでもないわ」

「それは嘘だな」

フェリシティは再び嘆息した。「わたしは泣いていたの」

間があった。「他人の寝室でか」

「この話は終わりにしていい？」

「だめだ。泣いていたわけを話せ」デヴィルの声にはそれまで気づかなかった険しさがあった。

「話したくない」

「きみにはそのきれいなドレスという貸しがあることを思いださせなきゃならないのか、フェリシティ・フェアクロス？」

「ドレスは最初の取り引きに含まれていると思っていたわ」

「きみが泣いていた理由を話さないなら別料金だ」

腹の立つ人。「くだらない理由だから話したくないの」

「くだらなくてかまわない」

フェリシティは思わず笑いだした。「ごめんなさい。でも、あなたはくだらないことを嫌悪するたぐいの人に見えるわよ」

「話すんだ」

「わたしは……仲間といたの。友人たちと」

「このあいだの夜の毒蛇どもか？」

フェリシティは肩をすくめた。「わたしは友人だと思っていたわ」

「向こうはそうじゃなかった」

「ええ。でもあなたはあの場にいて、それをわたしに教えてくれなかった。だから……」言葉を切る。「とにかくそのせいでわたしは……泣いていたの。わたしたちはいつも一緒だったのよ。それが突然……」口をつぐみ、あの頃を、社交界の人気者で世界は自分の意のままになると思えた頃を振り返るたびに胸を締めつける感情をこらえた。「あっさりと……そうではなくなった。彼らは相変わらず光り輝いていて、大の仲よし同士だわ。けれどわたしは仲間ではなくなったの。その理由がわからなかった」

デヴィルは長いあいだフェリシティを見つめていた。「友情がおれたちの考えるものであるとは限らない。用心してないと、往々にして相手が求めるものになる」

フェリシティはデヴィルに目をやった。「あなたは……友人に捨てられるような人には見えない」

彼が片方の眉をあげる。「そもそも友人がいるようには見えないと言いたいんだろう」

「いるの？」

「男きょうだいがひとりいる。女きょうだいもひとり」

「わたしがあなたの友人になりたい」その告白は互いを驚かせ、フェリシティはなかったことにしたかった。

デヴィルにこう返されてはなおさらだ。「フェリシティ・フェアクロス、おれはきみの友人などではない」彼は間違っていない。けれどフェリシティは傷ついた。「きみが友人と呼ぶ連中になぜそっぽを向かれたのか教えてやろうか？」

「なぜあなたにわかるの？」

「おれは世の中とその仕組みを知ってるからだ」

それは信じられた。「じゃあ、なぜなの？」

「そっぽを向かれたのは、きみが用なしになったからだ。きみは連中のばか丸出しの冗談に笑うのをやめた。あるいは連中の色あせた服につくり笑いを浮かべるのをやめた。あるいは仲間以外への心ないふるまいをするようけしかけるのをやめた。実際のところなんだったのであれ、きみはあいつらの靴をなめるのにはもう興味がないとやつらに気づかせることをしたんだ。そして追従をやめる仲間ほど、あの四人のような愚にもつかないことをぺらぺらしゃべりたてるやつらを怒らせるものはない」デヴィルの言うことは正しいとわかっていても、その理屈にフェリシティは反発しそうになった。彼がさらに続ける。「あの部屋にいる男女はひとり残らず寄生虫だ、フォークにナターシャ・コークウッド、ヘーゲン卿夫妻も含めて。縁を切って正解だ、わが麗しの炎よ」

デヴィルの言葉にフェリシティは舞踏室を振り返り、客人たちがおしゃべりし、噂話をし、ダンスをし、笑うのを見つめた。あの人たちはフェリシティの同族だ、そうでしょう？ あれは自分の世界、そうよね？ だったらたとえ自分も少し前に、同じ言葉ではないにしろデヴィルと同じことを考えていたとしても、自分の世界をこの男性、この部外者から守るべきなのではないだろうか。「すべての貴族が寄生虫というわけではないわ」

「ほう？」

「わたしは違うもの」

デヴィルが壁から体を起こして背筋を伸ばす。フェリシティは視線を合わせるために顔をあげた。「ああ、きみはもう一度あの輪に戻りたくて必死になるあまり、それを叶えるために喜んで悪魔と取り引きをしているだけだ」

〝その気持ちが変わったとしたら？〟

心にささやきかけてくるその考えに、フェリシティは抗った。「家族を救わなければならないのよ」小声で言うと、頬が熱くなった。わたしに選択肢はない。

「ああ、そうだったな。家族への忠誠心。称賛に値するが、きみの家族は花嫁を探し求める狼どもにきみを生贄として差しだす前に、自分たちの状況を説明できたんじゃないのか」

今度は反発心がはっきり頭をもたげた。自分では考えないようにしていることを言葉にされて、フェリシティは腹を立てた。「わたしは悪い妻にはならないはずよ」

「なるとは言ってない」

「彼の屋敷を守って跡継ぎを与えるわ」

即座にデヴィルの目がフェリシティの目をとらえた。闇の中、熱いまなざしで一心に彼女を凝視する。「それがきみの夢か？　次期公爵の母となることが？」

フェリシティはその質問について思案した。「公爵の母親になるなんて野心を抱いたことはないけれど、ええ、子どもは好きよ。わたしはきっといい母親になるわ」

「ああ、すばらしい母親になるだろうな」デヴィルが視線をそらし、咳払いをする。「だがきみの夢はそれだけじゃないだろう？」

フェリシティはためらった。おだやかな問いかけがふたりのまわりで渦を巻く。彼女の秘密を理解しているように。あの人たちに受け入れられたいという要求を。彼らの中に居場所を取り戻したいという願いを。「もうひとりきりはいやなの」

デヴィルがうなずく。「そのほかは」

「求められたい」口からこぼれでた本音は苦く、喉に痛みを残した。

デヴィルはまたうなずいた。「最初に嘘をついたのはそれが理由か」

「わたしがこの取り引きに同意した理由でもあるわ」フェリシティは静かに告げた。「わたしはすべてが欲しいの。言ったでしょう、手に入れられる以上のものを求めているのよ」

「きみにはあいつら全員を合わせたよりも価値がある。だがおれにそう言われるだけでは不充分なんだろう？」

デヴィルの言葉を聞いて胸に広がったぬくもりが、彼が気づいているよりも充分みたいだと教える。それでもまだ足りなかった。「あなたにはどんな気持ちだったかわからないでしょう。どんな気持ちがするか」

デヴィルは長々とフェリシティを見つめた。「実のところ、信頼できると思っていた相手を失うのがどんな気持ちかをおれはよく知ってる。相手に裏切られるのがどんな気持ちか」

フェリシティはその言葉と、いたるところに裏切りが潜んでいそうなこの風変わりで危険な男性の暮らしについて知っていることを思い起こした。それからうなずく。「どうでもいいことなんでしょうね。だってわたしとダンスした男性たちは誰ひとりとしてわたしを求めていないのよ。公爵は別だと信じる理由はどこにもないわ」

「なんのためであれ、きみの扇に群がったときは、連中もきみを求めてるように見えたが」

フェリシティはくだんの扇を持ちあげて広げ、松材の中骨に名前が書かれているのを見せた。「ダンスカードよ。そして彼らがわたしを求めるのは、単にわたしが――」

「ひとつ空きがあるな」デヴィルが扇をつかみ、手首に通した扇の紐でフェリシティは彼とつながった。

紐を引っ張られて息をのみ、フェリシティは一歩近寄った。「それは……この空きは架空の婚約者のために残しておくべきだと思ったの」言葉を切った。「わたしの父は公爵の手紙を受け取っているのだから、架空とは言えないわね。あれはどうやったの？」

「魔法だ」デヴィルが言い、右頰の傷が暗がりで白く浮かびあがる。「約束したとおりに」フェリシティはもっと納得のいく返事を求めようとしたが、デヴィルは話を続けて彼女にしゃべらせようとしなかった。「すぐに公爵が空きを埋める」

フェリシティは扇の空白をぼんやり見た。空白はまるで彼女の嘘を世の中に向かって叫びたてているかのようだ。デヴィルがそこを埋めたらどうなるだろうと、突拍子もないことがふと頭に浮かぶ。彼が冒瀆《ぼうとく》的なその名前を黒の鉛筆で書き記したら、何が起きるだろう。デヴィルがフェリシティとともに舞踏室へ入り、彼女を腕に抱いてダンスをしたら。もちろんデヴィルみたいな男性は貴族のようには踊れないだろう。彼は暗がりから見ることしかできない。

フェリシティははっとした。「ちょっと待って。あなたはひと晩中わたしを見張っていたの？」

「いいや」

今度は彼女がこう言う番だった。「嘘つき」

デヴィルが言葉に詰まる。その顔を見ることができるなら、フェリシティはなんでも差しだしただろう。「きみがドレスを着てるかどうか確かめる必要があった」

「着るに決まっているでしょう。こんな美しいドレスは見たこともないもの。毎日でも着たいぐらい。だけどあなたがどうやったのか、いまだに理解できないわ。マダム・エベールにドレスの図案を描いてもらうだけで何週間もかかるのよ。もっとかかることもあるわ」

「マダム・エベールは、おおかたの職業婦人同様、割増金のためなら喜んで仕事を急ぐ」言葉を切った。「それに、彼女はきみを気に入っているようだ」

その言葉にフェリシティは胸が温かくなった。「マダム・エベールはわたしの嫁入り衣装を仕立ててくれたのよ。というより、昨年の夏、夫を勝ち取ろうとして持っていった服すべてをね」ふと黙りこむ。「結局は夫候補に捨てられるはめになったけれど」

短い間を置いて、デヴィルが言った。「だが捨てられるはめにならなければ、このドレスを着ることもなかった。それこそ犯罪だ」

フェリシティは頰を赤らめた。これ以上なく完璧な褒め言葉だ。「ありがとう」

「公爵はきみから目を離せなかった」

彼女はぽかんと口を開けて首をめぐらした。「公爵がわたしを見ていたの？」

「ああ」

「じゃあ、このあとはどうなるの？」

「このあとは、彼がきみのもとへ来る」

約束に満ちた言葉にフェリシティは息をのんだ。けれど目に浮かんだのは別の男性が彼女のもとへ来る光景だ。公爵ではない男性が。「なぜわかるの？」

「そのドレスをまとったきみの姿に抗えないからだ」

フェリシティは胸が高鳴った。「わたしはどう見えるの？」

慎みを欠く質問に、フェリシティは自分でもぎょっとして取り消しかけた。デヴィルに問い返されなければそうしていた。「きみは賛辞を求めているのか？」

静かに尋ねられ、彼女はうなずいた。「たぶん」

「きみはそうあるべきとおりに見える、フェリシティ・フェアクロス……誰より美しい人」

頬がかっと燃えあがる。「ありがとう」そう言ってくれて。「ドレスを贈ってくれて」フェリシティはためらった。「それに……ほかのものも」デヴィルが闇の中で足を踏み替え、この秘密の場所に、あらゆる世界のごく近くにありながらなぜかふたりきりの場所にいることが強く意識された。他人も同然の相手に下着のお礼を言ったあとは、どんな話をすればいいのだろう。「ごめんなさい。ああいう……ものについては口にすべきでなかったわ」

「ああいうものの話をするのに謝る必要はない」短い間のあと、デヴィルは不埒《ふらち》な質問をそっと口にした。「色はピンクだったのか？」

フェリシティはあぜんとして口を開けた。「教えられるわけがないでしょう」

デヴィルは平然としている。「きみはピンク色が好きだろう」

暗がりにこれほど感謝したことはない。「そうよ」

「だったら？　何色だ？」

「ピンクよ」ささやき声は自分にさえほとんど聞こえなかった。

「だったらよかった」デヴィルの言葉はかすれている。フェリシティと同じくらい彼も動揺しているなどということがありうるだろうか。

デヴィルは自分が贈ったものをフェリシティが身につけているところを、彼のために着るところを、フェリシティが想像した半分でも想像したのだろうか。このドレスを着てデヴィルにキスをするところをフェリシティが想像した半分でも。

「男性はこの襟ぐりが好きみたいよ」そこへ注意を引き寄せるのはいけないことだとわかっていながら、サテンに覆われた指をドレスの胸元に滑らせた。彼に目を留めてほしかった。この男性は自分に何をしたの？　魔法をかけたのだ。「母はこのドレスは……失敗だと思っていたわ」

バンブル侯爵夫人が使った言葉は〝下品〟で、すぐさまフェリシティに外套を着させた。

「そのドレスが成功か失敗かを判断するには、きみの母親は年を取りすぎているし、男というものをわかっていなさすぎる。ドレスが送られてきたことはどう説明した？」

「嘘をついたわ」フェリシティは告白した。こういう話はひそひそしゃべらなければならない気がした。「知り合いのセシリーからの贈り物ということにしたの。彼女にはよくびっくりさせられるから」

「セシリー・タルボット？」

「彼女を知っているの？」知っているに決まっている。デヴィルは赤い血の流れている男性で、セシリーはすべての男性が夢見る女性だ。胸をよぎる嫉妬心にフェリシティはいらだった。

「〈歌う雀〉亭はおれの事務所からふたつ先の通りだ。そこの所有者が彼女の知人だ」

「まあ、そうなの」ほっと安堵した。彼はセシリーとは関係ないのだ。少なくとも、男女の関係ではない。

デヴィルが誰と関係があろうとどうでもいいけれど。

自分は気にしていない。

当然よ、関係ないんだから。

「とにかく、きれいなドレスだわ。これを着ていると、わたしだってきれいなのかもしれないと思える」正直な告白がすんなり口から出たのは、彼のシルエットに向かって話しているからだ。

「ひとつ教えてやろうか、フェリシティ・フェアクロス？」デヴィルが静かに言い、一歩近づいた。彼の言葉がふたりを包みこみ、フェリシティは胸がうずいた。「夏の虫を引き寄せるための助言だ」

〝それであなたを引き寄せることはできるの？〟

その問いかけをのみこんだ。デヴィルを引き寄せることは望んでいない。暗闇のせいで頭が混乱しているのだ。それに彼がなんと返答しようと……危険だった。「わたし、行かなきゃ」そう言って背を向けた。「母が――」

「待て」デヴィルが鋭い声をあげ、フェリシティに触れた。彼に手をつかまれて、フェリシティはこの黄金色の手袋が消えるのならなんでもするのにと思った。一度でいいから手と手を触れあわせたかった。

彼女が振り返ると、デヴィルはふたりの姿を見られないよう気をつけながら光の中へ進みでていた。ようやく彼の顔が、その力強さが、頬の傷が見えた。琥珀色の瞳が翳り、彼女の視線を探った。デヴィルが手をフェリシティの顔へと持ちあげ、親指で彼女の顎から頬をなぞる。彼の肌のぬくもりとは対象的に、銀の指輪はひんやりしていた。

〝もっと触れて〟そう言いたかった。〝やめないで〟

デヴィルはあまりに近かった。その目が彼女の顔をくまなく探り、彼女の欠点を残らず受け入れ、彼女の秘密を残らず見つけだす。「きみは美しい、フェリシティ」デヴィルがささやき、フェリシティの唇に吐息がかかった。

コヴェント・ガーデンの通りで交わした口づけの記憶が、あの夜感じた焦《じ》れったさとともにあふれだす。あの口づけを繰り返すさまを夢に見た。デヴィルはすぐそばにいる。フェリシティが背伸びをしたら、応えてくれるかもしれない。

背伸びをする間もなく、デヴィルはフェリシティから手を離した。彼女にキスを求めさせたまま。彼を求めさせたまま。「離さないで」フェリシティはそう言ってから、恥ずかしくなった。レディの口にすることではない。でも、デヴィルはもう一度キスをしたくないの？したくないらしい。デヴィルが一歩さがった。腹立たしい人。「今夜、きみの公爵がきみを見つける」

もどかしさがこみあげた。「彼はわたしの公爵ではないわ」ぴしゃりと返す。「それどころか、彼はあなたの公爵と言ったほうが近そうね」

デヴィルは長いあいだフェリシティを見つめてから、静かに言った。「きみなら誰だって手に入れられる。誰だって。貴族という夏の虫を好きに選べる。そしてきみは、公爵を自分のものにしたいと宣言した瞬間に彼を選んだ。今夜公爵が引き寄せられてきたそのときが、きみの勝利の幕開けだ」

わたしが彼を求めていなかったら？

貴族という夏の虫なんてまるで求めていなかったら？

わたしの求める虫はメイフェアとはかけ離れた世界に属していたら？

そんな言葉は口にせず、代わりに言った。「どうやって公爵を勝ち取るの？」

デヴィルは逡巡《しゅんじゅん》しなかった。「ただきみのままでいればいい」ばかげている。だけど彼は気にしていないらしい。「おやすみ、お嬢《マイ・レディ》さん」

そう告げるとデヴィルは暗がりへ、自分の属する場所へ戻っていく。フェリシティは屋敷の先にある庭園へ続く石造りの階段の上までついていった。「待って！」呼び戻す理由を探して声をあげた。「手伝ってくれる約束でしょう！　魔法を約束したはずよ、デヴィル」

デヴィルは階段をおりきったところで振り返り、闇の中に真っ白な歯を光らせた。「魔法ならきみはすでに手にしてる」

「手にしていないわ。きれいなドレスを着ているだけ。ほかはいつもと何も変わらない。豚が帽子屋へ行ったようなものよ。すてきな帽子をかぶっても、豚は豚だわ」

暗がりでデヴィルがくくっと笑う。フェリシティは笑っている彼の顔が見えないことにいらだった。デヴィルはもっと笑顔を見せるべきだ。「きみは豚じゃない、フェリシティ・フエアクロス」

そう言って彼は消えた。フェリシティは手すりに歩み寄ると、ひんやりする石に両手を置いて庭園を見つめた。腹立たしいし、もどかしい。あとを追ったらどうなるだろう。追いかったが、そうできないのはわかっていた。自分で蒔《ま》いた種なのだから、フェリシティや家族に少しでもチャンスがあるなら、自分で刈り取らなければならない。帽子をかぶった豚であろうとなかろうと。

「どうしろというのよ、デヴィル」姿は見えなくても、まだ彼がそこにいるのがなぜかわかり、闇に向かってささやいた。「わたしはどうすればいいの?」

「公爵に尋ねられたら、ありのままを話せ」

「わたしが聞いた中で最悪の助言ね」

返事はなかった。デヴィルは衆目の前にフェリシティをさらし、長いあいだ語り継がれるような良縁を約束しておきながらひどい助言を与え、約束を果たしもせずに彼女をひとり残したのだ。約束した炎にフェリシティがすでになったかのように。

なっていないのに。

「これは最悪の過ちよ。歴史上最悪の」夜に向かってひとりごちた。「トロイの木馬を自陣に入れた過ちと一、二を争うわね」

「ギリシア神話の講釈をしているのか?」

ぎょっとして振り返ると、すぐそばにマーウィック公爵が立っていた。

12

婚約していると宣言してしまった相手に向かってなんと話しかければいいのかわからず、フェリシティはとりあえず言った。「こんばんは」

魔法のかけらもないその挨拶に、自分でも顔をしかめる。

公爵の視線はデヴィルが消えた暗い庭園へすばやく向けられたあと、彼女に戻ってきた。「こんばんは」

フェリシティはまばたきした。「こんばんは」

ええ、ええ、何もかもすばらしく順調よ。自分は燃え盛る炎だ。ああ、どうしよう。公爵が舞踏室へ駆け戻ってオーケストラの演奏をやめさせ、彼女を公に糾弾するのは時間の問題だ。

けれど、公爵は駆けださなかった。そうする代わりにこちらへと足を踏みだす。フェリシティは石造りの手すりに背中を押しつけた。彼が立ち止まる。「邪魔したかな?」

「いいえ!」力みすぎてしまった。「そんなことはありません。わたしはただここで……息をしていただけです」公爵が眉をあげ、フェリシティは首を振った。「息をついていたんです。ひと息入れようと。つまり舞踏室はむっとしていたので。そう思われませんでした？」手で喉をひらひらとあおぐ。「ひどくむっとしていたわ」咳払いをした。「むんむんしていました」

公爵の視線が彼女の手首へとさがる。「暑さ対策を持参していたとは、先見の明があるらしい」

フェリシティは手首からぶらさがる木製の扇を見おろした。「まあ」あわてて開き、頭がどうかした女性みたいに激しくあおぐ。「ええ、もちろんです。そうなの、わたしにはすばらしい先見の明があるんです」

お黙りなさい、フェリシティ。

彼の眉が再びあがる。「先見の明が？」

フェリシティは眉根を寄せた。「はい」

「尋ねたのは、そうと知らない者はきみに先見の明があるどころかその正反対だと考えそうだからというだけだ」

彼女はぽかんと口を開けそうになったが、なんとかこらえた。「それはどうしてでしょうか？」

公爵は答えず、バルコニーの手すりの前にいるフェリシティの隣へ来ると、庭園に背を向けて腕組みし、美しく照らされた舞踏室の中にいる客を見つめた。屋内からの明かりが彼の金髪を輝かせ、高い頬骨と力強い顎が際立って鋭い顔立ちに見える。どこか見覚えがある気がするが、思いだせない。長い沈黙のあと、公爵はフェリシティに目を向け、口を開いた。「会ったこともない公爵と婚約していると公言するのは、先見の明に欠けていると言えるのではないか」

こうして彼女が取った行動の真実がふたりのあいだに放たれた。フェリシティは決まり悪さと恥ずかしさでいっぱいになりそうなものだったが、そうはならなかった。代わりに計り知れない安堵感でいっぱいになった。それは力に――錠前を破ったときの感覚に近く、過去を振りきり、あとは未来の可能性があるばかりとなったかのようだった。

もちろん、そう考えること自体ばかげている。なぜならこの男性はフェリシティと彼女の家族の運命をその手に握っており、彼が投げ与えるかもしれない未来は危険そのものだったからだ。それでもつい尋ねてしまった。「なぜ婚約を否定なさらなかったんですか？」

「きみはなぜ公言した？」

「怒りに駆られていたからです」フェリシティは静かに言い、片方の肩をすくめた。「正当な理由でないのはわかっています……でもそれが事実です」

「正直な理由ではある」公爵は視線を舞踏室へ戻した。「わたしもずっと怒りに駆られている」

「それで会ったこともない相手と暗黙のうちに婚約していることにしたんですか？」

公爵は初めて見るかのようにフェリシティに目を向けた。「きみはある人を思いださせる」

唐突に言われてフェリシティは面食らった。「わたしが……ですか？」

「彼女ならきみのドレスを絶賛しただろう。わたしはいつの日か金の糸で紡いだドレスをある女性に着せると約束していた」

「約束を果たされたんですか？」

公爵がまっすぐ冷ややかに唇を引き結ぶ。「いいや」

「残念でしたね」

「わたしも残念に思う」彼は記憶を払うように頭を振った。「彼女はもういない。そしてわたしには跡継ぎが必要だ……」

フェリシティは驚き、思わず小さく笑った。「それならうってつけの場所にいらっしゃいましたね、閣下。ロンドンはまさにそんな問題を抱えている公爵が何よりの好物ですから」

公爵がフェリシティと目を合わせ、彼女はまたあの奇妙な既視感を覚えた。「婚約するとなると、きみにはわたしの目的を理解してもらわなければならない」

「婚約するんですか？　わたしたちが？」

「しないのか？　きみは五日前の夜、わたしの屋敷でそう決断したのではなかったのか？」

「あれは決断とは呼べません」フェリシティは静かに告げた。

「では、なんと呼ぶんだ？」

意味のある質問には思えなかったので、代わりに問い返した。「彼はどうやってあなたを説得したんでしょうか？」

公爵がフェリシティを見る。「誰のことだ？」

「申しあげたとおり、あなたはわたしの話を否定し、躊躇なく別のお相手を選ぶことができました。彼はどんな手であなたを脅してわたしを選ばせたんです？」デヴィルが暴力で脅すたぐいの男だとは思わない。だがフェリシティは本当にデヴィルのことを知っているとは言えず、しかも彼はトレリスをのぼって勝手に寝室へ侵入しているのだから、彼女が思っているほど良心を持ちあわせていないのかもしれない。

「なぜわたしが脅されたと考える？」

公爵は明らかに名優で、フェリシティと結婚するようデヴィルに言われたのではないのだと信じてしまいそうだった。信じはしないけれど。

公爵が言った。「わたしはきみの提案を受け入れたんだ。そうだろう？」

「でも、なぜなんです？　わたしたちは会ったこともないのに」

「数分前に会っただろう」

フェリシティは目をしばたたいた。「あなたは頭がどうかした人なの？」正直な疑問が口を突いて出た。

「きみはどうなんだ？」公爵がやり返す。

もっともな質問だ。「違います」

公爵は片方の肩をすくめた。「では、わたしも違うのだろう」

「あなたはわたしをご存じないでしょう」

公爵が彼女を見る。「わたしがきみの何を知っているかを知れば、きみは驚くだろう、フエリシティ・フェアクロス」

その名前の呼び方に胸がざわざわした。別の男性の言葉が響く。〝誰より美しい人〟「そうですね、閣下、わたしの存在をご存じだったことにも驚きましたから」

「正直に言うと、きみのことは知らなかった。わが家で舞踏会が開かれた日の夜更けに手洗いへ行く途中、社交界の権威ある年配女性数人に呼び止められた。ちなみにわたしは彼女たちも誰ひとり存在を知らなかったが。わたしときみとの……あの女性たちはなんと呼んでいたんだったか……〝哀れなフェリシティ・フェアクロス〟との婚約について確かめるためだと言っていた。彼女たちは、わたしが買おうとしているのがどんな牛かをわたしにはっきりわからせたがっていたようだ」

「牛ではなく豚です」フェリシティは訂正し、すぐさまそれを後悔した。

公爵がフェリシティを見る。「そっちのほうがいいとは思わないが、きみが望むなら」どちらのたとえもうれしくないと彼女が言う前に、公爵は続けた。「要するに、わたしはかまびすしい女性たちの群れと舞踏会からからろうじて逃れられた。そのことはきみに感謝すべきだろう」

フェリシティは目をしばたたいた。「わたしに？」

「ああ。その手のものにはもう用がない。わたしの仕事は終わりだ」

「どんな仕事ですか？」

「妻を探す仕事だ」

「それに跡継ぎをもうけることでしょう」

公爵が片方の肩をすくめてから、またさげた。「まさにそのとおり」

「公爵の婚約者だと公言する頭がどうかした女を、将来生まれるご自分の子どもたちの母親にするのが正しい選択に思えたのでしょうか？」

彼は笑わなかった。「わたしには頭のどうかした女が似合いだと言う者は多いだろう」

フェリシティはうなずいた。「つまりあなたは頭のどうかした男ということですか？」

公爵は長々とフェリシティを見つめ、二度と口を開かないかに見えた。やがてようやく言葉を発した。「これがきみに関してわたしの知っていることだ、〝もう終わっているフェリシティ〟。きみはかつては申し分のない有望な花嫁候補だった。なにせ侯爵の娘で伯爵の妹だ。しかしどういうわけか結婚相手でもない男の寝室に入りこみ、彼はきみとの結婚を拒んだ――」

「あなたが考えているようなことでは――」フェリシティは説明しなければならないように感じた。

「それはどうでもいい」公爵が言った。きっと本心だろう。「要はそれ以来、きみはどんどんうさんくさがられ、舞踏室の隅にいる変わり者となった。きみの父親と兄は多額の財産を失い、きみが唯一の頼みの綱となった。きみの知らないうちに彼らはきみから自由を奪い取ると、まだ妻のいる公爵の後妻の座をめぐる競争へきみを送りこんだ。これで合っているか？」

「はい」頬が燃えあがる。

「くだらないロマンス小説の筋書きのようだ」

「くだらなくはありません。それにもとから公爵の妻だった女性にとってはとてもロマンティックでした」

「ほう。では、わたしの言ったことはすべて合っているんだな？　きみは零落した売れ残りの壁の花ということか？」

ぐさりとくるその三つの要素をまとめられるのはうれしくないものの、フェリシティは肯定した。「ええ、合っています。会ったこともない公爵と婚約していると公言したことが抜けていますけれど」

「ああ、そうだったな。忘れるところだった」その言葉は皮肉ではなかった。本音だ。彼はふたりが会話をしている理由を忘れていたらしい。

本当に頭がどうかしている人なのかもしれない。

フェリシティは訊かずにいられなかった。「申し訳ございません、公爵、いったいなぜあなたが、若くてハンサムで、まっさらな過去をお持ちの公爵が、わたしと婚約したままでいることを選んだのでしょうか？」

「それは婚約をやめるよう、わたしを説得しようとしているのか？」

そうなのだろうか？

もちろんそんなはずはない。なんといっても、彼は若くてハンサムで、過去もまっさらな公爵だ。そうでしょう？　公爵と婚約したと嘘をつき、自分と家族を社会的、経済的な破滅へと追いこんだフェリシティの目の前に現れ、救いの手を差し伸べているのだ。

〝おれはきみに不可能を約束した。そうだろう？〟

不意に奇妙な確信が芽生えた。救いの手を差し伸べているのは公爵ではない。悪魔だ。悪魔の常識はずれな申し出、むちゃくちゃな取り引き、危険な約束。

それらが公爵という夏の虫をフェリシティの炎へまっすぐ送りこんだ。

これはその結果だ。

魔法だ。

「でも……なぜですか？」

公爵はふと目をそらし、暗い庭園へ視線を戻した。その目は、彼が現れる前にフェリシティがしていたように何かを探している。「なんと言うんだったかな？　便宜結婚？」

簡潔で満足感のないその言葉がふたりのあいだに落ちる。便宜結婚を提示されたのだ。当然フェリシティは喜びに打ち震えるべきところなのだろう。それで家族の、自分の体面を救える。父の懐は再び潤い、屋敷は修繕され、家名が守れる。

しかもフェリシティ自身は公爵夫人となってこの手に権力を握り、ロンドンのきらびやかな舞踏室へ再び歓迎されるのだ。スキャンダルは忘れ去られ、もはやのけ者ではなくなり、尊重される。かつていた場所に舞い戻れる。平凡なままでも力を与えられて。マーウィック公爵夫人として。

それこそフェリシティが望むすべてだ。

いいえ、すべてではない。けれど、ほとんどすべてだ。

いいえ、そのごく一部でしかない。

「レディ・フェリシティ？」公爵が促し、彼女を物思いから引き戻した。

フェリシティは彼を見あげた。「便宜結婚。あなたはそれで跡継ぎを得るのですね」

「そしてきみはとても裕福な公爵を得る。聞いたところでは、それを玉の輿と呼ぶのだろう」公爵の口調は、その日その言葉を学んだばかりであるかのようだ。まるで女性たちが裕福な花婿探しに駆りだされてきた歴史など存在しないかのように。

フェリシティの母はわれを忘れて歓喜するだろう。

「きみの考えは？」

フェリシティはかぶりを振った。こんなに簡単なことがありうるの？　一度会っただけで、自分のついた嘘が真実になるの？　彼女は疑わしげに目を細くして公爵を見据えた。「なぜですか？」そう繰り返す。「あなたは誰でも選べたのに」

彼女は舞踏室へと続く開いたままの扉へ向かって手をひらひらさせた。そこでは五、六人の女性たちが露骨にこちらを眺めていて、フェリシティがしくじるか、公爵が自分の間違いに気づくかするのを待っていた。いらだたしさと、おなじみの怒りがこみあげた。その感情のせいで彼女はこの愚行へ駆りたてられたのだ。公爵のまなざしがフェリシティの視線をたどり、もっときれいで、もっと若く、もっと愛想のいい未婚女性たちをゆっくり眺めて吟味するあいだ、彼女は自分の感情に抗った。

公爵が視線を戻したとき、フェリシティは、公爵も彼女が自分に最もふさわしい花嫁ではないことに気づいただろうと覚悟した。この嘘の婚約が白紙に戻ったときの、母の目に浮かぶ落胆がすでに見えるようだ。アーサーの、それに父の財政難をどう解決しようかと、フェリシティは早くも頭を働かせていた。婚約は解消したことにして、彼女の愚かな過ちは公表しないよう公爵を説き伏せられるだろうか。彼は悪い人には見えない。単に……はっきり言うと、普通と違うだけだ。

だが予想に反して、公爵は婚約という嘘を正さなかった。公爵の視線はフェリシティの目をとらえ、初めて彼女をちゃんと見ているかのようだった。フェリシティも初めて公爵をまじまじと見た。彼は冷静で落ち着いていて、目の前にいるフェリシティにも、これから婚約することにもまったく心を動かされていない。それどころか、どうでもよさそうに見える。

「わたしは彼女たちを求めてはいない。きみはちょうどいいときに現れた。だったら、なぜきみではいけない？」

いけないに決まっている。公爵の結婚はそんなふうには決まらない。結婚は通常そんなふうに決めるものではない。単に互いに都合がよさそうだからと、誰もいないバルコニーで決めるものでは。

なのに……この結婚は決まろうとしている。

フェリシティは成功したのだ。

〝いいえ、デヴィルが成功させたのよ。魔法のように〟ささやきのごとく体の中を通り抜けたその言葉は、真実でありながら大嘘だった。デヴィルは魔法をかけてはいない。この公爵は夏の虫ではない。フェリシティは炎ではない。彼女は都合がよかったのだ。

都合のよさは魔法となんの関係もない。

「その扇にダンスの空きはまだあるかな？」公爵が言い、フェリシティは物思いからわれに返った。

扇を、ひとつだけ何も書かれていない中骨を見おろす。さっきふと想像したことを思い返した。別の男性がそこに名前を記すさまを。ダンスを求めるさまを。男性は闇の中へ消え、入れ替わりにこの人が現れた。光に君臨する男性が。フェリシティは微笑もうとした。「ええ、あります」

公爵は伸ばした手が扇に触れる前に止め、フェリシティが差しだすのを待った。デヴィルは待たなかった。デヴィルなら待ちはしない。フェリシティが手を差しだすと、公爵は扇を持ちあげ、ぶらさがっている鉛筆を取って木製の中骨に自分の名を記した。〝マーウィック〟と。

息が苦しくなるところなのだろうけれど、そうはならなかった。公爵が扇から手を離してフェリシティの手を取り、計算された動作でゆっくりと持ちあげ、形の整った豊かな唇で彼女の指の背をかすめたときでさえ。

ここは確実に息が苦しくなるところだ。なのにそうはならず、彼も平然としている。マーウィック公爵が、嘘が真となったフェリシティの婚約者が頭をあげるのを見つめていたとき、彼女はとあることに気づいて愕然とした。

公爵の翅はいまも焦げていない。

つまり、悪魔は約束を果たさなかったのだ。

13

翌晩、厳重に守られているバスターズの倉庫へ入りながら、デヴィルはすでに喧嘩をしたくてうずうずしていた。分厚い鋼鉄の扉が解錠される音もいつものように慰めとはならなかったほどに。

その日はずっと帳簿に集中しようとして過ごし、ほかのことよりこっちのほうが重要だと自分に言い聞かせた。フェリシティ・フェアクロスを見つけてユアンと何があったのか、その詳細を探りだす時間はいくらでもあると。

実のところ、何があったのかは知っていた。デヴィルが去ってからほんの二時間後にフェリシティは兄に送られて母とともに帰宅し、その後は一階の出入り口にも、フェリシティの寝室のトレリス伝いにも、バンブル・ハウスから出てくる者の姿はなかったのを見張りが確認している。今日の午前中、侯爵家の女性たちは夫人の飼い犬を連れてハイド・パークで過ごし、その後は昼食とお茶と手紙の執筆と、なんであれレディが午後にすることをするために帰宅した。

普段と違うところはひとつもなかった。

フェリシティがユアンと出会ったこと以外は。ふたりが話すのをデヴィルは暗がりから監視し、彼女のもとへ行って会話をやめさせたい衝動に抗った。その後ユアンは彼女に口づけた。手袋をはめた手にではあっても、口づけは口づけだ。デヴィルは石のごとく動きを止めると、その光景になんとか背中を向けた。動物的な本能に屈して公爵を叩きのめし、フェリシティをコヴェント・ガーデンへ連れ去って横たわらせ、前回彼女がそこにいたときに始めたキスを終わらせるのではなく。

彼女に手を出してはならない。いまはまだ。

フェリシティをユアンの手から奪い取り、持ちあげてから地面に叩き落とすのがどれほどたやすいかをユアンに思い知らせ、身のほど知らずなことは二度と考えさせないようにするときが来るまでは。

デヴィルがフェリシティにあれほどやさしくしたのはそのためだ。彼女を称賛したのもだ。フェリシティ・フェアクロスは明確な目的のための手段にすぎない。彼女がきれいだと本気で思ったからではない。ピンク色の下着を身につけていたかが本気で気になったからでもない。彼女に自分の価値を信じてほしいと本気で願ったからでも。

そうではなかった。そうすることはデヴィルには許されなかった。

だからシャツ一枚で手鉤《てかぎ》を手にしたウィットが一週間以上貯氷庫で移動を待っていた荷の積み込みを監督している倉庫へ来たのは、一般的な好奇心以外の何物でもないと、デヴィルは自分に言い聞かせた。

仕事に対するしごく当然の好奇心であり、フェリシティの指にユアンの唇が押し当てられるさまが忘れられないせいではない。断じて違う。

なんといっても、とデヴィルは自分に言い聞かせた、密輸と密売で築いた帝国は自動では運営されず、賃金を待つ労働者たちがいて、署名の必要な取り引きがあり、来週には酒と禁制品を満載した新たな船が到着予定で、いまある荷を片づけなければそれらを入れる場所はない。

しごく当然の好奇心であり、今日の午後フェアクロス家へ飛んでいき、いまいましいトレリスをよじのぼってフェリシティと話をする衝動に必死で抗わなければならなかったためではない。

デヴィルは商売人だ。大切なのは仕事だった。

倉庫に入ると、二〇人を超える屈強な男たちが一丸となって木箱の重みに筋肉を張りつめさせ、床板に空けた穴から一列になって順に荷を渡し、五台ある大型の荷馬車の一台に積んでいた。うち二台はロンドン各地へ、一台は西のブリストルへ、一台は北のヨークへ向けて出発する予定になっており、最後の一台はスコットランドとの国境で再び積み荷が分けられ、そこからエディンバラとハイランド全域に届けられる。

密輸業にはつねに危険と不確実性がつきものだが、最も危ないのが倉庫を出たあとの輸送中だ。ベアナックル・バスターズが氷の運搬船で密輸をしていることは誰にも証明不可能だった。入港した船の荷は船倉の中で溶けた氷に沈んでいて、中身を確かめるすべはない。しかしいま、課税を逃れた未申告の荷が彼らの忠実な仲間たちの手にあるこの瞬間は、これが犯罪行為であることは否定のしようがなかった。

だから密輸品を移動させる夜には組織の者が総出で、なるべくすばやく仕事を終わらせる。貧民窟の夜が長いほど、密輸品と彼らの未来の安全が守られる。

デヴィルはウィットとニクのほうへ向かいながら上着とベストを脱ぎ、ステッキを大きな手鉤に持ち替えた。穴へと近づくと、ウィットの横へ行って自分も木箱に手鉤を引っかけて持ちあげ、別の男に渡した。するとその男がさらに次の男へと渡し、木箱は順に受け継がれて新たな列が形成され、仕事の速さが倍になった。

ニクは穴の下にいて、運びだされる箱や樽に白のチョークでしるしをつけて行き先を大声で告げ、ポケット以外の場所には決してしまわれることのない小さな帳簿に記録している。

「セント・ジェームズ。フリート・ストリート。エディンバラ。ヨーク。ブリストル」

密輸自体は世間を大騒ぎさせる記事にならない。禁制品は木箱の蓋を開けて使用されるまではなんのおもしろみもないのだ。しかしその木箱の購入者の名簿は？　政界、宗教界、報道業界に君臨する者たちがそこに名を連ねていたら？　ベアナックル・バスターズの顧客名簿を世界中がひと目見たいと思っているはずだと言えば充分だろう。

デヴィルはヨーク大聖堂行きのバーボンの樽に手鉤を引っかけると、大きなうなり声をあげて引きあげた。「くそっ、なんて重さだ」

ウィットはてきぱきと木箱を引きあげている。この重労働がこたえているのを示すのはその荒い息だけだ。「軟弱者め」

ニクは小さく鼻で笑いながらも、帳簿から目をそらさない。デヴィルは次の箱へ手を伸ばし、肩の筋肉が張りつめるのを無視して引きあげ、後ろの男へ渡した。それからニクへ注意を戻す。「おれは知的なほうのきょうだいだといずれわかる」

彼女が見あげて目をきらりとさせた。「へえ?」箱にしるしをつける。「ロンドン銀行」

ウィットがうなって穴へとかがみこむ。「いまだに夜寝る前はガキの頃の愛読書を読んでるぐらいだもんな」

「おい!」デヴィルは次の樽に手鉤を引っかけた。「あの本がなければ、トロイの木馬について学ぶこともなかった。となると、おれたちの商売はどうなってた?」

ウィットはすぐさまやり返した。「ほかの船荷の中に隠して密輸する方法を自力で考えつかなきゃならなかっただろうな。だが、こんなことをわざわざ考えるか?」小さくうめいてブランデーの樽を引きあげる。「おまえが学んだギリシアの古くさい知識に感謝するよ」

デヴィルは手鉤に何も引っかけていないのをいいことに、ウィットへ向かって下品な仕草をしてみせた。

ウィットは集まっている男たちを振り返ると、白い歯を見せてにやりとした。「見たか? 力だけじゃなく頭も弱い」デヴィルへ視線を戻してつけ加える。「それのどこが知的だ」

「おまえは無口なほうのきょうだいじゃなかったのか?」

「今日はいらいらしてるんだ」ウィットは重い木箱を引きあげた。「そっちはなんでここへ来た、きょうだい《ブラヴ》？」

「貨物の様子を見にだ」

「今夜はほかに様子を見るものがあるんだと思ってたが」

デヴィルは歯を食いしばり、トランプの木箱へ手を伸ばした。「どういう意味だ？」

ウィットは答えなかった。

デヴィルは背中を起こした。「なんだ？」

汗に湿ったシャツの下で、ウィットが片方の肩をすくめた。「一大計画の準備があるんだろうと思っただけだ」

「一大計画ってなんなの？」知りたがりのニクが下から尋ねる。「あんたたちがあたし抜きで何か計画してるなら――」

「計画してるのはおれたちじゃない」ウィットが再び穴へ手を伸ばす。「デヴひとりだ」

ニクの青く鋭い目がきょうだいからもうひとりのきょうだいへと動く。「いい計画なの？」

「くそみたいな計画だ」ウィットが言った。

デヴィルはむっとし、反論が喉まで出かかった。あれはいい計画だ。ユアンを罰することのできる計画。

フェリシティを巻き添えにして。

いまはやり返す手段がひとつしかない。デヴィルはまたもや下品な仕草をした。

ウィットとニクが笑い、下からニクが声をあげる。「やれやれ、この興味深い会話を終わらせるのは残念だけど、いまので最後だよ」

デヴィルは振り返り、列にいた男たちが最後の荷を鋼鉄製の大きな荷馬車にのせるのを眺めた。ウィットが下に向かってうなずきかける。「よし、次だ。氷を運んでくるよう男たちに言ってくれ」

デヴィルは自分の手鉤を下にいるニクに渡し、代わりに別の手鉤を、その先にぶらさがる重量およそ四〇キロの氷のブロックと同じくらいキンキンに冷えている手鉤を受け取った。振り返って氷を手鉤ごと次の男に渡し、それと交換で空の手鉤を受け取ったら、それを穴の下へ戻して凍《い》てついた獲物を引っかけさせる。ふたつ目の氷が持ちあげられて渡され、デヴィルは空の手鉤をまた下へ戻した。きつい作業はテンポよく続き、やがて荷馬車の荷台は屋根まで氷のブロックでいっぱいになった。

骨の折れる仕事ではあるものの、列をなす男たちと力を合わせ、達成可能な共通の目標へ突き進むことには喜びがあった。多くの目標はやすやすと達成できるものではなく、達成してみると失望させられることもしばしばだ。しかし、これは違う。振り返って労働の成果を眺め、そのあとでエールを一杯やる満足感は何物にも代えがたい。

だが、その日デヴィルが満足感を得ることはなかった。

デヴィルが穴へ手を伸ばしていると、ジョンが彼を探して声を張りあげた。体を起こして振り返ったデヴィルは、大男が裏口から倉庫内を横切ってくるのを目にした。後ろに少年を引き連れている。その少年が誰かに気づいて、デヴィルの視線は険しくなった。ブリクストンはフェリシティの監視に当たらせていたひとりだ。

デヴィルはぬかるんだ床に手鉤を落とし、思わず自分から近づいていた。「彼女に何があった？」

少年は堂々と勢いよく顔をあげた。「何もねえよ！」

「何もねえとはどういう意味だ？」

「何もねえんだって、デヴィル」ブリクストンが言い返す。「レディはなんの問題もねえ」

「それならどうして監視からはずれた？」

「監視してたさ。このデカブツにひっぺがされるまでは」

悪態をつく少年にジョンがじろりと警告の目を向ける。デヴィルは倉庫の警備をまかせている男へ顔を向けた。「おまえがメイフェアで何をしてたんだ？」

ジョンは首を振った。「メイフェアには行ってませんよ。おれは外で見張りをしてたんです」荷馬車は今夜出発の予定で、貧民窟を出る道路はデヴィルたちが雇った男たちの一団によって監視されていた。バスターズの承認なしには誰ひとり出入りできない。

デヴィルはかぶりを振った。理解できない状況だ。ありえない。怪しむように目を細くして少年を見据えた。「彼女はどこにいる？」

「入り口の前だよ！」

心臓がどくどくと音をたてはじめた。「どこの入り口だ？」

「ここのですよ」ジョンはついにこらえきれずににんまりした。「旦那のレディは錠前を破ろうとしてる」

デヴィルは顔をしかめた。「彼女はおれのレディじゃない。それに彼女が貧民窟にいるなどとんでもないことだ」

「ところがそれでも彼女はここにいる」そう言ったのはデヴィルの背後から現れたウィットだ。「彼女を迎えに行くのか、デヴ？　それとも生贄の羊のように放置しておくか？」

くそったれ。

デヴィルはすでに裏口へ向かっていた。背後で低く轟く笑い声はまさかウィットのものではないだろう。命は惜しいはずだ。

デヴィルは、透明かと思うほど淡い色のスカートをまわりに波打たせ、倉庫の扉の前にしゃがみこんでいるフェリシティを見つけた。無事だったことにほっとしたのもつかの間、いらだたしさがこみあげ、次いで邪魔な好奇心が頭をもたげた。建物の角を曲がるなり足を止め、気づかれないようにする。

大きく距離を空けて背後から近づいた。フェリシティは錠前に顔を近づけているが、よく見るためではない。いまは深夜で、雲がなくても月明かりでは手元はよく見えないだろう。

フェリシティはまたもやぶつぶつひとりでしゃべっていた。

というか、錠前にしゃべりかけている。あれは難攻不落の錠前だと知らないらしい。あれは守るためだけでなく、自分のほうがうわ手だと考える者を罰するために考案された錠前だ。

「いいのよ」フェリシティがやさしくささやき、デヴィルはその場に凍りついた。「乱暴なことはしないから。わたしは夏のそよ風。蝶の翅のようにそっとやるわ」

なんたる嘘だ。彼女は英国中の蝶を燃やすと脅していた。

「いい子ね」フェリシティがささやく。「これで三つ目、次は……」道具をカチャカチャ動かす。「うーん」またカチャカチャ。「いくつあるの？」彼女は再び道具をいじった。「それより気になるのは、この建物にはどんな大切なものが入っているのかということね。あなたみたいに美しい錠前がそれと……その主《あるじ》を守っているぐらいなんですもの」

彼女の言葉を聞いて、興奮がデヴィルの体を駆け抜けた。闇の中でフェリシティは彼のことを口にした。誰にも、自分にさえ認めはしなくても、デヴィルはそれが心底気に入った。

フェリシティはここにいるべきではないが。まさに掃きだめに鶴だ。

それにもかかわらず彼女はこの場にいて、甘い言葉で錠前を開かせることができるかのように闇の中でやさしくささやきかけている。デヴィルもフェリシティなら可能なのではないかと思いかけていた。「もう一度」彼女がささやく。「お願い、もう一度」

デヴィルはつかの間目をつぶり、別の闇に包まれて、彼のベッドで、耳元にそうささやかれるところを想像した。〝お願い〟フェリシティは何を懇願するだろうか。〝もう一度〟その言葉が秘める可能性に彼の体がこわばった。そのささやきのあとは……。

「ああ！　そうよ！」

これも、フェリシティが別の状況で叫ぶのを聞きたい言葉だ。フェリシティに触れたくて指がうずき、腕と背中の筋肉は倉庫での労働の疲れを早くも忘れ、彼女を抱きあげてどこか柔らかで温かく人目のない場所に横たえたるために力を発揮したがっている。

「ああ、だめだわ」

しかし、フェリシティにこんな失望の言葉を吐かせる行為をするつもりは絶対にない。歯がゆそうな言葉に、デヴィルは想像から引き戻され、眉をあげた。

「どうして……」フェリシティは錠前を軽く揺すっている。「何が……」

それが合図となった。「残念だが、フェリシティ・フェアクロス、その錠前はきみでも口説き落とせない」

フェリシティの背筋と首が伸びたさまが愛らしくなかったと言ったら嘘になる。だが彼女は立ちあがらず、錠前に挿しこんだ道具から手を離しもしなかった。

「すてきな口説き文句だったのは認めるが」デヴィルはつけ加えた。

彼女はわずかに首をめぐらしただけだった。「犯行現場を押さえられたように見えるでしょうね」

唇がひくつくのを隠してくれる闇に感謝だ。「状況によるな。きみは鍵を壊して中へ入ろうとしてるようには見える」

「わたしならそうは言わないわ」フェリシティは落ち着き払って返した。どんなときでもしらを切ろうとするフェリシティ・フェアクロス。

「違うのか？」

「違うわよ。なぜって、たしかに中へ入ろうとはしているわ。だけどわたしは鍵を壊すつもりはさらさらないの」

「招かれもせずにおれの所有する建物へ入るのはやめるんだ」

フェリシティは再び錠前に気を取られている。「それはお互いさまでしょう」道具をカチャカチャやる。「壊すつもりはなかったのに、壊してしまったみたい」

「壊れてはいない」

彼女が振り返る。「わたし、錠前にはかなり精通しているの。さっき何かしてしまったんだわ。びくとも動かなくなったんですもの」

「それはそうなるようつくられているからだ、おれの小さな犯罪者」

フェリシティがはっと気づく。「これはチャブ錠なのね」

その言葉にデヴィルは誇らしさに近い何かを感じた。さらに、畏敬の念がにじむ彼女の口ぶりに、喜びのようなものが胸にこみあげる。どちらもフェリシティ・フェアクロス相手には好ましくない感情だ。彼は無関心を決めこむ努力を倍加した。「ああ、そうだ。きみはなぜいつもシャペロンをともなわない?」

「わたしの家族は、わたしがこんなことをするとは誰も思っていないから」フェリシティは曖昧に言うと、重厚な鋼鉄の扉につけられた錠前に注意を戻した。「チャブ錠を見るのは初めてよ」

「それはよかった。きみの家族は不注意がすぎる。いったいなぜ真夜中にロンドンのこんな場所へ入りこんでるんだ？　通報すべきだな」

フェリシティの眉があがる。「通報？」

デヴィルは首を傾けた。「器物損壊は重大な犯罪だ」

フェリシティが小さく笑う。「なんであれ、この中で行われていることほど重大ではないはずよ、デヴィル」

彼女は賢すぎる。「おれたちは氷を輸入してるんだ。後ろ暗いところはない」

「ええ、そうでしょうね」フェリシティが笑い飛ばす。「〝後ろ暗いところのなさ〟はわたしがあなたを言い表すのに真っ先に用いる三つの形容詞のひとつよ。〝礼儀正しさ〟と〝おもしろみのなさ〟の次にね」

デヴィルは薄く笑った。「その三つの言葉はどれも同じ意味だ」

フェリシティがかすれた小さな笑い声をあげると、六月の夜は季節はずれの暖かさになった。「正常に戻せる鍵はあるの？」

チャブ錠はその完璧な防犯性で知られている。こじ開けるのは不可能で、少しでも無理に開けようとするとすぐさま（フェリシティの場合は何度か試みたあとらしいが）内部の機構が詰まり、専用の鍵でしかもとの施錠状態に戻せない。「何を隠そうここにある」

デヴィルがズボンのポケットから鍵を取りだすと、フェリシティは飛びあがるようにして立ちあがり、鍵へ手を伸ばした。「いい？」

彼は鍵を持った手をすばやく引っこめた。「きみがおれの秘密を探ろうとしてるのに？なぜおれがそんなまねを許す？」

フェリシティは肩をすくめた。「どのみち探りだすんですもの。時間を節約してもいいでしょう」

くそっ、彼女が気に入った。

いいや、気に入ってなどいない。それは許されない。フェリシティを気に入れば、必要に応じて利用できなくなる。

デヴィルは鍵をまっすぐ差しだし、彼女が手を伸ばすのを待った。フェリシティが手を出すと、再びすばやく引っこめる。「どうやって倉庫を見つけた?」

フェリシティがデヴィルと目を合わせた。「あなたのあとをつけたのよ」

いったい……。「どうやって?」不可能だ。誰かにつけられたら気づいたはずだ。

「あとをつける普通のやり方じゃないかしら。後ろからよ」

昨夜の舞踏会のことで頭がいっぱいでなければ気づいていた。くそっ、この女性は自分に何をしたんだ? 「誰からも止められなかったのか?」

フェリシティが鼻高々にうなずく。

こっちはコヴェント・ガーデンの路上で殺されないようにかなりの金を男たちに払っている。貧民窟でデヴィルがこの女性につけられていることぐらい誰かが知らせてきそうなものだ。「きみは殺されてたかもしれないんだぞ」死ぬよりもっとひどい目に遭うことさえある。

フェリシティは小首をかしげた。「そうは思わないわ。わたしに手を出すのは厳禁だと、あなたが宣言したでしょう。あなたの縄張りで自由にする権利をわたしに与えるすぐ前に」

「おれの縄張りで自由にする権利など与えてない」

「あなたはなんと言ったんだったかしら？」フェリシティは両手を腰に当て、声を低めた。どうやらデヴィルの声まねらしい。「〝誰も彼女に触れてはならない。彼女はおれの庇護下にある〟」腕の力を抜いてにっこりする。「なんだか古くさいけれど、とても心強かったのは認めるわ」

くそったれ。「なぜここへ来た？」

「鍵を渡してくれたら教えるわ」

取り引きを試みるフェリシティに、デヴィルは笑い声をあげた。「いいや、だめだ、おてんば子猫。ここできみにその力はない」

フェリシティが再び小首をかしげる。「本当にそうかしら？」

正直に言うと、断言できなかった。デヴィルは鍵をポケットに戻した。「ここで力があるのはおれだけだ」

彼女は鍵がしまわれた場所を見つめている。そこから奪い取ろうとするのではないかと、デヴィルは一瞬ぞっとした。その瞬間、フェリシティにそうしてほしいと願った自分にぞっとしたのだ。

ところがフェリシティはデヴィルに背を向けると、再びしゃがみこんで錠前に向かった。髪に手をやり、ヘアピンをもう一本抜き取る。「それならいいわ。自分でやるから」

頑固な女性だ。デヴィルが見ていると、フェリシティはヘアピンをまっすぐに伸ばしてから先端を曲げた。「チャブ錠を破るのは不可能だぞ」

「これまでのところはね」

「この真夜中に破ってみせようというのか？」

「ええ、そうよ。あなたが持っている鍵は通常とは逆に作用するんでしょう？　それは知っているわ。タンブラーがもとに戻り、単に鍵がかかっている最初の状態になる。それなら内部を動かなくしている仕掛けを解除できれば、錠前の仕組みが理解できるはずよ」

デヴィルは、フェリシティが新たにつくった道具をもう一本のヘアピンとともに鍵穴へ挿しこむのを見つめながら回りこみ、扉に寄りかかって足首を交差させ、腕組みした。「なぜおれのあとをつけた？」

フェリシティは錠前の内部を探っている。「行ってみたら、ちょうどあなたが出かけるところだったからよ」

「そもそもどうしておれのところへ来た？」

彼女はまたも無駄に錠前をいじっている。「あなたが会いに来なかったから」

デヴィルは動きを止めた。会いに来てほしかったということか。「約束してたか？」

「いいえ」フェリシティは真夜中にロンドン有数の危険地域にいるのではなく、昼間のハイド・パークにいるかのようにのんびりと答えた。「だけどわたしの様子を確かめに来るかと思っていたわ」

彼女の様子は確かめている。見張りを置いてずっと監視させている。「なんのために？」

「あなたとの約束が守られたかどうかを確かめるため」

「おれとの約束？」

「マーウィック公爵をわたしに夢中にさせることよ」

ユアンの唇がシルクに覆われたフェリシティの指に触れるさまを思い返し、デヴィルは歯を食いしばった。いま彼女は手袋をつけていない。デヴィルは、ユアンが触れた記憶を自分の唇で跡形もなく焼き払ってやりたかった。フェリシティの素肌に口づけて。

「それで、約束は守られたのか？」

彼女は返事をしなかった。鍵穴に挿しこんだヘアピンに気を取られている。

「フェリシティ・フェアクロス」

「なんですって？」フェリシティは手を止め、それからささやいた。「ああ、なるほどね」さらに間があった。「ごめんなさい、なんの話だったかしら？」

「おれとの約束だ。果たしたのか？　きみは公爵に会ったのか？」

「ああ。ええ、会ったわ。とてもハンサムな人ね。それに……そうね……噂は正しいのかもしれない」

「なんの噂だ？」

「頭がどうかしているという噂よ」

ユアンは頭がどうかしているわけではない。取り憑かれているのだ。

「公爵は夢のようなダンスをしたわ」

その意見にいらだつ理由はなかった。それこそこっちの思惑どおりだろう？　フェリシティを手に入れたとユアンに思いこませるのだ。彼女を奪い去られたときの傷が深くなるように。

　ダンスをするふたりを思うと、こぶしを壁にめりこませたくなった。せせら笑わずにはいられなかった。「夢のような？」

「ええ」フェリシティはうわの空で返事をした。「彼は流れるような足運びなの。自分が雲になった気分だったわ」

「雲か」デヴィルは歯を食いしばらないよう気をつけて言った。

「ええ」またもやうわの空だ。

　雲のようなダンスが頭から離れず、デヴィルはつい嚙みついた。「おれのところへ来るのはやめるんだ、フェリシティ」

「なぜ？　あなたに話があるのよ」

「それはどうでもいい。話があるときはおれのほうから行く。貧民窟へは来るな」

「ここは貧民窟なの？　貧民窟へ来るのは初めてよ」

　ここまで笑いごとでなければ大笑いしていただろう。貧民窟には悪臭と汚泥、死と破滅が充満している。この世の最悪を抱えこんでいる場所に、この世の最善こそふさわしい者たちが引きずりこまれることもあまりに多い。当然ながら、レディ・フェリシティ・フェアクロスは貧民窟に足を踏み入れたことなどあろうはずもない。月へ行くのと同じくらいありえない。

「とても静かなのね。もっと騒々しいのかと思っていたわ」

「静かなのは、貧民窟の中でも最も安全な場所にいるからだ。だが、道に迷うのは簡単だ」

「迷うもんですか。あなたのあとをついてきたのよ」フェリシティは扉に顔を寄せてささやいた。「いいわよ、ダーリン」

デヴィルは下腹部がこわばった。扉から体を起こしてポケットに両手を突っこみ、間の悪い体の反応に気づかれないようにした。咳払いをして言う。「きみに住所を教えたのは大きな間違いだったようだな。きみは普通の女性のように文をしたためて連絡をよこすことができないらしい」ふと言葉を切る。「まさか書けないのか？　それとも紙がないのか？　兄が窮乏してるせいで、屋敷で使用するインクの量を制限されてるのか？」

「紙だって安くはないですものね」フェリシティが調子を合わせる。

カチャリ。

デヴィルはあぜんとした。あ、あ、ありえない。

「最高よ、本当にいい子ね。よくやったわ」フェリシティ・フェアクロスは立ちあがって腕をあげ、器用にヘアピンを本来の場所へ戻した。「それじゃあ、どれだけあなたに後ろ暗いところがないか見せてもらいましょうか？」

14

フェリシティは彼を仰天させた。

不動のデヴィル、権力と支配力を牛耳る、人を寄せつけない独裁者を彼女が仰天させた。それは見ればわかった。彼の目は見開かれ、口はぽかんと開き、何か大きなものでものみこんだのかと一瞬思ったほどだ。デヴィルはフェリシティに目をやり、それから錠前を見て、もう一度彼女に視線を戻した。「開けたのか」

「開けたわ」フェリシティは得意満面で言った。

デヴィルがかぶりを振る。「どうやって?」

誇らしくてにんまりせずにいられない。「気をつけなさい、デヴィル。わたしを役立たずと見なしていたかのように聞こえるわよ」

「きみは役立たずのはずだろう!」

「なんですって? レディは役立たずではいけないのよ。数カ国語を話し、ピアノを演奏し、しとやかに刺繡をして、目隠し遊びにみんなが大騒ぎする中でハウスパーティーを取り仕切らなければならないんですもの」

デヴィルが目をそらして深々と息を吸いこんだ。ひょっとして気持ちを落ち着けようとしているのだろうか。「大いに役に立つことばかりだな。それをすべてできるのか？」

「英語と片言のフランス語を話すわ」

「ほかは？」

フェリシティは口ごもった。「刺繍はわりと上手よ」彼にちらりと見られてつけ足す。「大嫌いだけれど、ちゃんとできるわ」

「ピアノは？」

首を傾けた。「そこまで上手ではないわね」

「目隠し遊びは？」

片方の肩をすくめた。「最後にしたのがいつか思いだせない」

「残るは錠前破りだな」

彼女はにっこりした。「それは大の得意よ」

「役に立つのか？」

どこからか厚かましい度胸がわいてきて、フェリシティは解錠したばかりの鋼鉄の大扉の取っ手をつかんだ。「中を見せて」早く倉庫内を見たくて、それにデヴィルに止められるのを恐れて、返事を待たずに引き戸を引いた。全体重をかけて引っ張り、やっと一センチほど開いたところで、やはり彼に止められた。

デヴィルが彼女の頭上を越えて大きな片方の手を伸ばし、扉を叩きつけるようにして閉める。フェリシティは扉に広げられたその手に視線を据えた。銀の指輪が闇に光る。デヴィルは彼女の耳元に顔を寄せた。「きみは来るべきじゃなかった」

フェリシティは唾をのみこんだ。彼に勝たせてなるものですか。「どうして?」

「危険だからだ」その静かな声が真実を物語っていたので、彼女は背筋がぞくぞくした。

「貧民窟は、固唾をのんで冒険を期待するきれいな娘の来るところじゃない」

フェリシティは首を振った。「わたしはそんな娘ではないわ」

「違うとでも?」

「違うわよ」

デヴィルは長々と待ち、それから言った。「きみはまさにそんな娘だろう、フェリシティ・フェアクロス。きれいな服、きれいな顔の上に高く結いあげたきれいな髪。きみのいるきれいな世界では悪いことは何ひとつ起きない」

癇に障る言葉だ。「わたしはそんなふうではないわ。悪いことだっていくつも起きている」

デヴィルが舌打ちする。「ああ、そうだったな。忘れていた。きみの兄は投資に失敗した。きみの父親も。貴族社会から追放されるのを恐れるほどきみの家族は貧窮している。しかしだ、フェリシティ・フェアクロス。きみの家族が貧乏の本当の恐ろしさがわかるほどの貧しさに陥ることは決してない。次はいつ食べ物にありつけるかと不安に思うことはない。住む場所を失う恐怖に駆られることもない」

彼の言葉があまりにも真に迫っていたので、フェリシティははっとして振り返りかけた。

この人は本物の貧困を知っているのだ。

フェリシティに口を開く間を与えずにデヴィルは続けた。「それにきみは……」声が低く、陰鬱になり、下町訛りがきつくなる。「愚かなお嬢さんだ……お日さまみたいにコヴェント・ガーデンに入りこんできて、おれたちと散歩して安全でいられると思ってやがる」

今度こそフェリシティは振り返った。いまいましいことにデヴィルの目元は影になっている。そのせいで別人に見えた。もっと恐ろしげに。けれど彼女は恐れていなかった。正直に言えば、低い声と汚い言葉遣いが感じさせるのは、恐ろしさとはまるで別のものだ。フェリシティは肩をいからせて言い返した。「わたしは安全だわ」

「きみは安全からはほど遠い」

たしかに、この場所のことは知らない。ここに暮らす人たちの生活なんてこれまで知らなかった。けれども、手に入れられる以上のものを求めてしまう気持ちなら知っている。そしていまなら手が届くとわかっていた。たとえ今夜限りでも。反抗心が燃えあがり、フェリシティは顔をあげた。「だったら中へ入ったほうがいいわね、そうでしょう?」

一瞬、デヴィルに追い払われるかと思った。辻馬車に押しこまれ、この前みたいに家へ追い返されるかと。しかし長い沈黙のあと、彼はフェリシティの背後へと手を伸ばし、巨大な引き戸を楽々と引き開けた。デヴィルの手がフェリシティの腰に置かれ、扉の奥の広い空間へ導く。彼が腰に手を置いていてくれてよかった、フェリシティは信じられない気持ちで目を見開き、戸口で固まってしまったのだから。

こんなものは目にしたことがない。

外からは大きな建物に見えたが、内側はセント・ジェームズ・パークほどもある空間が広がっていた。広大なひとつの空間の壁沿いに樽や箱が六、七段積みあげられた架台がめぐらされている。架台の端の天井には鉄製の巨大なフックが設置されており、それぞれが鉄製の長い梁《はり》に引っかけられていた。

壮大な眺めだった。デヴィルに目をやると、彼はフェリシティを観察していた。居心地の悪さを覚えるべきなほどじっと。「ここはあなたのものなの？」

デヴィルの瞳が誇らしげに輝き、フェリシティの胸の中で何かが締めつけられた。「ああ」

「壮大ね」

「そうだな」

「築きあげるのにどれくらいの期間がかかったの？」

彼の瞳の誇らしさはたちどころに薄れて消えた。ほの暗い何かが取って代わる。「二〇年だ」フェリシティは首を振った。二〇年前じゃ、デヴィルはまだほんの子どもだっただろう。そんなのはありえない。なのに……彼の言葉には真実の響きがあった。

「どうやって？」

デヴィルはかぶりを振った。このことついて悪魔から引きだせる反応はこれですべてのようだ。

フェリシティはやり方を変え、安全な話題に戻った。「あのフックは何に使うの？」

デヴィルが彼女の視線をたどる。「積み荷用だ」簡潔な返事をする。

見ていると、ひとりの男がフックへと近づき、縄を投げかけて下へと引きおろすと、別の男ふたりが縄で縛った木箱をフックのほうへ抱えあげた。木箱をフックに引っかけたあとは、倉庫の端までやすやすと押してゆく。そこには五台の荷馬車が並び、それぞれが強靭《きょうじん》そうな六頭の馬につながれていた。木箱はそこでフックからはずされ、一番手前の荷馬車にのせられた。荷馬車のまわりでは何十人もの男たちが立ち働いている。干し草俵を積みこむ者もいれば、馬具を確認する者もいた。ほかにも大勢が暗くてよく見えない倉庫の奥から行ったり来たりし、鉄製の大きな手鉤に引っかけた巨大なブロックを――。

「本当に氷だわ」

「そう言っただろう」デヴィルが返す。

「何に使うの？　レモン味のかき氷？　それともラズベリー味？」

デヴィルがにやりとする。「甘いものが好きなのか、フェリシティ・フェアクロス？」

顔がかっと赤くなったのはいったいなぜだろう。「誰でも好きでしょう？」

「どうかな」

彼の低いうなり声に体を貫かれ、フェリシティは咳払いをした。「積み荷はすべて氷なの？」

「あの荷馬車に氷以外のものが積まれてるように見えるか？」

フェリシティは首を振った。「見た目と現実が同じとは限らないわ」

「たしかにそうだな、フェリシティ・フェアクロス。平凡で、控えめで、売れ残りで、おもしろみのない壁の花の錠前破り」デヴィルは言葉を切ってから尋ねた。「きみの恵まれない不愉快な友人たちは、きみの趣味をどう思ってるんだ？」

彼女は赤面した。「彼らは知らないわ」

「家族は？」

フェリシティは目をそらした。いらだたしさに体が熱くなる。「家族は……」答えを口にするのをためらった。「いやがっているわ」

デヴィルはかぶりを振った。「きみが言おうとしてたのはそうじゃないな。最初に言おうとしてたことを言うんだ。本当のことを」

フェリシティは顔をゆがめてデヴィルと目を合わせた。「家族は恥じている」

「恥じるべきじゃない」彼は端的に言った。「大いに誇りに思うべきだ」

フェリシティは眉をあげた。「わたしの犯罪癖を？」

「まあ、ここでは犯罪癖をとやかく言う者はいないがな、かわいい人《ラブ》。だがそういう話じゃない。きみはヘアピンを握るたび、その手に未来をつかむ。だから彼らは誇りに思うべきだ」

息が止まり、鼓動が激しくなる。フェリシティの普通ではない不届きな技術を、デヴィルは落ち着き払って評価してくれた。理解してくれたのは彼が初めてだ。なんと答えればいいのかわからず、フェリシティは話題を変えた。「荷馬車にはほかに何が積んであるの？」

「干し草だ。荷台の扉のところで断熱材の役割を果たす」

「よう！　デヴ！」

デヴィルは暗がりからあがった声へ注意を向けた。「どうした？」

「嬢ちゃんにべったりくっついてないで、こっちへ来て積み荷目録を確認してくれ」

デヴィルは冷やかしまじりの要求に咳払いをし、フェリシティに向き直った。「きみはここにいろ。動くんじゃない。犯罪にもいっさい手を染めるな」

フェリシティは片方の眉をあげた。「犯罪活動はすべてあなたたちにまかせるわ」

デヴィルは唇を引き結び、フェリシティをひとり残して闇の中へ歩み去った。自由に探索できるようひとりにして。

普段なら、たとえばこれが舞踏室や散歩で訪れたハイド・パークだったなら、フェリシティは男性が集まっている場所には怖くて近づけなかっただろう。男性は危険なときのほうがそうでないときより多いものだという純粋な良識に加えて、フェリシティの場合、異性とのやりとりがいやがらせ以外で終わることはまれだった。彼らはフェリシティがいることを咎《とが》めるか、咎める権利があると思うかのどちらかで、その結果、彼女は男性のそばにいることへの興味をなくした。

けれどもなぜかいまは彼らの中にいても安全が守られていた。それは単にフェリシティがデヴィルの庇護という外套にくるまれているからだけでなく、ここにいる男性たちが彼女に気づいていないかのようだからだ。気づいていたとしても、フェリシティが女だということを気に留めていないらしい。彼女のスカートは彼らの興味を引かなかった。フェリシティの髪の状態や、彼女が身につけていない手袋の清潔さをあれこれ品評していなかった。

彼らは労働に励み、フェリシティがその場にいる事実が互いに影響を与えることはない。その状況は思いがけない喜びであり、そこにはチャンスが満ちていた。

フェリシティは荷馬車へと向かった。通常の荷馬車より大きく、ロンドンの通りでよく見かける木製の幌《ほろ》馬車とは違い、鋼を打ち延ばしたような分厚い鉄板でできている。フェリシティは一番近くの荷馬車へ歩み寄って手を伸ばし、コンコンと叩いて中に満載された荷の音に耳を澄ました。

「気になる？」

はっとして振り返ると、後ろに長身の男性がいた。いいえ、男性ではない、女性だ。並はずれて背が高く、デヴィルより長身かもしれない。男性と見まがうほど痩せているうえに、男物のシャツにズボン、黒のブーツという格好がいっそう背を高く見せ、頭上へ手を伸ばしたら雲にも手が届きそうだ。けれどたとえ並はずれた長身でなくても、フェリシティはこの女性に興味を引かれていただろう。彼女の気楽な態度と、明らかにくつろいでいる様子に。ほの暗い倉庫にわが物顔でいることに。この女性は錠前を破って侵入する必要はないのだろう……鍵がその手にあるのだ。

首を傾けてフェリシティを見おろしているこんな女性になるのはどんな気分だろうか。

「見たいなら、見ていいよ」女性は荷馬車の後ろ側へ向かって手をひらひらさせた。風変わりな訛りが少しあるが、フェリシティにはどこの国のものかわからなかった。「デヴィルがここへ連れてきたんなら、あんたを信用してるんでしょ」

その言葉には、デヴィルならこの場所にも、ここで働く者たちにも害になることはしないという確信があった。フェリシティの胸の中で罪悪感めいたものがうずいた。「彼がわたしを信用しているとは思わないわ」そう返しながら、女性が手を振ったほうへ目を向けずにいられなかった。この鋼鉄製の大きな荷馬車の後ろへ回って、中をのぞきたい。

女性の唇に笑みが浮かぶ。「断言するけど、デヴィルがあんたをここに入れたくなければ、あんたはここにいない」

フェリシティはその言葉を文字どおりに受け取り、荷馬車の開いた後部扉へと向かった。指で鋼鉄をたどると、後部へ近づくほど冷たい。

女性がそばにいた男性に向き直った。「サミア、準備ができたから出発して。ノース・ロードを突っ走って、夜が明けるまで荷馬車を止めるんじゃないよ。予定どおりの宿場で泊まれば六日目の夜には国境に着く。そこで別の三台の荷馬車があんたを待ってる」書類を数枚渡す。「積み荷目録とそこからの配達の指示だ。いいかい？」

荷馬車の手綱を取るのであろうサミアが、帽子に手をやって挨拶した。「了解《アイ》」

女性は彼の肩を叩いた。「よし。よい狩りを」フェリシティを振り返る。「デヴィルはすぐに戻ってくるよ。積み荷を確認してるだけだ」

フェリシティはうなずき、荷馬車の後部へ回りこんだ。荷台の天井まで干し草がびっしり積まれて壁のようだ。フェリシティは女性に目をやった。「スコットランドへ氷を運ぶのにロンドンを経由するよりもっといい方法はないの？」

女性は動きを止め、それから言った。「あたしらは知らないね」

フェリシティは荷馬車のほうを向き、なんであれ中に入っているものを隠しているかたい干し草に手を触れた。「インヴァネスは北海をはさんでノルウェーのすぐ隣なのに、誰もそのことに気づかないなんて変でしょう」言葉を切る。「氷はノルウェーから運んでいるのよね？」

「彼女が迷惑をかけてないか、ニク？」フェリシティは手を引っこめ、すぐ耳元で聞こえた声のするほうをあわてて振り返った。デヴィルは扉の開いているこの荷馬車を点検しに引き返してきたのだ。それにどうやらフェリシティのことも。

「うん」ニクと呼ばれた女性が答え、フェリシティはその声が笑いを帯びている気がした。

「だけど、あんたには結構迷惑をかけそうだね」

デヴィルはうなり、フェリシティへ顔を向けた。「ニクに迷惑をかけるな。彼女には仕事がある」

「ええ、それは聞いたわ」フェリシティはやり返した。「あなたの氷を産地に向かって何百キロも後戻りさせる仕事でしょう」そう言われてデヴィルはフェリシティの背後に目をやり、彼女がその視線をたどると、デヴィルに向かってニクがにやにやしていた。フェリシティの鼓動が激しくなる。「なぜなら中身は氷じゃないから。そうね？」

「自分の目で確かめてみろ」デヴィルはフェリシティの脇を通って荷台から干し草の俵をひとつおろし、後ろにあった氷のブロックをあらわにした。彼が顔をしかめる。

フェリシティは眉を跳ねあげた。「驚いているの？」

彼女を無視して、デヴィルは次の、そしてまた次の俵へ手を伸ばして下へやり、ほぼ天井まである氷の壁をさらけだした。デヴィルはニクに目を向けた。頬に走る恐ろしげな傷が、薄暗い明かりのせいで真っ白に見える。「これでは氷が溶ける」

女性が嘆息し、闇に向かって声を張りあげた。「ここにもう一列持ってきな」

「了解《アイ》」闇の中から男たちがいっせいに声をあげる。

すぐに彼らは金属製の大きなトングにそれぞれ氷のブロックをはさんでやってきた。荷台に乗りこんだデヴィルに氷がひとつひとつ手渡され、積み荷のてっぺんになるべく隙間がなくなるよう彼が注意深くはめこんでいく。

その工程にフェリシティは魅了されていただろう。デヴィルに目が釘付けになっていなければ。彼は超人のごとく、荷台の端にぶらさがるようにして大きな氷のブロックを頭上近くまで持ちあげていた。足を踏みしめて蒼穹《そうきゆう》を担ぐギリシア神話のアトラスのごとく。上着もベストも身につけておらず、白いリネンのシャツは筋肉の動きとともにぴんと張ったりゆるんだりしていて、彼が力んだら破れてしまいそうだ。

ドレスの襟ぐりの深さ、それにきわどくなるばかりのコルセットや女性の脚にぴったり張りつくスカートについてはいつもみんなして騒ぎたてる。けれどそういう人たちの誰かひとりでも、男性が上着を着ていないところを見たことはあるの？　ああ、なんて光景なのだろう。

フェリシティが息をのんでいると、デヴィルは最後のブロックをはめこんで飛びおり、荷台から細長い鉄板を持ちあげた。高さおよそ三〇センチ、長さは荷台の横幅とぴったり同じだ。側面がこすれて甲高い音が倉庫に響く。

「その板はなんのためのもの？」

「氷が溶けはじめても、これがあれば滑らない」デヴィルはフェリシティを見ずに答えた。

フェリシティはうなずいた。「あなたはとても優秀な氷の配達業者だと、この荷台をのぞいた人は確実に思うでしょうね」

その瞬間、デヴィルは彼女に目を向けた。「おれはとても優秀な氷の配達業者だ」

フェリシティは首を振った。「信じるわ。中身が氷ならね」

「自分の目を疑うのか？」

「実のところ疑っているわ。自分の指の感覚は信じるけれど」

デヴィルが眉間にしわを寄せる。「どういう意味だ？」

「この鋼鉄製の荷馬車に氷が満載されているなら、後部扉のあたりと同じくらい荷台全体が冷たいはずというだけよ」

ニクが咳払いをする。

デヴィルはその言葉を無視して荷台の大きな後部扉を閉めると、三箇所に掛け金をかけた。

彼が施錠してその鍵をニクに渡すのをフェリシティは注意深く見守った。「準備ができたと男たちに伝えろ」

「了解《アイ》」ニクが集まっている男たちを振り向いた。「みんな、オーケーが出たよ。よい狩りを」

それを合図に、男たちはおのおの荷馬車へ向かい、御者が御者台へあがり、二番手の御者がそれに続く。フェリシティはそばにいた男が脚に装着したホルスターに拳銃を滑りこませるのを見つめた。さらに男ふたりが荷馬車後部の段にあがり、幅広の革紐を尻に巻きつけようとする。

フェリシティはデヴィルへ顔を向けた。「あれは初めて見るわ。乗馬従者用の簡易座席みたいなものかしら？　移動中立ちっぱなしにならないように」

デヴィルは男のひとりが革紐で自分の体を荷馬車に固定するのを見守っている。「移動を楽にするためもあるが」デヴィルが左手の男から何かを受け取った。「両手を使う必要が出てくるかもしれないからだ」前へ進みでて、ひとりの乗馬従者へライフル銃を手渡し、もうひとりにも渡した。

「なるほどね。これでやっと中身はすべて氷だと納得できたわ」フェリシティは皮肉めかして言った。「武装した同乗者が何人もいる理由がほかにある？」

デヴィルはフェリシティを無視した。「みんな、狙いをはずすなよ」

「了解《アイ》」そろった声が返ってきた。

「何より自分を守れ」デヴィルの口調があまりにも真剣だったので、フェリシティは彼の顔を見た。デヴィルは心配しているかのようだった。積み荷をではなく、男たちを。フェリシティは胸が締めつけられた。

「了解《アイ》」男たちはうなずくと、銃を斜めがけし、尻の革紐を確認してから、荷台の側面を叩いた。

荷馬車の列の先でも、ほかの男たちが同じように準備をし、自分たちの体を革紐で荷台に結びつけ、銃を体にかけている。バンバンと金属を叩く音が広い空間にこだまし、すべての荷馬車の出発準備が整った。数人がかりで巨大な鋼鉄の引き戸を荷馬車が通れるほどの幅まで開ける大きな音が響いた。

「国境」ニクが怒鳴ると、すぐそばの荷馬車が飛びだし、開いた扉から夜の中へと疾駆していった。フェリシティは後ずさりし、後ろにいたデヴィルにぶつかった。彼女を支えようと、デヴィルの腕が腰に回される。ニクの声が響いた。「ヨーク」次の荷馬車が動きだし、フェリシティは彼から離れなくてはならないと気づいた。ほかの女性なら間違いなくそうするだろう。けれど……離れたくない。

馬たちがひづめを鳴らし、男たちが大声で指示を飛ばす中でデヴィルの隣にいると、スコットランドの風にスカートをたなびかせ、戦の準備をする自分の氏族《クラン》を大地主と並んで見守る中世の要塞の女主人になった気がした。

「ロンドン第一区」荷馬車の車輪の騒音に負けじとニクが声を張りあげる。

雰囲気は少し戦に似ていた。ここいる男性たちは訓練をともにして戦友となり、大いなる目的に身を捧げるべく、いまこうして集まったかのようだ。

デヴィルのために。

デヴィルの腕はいま、不適切にもフェリシティの体に回されている。不適切なほどきつく。知らず知らず彼女が求めていたとおりに。まるでフェリシティが彼のパートナーで、彼がフェリシティのパートナーであるかのように。

「ブリストル」ニクが怒鳴り、別の荷馬車が走りだす。「ロンドン第二区」

最後の荷馬車が倉庫を飛びだすより先に引き戸が閉まりだした。数人の男たちが駆け寄って大きな横木を枠に通し、外から開けられないようにする。かんぬきの音が重々しく響いたところで、デヴィルはフェリシティから手を離して脇へどいた。すると彼の腕に抱かれていたのはただの空想だったように思えた。

フェリシティは軽口を叩こうとした。「これでもうあの水もあなたの影響力の外ね」

「目的地にたどり着くまではおれの影響下にある」デヴィルはそう言いながら、濃い茶色の髪に黄金色の肌をした男が近づいてくるのを見つめた。「覚えておくんだな、お嬢《マイ・レディ》さん、おれは実際にその場にいようといまいと大きな力を行使できる」

低く轟くその言葉に、フェリシティはぞくぞくした。たしかにデヴィルは出会った瞬間からその力を発揮した。彼はなんらかの手段で、公爵が嘘の婚約を否定するのを回避した。探りもせずにフェリシティの家族の秘密を知っていた。自分がそばにいないときでも、フェリシティがコヴェント・ガーデンで安全でいられるようにした。もしかして彼は本物の悪魔なのかもしれない、全知全能で、世界を難なく手玉に取りながら貸しを取り立てるのだ。

けれど、デヴィルはフェリシティから取り立てることはまだできない。

公爵はフェリシティに結婚を申しこんだかもしれないが、彼女の計画とは違って便宜結婚だ。フェリシティがこの見たこともない壮大な場所にいるのはだからこそで、もう一度悪魔と対峙《たいじ》する覚悟はできていた。デヴィルが約束を果たしていないことを思いださせよう。

「充分な力じゃないわね」

デヴィルがフェリシティにすばやく注意を戻す。目を細くしてにらまれ、フェリシティの鼓動が速くなった。「なんと言った？」

返事をする前に、別の男性がふたりに加わった。彼もシャツ一枚で、まくりあげられた袖からのぞく腕には黒のインクで模様が描かれている。別のときなら、フェリシティはまじまじと見ていただろう。しかしその瞬間、男性は金色に揺れる光の中へと足を踏みだし、たとえようもなく美しいその顔が照らしだされた。それは画家が天使のモデルにするたぐいの顔だった。

フェリシティは思わず小さく息をのんだ。

ふたりが彼女を見る。

「どうかしたか？」

フェリシティは首を振った。「いいえ。ただ……彼はとても……」相手が真正面にいるのに、そこにいないかのように話題にするのは失礼だと気づいて男性に目をやる。「つまりあなたはとても……」言葉を切った。男性に向かって、美しいと言うのは適切だろうか？　母なら間違いなくヒステリーの発作を起こすだろう。実際、娘がコヴェント・ガーデンに近寄るどころか貧民窟の奥深くにいると知っても、母はヒステリーを起こしそうだけれど。要するに、何が適切かわかっているふりをしても、いまさら遅いということだ。

「フェリシティ？」

彼女はデヴィルに目を向けなかった。「何かしら？」

「言い終えるつもりはあるのか？」

フェリシティの目は新顔の男性を見据えたままだ。「ああ、そうね。ごめんなさい。いいえ」咳払いをする。「やめておくわ」首を振った。「絶対にやめておく」

男性の片方の眉があがり、興味深そうにフェリシティを値踏みする。

その仕草には見覚えがあった。

「兄弟！」思わず口走り、男性からデヴィルに目をやり、再び男性に戻して一歩近づく。相手は半歩さがってデヴィルにすばやく目を向けた。おかげで彼の瞳をじっくり見ることができた。デヴィルと同じ謎めいた色だ。黒い輪に縁取られた瞳は金色にも茶色にも見え、ひどく心をざわめかせる。「兄弟」フェリシティは繰り返した。「あなたたちは兄弟なのね」

美しい男性が首を傾けた。

「こいつはビーストだ」デヴィルが言った。

ばかげた名前にフェリシティは小さく笑った。「それは皮肉なのよね？」

「なぜだ？」

彼女はデヴィルへと首をめぐらした。「こんなに美しい人は見たことがないわ」

デヴィルがむっとした様子で唇を引き結び、獣《ビースト》と呼ばれた男性が愉快そうに小さくうなるのが聞こえた気がしたが、フェリシティが視線を戻すと彼は微動だにしていなかった。

「あなたの瞳は彼と同じよ。その頬と顎も。その唇の曲線もね」

今度はデヴィルのほうからうなり声が聞こえた気がした。「そいつの唇の形をじろじろ見るのはやめてもらえないか」

頬が熱くなった。「ごめんなさい」フェリシティはビーストを見た。「とても失礼なことをしてしまって。人の顔のことをあれこれ言うのはいけないわね」

兄弟はふたりとも彼女の謝罪に関心がないらしく、デヴィルはすでに立ち去りかけていた。彼女が当然ついてくるものと考えているようだ。コヴェント・ガーデンの倉庫では形式張って人を紹介することはしないのだろう。それならとフェリシティは自己紹介することにした。デヴィルの兄弟に微笑みかける。「わたしはフェリシティよ」

ビーストは眉をあげ、差し伸べられた手を見つめたものの、握手をしようとはしない。もう。この兄弟は雌狼にでも育てられたの？　「ここはあなたが自分の本当の名前を言うところよ。ビーストでないのはわかっているわ」

「そいつにしゃべりかけるな」デヴィルが言った。その長い脚ですでに倉庫を大股で横切っている。

「だが、きみはあいつの名をデヴィルだと信じてるんだろう？」ビーストは声に出していないかのようにかすれた低い声で訊いてきた。

フェリシティは首を振った。「まさか。いいえ、まるで信じていないわ。でも、あなたはもっと分別があるように見える」

「おれに分別はない」

その返事に不安になるべきなのだろうけれど、フェリシティはこの無口なほうの兄弟が嫌いではなかった。「別にあなたの唇をじろじろ眺めたわけではないのよ」彼女は弁明した。「デヴィルの唇を見ていたから、あなたの唇が同じ形だと気づいただけで……」ビーストの眉があがり、彼女は言葉をのみこんだ。いまのも認めるべきではなかったみたいだ。

ビーストがうなる。どうやら気まずさを消そうとしてくれているらしい。

不思議だが、それで気まずさが消えた。すでに倉庫の暗がりへと消えたデヴィルのあとをふたりで追った。さっきの言葉が耳に届いていないくらい、デヴィルが離れているといいけれど。歩きながら、この非社交的な男性が口を開きそうな話題を探した。「氷を扱ってもう長いんでしょう？」

彼は返事をしない。

「氷はどこから運んでいるの？」

沈黙。

フェリシティは別の話題を探した。「配送用の荷馬車は自分たちで考案したの？　とても優れた設計ね」

またも沈黙。

「ねえ、ビースト、あなたは女性に気まずい思いをさせないのが上手ね」

よく注意していなかったら、彼が息を詰まらせる音を聞き逃していただろう。なんらかの笑い声。だがフェリシティは聞き逃さず、得意になった。「あら！　反応できるのね！」

ビーストは何も言わないが、そこでフェリシティたちはデヴィルに追いついた。デヴィルが言う。「こいつにしゃべりかけるなと言っただろう」

「あなたがわたしたちを置き去りにしたんでしょう！」

「だからといって、しゃべりかけろと言ったことにはならない」

フェリシティは兄弟へ交互に目をやってからため息をつき、広大な空間に散らばっている男たちを手で示した。「彼らは全員あなたに雇われているの？」

デヴィルがうなずく。

ビーストがうなる。

それを耳にし、フェリシティはビーストのほうを向いた。「いまのはどういう意味？」

「そいつにしゃべりかけるな」デヴィルが言う。

彼女は振り向かなかった。「おあいにくさま。わたしはしゃべりかけるわよ。さっきのうなり声はどういう意味なの？」

「あいつらはデヴィルに雇われてる」ビーストはフェリシティから目をそらした。

フェリシティはかぶりを振った。「でもあなたのうなり声が意味していたのはそれだけじゃない。そうね？」

ビーストが彼女と目を合わせてきたので、なんであれ、いまから彼が口にするのは重要なこと、真実なのだとわかった。「あいつらはデヴィルのためなら火の中でも歩く」

闇の中に落ちたその言葉が倉庫を満たし、隅々にまで届いて男たちを、フェリシティを温めた。デヴィルに目をやると、少し離れたところでズボンのポケットに両手を入れ、いらだたしげな表情を浮かべている。だが、こちらを見ていない。見られないのだ。

彼は決まり悪がっている。

フェリシティはうなずき、それから静かに言った。「信じるわ」

たしかに信じられた。デヴィルと名乗るこの男性は、変わることのない深い忠誠心をまわりの人たちに抱かせることのできる男性だと信じられる。人から軽んじられる男性ではないし、約束を守る男性だと信じられる。必ず約束を果たす男性だと信じられる。

「信じるわ」繰り返したのは、デヴィルにこちらを見てほしかったからだ。デヴィルが振り返ると、フェリシティはその目がビーストと同じではないことに気づいた。ビーストの目は彼女の胸をどきりとさせない。フェリシティは唾をのみこんだ。「つまり、彼らは密輸を手伝っているのね？」

デヴィルの眉間にしわが刻まれる。「氷の運搬を手伝ってるんだ」

フェリシティはかぶりを振った。危険な香りを漂わせているこのふたりが、単なる氷の販売業者だなんて一秒たりとも信じるものですか。「じゃあ、その氷とやらはどこに保管されているの？」

デヴィルは腕を伸ばしてこぶしを握ると、かかとでゆらゆらと立って天井を見あげた。口を開いたとき、彼の言葉はいらだちに満ちていた。「下に氷でいっぱいの貯氷庫がある、フェリシティ・フェアクロス」

フェリシティは目をしばたたいた。「下？」

「地下だよ」薄暗い空間で罪のごとく低い声で告げられたその言葉には、禁断の響きがあった。彼は悪魔で、彼女をただの地下ではなく、二度と戻れない地の底へ招いているかのようだ。

その言葉が約束するものすべてを体験したかった。ためらいなくその体験に飛びこみたい。

「見せて」

一瞬、誰も身動きせず、フェリシティは多くを求めすぎてしまったと思った。欲張りすぎた。もともと彼女は錠前を破って入ってきた招かれざる客なのだ。

一方で、招かれて入ったとも言える。デヴィルはフェリシティが錠前を破るのを止めなかった。倉庫の中で自由にさせてくれ、自分の仲間たちの中に立たせて作業を見学させ、つかの間、彼女に孤独以外の何かを感じさせてくれた。デヴィルは自分の世界へ立ち入るのを許可してくれた。そんなことをしてくれた男性は彼が初めてだ。そうして許可されることがもたらす力を味わったいま、フェリシティはすべてを求めていた。すべて余さずに。もっと。

「お願い」自分の求めに続いた沈黙の中で言い添えた。礼儀正しさが彼の返事に影響を与えるかのように。

影響はあった。デヴィルは無表情なままのビーストに目をやり、真鍮の大きな鍵束を受け取ったのだ。鍵束を手にしたデヴィルは背を向け、そばの床に取りつけられている大きな鋼板へと歩み寄り、しゃがみこんで板を持ちあげ、床に空いた大きな黒い穴を見せた。フェリシティが近づくと、デヴィルは少し離れたところにかけてあった外套を持ってきた。「これがいる。下は冷えるぞ」

フェリシティは目を丸くして受け取った。要求が叶ったのだ。デヴィルは見せてくれるつもりだ。重い外套を肩に羽織ると、ハナタバコとビャクシンの香りに包みこまれた。フェリシティは外套の襟に鼻をうずめたくなるのをこらえた。これはデヴィルの外套だ。彼に目をやる。「あなたは寒くならない？」

「大丈夫だ」デヴィルが近くにあったランタンを取っておりていく。

フェリシティは昇降口の縁へ近づいて、デヴィルを見おろした。揺らめく明かりが彼の顔に影を躍らせている。「それもあなたの支配下？　寒さもあなたをわずらわせることはないの？」

デヴィルが片方の眉をあげる。「おれの力は無限だ」

昇降口の下にははしごがあり、フェリシティはそれをおりていった。一段おりるたび、自分の世界が変わっていくことを意識しないようにする。昔のフェリシティ、平凡な壁の花は置き去りにされ、ここにいるのが見知らぬ新たな女性だとは。扉を閉める代わりに錠前を破って開け、密輸品の隠し場所に入りこみ、デヴィルと名乗るハンサムで頬に傷のある男性の香りがする外套を羽織るような女性。

けれどそんな事実に気づかないふりをするのは不可能だ。

悪魔と契約する者は変わらずにいられない。

床面に足が着いたところで、はしごの横木に顔を向けたまま言った。「あなたには自分で思っているだけの力が本当にあるのかしら」

「なぜそんなことを言う？」闇の中でデヴィルの声はひっそりとしている。

フェリシティは彼に向き直った。「あなたはわたしと約束を交わしたけれど、まだそれを果たしていない」

「どうしてそうなる？」デヴィルはいつの間に近づいたのだろう？ それとも闇の錯覚？「きみの話では公爵を勝ち取ったようだが。きみはなんと言ったんだったかな？ 公爵は夢のようなダンスをする？ それ以上何を望む？」

「あなたが約束したものは公爵ではないわ」フェリシティはきっぱりと言った。

「それがまさしく約束したものだろう」デヴィルは言いながらはしごを数段のぼって昇降口の扉をおろし、あたりを真っ暗闇にした。

フェリシティは目をしばたたいた。「閉める必要があるの?」

「扉はつねに閉めておく。氷が溶けるのを防ぐためと、倉庫内でのおれたちの活動に興味を持つやつを締めだすためだ」

「あなたがわたしに約束したのは、飛んで火に入る夏の虫よ」こんな大胆さがどこからわいてくるのかわからなかった。でも、どこからだってかまわない。「あなたが約束したのは翅を焦がすほどの情熱だわ」

フェリシティを見つめるデヴィルの目が光る。「それで?」

「公爵は炎に焼かれて燃えあがる恐れは少しもないということよ。だからあなたに伝えておくべきだと思ったの。用心しないと、あなたこそわたしに借りをつくることになると」

「なるほど」デヴィルは仕事で重要な点をフェリシティに指摘されたかのような口ぶりで言った。「きみならその状況をどう変える?」

「実に簡単だわ」フェリシティはささやいた。「公爵を誘惑する方法を教えて」

やはり彼は近づいていた。それとも近づいてほしいからそう感じるのだろうか。

「公爵を誘惑するだと?」

フェリシティは深く息を吸いこんだ。体を包むデヴィルの外套のぬくもり、ハナタバコとビャクシンの香りが麻薬のように彼女に力を与え、欲望をかきたてる。「そう、教えてほしいの。公爵を夢中にさせる方法を」

15

フェリシティ・フェアクロスに夢中にならない男がいるなど、理解を超えている。もっとも、デヴィルはそれを彼女に告げるつもりはなかった。

ただしベアナックル・バスターズのコヴェント・ガーデン倉庫の真っ暗な地下でそんな考えに打たれたとき、デヴィルがその手の男たちの中に自分を含めなかったのは重要な点だ。相手はフェリシティ・フェアクロスなのだから、言うまでもなくデヴィルはあくまで冷静だった。彼はフェリシティに夢中になどなりはしない。デヴィルの外套を羽織ったフェリシティが、男たちを燃やして灰にしたいとすぐ目の前で話していようと。

自分はこのレディの魅力に動じていない。

〝計画を思いだせ〟その言葉が耳にこだまするが、両手はフェリシティを求めてうずき、伸びたり曲がったりしている指は外套の襟をつかんで彼女を引き寄せることを渇望していた。触れられるほど近くまで。フェリシティがマーウィック公爵の名前を思いだせなくなるほど。あいつとのダンスは言うまでもなく。

何が〝夢のような〟だ。

咳払いをしてその考えを追い払った。「きみが求めるのは恋愛結婚か。マーウィックとの」デヴィルは冷笑した。「きみは愛想笑いをするような年じゃないし、そうするには分別がありすぎるだろう、フェリシティ・フェアクロス」

彼女は首を振った。「恋愛結婚なんてひと言も言っていないわ。わたしは公爵に求められたい。情熱を求めているの」

フェリシティ・フェアクロスのような女性が〝情熱〟という言葉を口にするのは違法であるべきだ。その言葉はあらわな肌、それにマホガニー色の美しい髪が波打って白いシーツに広がるさまを想起させる。指で触れたら彼女はどんなふうに背中をそらすだろう、どんなふうにそれを乞うだろうと男に想像させる。どんなふうにそれを命じるだろうと。デヴィルの手に手を重ね、求める場所へと彼の指を誘うさまを想像させる。デヴィルの髪に指を滑りこませて頭を引き寄せ、求める場所へと彼の口を導くさまを。

ここが氷でいっぱいの貯氷庫のそばで助かった。

そう……氷だ。「こっちだ」ランタンを高く掲げ、長く暗い通路を貯氷庫へと進む。初めて闇が嫌いなことを忘れていた。闇から気を紛らし続けるため、歩きながら話を再開した。

「情熱が欲しいのか」

計画を思いだせ。

「欲しいわ」

「マーウィックからか」

「彼はわたしの未来の夫でしょう？」

「そうなるのは時間の問題だ。じきに求婚される」婚約成立に本腰を入れなければならないことは承知していた。ユアンから婚約者を奪い取ろうにも、その前に婚約が整っていなければ話にならない。婚約は計画の一部だ。ユアンへの教訓の一部。もちろん、自分はフェリシティが求婚されることを望んでいる。

「ゆうべ求婚されたわ」

ただ、そこまでさっさと決まることは望んでいなかった。

デヴィルは彼女に向き直った。「なんだって？」

フェリシティがにっこりしてデヴィルを見あげた。

「結婚を申しこまれたのよ。いとも簡単だった。公爵はわたしとの結婚にやぶさかではないと言ったわ。彼は花嫁探しをしていて、そこへわたしが……彼はどう言っていたかしら？

ああ、とてもロマンティックな言い回しだったのに」彼女が公爵の言葉を思いだそうとするあいだ、デヴィルは歯を食いしばった。その後フェリシティが口にした言葉は砂のように味気なかった。「そうそう、わたしは〝ちょうどいいときに現れた〟んですって」

なんたる言い草だ。ユアンはもとから言葉遣いが巧みではなかったが、これはあんまりだ。

そして、公爵側にも計画がある証だろう。そうなるとフェリシティ・フェアクロスの要求はあながち悪い考えではないかもしれない。「なるほど、大いにロマンティックだ」

フェリシティは肩をすくめた。「でも公爵はすこぶるハンサムだし、夢のようなダンスをするわ。わたしが言ったようにね」

　まさかこっちをからかっているのではないだろう。その言葉が彼の癇に障ることなど、フェリシティは知るよしもないはずだ。「すべての女性が夫に望むことだな」

　彼女がにっこりする。「あら、どうして知っているの？」

　やはりからかっているのか。フェリシティはデヴィルをからかっており、彼はそれが気に入っている。気に入るべきではないのに。「きみは公爵を夢中《マッド》にさせたいと願ってる」

「そうね、彼はおおむね頭がどうかしている《マッド》人ではないとはまだ断言できないけれど、答えはイエスよ。妻はみんな夫にそう望むものでしょう？」

「おれの経験では違う」

「人妻との経験が豊富なの？」

　デヴィルはその質問を無視した。「きみは自分が何を求めているのかわかってない」通路に向き直って言った。

　フェリシティがついてくる。「どういう意味？」

「情熱は遊びで扱うものではないということだ。翅を焦がしさえすれば、夏の虫はきみのものになるんだぞ」

「わたしの夫になるんだから、どのみち彼はわたしのものでしょう」

〝だが、やつはきみの夫にはならない〟デヴィルはそう言いそうになるのをこらえた。その言葉を思うと胸に爪を立ててくる罪悪感もこらえる。

いる。

「あなたは約束したのよ、デヴィル」フェリシティはそっと言った。「あなたはわたしと取り引きした。わたしを炎にしてくれると言ったわ」

フェリシティを炎に変えるのに何かする必要はない。すでにまぶしすぎるほど燃え盛っている。

貯氷庫の扉にたどり着いた。デヴィルはかがみこんでランタンを下に置き、鍵束を取りだした。フェリシティは隣にやってくると、ずらりと並ぶ錠前に手を伸ばし、触れるだけで解錠できるかのように指でなぞった。さっきチャブ錠を開けた腕前なら、できそうな気もした。鋼鉄の扉越しに冷気がしんしんと伝わってきて、デヴィルは肩を丸めて最初の鍵を挿し入れた。「きみはなぜ錠前を破るんだ？」

「いまの話に関係ある？」

デヴィルはちらりと横目で見た。「関係あるかもしれないだろう」

彼が二番目の鍵を開けるのをフェリシティはじっと見ている。「この世界にはたくさんの扉があるでしょう」それはそうだ。「わたしは自分の扉は自分で開けたいの」

「鍵のかかった扉について、きみが何を知ってるというんだ、フェリシティ・フェアクロス？」

「そういうのはやめてもらえないかしら。生まれてから一度も不自由したことがないかのようにわたしを扱うのは。わたしはなんでも手に入れることができたみたいに」

「手に入れてきたんじゃないのか？」

「大切なものはひとつも手に入らなかったわ。愛や……友情は。家族にもかろうじて恵まれているだけ」

「あんな友人たちはいないほうがましだ」

「あなたが新しい友人になってくれるの？」

ああ。

「いいや」

フェリシティは小さく笑い、開けた南京錠《なんきんじょう》を扉からはずして手に取った。デヴィルは残る錠前をはずしながら、彼女が南京錠をくるくるひっくり返すのを目の隅でとらえた。「錠前を破る理由は、わたしにはそうすることができるからよ。この世界にわたしの自由になるものはほとんどないけれど、自分でなんとかできるのが錠前なの。自分の力で払いのけることのできる障壁ね。自分の力で解くことのできる秘密。そして、最終的にはわたしの意志に従わせることのできるもの……」肩をすくめる。「それが好きなの」

デヴィルは自分がフェリシティの意志に従うところが想像できた。想像すべきではない。だが、想像できる。一番目の重厚な扉を開けると極寒の冷気が押し寄せ、二番目の扉が現れた。デヴィルは次の錠前の列に取りかかった。「女性に期待するたぐいの技能ではないな」

「まさにわたしたちが持つべき技能よ。わたしたちがいる世界は何もかも男性たちによって築かれている。男性たちのために。わたしたちは重要なものがすべて運びこまれた最後に、飾りとして存在するだけ。わたしは最後でいることに飽き飽きしているの。錠は始まりだわ」

フェリシティに無限の始まりを与えたい欲求に駆られ、デヴィルは彼女を見た。

フェリシティは解錠作業に目を奪われている様子でしゃべり続けている。「要するに、扉の向こう側へ行きたいと願う気持ちがなんであるかをわたしが理解しているということよ。部屋に自由に出入りできないというのがどういうことか。あまりに多くの扉が閉ざされていて、ごく一部の人のためにしか開かない」デヴィルが最後の錠をはずすと、彼女は静かに言葉を結んだ。「どの扉がわたしのものかをどうして他人に決めさせなければならないの？」

まっすぐで率直な問いかけに、デヴィルは今後フェリシティの前に立ちふさがる扉はすべて壊してやりたくなった。

まずは目の前の扉をと、鉄板を押し開けて貯氷庫を見せてやる。冷気の壁がふたりを迎えた。その先は闇だ。不安感がデヴィルに襲いかかった。闇に対する拒絶反応。逃げだそうとするお決まりの衝動だ。

フェリシティ・フェアクロスはそんな衝動とは無縁だった。さっさと足を踏みだし、自分の体に腕を回した。「氷があるのは本当のようね」

デヴィルは彼女に続いた。ランタンを高く掲げたが、明かりはだだっ広い空間にのみこまれていく。「まだおれを信じないのか？」

「完全にはね」

「この地下でおれが何を見せると思ってたんだ？」

「地下の秘密の隠れ家とか？」

「地下の秘密の隠れ家はそんなにいいものじゃない」

「どうして？」

「窓はないし、ブーツは泥だらけになる」

彼女の小さな笑い声は闇に差しこむ一条の淡い光だ。「明日メイドにスカートの裾を見られたら、言い訳する必要がありそうね」

「なんと言うんだ？」

「そうね、どうしようかしら」フェリシティがため息をつく。「深夜に庭いじりをしたとか？心配はいらないわ。わたしがコヴェント・ガーデンの地下にある巨大な空間を探索したなんて誰も思わないもの」

「どうして？」

フェリシティは黙りこんだ。その表情を見られるならデヴィルはなんだってしたが、彼女は闇に目を凝らすのに忙しい。「わたしは平凡だから」心ここにあらずの様子でそれだけ言った。「平凡すぎるから」

「フェリシティ・フェアクロス、きみと出会ってからの数日で、おれはたしかな真実をひとつ学んでいる。きみは平凡なんかじゃない」

いきなりフェリシティが振り返った。ランタンの明かりに照らされた頰が寒さのあまりピンク色に染まり、彼女の顔はなかなか……かわいらしく見えた。

かわいらしいという言葉を頭に思い浮かべたことを知られただけでも、死ぬまでウィットにからかわれるだろう。くだらない言葉だ。気取り屋や伊達《だて》男どもが使うたぐいの言葉。剣を仕込んだステッキを携帯する悪党の使う言葉ではない。それにフェリシティはかわいらしくはない。彼女は目的のための手段だ。結婚適齢期を過ぎた売れ残りの壁の花で、デヴィルの活動範囲内にいる理由はただひとつ、ユアンに食いつかせるためだ。

たとえそうでなくても、フェリシティは断じてデヴィルの手の届く相手ではない。侯爵の娘で伯爵の妹。その身分はあまりに高く、住む世界が違いすぎる。陶磁器を思わせる肌はあまりに完璧、その手はあまりに清潔、その世界はあまりに華麗だ。コヴェント・ガーデンの倉庫を見て嬉々として見開かれた目と、デヴィルの犯罪生活を隠す扉の錠を破ったときの誇らしげな笑みは、それを証明するばかりだ。レディ・フェリシティが平凡とはどういうものかを知ることは決してない。

それだけで充分なはずだ。

ところがこのくだらないゲームをデヴィルが止めるよりも先にフェリシティが微笑み、しかも蠟燭の光のいたずらで、彼女はかわいらしい女性からあきれるほど美しい女性に変貌した。そのうえフェリシティは声を詰まらせて言った。「平凡なんかじゃない。こんなにうれしいことを言われたのは初めてよ」

くそっ。

ここから追いださなければ。「さあ、これで貯氷庫も見たな」

「いいえ、まだよ」
「見るものはこれですべてだ」

「真っ暗だもの」フェリシティはランタンへと手を伸ばした。「借りてもいい?」

デヴィルはしかたなくランタンを手放した。手から明かりが離れ、腹の中で不安感がとぐろを巻く。彼女が背を向け、氷の積まれた貯氷庫の奥へと進みだすと、デヴィルは深く息を吸いこんだ。

船荷は氷のブロックを移動させてできたまっすぐな長い通路を通って慎重に運びだされたため、いまは貯氷庫の中心まで見渡せた。ほんの数時間前までそこを埋めていた樽や木箱は、現在英国各地へ運ばれている最中だ。

いまいましいことに、フェリシティはその長い通路へと直行した。まるで迷宮の中心で開かれるお茶会に出席するかのように。彼女が振り返る。「氷の奥には何があるの?」

デヴィルはフェリシティについていった。

いや、光についていっているのだ。彼女にではない。

フェリシティの身に何があろうと知ったことか。好きに探索させればいい。ぶらぶら見て回って霜焼けになろうと、こっちのせいじゃない。「さらに氷があるだけだ」床のぬかるんだ冷え冷えとする貯氷庫の真ん中に彼女がたどり着く。

「それはどうかしら」フェリシティは角を曲がった。視界からランタンの明かりが消え、闇が背後からデヴィルに忍び寄る。彼が深く息を吸いこみ、氷の上にぼんやりと見えるフェリシティの頭と肩に視線を据えていると……不意にその姿がすとんと下へ落ちた。ぬかるみに足を滑らせたに違いない。氷を扱う場所につきものの危険だ。

「気をつけろ」注意を促して足を速め、がらんとした一角へと曲がると、フェリシティはランタンを突きだしてしゃがみこんでいた。その目は潮の引いたテムズ川でお宝探しをするかのように真剣だ。

彼女がこちらを見あげた。「ここには何もないわ」

デヴィルは息を吐いた。「そう言っただろう」

「ここにあったものの痕跡があるだけ」フェリシティは残念そうに微笑んで指さした。「そこに重い箱がひとつ」指を別のほうへ向ける。「そこには何かの樽がひとつあったみたいね」

デヴィルは眉をあげた。「きみの鋭い観察力はボウ・ストリートで役立ちそうだな」

フェリシティがにっこりする。「帰りに寄ってみようかしら。ここには何があったの？」

「氷だ」

「うーん。わたしはお酒だと思うんだけれど。ほかに何があったか当ててみせましょうか」

デヴィルは腕組みしてそっけなく応じた。「どうぞやってくれ」

フェリシティは自信たっぷりに彼を指した。「税金を払わずに国内へ運びこんだ品物でしょう」自信満々の彼女に、デヴィルはアメリカ製のバーボンだとつい教えそうになった。ついやってしまいそうなことが多すぎる。

ついフェリシティを抱きあげて、推理している彼女の唇をふさいでしまいそうだ。

だが、そうはしなかった。

代わりに両手をこすりあわせて息を吐きかけた。「すばらしい推論だ。だがここは凍える。上に戻って、一市民の不正を告発したらどうだ？　きみの主張にはなんの証拠もないが」

「上着を着てくればよかったのよ」フェリシティはデヴィルに向かって手を払い、自分は氷のブロックの壁のほうへと戻った。「この氷はこれからどうするの？」

「ロンドン中に配達する。個人宅や精肉店、菓子店に飲食店。それからおれの上着はきみが着ている」

「それはみんな助かるでしょうね。ベストは持ってきていないの？」

「氷は売り物だ。そうでなければ扱ってない。おれは肉体労働のときは通常、正装はしない」

「それには気がついていたわ」低く柔らかな言葉にデヴィルは注意を引かれた。

「気がついていた、か」

「だって無作法な格好でしょう」彼女は身構え、声が大きくなった。「どうすれば気づかないでいられるというの」

デヴィルはフェリシティに近づいた。自分を止められなかった。フェリシティが彼から離れて後ろへさがり、氷にぶつかった。氷の壁に手をやり、その冷たさにすぐさま引っこめる。

「気をつけろ」

「わたしが凍死するのが心配？」

デヴィルは本心を口にした。「きみが氷を溶かすのを心配している」

フェリシティは片方の眉をあげた。「忘れているみたいね。わたしはまだ炎になることを学んでいないのよ」

なぜそこでやめなかったのかは永遠の謎だ。なぜランタンを奪い取り、彼女を連れだささなかったのか。「きみは炎だ、フェリシティ・フェアクロス。誰も彼も焼きつくそうとする炎。恐ろしく危険だ」

「あなたは平気でしょう」フェリシティの静かな言葉がセイレーンの歌声のごとく、デヴィルをさらに引き寄せる。「あなたはその身を焦がすほどわたしに近づきはしない」

すでに充分近い。「じゃあ、きみはほかのやつに狙いを定めたままでいろ」

いいや、おれに狙いを定めるんだ。

ふたりでともに燃えあがればいい。

デヴィルはフェリシティに触れられるほど近づいていた。「じゃあ、わたしに教えてくれるのね？」

なんでもしよう。フェリシティが求めるならなんであろうと。

「男性を夢中にさせる方法を教えて」

ああ、そそられる提案だ。彼女はそそられる。

ユアンがフェリシティに夢中になれば、彼女を奪い取られたときの傷はさらに深くなる。

あいつの情熱が燃えあがれば、より大きな罰となる。

しかし、それだけではすまない。フェリシティにも影響が及ぶ。もしフェリシティが心を許してユアンに情熱を抱いたら、婚約破棄によって彼女は破滅するだけでなく、打ちのめされるだろう。

フェリシティは自分にはなんら関係のない、構想二〇年のこの戦いの犠牲者となるのだ。ど真ん中に立たされて、傷つけられて。こんな計画ではなかった。

嘘をつけ。最初からその計画だっただろう。

計画の狙いは、こちらはいつでも目的を達成できるとユアンに示すことだ。ユアンは母親違いのきょうだいのお情けで生かされているだけなのだと。ユアンが始めようとする結婚を、こっちは終わらせることができるのだと。ユアンを終わらせることができるのだと。

情熱についてフェリシティ・フェアクロスに手ほどきすれば、この計画を実行に移す最も手っ取り早い手段になる。フェリシティがまだ公爵の愛を得ようとしているうちから彼女に言い寄っておいて、いざ結婚となったら彼女を誘惑して奪い去り、明確な警告をユアンに送りつける——跡継ぎはなし。結婚はなし。自由な意志はなし。おまえにはすべてなしだ。

それがみんなで決めたことではなかったか？　夜の闇の中、きょうだいで交わした約束。デヴィルたちのことを連綿と続くマーウィック公爵家の跡継ぎ候補としか見なさなかった怪物のような父に操られ、罰を与えられていたあの頃に。

三人の少年は、父が求めるものを決して与えないと誓ったのだ。

しかし、競争に勝利したのはユアンだった。爵位と屋敷、財産、そして父が差しだした世界を手にすると……ユアンは誓いを破ってさらに求めた。そもそもユアンのものではなかった公爵家の跡継ぎを。

嫡出子を名乗るために人殺しまでしかけた非嫡出子が、今度は別の望みを抱いたのだ。決して抱かないと誓った望みを。

だから教訓を与えてやるのだ。

それはフェリシティもまた教訓を学ばされることを意味している。

デヴィルは彼女の手からランタンを取りあげてそばの氷のブロックにのせた。白く濁った氷に光が揺らめいて、灰色がかった不思議な緑色にぼんやりと輝く。喉が激しく脈打つのが見えるほど、フェリシティはそばにいた。

いや、見えていないのかもしれない。激しく脈打っていてほしいと自分が願っているだけかもしれない。

それとも、激しく打っているのは自分の心臓だろうか。

熱意に満ちたフェリシティの美しい目をとらえて、顔を近づけた。「本当に扉を開けていいのか、錠前破りのお嬢さん《レディ・ロックピック》？」言いながら自分の言葉を嫌悪した。イエスなら、フェリシティは破滅するとわかっている。デヴィルは彼女を破滅させるしかなかった。

だが、フェリシティはそれを知らない。知っていたとしても、気にしていない。彼女の瞳は輝き、蠟燭の炎が深い茶色の奥底で揺らめく。「もちろんよ」

彼女に抗える男はこの世にいない。

だからデヴィルは抗おうとしなかった。

手を伸ばしてフェリシティの頬に触れ、ありえないほど柔らかな肌をかすめつつ、顎の骨をたどって髪の生え際まで指をあげていき、波打つマホガニー色の豊かな髪に差し入れる。錠前を破るときに使ったヘアピンで留めてある髪が、デヴィルの指をからめとった。彼の指の感触にフェリシティが口を開き、息をのむ柔らかな音が彼女の興奮を、彼女の欲望を伝えた。

彼の欲望を。

デヴィルは空いているほうの手でフェリシティの顔の反対側に触れ、探索した。なめらかな肌を、頬の起伏を、彼女がデヴィルをからかうときにえくぼが浮かぶ口の端を楽しむ。顔を寄せたのは、えくぼに口づけたくてたまらなかったからだ。彼女の肌を味わいたくてたまらなかった。

「目隠し遊び」フェリシティがささやいた。「あなたの手は……あの遊びみたい」

子どもの遊びだ。目隠し鬼がつかまえた相手をさわって名前を言い当てる、カントリーハウスでの余興。これから先、デヴィルは触れただけでフェリシティ・フェアクロスがわかるだろう。「目をつぶってくれ」

フェリシティが首を振る。「目隠し遊びはそうするんじゃないわ」

「これは遊びじゃない」

彼女の視線がデヴィルの目をとらえる。「違うの？」

いま、この瞬間は違う。「目をつぶってくれ」デヴィルは繰り返した。フェリシティが従うと、デヴィルは近づいて顔を寄せ、彼女の耳に唇を押し当てた。「きみが感じることを話すんだ」

自分がフェリシティに影響を与えているのが音でわかった。息が彼女の胸につかえ、ほっそりとした長い喉を通って震えながら吐きだされる。呼吸するのが苦しいかのように。

その感覚なら理解できた。フェリシティの片手がデヴィルの肩の上へとあがり、触れることなく彼を焦らすとなおさらだった。デヴィルが再び口を開くと、彼女の高い頬骨に、口づけをしたい場所に吐息がかかった。「フェリシティ、誰より美しい人……」彼はささやいた。

「何を感じる?」

「わたし……」フェリシティは言いよどんでから口にした。「寒くないわ」

ああ、そうだろう。「何を感じる?」重ねて問いかけた。

「わたしは……」彼女の手がデヴィルの肩に置かれる。その重みは火のようだった。デヴィルはうめき声をのみこんだ。肩に手が触れたぐらいで大の男がうめき声をあげたりなどしない。

たとえそれが凍える部屋ではありえないほど熱い炎であっても。

「何を感じる?」

「感じているのはたぶん……」

言ってくれ。そう念じる言葉は、何十年も前にデヴィルを見捨てた神への祈りだった。そもそも神に祝福されていたらの話だが。言ってくれ。きみにすべて与えられるように。

そう口に出してしまったのだろうか、暗がりで黒く見えるフェリシティの美しい茶色の瞳が彼の目をとらえる。彼女の指がデヴィルの肩をつかみ、空いている手が彼の胸板に置かれた。驚きと不思議な確信に満ちた声でフェリシティがささやく。「欲望よ」

「ああ」デヴィルはさらに体を近づけ、彼女をつかんで引き寄せた。口づけをこらえる力をどこからか見つけだす。「おれが感じているものも同じだ」

フェリシティが目を閉じ、黒みがかった長いまつげが、氷に反射する幻想的な光を浴びて輝く肌に一瞬影を落とす。そのあと彼女が再び目を開いて、ふたりの視線が交わった。「わたしの鍵を開いて」フェリシティがささやいた。

その言葉は奇妙で完璧で抗いがたく、デヴィルは命じられるがままに、指を彼女の髪へ滑りこませて親指で頬を撫で、唇を一度、さらにもう一度重ねてそっと味わった。柔らかく、ありえないほど甘やかだ。

顔をあげ、ふたりのあいだにわずかな隙間をつくって、フェリシティに目を開けさせた。フェリシティの指がデヴィルのシャツを握って引っ張り、彼を引き戻そうとする。「デヴィル？」

デヴィルは自分を止められずにかぶりを振った。「小さかった頃」顔を寄せ、少しだけゆっくり唇を触れあわせる。「ハイド・パークの五月祭に潜りこんだ」次の口づけはもっと長く、罪のように愛らしいフェリシティのため息で終わった。フェリシティの頬に唇を押し当て、えくぼが浮かぶ口の端にキスをして、彼女が唇を重ねようとするまで舌で探る。不意に話を聞いてほしくなり、デヴィルは体を引き離した。「綿菓子を並べた出店があった。真っ白で雲のようにふわふわしていて……あんなものは見たことがなかった」

フェリシティはデヴィルを見つめている。デヴィルは身を寄せてやさしく口づけると、我慢できずにふっくらとした彼女の下唇に舌を這わせた。舌で触れるなり、フェリシティの唇から力が抜けて彼のために開かれたのがいとおしくてたまらない。

「子どもたちは買ってとねだり」デヴィルはささやいた。「親たちはお祭り気分で、普段より財布の紐がゆるんでいた」

フェリシティが微笑む。「あなたも誰かに何か買ってもらった？」

「おれは一度も誰かにものを買ってもらったことはない」

彼女の笑みが消えた。

「おれはほかの子どもたちが綿菓子を買ってもらうのを見つめ、連中があの白い雲の味を知っていることを憎んだ」言葉を切る。「ひとつ盗みそうになった」

「盗まなかったのね？」

盗む前に警備員に追い払われたのだ。「それから何年も、おれが想像している味のほうが実際の味よりずっといいと自分に言い聞かせた」

フェリシティがうなずく。「どんな味だと思っていたのか聞かせて」

「わかるだろう。きっと実際の味は想像に遠く及ばない。おれが想像してるほど、甘く罪深く美味なことはありえない」　さらに近づくと、言葉が吐息となってフェリシティの唇にかかった。「だがきみは……」唇を彼女の唇に滑らせた。シルクの感触だ。「きみの味は、フェリシティ、おれが想像したすべてかもしれない」もう一度唇を滑らせた。彼女の口から漏れた小さな声が、デヴィルにみだらで甘美な行為を求めさせる。「それ以上かもしれない」

フェリシティの指に力がこもり、彼のリネンのシャツを破りそうになった。「デヴィル」

「代わりにきみを盗むことにしよう」そう言ったのは、事実として受け取るべきその言葉を、彼女がいまの話の続きとして受け取ることがわかっていたからだ。「おれはきみを盗む」告白を繰り返した。「きみを盗み、おれのものにする」

「わたしが許せば、盗みにはならないわ」フェリシティがささやく。

愚かな女性だ。もちろん盗みになる。しかし、それで彼が思いとどまることはない。

16

フェリシティは甘やかでくらくらするほど官能的で、綿菓子のように柔らかい。罪であり、本能であり、自由であり、喜びであり、それらすべてを凌駕《りょうが》する存在であり、彼によくないものをもたらす存在でもある。生まれてからずっとデヴィルを待ち続けていたように身をゆだねてきた彼女の味と唇の感触に彼は溺れた。

フェリシティ・フェアクロスは完璧で、デヴィルは完璧なものを初めて味わった。

彼女は約束の味がする。

ため息をついたフェリシティを、うめき声とともにさらに引き寄せた。デヴィルがフェリシティの髪に指をくぐらせて絡めていると、彼女がざらざらしたデヴィルの頬に手を伸ばしてくる。そしてそっと爪を立てるように指先を滑らせ、彼の頭を引きおろした。待ちわびた時間に見合うキスをしようと決意を固めているかのようだ。

くそっ、自分だってそうしたい。

すばやく腕を巻きつけてきつく抱き寄せると、フェリシティが驚いて息をのむ。「さっきもこうしたかった。荷が運ばれるのをきみが見てたとき」

なぜこんなことをぺらぺらしゃべっているのだろう。フェリシティが伸びあがって額を合わせ、ささやいてくる。「こんなふうに抱きしめてもらいたかったの」

そう聞いて、抵抗できる男がいるだろうか。デヴィルが再び唇を合わせてそっと舌で促すと、彼女はため息をついて口を開き、シルクのごとくなめらかな熱を放つ甘やかな内部を明け渡した。平凡な行き遅れの壁の花であるフエリシティ・フェアクロスが、堕天使のように舌を絡めてキスを返してくる。

くそっ、彼女は女神だ。

デヴィルは夢中で味わった。彼女の悦びを、ため息を、柔らかなうめき声を。フェリシティの外套――彼の外套を開き、震えの走った体に両手を置く。すると彼女が息をのんでキスをやめた。「寒いのか？」何を言っているのだろう。当然、寒いはずだ。氷に囲まれているのだから。「デヴィル！」

「いいえ。燃えるように熱いわ」フェリシティがあえぐように言い、デヴィルのシャツをつかんで引き寄せる。

彼女につかまれて、デヴィルは恍惚《こうこつ》となった。フェリシティはすばらしい。闇の女王だ。デヴィルはフェリシティを包んでいる外套の襟を押し開き、なおも引き寄せようとする彼女に抗いながら、ピンクと白のドレスの上の自分の両手を見つめた。暗くて汚くて罪深いこの場所に、美しいドレスはまるでそぐわない。だがフェリシティがいくらこの場所にそぐわなくても、触れるのをやめようとは思わなかった。

「たしかに火傷《やけど》しそうに熱い」デヴィルは自分の手の動きを目で追った。フェリシティの体の側面をたどり、シルクのドレスの襟ぐりに向かっている。そこを越えると、信じられないくらい柔らかな肌にたどり着いた。肌に直接触れるとフェリシティの息遣いが荒くなり、悦びが伝わってくる。「火についてのレッスンは必要ないな。もうこんなに燃えてるんだから」

フェリシティがうなずいた。「自分でも感じるわ」

そう聞いて、微笑みそうになる。「そいつはよかった」

「ねえ……」一瞬口をつぐんで、すぐに続ける。「もう一度キスをしてくれる？」

もちろんだ。「どこに？」

彼女が目を丸くする。「どこにって、どういうこと？」

「じゃあ、どこが気に入るかいろいろやってみようか？」

フェリシティの唇が魅力的な弧を描いた。「ええ、お願い」

デヴィルは女性からの頼みを拒むつもりはまったくなかった。彼女の腰を両手で引き寄せ、顎に唇を寄せて輪郭を舌でなぞる。「ここはどうだ？」

「ええ、なかなかいい感じよ」フェリシティがため息をつく。

「なかなかいいより、もっと適切な場所がありそうだな」彼女の長い首に軽く歯を当て、下に向かって滑らせる。「じゃあ、ここは？」デヴィルは短く刈った髪を撫であげられ、頭皮にこすれる爪の感触に体に震えが走った。フェリシティの首と肩のあいだに唇をつけて、吸いあげる。ただし跡はつけないように注意した。つけたくても、それは許されない。彼女がすすり泣くような声をあげるのが聞こえて、顔をあげる。「その声はどういう評価を意味してるんだ？」

目を合わせてきたフェリシティの表情に、デヴィルは彼女を腕に抱いたままくずおれそうになった。「はなはだいい感じだわ」

フェリシティがからかっているのがわかって、デヴィルはうれしくなった。下腹部が張りつめたのでズボンの紐をゆるめたあと、彼女の腰をつかんで持ちあげ、後ろの氷の上にのせる。驚いたフェリシティが小さく悲鳴をあげるのを無視して、すかさず彼女の脚のあいだに体を入れた。たっぷりとしたスカートが邪魔して密着はできないが、おそらくそのほうがいいのだろう。

いや、おそらくではなく確実にそうだ。

最高に腹立たしくもあるが。

「これって……」フェリシティがあえぐように言って、口をつぐむ。

デヴィルは再び彼女に手を伸ばした。「レディがするようなことじゃない」

フェリシティがうなずいて唇を噛む。「ええ。でも、そんなのはどうでもいいとわかったの」

デヴィルは思わず噴きだした。

「とてもいいわ。別の場所も試してみて」そう言われて、笑いがうめき声に変わる。

フェリシティを引き寄せながらスカートの下の足首に手を伸ばすと、柔らかい肌に触れた。

「ストッキングをはいていないんだな」耳元でささやく。

「六月ですもの」

「六月になると、レディもストッキングをはかなくてよくなるのか？」

彼女がうろたえてうなだれる様子を、デヴィルは楽しんだ。「誰かに見られるなんて思わなかったのよ」

「おれにも見えない」もどかしい思いを声にのせると、フェリシティが笑い、デヴィルはうれしくなった。

「触れられることはもっと想定していなかったわ」

「そうか」デヴィルは手を上に向かって移動させた。「熱く燃える炎であることの問題点はそこにある……夏の虫が引き寄せられてしまう」

「どんなふうに？」フェリシティがささやく。

そう訊かれて、やってみせないわけにはいかない。デヴィルは唇を重ねると、スカートを押しあげながら手をさらに上へと向かわせた。膝を越えるとなめらかな長い脚があらわになったので、腿を持って引きあげ、体を寄せる。だがフェリシティがこの動きに応えて腰を氷の端まで近づけてくれなければ、デヴィルが思っていることはできない。デヴィルは肩の線に沿ってキスを繰り返し、胸の上部の曲線をたどってドレスの襟ぐりまでたどり着いた。

「ここはどうだ」レースのような白い生地からのぞいているふくらみの上に唇をさまよわせ

る。ボディスをつかんで下に引くと、胸の先端がわずかにのぞいた。「ここは？」のぞいた部分に舌を這わせると、そこが立ちあがってうれしくなる。フェリシティが未知の感覚に鋭く息を吸ったとき、デヴィルは顔を離した。

「寒いか？」

フェリシティは首を振った。「いいえ、そうじゃないの」彼の頭に置いた手に力をこめ、身を乗りだして離れた距離を詰める。「お願い、もう一度して」

きみが望むことならなんでもしよう。

デヴィルはうめき、唇と舌で存分に胸の頂を楽しめるよう、ドレスをさらに引きさげた。露出した部分に歯を滑らせ、突然さらにきつくなったズボンの前を彼女に押しつける。胸の先端を口に含んで最初は軽く、やがて強く吸いあげると、フェリシティは声をあげて暗闇の中で名前を呼んだ。「デヴィル」

〝デヴォンだ〟彼は心の中で訂正したが、それをすぐに振り払った。彼をその名前で呼ぶ者は、ユアン以外にいない。当然女性に呼ばれたことはないし、フェリシティ・フェアクロスを最初の女性にするつもりもない。

彼女には別のことを許すつもりだ。デヴィルに触れることを。フェリシティが望む場所にデヴィルの口を導くことを。欲望で脈打つ彼のものに体を押しつけることを。自分がどんな運命を招き寄せようとしているのか、フェリシティが気づいていないとしても。「お願い――」

「わかってる」デヴィルは彼女と体をぴったり合わせたまま身を揺すって、これから与えようとしている悦びの片鱗を味わわせた。フェリシティがすぐにこつをのみこんで、自分から体をすりつけてくる。デヴィルは思わずうなると、胸の先端をさらに深く口に含んだ。デヴィルの頭に顔を押しつけていたフェリシティが、唇と舌を駆使した愛撫に声を漏らす。それを聞いてデヴィルはぞくぞくした。彼女は自ら体をすりつけている。まさに火のような女性だ。

そして自分もまた熱く燃えている。

フェリシティを氷の上に横たえ、手と口と脚のあいだにあるものを使って彼女の全身をあがめたかった。デヴィルが悦びを与えるあらゆる方法をフェリシティが知りつくすまで。きっとそうさせてくれる。いまもデヴィルから得る悦びに没頭して密着させた体を揺らし、もっと欲しいと懇願しているのだから。「お願い」彼女がため息をつく。

今夜はだめだ。

デヴィルはなんとか欲望を抑えて吸いついていた胸から離れ、フェリシティの腿を包む下着の縫い目を撫でていた手も止めた。

〝まだだ。まだ結婚予告は公示されていない〟

ユアンへの復讐を企てた頭の奥から、ささやきが聞こえた。きょうだいであるユアンを二〇年間憎んできた。父のことはさらに前から。

だが、フェリシティ・フェアクロスは憎しみとは遠く隔たった存在だ。

この先もそうとは言えない。彼女がデヴィルを憎む日がやってくる。

そのとき鋼鉄の扉を叩く重い音が響き、ふたりは振り返った。扉は施錠されていないが、ウィットとニクは声をかけずに開けるようなまねはしないはずだ。そもそもよほどのことがなければ、ノックさえもしてこないはずだ。

デヴィルがすばやく体を引いたので、彼の頭に置かれていたフェリシティの手が滑り落ちた。デヴィルは急いでフェリシティのスカートをおろして脚を隠し、彼女とのあいだに距離を取った。洞窟のような空間にふたりの荒い息遣いだけが響く。

彼に向かって手を伸ばすフェリシティは女神のようだ。

デヴィルはなんとか自制心をかき集めて首を振った。「だめだ。今夜はもう終わりだ、炎のお嬢さん《レディ・フレイム》」

「でも……」その声から、フェリシティもデヴィルと同じく欲求不満に陥っているのがわかる。彼を求めている。最後まで突き進みたいのだ。だが幸いにもフェリシティ・フェアクロスはそれをどう言葉にすればいいのかわからないらしく、懇願するような目をただ向けている。「お願いよ」

デヴィルもどれだけその思いに応えたいことか。

だが、今夜はだめだ。まだ早すぎる。

本当は時期の問題ではなく、そもそもフェリシティの望みに応えるべきではないのだ。

再び扉を叩く音が響く。性急な音は、無視するなとせかすようだ。

デヴィルはフェリシティのドレスのボディスを整え、震えている彼女に外套をきつく巻きつけた。フェリシティもようやく寒さを感じはじめたらしい。「さあ、行こう」デヴィルが言うと、フェリシティは彼の言葉に従い、氷のあいだを通って扉へと向かう彼のあとを追ってきた。

扉の向こうでニクが言う。「またロンドン第二区の荷馬車がやられた」

デヴィルは毒づいた。「なんだと？　まだ出て一時間しか経ってないじゃないか」

「貧民窟を抜けるには充分な時間だよ。出たところで待ち伏せされた。ロング・エーカーを渡る直前に止められて、賊はメイフェアのほうに逃げた」

すでに貯氷庫から出ていたふたりの背後で、鋼鉄の扉が音をたてて閉まる。施錠する暇も惜しんで一行は暗くて長い通路を進み、倉庫にあがる昇降口へと向かった。

「何があったの？　当局にやられたとか？」フェリシティがすぐ横で尋ねる。

デヴィルはフェリシティの頭の回転の速さをうれしく思う一方、いらだちも感じながら彼女を見た。「どうして当局が氷を欲しがるんだ」そう返したあと、すぐさまニクに視線を戻す。「荷馬車に乗っていた者たちはどうした？」

「ディヌーカは戻った」乗馬従者のひとりだ。「襲撃してきたやつらに撃ち返したって。ひとりには当たった手ごたえがあったみたい。こっちはナイルとハミッシュが撃たれた」

「なんてことだ。通る道を変えたのに」この二カ月で三度も襲撃されたことになる。

デヴィルの悪態はフェリシティの驚きの声にかき消された。「誰に撃たれたの？」

ニクがフェリシティに言う。「わからない」

それがわかっていたら、襲撃をかわせるよう手を打てていた。デヴィルが悪態をついているあいだに、ニクがはしごの下に着いてのぼりはじめる。ナイルはバスターズの中でも腕のいい乗馬従者のひとりだ。スコットランド生まれのナイルは子どものときからデヴィルたちとともにいる。兄のハミッシュもその頃はまだ、髭も生えていなかった。

「生きてるのか？」はしごをあがるフェリシティに手を貸そうと振り返ったニクに、デヴィルは声を張りあげて訊いた。

ニクが上から返す。「それもわからない」

デヴィルは上に出たフェリシティにランタンを渡しながら、再び毒づいた。下に手を伸ばすフェリシティは、もう一〇〇回も同じことをしているかのように落ち着いている。「デヴィル」その声に同情がこもっているのが気に食わない。デヴィルの中でいま感情が吹き荒れていることを、フェリシティは理解している。やられたのはデヴィルの仲間で、彼らの安全を守るのはデヴィルの務めだ。

なのに、今夜は三人の仲間の身の安全が脅かされた。

デヴィルはフェリシティから目をそらして、貯氷庫を見つめた。

今日の出来事は間違いだった。

ランタンを渡してしまったので、あたりは闇に包まれている。デヴィルは四方から闇が押し寄せてくる感覚に耐えられなくなり、急いではしごをあがった。だがどうやっても闇からは逃れられない。彼は闇の中で生きている。

とはいえ、闇のすぐ外にフェリシティがいる。光であり希望でもある彼女は、この先デヴィルが手にすることのないすべてのものを象徴している。一度は約束されていたもの、一度は手にすることを夢見た輝かしく美しいすべてのものだ。

フェリシティの目に浮かんだ気遣いに、心が屈してしまいそうになる。

デヴィルは貯氷庫への昇降口を閉めるよう、ニクに指示した。

いったい何を考えていたのだろう。

いったい何をしていたのか。

フェリシティはこんな場所で生きていくべき人間ではない。彼の生き方を分かちあうべき人間ではない。デヴィルは未練を振り払うために頭を強く振ると、倉庫の入り口に向かって歩きはじめた。入り口にはウィットが見張りに立っていた。何物をも見逃がさない視線がデヴィルの腿の周辺に向いて、しばらくそこにとどまる。探るような気配に、デヴィルは手に力をこめようとして、フェリシティの手を握っていることに気づいた。

手をつないでいたなんて、まったく意識していなかった。

あわてて手を離し、ウィットが放ってきたステッキをつかんで外に出る。ジョンを呼ぶと、ライフル銃を手に屋根から飛びおりてきた。そこで足を止めずにフェリシティを手ぶりで示し、ジョンに命じる。「彼女を家まで送り届けてくれ」

フェリシティが鋭く息を吸う音が、倉庫前の空間に銃声のように響いた。「いやよ」

デヴィルは彼女に目を向けなかった。

ジョンがうなずく。「了解《アイ》」

「待って！」フェリシティが追いかけてきた。「何があったの？　どこへ行くの？　わたしも一緒に行かせて。手伝うから」

フェリシティはここから離れなければならない。ここにいればいるほど危険にさらされる。そしてデヴィルにとっての脅威にもなる。彼女が来ていなかったら、事態はいろいろ異なっていたはずだ。デヴィルが自ら荷馬車に乗っていたかもしれず、そうしたらナイルが撃たれることもなかっただろう。

ウィットを見てもその目は静かに凪《な》いでいて、デヴィルを責める気配はない。それでもデヴィルは罪悪感を覚えずにいられなかった。

いったい何をやっているんだ。家族がいて将来もある男たちが自分の名のもとで仕事をしているとき、情熱にまかせて貯氷庫で女性と戯れていたとは。そもそもフェリシティを入れたのが間違いだった。デヴィル自身、間違いだとわかっていたのに。

なんたるざまだ。

デヴィルはジョンに指示を繰り返した。「家まで送り届けろ。邪魔をするやつがいたら、撃ってもかまわない」

「了解《アイ》」ジョンは再び言うと、フェリシティの腕に手を伸ばした。「お嬢さん」

フェリシティはすばやく体を引いた。「帰らないわ」きっぱりした声に、ジョンが躊躇する。「デヴィル、わたしは役に立てる。相手が当局なら、侯爵の娘に危害を加えることはないはずよ」

デヴィルは足を止めて振り返った。いらだちを抑えられない。「ライフルで撃ってくるやつが、発砲する前に侯爵の娘かどうか確かめると思うのか？　相手が刺繍が得意で、二カ国語を操れて、カトラリーの並べ方を心得ているレディだってことを、くそ公爵の婚約者だってことを、やつらが気にかけると思うのか？」

フェリシティが目を見開いたことに満足して口をつぐむべきだったが、デヴィルはそうしなかった。腹を立てていた。自分に対してだけでなく、彼女に対しても。フェリシティはあまりにも無邪気で、この世は残酷で苦しみに満ちた場所だということをわかっていない。「気にかけやしない。一秒たりともな。それどころかやつらはきみを狙ってくる。太陽のように明るく輝いていて、ジャスミンの花の香りがするきみを。なぜなら、闇の中で育った男は光を手に入れるためならなんでもすると知ってるからだ」ぽかんと口を開けたフェリシティに追い打ちをかける。「役に立てるだって？」ユーモアのかけらもない笑いを漏らす。「何をするっていうんだ。鍵でも開けるつもりか？」

フェリシティが背筋を伸ばす。その目に傷ついた表情を見て取り、罪悪感を覚えた自分が、デヴィルはわずらわしくてならなかった。

「役になんて立ちやしない。きみはこれをゲームみたいなもんだと思ってるんだろう。闇の世界を新しいおもちゃだと思ってる。だが、よく聞くんだ。暗闇はお姫さまのためのものじゃない。きみはおとぎ話の中の塔に帰って、ここへは二度と戻ってくるな」

デヴィルは壁の花に背を向け、沈黙したままの彼女を置いて、背中に鞍《くら》をのせて待っている馬へと向かった。

しかし、フェリシティ・フェアクロスはいつまでも黙っているような女性ではなかった。

「じゃあ、わたしとの取り引きからは手を引くのね？」背後から尋ねる声は、セイレーンの呼びかけのように力強い。デヴィルは馬に乗って向きを変え、庭に散らばるランタンがつくりだしている陰の中に立つフェリシティを見つめた。彼とのキスのせいでほつれた後れ毛とスカートを風が揺らしている。

まっすぐに張った肩の線と誇り高くあげた顎を見て、デヴィルは胸が締めつけられた。

「きみには公爵がいるだろう？」

「彼との関係はあなたが約束してくれたものとは違う」

いまいましい情熱だ。あれほどの情熱をデヴィルはいままで経験したことがない。彼女の願いなど相手にするべきではなかった。いまのデヴィルは、フェリシティがユアンと同じ空気を吸うことすら邪魔してやりたいと思うようになっている。ましてやユアンが彼女に触れるなど許せない。「おれみたいな男の約束がどれほど当てにならないかはわかってたはずだ。取り引きは終わった。さっさと家に帰るんだ、フェリシティ。きみはここでは歓迎されない」

フェリシティはデヴィルを見つめている。再び口を開く前にここを離れるべきだとわかっているのに、デヴィルは体が動かなかった。そうこうするうちにフェリシティが話しはじめてしまったが、あざけりの言葉は鞭《むち》のように鋭かった。「だったら訊くけど、どうやってわたしを遠ざけておくつもり？　扉に鍵でもかけるの？」

いったいフェリシティは……まさか挑発しているのか？　彼が何者か知らないのだろうか。どういうたぐいの男なのかを。デヴィルは馬を降りようと身じろぎした。彼女のところに行って……。

なんてことだ。フェリシティに思いきりキスをしたいと思っている。

いったい自分は何をしてしまったんだ？

「デヴ」ウィットが馬の上から警告してデヴィルを止める。

いまはフェリシティ・フェアクロスに思い知らせるより大事なことがある。デヴィルは大きな黒馬の上から彼女を見おろした。凍りつくような冷たい目で彼がにらみつけると、フェリシティより大きくて強い男たちでさえひるむ。

いや、彼女より強いとは言えない。

「彼女を家まで送り届けろ」ジョンに視線を向けないまま、もう一度念を押す。

デヴィルの仲間が近づいてきても、フェリシティはデヴィルから目をそらさなかった。それどころか、マホガニー色の眉を反抗的にあげている。

デヴィルは馬を回してウィットに向けた。ウィットは無表情にデヴィルを見つめている。

「何が言いたい？」デヴィルは嚙みつくように訊いた。

「ジャスミンの花の香りがするって？」ウィットが淡々と言う。

デヴィルの悪態は、バスターズが仲間たちを救いだすため、フリート・ストリートへと馬を走らせはじめた音にかき消された。

17

「彼はもう死んでいるのかもしれない」

二日後の朝、フェリシティはそうつぶやきながら、丸い刺繡枠に張った布に乱暴に針を突き刺していた。ぎりぎりのところで指から流血する事態を免れ、憤然としたまま針を刺し続ける。

「別に死んでいたってかまわないわ。あんなひどい男、死んだって痛くもかゆくもないもの」誰もいないバンブル・ハウスの日光浴室《サンルーム》でつけ加える。

ただしあんな態度になる前のデヴィルは、ひどいところなどまったくなかった。

デヴィルのキスと愛撫はため息が出るくらいすばらしかった。人はあんなため息をつけるものなのだと、フェリシティは初めて知った。デヴィルはこれまで感じたことがないものを感じさせてくれる。「だからどうってわけじゃないけれど。結局はひどい態度に変わってしまったわけだし、いずれにしても死んでいる可能性が高いんだから」フェリシティは刺繡布に再び乱暴に針を通した。

〝死んでいないわよ〟

頭の中でささやく声がする。紙を探してきて、死んでしまったらなんにもならないと微に入り細を穿《うが》って諭す手紙をしたためたいという衝動に、フェリシティは抗った。いますぐ刺繡枠を暖炉に投げこんで、真っ昼間のコヴェント・ガーデンに行ってデヴィルの死を自分の目で確かめたいというさらに強い衝動にも抵抗する。

ほんの何時間か前に倉庫の下にある貯氷庫で不埒な行為を最後までともにしかけた相手なら、その死を感じ取れなかったはずがないという考えが頭に浮かぶ。そんな感覚は皆無だ。フェリシティはもどかしくてならなかった。

刺繡枠を膝の上に置いて、ため息をつく。「彼が死んでいないといいんだけど」

「何を言っているの、フェリシティ。もちろん死んでなんかいないわよ」サンルームの入り口から母の歌うような声が響いた。愛犬のダックスフント三匹の興奮した吠え声も聞こえてきて、ひとりの世界に浸っていたフェリシティはびくりとした。

彼女は振り返った。「何か用？」

侯爵夫人が片手を振りながら笑う。娘に動揺させられることを好まない母らしい笑みだ。

「本当に何を言いだすのかしら！　あなたがこの前お会いしたあと、いろいろとお忙しかったのよ」

フェリシティは目をしばたたいた。「ごめんなさい、お母さま。誰の話をしているの？」

「もちろんマーウィック公爵よ」母が返す。ダックスフントがひとしきり吠えたあと、刺繡用のバスケットをひっくり返す。持ち手にかじりついている愛犬を、侯爵夫人は甘い声で諭した。「だめよ、ロージー。そんなものをかじったら、歯によくないわ」

犬はうなっただけで、かじり続けている。

「別に公爵が死んだと言ったつもりはないけれど、そういう可能性だってないとは言えないと思うの。ここ数日会っていないから、生きているかどうかはわからないでしょう？」

「この五分のあいだに、あなたのお父さまが書斎で亡くなっていないという可能性に賭けましょうか」侯爵夫人は身をかがめて愛犬をバスケットから引きはがそうとしたが、うまくいかなかった。犬がかじりついたまま放さないので、バスケットごと持ちあげてしまった。

「お父さまがいらっしゃるの？」フェリシティは眉をあげた。バンブル侯爵が家にいるということは、何か深刻なことが起こっているのだ。

「もちろんよ。あなたの結婚がかかっているのに、ほかのどこにいるというの？」侯爵夫人がバスケットを引っ張ると、犬がうなった。「ローゼンクランツ、放しなさい。いい子だから」

フェリシティはぐるりと目を回し、刺繍枠を持ったまま立ちあがった。「書斎で話しているの？　わたしの結婚のことを？」

母が微笑む。「あなたの公爵が、わたしたちを貧乏から救うためにいらしてくださったのよ」

本音そのものの軽薄とも言える言葉を聞いて、フェリシティは体をこわばらせた。二日前の夜のデヴィルの言葉が頭にこだまする。〝きみの家族が貧乏の本当の恐ろしさがわかるほいま家族と暮らしている家でデヴィルの言葉を思い返してみると、自分たちが着ている流行の服や母の愛犬を見てしまうと、そう言われてもしかたがないと思える。母の犬はデヴィルのいる貧民窟の子どもたちよりいいものを食べているし、デヴィルのために働く少年たちより安全に過ごしている。

デヴィルのこれまでの人生はどんなものだったのだろう。

フェリシティはここ何カ月かはいやな思いをしているかもしれない。はっきりした理由を教えられないまま結婚するように促され、家族に対する失望だけがふくれあがっていた。それでも家族の愛情を疑ったことはない。身の安全が脅かされていると感じたことも、命を奪われる危険があると思ったこともない。

でも、デヴィルは違う。彼のキスや触れられたときの感触がわかっているのと同じくらい、それは明らかだ。フェリシティはデヴィルのことで頭がいっぱいになった。

デヴィルをつらい過去から救ったのは誰なのだろう。

それとも彼は、自分の力で這いあがるしかなかったのだろうか。

母の声でわれに返る。「世捨て人の公爵をつかまえるなんて、本当によくやったわね。あなたならできると思っていたわ」

フェリシティはかっとなった。「公爵たちの前に何度も放りだされたら、ひとりくらい引っかけられるものじゃないかしら」

母が眉をあげる。「まさか公爵との結婚に不満があるんじゃないでしょうね。前の公爵より今度の公爵のほうがずっといいと思うけれど」

「そんなのはわからないでしょう」

「ばかなことを言うんじゃありません。前の公爵は既婚者だったのよ」

「それでも、少なくとも感情は持ちあわせていたわ」

「結婚を申しこんでくれたんでしょう？」母の声がどんどん険しくなっていく。「感情なんてそれで充分じゃないかしら」

「実際は、結婚を申しこんではいないわ。わたしが相手として都合がいいと言っただけ。おかげで妻を探す仕事を終わらせられるって」

「正直に言ってくれただけよ。あなたが人の言いなりになるなんて初めてじゃないかしら。それから念のために言っておくけれど、あなたは〝はずれ〟じゃありませんからね。侯爵の娘で、伯爵の妹なんだから！」

「そして丈夫できれいな歯も持っている」

「そのとおりよ！」侯爵夫人が返す。

けれどフェリシティはそれ以上の存在だ。母にはそれがわからないのだろうか。夫を見つけて家族の窮状を救おうと必死になっている壁の花というだけではない。〝太陽のように明るく輝いていて、ジャスミンの花の香りがする〟のだ。

そのことを思いだすと、フェリシティの体に熱が広がった。二日前の夜にデヴィルがそう言ったとき、どういう意味なのか説明してほしいと迫りたいのを必死に我慢した。それは彼女がそれまでに言われた中で最もすてきな褒め言葉だったにもかかわらず、ちっとも褒め言葉に聞こえなかった。

〝闇の中で育った男は光を手に入れるためならなんでもする〟

フェリシティがどれほど闇を知りたいと思っているか、デヴィルはわかっているのだろうか。

だが知りたくてもそうできない。彼女の望みより家族の幸せが優先されるからだ。家族に残された希望はフェリシティだけ。彼らがつけたがっているくびきからフェリシティが二度と自由になれなくても、彼女が闇をのぞいていて光など求めていないと悟ったとしても関係ないのだ。

フェリシティが自分という炎に公爵を招き寄せたいと思っていなくても関係ない。彼女が別の虫の翅を焦がしたいと望んでいたとしても、彼らにはどうでもいいことだ。

しかもその虫は、フェリシティに引き寄せられたいなんて思ってもいない。

だから彼女はここで悶々《もんもん》としている。炎はまとわず、ただのフェリシティとして。

家族の最後の希望として。

フェリシティは母と目を合わせた。「公爵はわたしに会いに来たの？」

「いいえ、お父さまに会いにいらしたのよ。それとあなたのお兄さま。結婚に関わることを話しあうために」

「わが家の金庫をもう一度いっぱいにするために来たのね」

母が無言でうなずく。「彼は悪魔のように裕福だという話ですからね」

悪魔ならすでに知っているし、その悪魔は自分の知っている誰よりも裕福だと言いたかったが、フェリシティは自分を抑えた。そんなのは関係ない。デヴィルの金がバンブル侯爵を救うことも、フェリシティの兄を破滅の淵《ふち》から助けだすこともない。

では、フェリシティのことはどうだろう。デヴィルは彼女を救ってくれるだろうか。

それはない。デヴィルのお金はフェリシティを救うためのものではなく、デヴィル自身もフェリシティを救ってはくれない。

〝ここへは二度と戻ってくるな〟

頭の中で、彼の言葉が冷たく響いた。

フェリシティはマーウィック公爵との道を選ぶべく、この家にいる。デヴィルが約束してくれた公爵との道を。どうやってそんなことができたのか、デヴィルは教えてくれなかった。手を貸してくれた理由も教えてくれなかった。理由は必ずあるはずだが、フェリシティはそれを教えるに足る存在ではないのだ。家族にとってフェリシティが、彼らの計画や、恐れているものや、彼らを救うべき存在であることを教えるに足る存在ではないように。

マーウィック公爵にとって、彼女と結婚してもいいと考えた理由を伝えるに足る存在ではないように。

またしても鍵のかかった扉だ。

でも、今度は自分の力で開けてみせる。

フェリシティはため息をついた。「じゃあ、わたしも行って挨拶したほうがいいわね」背後で何やら言っている母にはかまわず居間を出て、父の書斎の前に立つ。躊躇せずに力をこめて扉を叩き、父の「入れ！」という声が聞こえたときにはすでに取っ手をひねっていた。

フェリシティを見て、兄が立ちあがった。父は机の向こうに座っている。彼女が見渡すと、マーウィック公爵は部屋の奥にあるフレンチドアの前で、外を向いて立っていた。

「フェリシティ――」アーサーが口を開く。

「待ってくださいな！　ちょっとした行き違いなんですよ！」母が歌うように言いながら廊下から入ってきた。ダックスフント三匹も引き連れている。「行き違いです！」手を振りながら再び強調した。「殿方三人で大事な話をしているなんて、フェリシティは知らなかったのです、閣下」

それを聞いて公爵が振り返り、フェリシティを見る。「では、ここで何をしていると思っていたのかな？」

マーウィック公爵は普通の男性ではないとフェリシティは考えた。危険な感じはしないが、なんというか……非凡なのだ。「わたしたちの結婚について話しあっていると思っていましたわ。それにともなって、父と兄の財政状況をどうするのかについても」

公爵がうなずく。「たしかにその話をしているところだ」

彼はフェリシティも話しあいに加わるよう誘っているのだろうか。そもそも、公爵の許可が必要なのかどうかは疑問だけれど。「それなら、わたしが参加しても気にならないでしょうね」

母が怒りをにじませる。「いけません！　こういう話しあいは、女が口を出すべきものではないのよ！」

「フェリシティ」父も机の向こうから警告する。

フェリシティは公爵から目をそらさなかった。「こういう話しあいには女こそ参加するべきだと思いますわ。女に値段をつけるためのものなんですから」

「言葉を控えなさい」父の声が飛んでくる。これまでのフェリシティだったら、冷たい声で警告されれば部屋を出ていっただろう。礼儀正しくふるまい、従順ないい娘であるために。父のほうは、苦境を脱するための唯一の頼みの綱である娘にほとんど注意を向けようともしないというのに。

けれどもフェリシティは、もはや礼儀作法などどうでもいいことに気づいてしまった。黙って家族に売りに出されるつもりはない。将来を勝手に決められるのはまっぴらだ。彼らが手にしている切り札はフェリシティだけというこの状況で。

しかしマーウィック公爵が先に口を開いたので、フェリシティは何も言わずにすんだ。

「もちろんきみも同席すべきだ」公爵の言葉には誰も逆らおうとしなかった。再び窓のほうを向いた公爵を見て、フェリシティは金色に輝いている彼の髪に目を引かれた。まるで自身が光源をともなっているかのようだ。

ほかの女性なら、このうえなくハンサムだと思うだろう。実際、フェリシティも最初はそう思った。これまでに出会った中で一番のハンサムな男性だと言いもした。でももちろんそれは嘘だ。目の前にいた別の男性をもっとハンサムだと思っていたのだから。

はっきり言って、あるべきではないほどハンサムなため、腹が立つという言葉とともに彼にそう言ってしまいたくなった。

「話しあいはどこまで進んだのかしら」

「結婚の条件を話しあっていたところだ」

フェリシティはうなずいた。「わたし抜きでね」

「フェリシティ……」母が言い、マーウィック公爵に向き直った。「この子を許してやってくださいませ。不安を与えないよう、何も知らせずにおりましたので」

「それはわたしの将来を勝手に決めたかったからでしょう?」

「おまえを心配させたくなかったんだ」アーサーが言う。

フェリシティは兄を見た。「わたしが何を心配しているかわかる?」アーサーは答えなかったが、顔に罪悪感がよぎるのがわかった。やはりそういうことなのだ。「これだけいろいろあったあとでも、お兄さまが自分の心配しかできないことよ」

「黙りなさい。結婚とはそういうものだ」父が口をはさむ。「女は結婚を愛と絡めて考えたがるが、そういうものではない。結婚はビジネスだ。われわれはビジネスの話をしている」

フェリシティは父とアーサーを順繰りに見た。「それなら、わたしが本人の同意なく取り引きされる商品という立場を不安に思っていることはわかってもらえるわよね」

「きみが大勢の人々の前でわたしと結婚すると宣言した時点で、きみの同意は得られたと見なせるのではないかな」公爵がもっともな指摘をする。

フェリシティは彼に歩み寄った。「それでも、あなたたちが同意した条件にわたしが関心を抱いていることは理解していただけますよね」

婚約者は視線を外の生け垣に据えたまま、落ち着いた態度を崩さなかった。「もちろんだ。それらの条件は、きみが同意すべきものだから」

フェリシティはためらった。まさか公爵は味方してくれるつもりなのだろうか。表情からは何も読み取れず、判断が難しい。「そうですね。父と兄がわたしの代理として話しあいに参加していたことを忘れていました」

「フェリシティ――」アーサーが口を開く。

マーウィック公爵がさえぎった。「きみの代理を務められる人がいるとは思えない」

「それは侮辱ですか？」

「いや、そんなつもりはない」

彼は本当に変わっている。「それで？　わたしは何に同意したのかしら」

「結婚予告をすみやかに公示し、三週間後に結婚。そのあとはロンドンで暮らす。きみの選んだ家で」

「ロンドンに何軒も家を持っているんですか?」

「いや。だが金ならうなるほどあるから、住みたい家があるなら買ってくれていい」

フェリシティはうなずいた。「わたしたちがどこに住むのか、あなたは興味がないということでしょうか?」

「わたしたちがそこに住むわけじゃない。わたしは住まない」

フェリシティは驚いた。父はいらだったように顎に力を入れているし、母はかすかに口を開けている。アーサーは絨毯《じゅうたん》を見つめていた。フェリシティは公爵に注意を戻して確認した。

「つまり、あなたはそこでは暮らさないと?」

公爵はうなずくと、窓の外に広がる庭に視線を戻した。

フェリシティは彼を見つめた。「わたしとの結婚に興味がないんですね」

「そういうわけではない」公爵が気のない返事をする。

マーウィック公爵が炎に惹かれる夏の虫になるなんて、絶対にありえない。「それでも結婚はすると」

彼は黙っている。

フェリシティは目を細くした。「じゃあ、どういう結婚生活になるのかしら」

公爵が口角を片方引きあげて、皮肉っぽい笑みをつくる。「きみはとてつもなく裕福になる。そうすれば、自分のしたいことを見つけられるだろう」

フェリシティは口を開けた。母も呆然《ぼうぜん》としている。父は咳きこみ、アーサーはひたすら黙っている。

別に残酷な言葉ではない。公爵は怒ってもいなければ苦々しい顔をしているわけでもなく、彼女を不当に扱おうとしているわけでもない。ただ率直なだけだ。そのことに気づくと、フェリシティの頭に疑問が浮かんだ。いったい彼は何を企んでいるのだろう。「それはわたしが考えていた結婚生活とは違います」

「では、きみはどういうものになると考えていたんだ？」

「なんていうかもっと……」フェリシティは口をつぐんだ。

「われわれが愛しあうようになると思っていたのか？」

それは違う。結婚が愛に基づくものになるとは思っていない。少なくとも彼との結婚では。フェリシティがもっと若くて、相手が別の男性だったらそうなったかもしれない。特定の誰かというわけではなく、長身で、浅黒くて、金色の目と罪深い唇を持った空想の中の男性となら。

フェリシティはあわててその考えを押しやった。「いいえ」

マーウィック公爵はうなずいた。「わたしもそうは思わなかった」彼女が手にしている刺繍枠を見て、首をかしげる。「それは狐《きつね》かな？」

手を持ちあげて刺繍布を見たフェリシティは愕然とした。公爵が来ていると知らされて頭に血がのぼり、自分が何をしていたのかすっかり忘れていた。「ええ、そうです」

「それと雌鶏《めんどり》？」

そのとおりだった。オレンジと白の動物がつややかな茶色をした雌鶏を口にくわえている。

「ええ」

「驚いたな」

フェリシティは彼を見あげた。「ニードルポイントは得意なんです」

「そのようだ」刺繍を見つめたまま、マーウィック公爵が近づく。「だが、血が少々……」

フェリシティは彼の言葉を引き取った。「生々しい？」

公爵がうなずく。「ああ、生々しい」

「これを刺していたとき、腹を立てていたからです」

デヴィルは自分の縄張りからフェリシティを追い払い、武器を持ってどこかへ駆け去った。いま頃はもう死んでいるかもしれない。

〝死んでいないわよ〟

しかし、どちらでも関係ないのではないだろうか。デヴィルはフェリシティを追いやって、二度と戻ってくるなと言った。彼女を完全に拒絶したのだから、死んでいてもいなくても同じだ。そう考えると胸が締めつけられてしまう自分が、フェリシティはいやでならなかった。彼女のほうはデヴィルときっぱり縁を切る心の準備ができていない。デヴィルが生きている世界と縁を切り、彼が見せてくれた魔法の片鱗を完全に忘れる気にはなれないでいる。

だが、デヴィルはそれが簡単にできる。だからこそフェリシティはいま、このひどく変わった公爵と愛のない結婚の条件を話しあっているのだ。彼の求婚は魔法からはほど遠いというのに。

またひとりぼっちだ。

「きみはそうやって感情を表現するのか？　ニードルポイントで？」マーウィック公爵が不思議そうに訊いてくる。

「ひとり言も言います」

「まったくおまえは……頭がどうかしていると思われるぞ」

フェリシティは父に目を向けなかった。「別にかまわないわ。わたしだって彼のことをちょっと頭がどうかしていると思っているし」

「フェリシティ！」母は気絶しそうになっている。犬が一匹吠えはじめて、父の机の猫脚に飛びかかった。

「やめさせろ、キャサリン」父が母に怒鳴る。

「ギリー！　やめなさい！　かじっちゃだめよ！　ギルデンスターン！　いい加減にしなさい！」

犬はやめようとしない。

アーサーが天を仰いでため息をついた。

公爵が混乱した状況を気にする様子もなく、窓の外に視線を戻す。「では、結婚生活に関してはそれでいいだろうか」

フェリシティは特に言うべきこともなかったので、兄に視線を向けた。自分の目と同じくらい慣れ親しんだ兄の茶色い目には、懇願する表情が浮かんでいる。そして希望も。それを見て、フェリシティはどうしようもなくいらだちを感じた。「かまいません。わたしは結婚して、両親と兄はそのあと幸せに暮らすということで」

彼女の兄は少なくとも罪悪感を見せるだけの慎みは持っていた。

「お兄さまには幸せになる権利があるわ」フェリシティは声に悲しみが混じるのを抑えられなかった。胸に悲しみが広がるのも。「プルーと子どもたちにも。お兄さまたちはこれまで欲しいと願ってきたものをすべて手に入れ、幸せになる。そんな幸せをお兄さまにあげられてうれしいという気持ちもあるけれど、素直に喜べない気持ちもあって、その気持ちを手放せるときが来るのかどうかはわからない」

アーサーはうなずいた。「わかっている」

振り向くと、マーウィック公爵が初めて顔に退屈以外の表情を浮かべてフェリシティを見ていた。そこに見えるのは切望だろうか。だが、そんなのはありえない、頭がどうかしたこの公爵が何かを切望するなんてことがあるはずないし、切望の対象が彼女であることはさらにありえない。フェリシティは気がつくと言っていた。「庭を案内しましょうか」

「いや、まだ話しあいは終わっていない」父がいらだちを隠さずに口をはさむ。

「ああ、見せてもらおう」公爵は言い、フェリシティの父に向き直った。「あなた方を救うために投げる縄については、戻ってから話しあいましょう」

公爵は扉の取っ手に手をかけ、バルコニーに向かって押し開けた。それから脇に寄り、彼女を先に行かせてから外に出て扉を閉める。

フェリシティが一メートルも進まないうちに、マーウィック公爵が口を開いた。「きみの家族は好きになれない」

「ええ、わたしも。少なくともいまは」そう返してから家族をかばうべきだったと気づいて、フェリシティはつけ足した。「父たちも必死なんでしょうけれど」

公爵が彼女を追い越して、庭におりる石の階段へ向かう。迷いのない足取りは、フェリシティがついてくるものと思っているようだ。「彼らは本当に必死になるというのがどういうことかわかっていない」

そういえば、倉庫でデヴィルが同じようなことを言っていた。けれども貧民窟で聞いたデヴィルの言葉に比べて公爵の言葉は空虚に響き、フェリシティはいらだちを感じた。「王にも匹敵するほど裕福な公爵が、必死になることの何を知っているというんです？」

フェリシティは振り返った公爵の目に浮かんでいる表情に不安をかきたてられ、口をつぐんだ。「きみの父は侯爵で、兄は伯爵だ。たとえきみを誰かと結婚させなかったとしても、彼らが本当の貧困とはどういうものかを理解することは絶対にない。そして彼らがきみに対してわずかなりとも愛情を持っているなら、自らの幸せのためにきみを犠牲にしたことをいつか後悔するだろう」

真摯な言葉を聞いて、フェリシティは鋭く息を吸った。口を開いて閉じ、再び開く。「彼らは家族なんです。わたしは家族を守りたいんです」

「彼らがきみを守るべきだろう」

「あなたから？」

公爵が返答に迷う様子を見せる。「わたしを恐れる必要はない」

フェリシティはうなずいた。「だいたい、あなたは結婚してもわたしに触れるつもりはないんでしょう？　いったい何を怖がる必要があるのかしら。あなたの持っている札束に夢中になりすぎること？」

彼は笑わなかった。「きみはわれわれがベッドをともにするのを期待していたのか？」

その質問で、二日前の夜の出来事を思いだすべきではなかった。デヴィルが差しだした関係のことを。息ができなくなり、何も考えられなくなるキスのことを。もしそういうのが結婚した男女のあいだの普通の関係だとしたら、そんなものは期待していない。フェリシティはデヴィルとの記憶に紅潮した頬を冷やそうと、両手を頬に当てた。「わかりません。こんなことになるなんて、まったく予想していなかったんですもの」公爵が何も言わないので、代わりに質問する。「閣下はどうしてわたしと結婚しようと思ったんです？」

「そんなふうに呼ばないでもらえるとうれしいのだが」

フェリシティは首をかしげた。「〝閣下〟はおいやですか？」

「ああ、好きじゃない」

「わかりました」フェリシティはゆっくりと言った。言葉の内容より、ごく当たり前の要望を伝えるように淡々と頼んできたことに驚く。「どうしてわたしと結婚するんですか？」

マーウィック公爵は庭の遠い端にある生け垣を見つめたまま、視線を動かさない。「前にも訊かれたが、答えは変わらない。これは便宜結婚だ」

「そうだと聞いて、わたしは間違いなく喜びのあまり気絶したんですよね」

ちらりとこちらを見た公爵にフェリシティが微笑んでも、彼は笑みを返さなかった。「どうして家族のために自分を犠牲にする？」

「ほかに選択肢があるでしょうか？」

「自分の望む人生につながる選択をすることもできる」

フェリシティはそっと微笑んだ。「そんな人生を送っている人がいますか？」

「そういう機会に恵まれる者もいる」公爵はうわの空になっている。

「でも、あなたはそうじゃない」

公爵はうなずいた。「ああ、違う」

マーウィック公爵はどうしてこんなふうになったのだろう。彼は大勢の人々の上に立つ王子だ。ハンサムで、裕福で、高貴な称号を持っている。自らの将来をあきらめている公爵は、自分の望む人生を手に入れようとはせず、愛のない結婚を選んだ。「家族はいるんですか？」

「いや」答えは短く、感情がこもっていない。

たしか彼の父親は何年も前に亡くなっている。「お母さまは？」

「いない」

「きょうだいは？」

なんて悲しいのだろう。マーウィック公爵がこんなふうにひどく変わっているのも無理はない。「お気の毒に。わたしはいくら兄に腹を立てていても、兄がいなくなるなんて考えられません」

「どうして？」

フェリシティは考えこんだ。「いい兄だし、夫としても父親としてもいい人だから」

「夫や父親としてどうなのかは知らないが、いい兄と言えないのはたしかだろう」

フェリシティはきつく口を結んだ。

沈黙が続き、公爵はフェリシティがいることを忘れてしまったかのように、無表情なまま遠くの生け垣を見つめている。しばらくして、ぽつんと言った。「いいものだろうな。身近に過去を共有する人がいるというのは」

そのとおりだ。アーサーに腹を立てることは多いし、家族の財政状況を秘密にしていたことにはいらだちを感じずにはいられない。フェリシティの将来を犠牲にしてなんとか解決しようとしているのだから、なおさらだ。だがアーサーは兄であると同時に友人でもあり、フェリシティが不幸になることを願っているとは思えない。こんな事態になっているいまも、家族が彼女によかれと思ってしていることは信じられる。そもそも公爵との結婚は家族に強制されたものではない、フェリシティが言いだしたのだ。

でもいまはもう、公爵との結婚は望んでいない。

別のものを求めている。

別の相手を、別の未来を。不可能な未来を。でもそういう未来は公爵にとっては不可能ではない。そのことをマーウィック公爵に指摘すべきだと、フェリシティは思えてならなかった。「わたしと結婚しなければ……あなたは将来、別の相手を見つけられるんじゃないでしょうか？」

まるで遠いところにいるように心ここにあらずの様子だった公爵が振り向く。フェリシティは急に、彼がどれほど近くにいるかを意識した。葛藤が浮かんでいる美しい琥珀色の目を見ていると、なぜか別の目を思いだした。彼女が溺れそうになった別の目を。デヴィルに意識が向かいそうになったところで、公爵が返した。「わたしにはそういう相手を見つけられない」

「わたしはそういう相手ではありません」公爵に小さな笑みを向ける。

「わたしもそういう相手ではない」

たしかにあなたは違う。

フェリシティは息を吸った。「それでどうするんです？」

「どうするかというと、結婚予告を公示させ、月曜の『ニュース・オブ・ロンドン』に婚約の告知を載せる」公爵が淡々と言った。「三週間後にはきみは公爵夫人として新たな人生を歩みはじめ、きみの家族はかつての栄光を取り戻すというわけだ。ただしひとつ条件がある」彼が再び視線を生け垣に向ける。「キスをすることだ」

フェリシティは動きを止めた。「なんですって？」

「はっきり言ったと思うが。キスをしたいんだ」

「いま？」

公爵がうなずく。「そうだ」

フェリシティはきつく眉根を寄せた。自分が男性というものをよく知っているとは言えないが、目の前にいる男性が彼女にキスをしたがっていないことははっきりわかる。「どうして？」

「理由が必要か？」

「わたしと情熱的な関係になることには興味がないとあれだけはっきりおっしゃったんだから、正直に言って理由は知りたいですね」

公爵がふたりのあいだの距離を詰める。「たしかにそうだな。理由はキスがしたいからだ」

「でも……」フェリシティは口をつぐんだ。「一度だけ？」

マーウィック公爵が体を寄せ、広い肩とハンサムな顔で庭の景色をさえぎる。「一度だけだ」

いいじゃないの。公爵とキスをして、どのキスもデヴィルが貯氷庫でしてくれたのと同じくらいすばらしいものなのかどうかを確かめるのだ。

公爵との距離はわずかだ。「きみがいやだと言うなら、キスはしない」

フェリシティは彼を見あげた。もしかしたら、デヴィルとのキスは特別ではなかったのかもしれない。どういうことのない普通のキスだったのかどうか確かめればいい。「キスなんてどれも同じでもおかしくないわよね」小声で言った。別の男性とキスをしてみなければ、そうなのかどうかわからない。そこへ都合よく一度だけキスをする機会が訪れたのだ。

「ひとり言か?」マーウィック公爵の琥珀色の目は心の暴かれたくない部分まで見通してしまいそうだ。「初めてというわけじゃないだろう」

「そうだとしても、あなたには関係ないと思いますけど。あなただってこれが初めてのキスではないでしょう?」

公爵は返事をせずにフェリシティの腕をつかみ、午前中ずっと彼が魅了され続けていた生け垣に対して背を向けるように彼女の向きを変えた。なぜそんなふうにしたのかフェリシティには理由がわからなかったものの、公爵は満足してこれからすることに注意を戻し、かがみこんで唇を重ねた。

それは……どういうことのないキスだった。力強い感触の温かい唇に、なんの感慨も覚えない。フェリシティの心をまったく動かさないキスは、彼が文字どおりまったく動かないという点でも変わっていた。公爵は唇を押し当てたまま、彫像のように微動だにしない。見目麗しい彫像であるのはたしかだが、彫像であることに変わりはない。

このキスはデヴィルにされたキスと同じ次元にあるものではない。

フェリシティがそう悟るか悟らないかのうちに公爵が顔をあげ、火に触れてしまったかのように彼女を放した、火に触れたといっても、ひらひらと飛ぶ夏の虫が翅を焦がすのとは違う。医師による手当てが必要な火傷を負ったかのようだ。

公爵がフェリシティを見おろす。「運命は残酷なものだ、レディ・フェリシティ。別のときと場所でなら、きみは何もかも忘れてきみを愛してくれる別の公爵と出会えていたかもしれない」

フェリシティが何も言えないでいるうちにマーウィック公爵は彼女を横にどけ、生け垣に向かった。枝を押し分けて腕を突っこむ。

公爵は頭がどうかしてしまったのだろうか。

きっとそうだ。

フェリシティは恐る恐る近づいた。「あの……公爵？」

彼が茂みに半分体を入れたまま、うなった。

「失礼なことを訊くようだけれど、どうしてそんなに生け垣にご興味がおありなのかしら」

マーウィック公爵がどう答えるのか、フェリシティには見当もつかなかった。誰か、あるいは何かを思いだすとでも言うのかもしれない。おそらくその誰か、あるいは何かが彼をこんなふうに変わった人間にしてしまったのだろう。あるいは自然が好きなのだと返すこともありうる。そもそも彼はロンドンでは引きこもり公爵として知られていて、ずっと領地で過ごしている。だから特定の種類の鳥が見えて気になったとか、茂みの下に生えている草に目を引かれたと言われたら、納得するだろう。

しかし、公爵が少年を引きずりだすことだけは予想していなかった。

マーウィック公爵が立ちあがらせた少年を見て、フェリシティはぽかんと口を開けた。

「密偵が潜んでいると知っていたんですか？」

少年はせいぜい一〇歳から一二歳というところだろうか。豆の莢《さや》のようにひょろりと痩せていて、すすけた顔に帽子を目深にかぶっている。

フェリシティは近づいて帽子のつばを持ちあげ、挑むような海のごとく青い目を見て首を振った。「まさか」

公爵が少年に問いただす。「わたしを見張っていたのか？」

少年は答えない。

「違うな。それなら庭まで入っていなかったはずだ。家の前でわたしが出てくるのを待っただろう。つまり、見張っていたのはレディ・フェリシティということになる」

「おまえなんかに言うもんか」少年が生意気に言い返す。

フェリシティは鼓動が速まるのを感じた。「貧民窟から来たの？」

公爵は眉をあげたものの、口はつぐんでいる。

少年も黙っているが、何も言う必要はなかった。言わなくてもフェリシティにはわかった。パニックが体の中でふくれあがる。パニックと絶望が。「彼は生きているの？」少年が答えるかどうか迷っているのがわかり、彼女は身をかがめて目を合わせた。「生きているのね？」

少年が小さくうなずく。

とたんにフェリシティの体に安堵の波が広がった。「ほかのみんなも？」

少年が反抗的に顎をあげる。「体に穴は開いたけど、平気さ」

フェリシティは一瞬目をつぶって気持ちを静めた。「あなたの雇い主に伝言があるの」そう言って公爵に目を向ける。「もうすぐ結婚するから、わたしのことは気にしてくれなくても大丈夫だと伝えて。あなたの見張りも不要だと。わかった？」

少年がうなずく。

「あなたの名前は？」フェリシティはやさしく訊いた。

「ブリクストン」フェリシティが眉をひそめるのを見て、少年が言い訳をする。「おれはそこで拾われたから」

フェリシティはうなずいた。胸を締めつけられている自分がいやでならなかった。「ブリクストン、あなたはもう戻ったほうがいいわ」公爵に目を向けて頼む。「放してあげてください」

マーウィック公爵はつかみあげていることに初めて気づいたとでもいうように、少年を見おろした。「やつにキスのことを必ず言うんだぞ」そう言って地面におろすと、少年はあっという間に生け垣を越えて姿を消した。フェリシティはそれを未練がましく見送った。少年と一緒に行きたくてたまらなかった。

だがそう思うだけで、実際に行くつもりはない。

向き直った公爵は事の成り行きにまったく驚いていなかった。茶色い目に、さっきまではなかった満足げと言ってもいい表情が浮かんでいる。どうして満足げなのかは見当もつかないまま、フェリシティは大きく息を吸った。「ありがとうございます」

「少年の雇い主について、わたしに話したいか?」

フェリシティは首を振った。「そのつもりはありません」

公爵がうなずく。「では、これだけ聞かせてほしい。わたしは正しかったか? それとも間違っていたか?」

「なんの話でしょう?」

「さっきのキスが、われわれの小さな密偵に持ち帰らせる衝撃的な情報になりえたかどうかということだ」

フェリシティは一瞬、空想に浸った。公爵にキスをされたことをデヴィルが気にするという空想に。結婚予告が公示されるかどうかをデヴィルが気にしているという空想に。彼に追い払われたフェリシティが別の男性と人生を築いていく決断をしたことに衝撃を受けるという空想に。デヴィルが自分のしたことを後悔しているという空想に。

だが、どれもこれもとりとめもない想像だ。

フェリシティは婚約者と目を合わせた。「あなたは間違っていました」

18

デヴィルがここに来たのは、彼の仲間に勝手に伝言を運ばせるなとフェリシティに言うためだ。

自分には彼女より大事なことがあると言うため。退屈した壁の花であり錠前破りであるフェリシティよりはるかに重い責任を負っていて、彼女にかまう時間も興味もないのだと言うためだ。

デヴィルはフェリシティのものではなく、わずかでもそう考えることは許さないと伝えるため。

断じてユアンが彼女にキスをしたからではない。

そしてたとえユアンがしたキスのせいで来たのだとしても、相手がフェリシティだからではない。そのキスがユアンからの宣言だと、これから結婚して跡継ぎをもうけるという宣言だと理解したからだ。

どちらにしても、フェリシティのために来たのではない。

ブリクストンがキスの知らせを貧民窟に持ち帰ってから何時間も経たないうちにバンブ

ル・ハウスの裏庭を横切りながら、デヴィルはとにかく自分にそう言い聞かせていた。ブリクストンはユアンとフェリシティ・フェアクロスが結婚することと、もう見張りはよこすなと言われたことをデヴィルに伝えた。

デヴィルはステッキを脇にはさみ、フェリシティの部屋の窓まで続く薔薇《ばら》の絡んだトレリスをのぼりはじめた。ところがたいしてのぼらないうちに、彼女の声が下から聞こえた。

「あなたは死んだんだと思っていたわ」

驚いたデヴィルは木製のトレリスと薔薇の蔓《つる》に、自分でも認めたくないほど必死にしがみついた。フェリシティの声に胸が締めつけられ、鼓動が速まってしまうのがわずらわしくてたまらない。そこでこれは彼女のせいではないと自分に言い聞かせた。最後にフェリシティと会った夜にバスターズの荷馬車が襲われ、仲間たちが負傷した知らせを受け取ったことにまだぴりぴりしているからだと。仲間の面倒を見る代わりに彼女にかまけていた罪悪感にまださいなまれているからだと。

それだけだ。

デヴィルはフェリシティを見おろした。

それが間違いだった。

メイフェアに立ち並ぶ家々の屋根に反射した赤銅色の夕暮れの光が庭に差しこんで、フェリシティの髪とサテンのドレスを炎のように燃えあがらせている。彼女は今日もまたピンクのドレスを着ていて、光の魔法でそれが火のように輝いているのだ。だがそもそもドレスがピンク色をしていることに気づくべきではなかった。ドレスの下につけている下着がデヴィルの選んだものだろうかとか、その下着には彼が注文したとおりピンクのサテンのリボンが使われているのだろうかなどとは絶対に考えるべきではなかった。

だいたい、そんな注文をすること自体が間違っていた。

くそっ、フェリシティは最高だ。

そのことにも気づくべきではなかったが、気づかないなんて不可能だ。炎と罪からつくられたとしか思えない彼女は、このうえなく美しく危険な存在だ。フェリシティに向かってまっすぐに飛んでいきたいと、男なら願ってしまう。夏の虫ではなくイカロスのように。

ただし、デヴィルのための女性ではないことを肝に銘じておかなければならない。

「見てのとおり、おれは死んじゃいない」

「たしかに元気そのものね」

「そんなにがっかりしなくてもいいだろう」デヴィルは数十センチおりたあと地面に飛びおり、ステッキを手に持った。

「あなたは死んだんだと思っていたわ」繰り返すフェリシティの声を聞きながらデヴィルが振り返ると、ヴェルヴェットのような茶色の目が彼を誘っていた。

距離が近すぎるが、トレリスがすぐ後ろにあって、これ以上さがれない。「それで喜んでいたのか？」

「ええ、うれしくてたまらなかったわ」フェリシティはつんとして言い、すぐにつけ足した。

「あなたって本当に鈍いのね」

デヴィルは眉を跳ねあげた。「なんだって？」

「あなたはわたしを追い払った」二日前の夜の出来事も覚えていられない子どもに聞かせるように、フェリシティがゆっくりと話す。「あなたは銃にはまるで対抗できない武器を持って馬にまたがり、わたしのことなどすっかり忘れて闇の中に駆け去った。倉庫の外に立って、あなたは殺されるに違いないと思っているわたしのことなんか考えもせずに」頬を紅潮させ、小鼻をふくらませ、首の付け根をぴくぴく脈打たせている彼女は、いままでで一番美しい。

「あなたの忠実な仲間はわたしを辻馬車に押しこんで、ちゃんと家まで送り届けたわ。危険なことなんて何ひとつ起こっていないかのように」

「危険なことなんか何もなかった」

「そうね。でも、わたしはそのことを知らなかった！　あなたは死んだんだと思っていたわ！」フェリシティは声をうわずらせ、切羽詰まった様子だ。

デヴィルは首を振った。「おれは死んでない」

「ええ、そうね。単にろくでなしなだけ」フェリシティが向きを変えて歩きだすと、デヴィルは紐につながれた犬のようにあとをついていくしかなかった。

犬みたいだと考えるといい気分ではなかったし、ついていくのが適切なのかどうかは疑問だったが、いずれにしてもあとを追った。「気をつけたほうがいいぞ、フェリシティ・フェアクロス。おれの身を案じていたのかと思ってしまいそうだ」

「案じてなんかいないわ」彼女が振り向かずに言う。すねたような響きに思わず顔をほころばせかけたのが、考えてみると不思議だった。「フェリシティ？」

フェリシティがひらひらと手を振って、庭園の奥にある迷路のような背の高い植え込みへと入っていく。「勝手に庭に入ってきてはだめじゃない」

「きみが呼んだんだぞ」

フェリシティが振り返ってデヴィルを見る。さっきまではただ不満そうだったのが、明らかに怒っている。「呼んでなんかいないわ！」

「そうか？　おれを来させるために、伝言を託したんじゃないのか？」

「違うわよ！　ブリクストンを送り返したのは、わが家の生け垣に密偵を潜りこませるのはやめてと伝えるためよ」

「いや、明確なメッセージがこめられていたが」

「あなたを呼びだす伝言だと受け取ったのなら、ちっとも明確なメッセージじゃなかったのね」

「きみはいつだっておれを呼び寄せたいんだろう」

「わたしは……」フェリシティが口をつぐむ。「ばかばかしい」

デヴィルはフェリシティのほうへと向かう足を止められなかった。近づかずにいられない。

「きみは倉庫の外で、女王みたいに堂々とおれに挑戦状を叩きつけた。だけどおれが応じなかったから、きみはここに呼び寄せようと考えた。おれがきみを求めて必死になってここに来ると思ったから」

「あなたがわたしを求めて必死になるなんて想像したこともないわ」

デヴィルは身を寄せた。「思っていたほど想像力がないんだな。二日前の夜、何人もの前でおれとはまだ終わりじゃないと宣言してなかったか？」

「あら、それは違うわ。わたしはコヴェント・ガーデンとの関係は切れないと言っただけ。全然意味が違うもの」

「コヴェント・ガーデンがおれの支配下にある場合はそうじゃない」

フェリシティは再びデヴィルに背を向けると、生け垣に囲まれた道の奥へと歩きだした。

「あなたにその自己中心的な考えを捨てさせるのは忍びないけれど、あなたのことなんてまったく考えていなかった。ただしあなたへの見返りをいつでも支払えるようになったから、それだけ伝えておこうと思って」

デヴィルはフェリシティの言葉が気に入らず、真顔になった。「おれへの見返り？」

「そうよ」フェリシティが肩越しに振り返る。「あなたのレッスンはちゃんと役に立ったって聞いたらうれしいんじゃない？」

彼女に何を言われるかといろいろ予想はしていたが、これにはデヴィルは平静でいられなかった。「レッスンってなんだ？」

「もちろん、情熱のレッスンよ。今朝、公爵がここに結婚の条件を話しあいに来たの。わたしも自らお相手をしたわ」

デヴィルは思わずステッキを握りしめた。仕込んだ剣を抜いて、いまいましいユアンの首に切りつけたい衝動に駆られる。「お相手ってなんのだ？」

フェリシティが体ごとデヴィルのほうを向き、紅潮した顔で後ろ向きに歩きながら両腕を広げた。「もちろんキスよ。ブリクストンが報告しなかった？」天気の話でもしているように平然とまた向きを変え、前を向いて歩き続ける。

デヴィルはステッキを手のひらに軽く二度打ちつけた。全身に不快な感覚が広がっていく。ユアンがフェリシティにキスをしたというのは、もちろんブリクストンから聞いている。だがもっと詳しく報告しろとせっついても、キスは通り一遍のもので体に触れたりすることはほとんどなかったと少年は言うだけだった。となると、二日前の夜にデヴィルが貯氷庫で経験したキスとはまるで違う。

デヴィルとフェリシティのキスには、通り一遍なところなどかけらもなかった。

それならユアンが少年を追い返したあと、通り一遍なキス以上のことがあったと考えるしかない。彼女は手袋をつけていない。ふたりは肌を触れあわせたのだろうか。ユアンはフェリシティに情熱的なキスをしたのか。

あるいはフェリシティがユアンにキスをした可能性もある。

そんなのはありえない。だが……。

〝わたしも自らお相手をしたわ〟

フェリシティを追って角を曲がると、六メートルはありそうな曲線的な形状の大きな石のベンチに向かっているのが見えた。「きみが公爵にキスをしたんだな」

「ショックを受けているみたいな声を出さないで。それがあなたのレッスンの目的だったんじゃないの？」

違う、そうじゃない。最初はキスがどんなものか教えるだけのつもりだったが、次第に官能的なキスに変わった。あれほど純粋で自由な喜びを感じたことはない。そんな喜びをフェリシティがユアンとも共有したなんて信じたくない。

そんな喜びを、自分はこの先ほかの女性と感じられるとは思えない。

けれどもデヴィルはそんなことは言わず、代わりに問いかけた。「それでどうだった？満足できたのか？」

フェリシティがベンチに腰をおろして、スカートを整える。それから刺繡枠を手に取った。

「とても」

デヴィルは頭にかっと血がのぼった。耳の奥に響く血の流れる音は、これから頭がどうにかなるのではないかと思うほど大きい。「何をした？」

フェリシティが小首をかしげる。「い、したってなんのこと？」

「どうやってやつを虜にした？」

「何が言いたいの？　わたしでは彼の翅を焦がすことはできないというの？　〝きみは豚じゃない、フェリシティ・フェアクロス〟と言ったじゃない。あれほど熱烈に評価してくれたのに、どうして彼を虜にできないはずがあるの？」

「きみは豚じゃない」デヴィルはろくでなしになった気分で言った。フェリシティに責められ、どう返せばいいのかわからない。「だが、問題はそこじゃない。きみは絶対にマーウィックから情熱を引きだせない」

「もしかしたら、すばらしいキスですでに公爵の心をつかんでいるかもしれないわよ」フェリシティの唇が非の打ちどころのない弧を描くのを見て、デヴィルはキスの話をするのではなく実際に自分とキスをしているのならどんなにいいかと思わずにいられなかった。

「ありえない」フェリシティのショックを受けた表情を見て、デヴィルは自信を失わせるような言い方をした自分がいやになり、すぐに失った自信を取り戻させてやりたくなった。そうするべきではないのに。自信を取り戻せば、彼女はより危険になるというのに。

「そうなの？　できるようになると請けあってくれたじゃない。公爵を夢中にさせられるようになると。彼の翅を焦がせると」

デヴィルはステッキの先をブーツに打ちつけた。「嘘をついたんだ」

フェリシティが眉をひそめる。「それを聞いても驚かないのはなぜかしら」

「マーウィックはきみに情熱を与えられる男じゃない」

「あなたにはわからないでしょう？」

「いや、わかる」

「どうして？」

なぜならやつが情熱にためらいもなく背を向けるところを見たからだ。

フェリシティは怪しむようにこちらを見ている。「ロンドンにマーウィック公爵を知っている人はいない。だけどあなたは知っているのね？」

デヴィルはためらった。「ああ」

「どうして知っているの？」

「それは重要じゃない」とんでもない嘘だ。

「公爵はわたしの夫になるんだから、重要だと思うけど」

〝やつはきみの夫にはならない〟フェリシティにはそう言えず、デヴィルは黙っていた。

「あなたと彼が知り合いだと、最初に気づくべきだったわ。公爵と結婚させてやるとあなたが言ったときに。あなたにとって彼はなんなの？　彼にとってあなたは？　どうして言うことを聞かせられるの？」

「マーウィックに言うことを聞かせられる者はいない」それは本当だ。それだけは断言できる。

「あなた以外にはね。彼は何者なの？　仕事上の競争相手とか？」フェリシティが眉根を寄せる。「あなたの仲間が撃たれたことに、マーウィック公爵は関係しているの？」

「それはない」少なくとも、デヴィルはないと思っていた。

フェリシティはうなずいたあと、貧民窟での夜の記憶をたどるように視線をそらした。そのあと心配そうな表情で再び目を合わせる。「あなたの仲間の人たちは無事だったと、ブリクストンは言っていたけれど……」

デヴィルは胸が締めつけられた。フェリシティは彼に怒りをぶつけながらも、仲間たちを心配してくれている。仲間たちが少年であることを彼女は知らない。「積み荷はなくなっていたが、仲間たちは生きてる」いろいろ考えあわせると、撃たれたふたりは幸運だった。デヴィルとウィットが見つけたときは意識を失っていたものの、出血多量からではなく頭蓋骨にひびが入ったせいだった。それから二日間、デヴィルは一睡もせず、ふたりを助けるよう医師を脅し続けた。「彼らは回復する」

フェリシティは息を吐いた。「よかった」

「おれもほっとしてる」

フェリシティがデヴィルを見あげてにっこりする。「氷をすべて奪われてしまったのは残念だったわね」「強盗が奪うにしては変わったものだけれど」

デヴィルは眉をあげた。「みんな何かしら冷やしたいんだ」

「もちろんそうよ。でも、あなたたち……ベアナックル・バスターズだったかしら？　あなたたちを通さずにそうしたいと思っている人たちがいるってことでしょう？」

デヴィルはうなずいた。

「そういえば、なぜベアナックル・バスターズと呼ばれるようになったの？」

デヴィルの頭に記憶がよみがえった。三日半眠らずにいたあと、初めてロンドンで過ごした夜の記憶が。デヴィルとウィットとグレースは腹をすかせて怯えきって、貧民窟の片隅で身を寄せあっていた。欲しいものを得るためには手段を選ばずに戦えという父に与えられた教訓以外、頼れるのは互いだけという状態で。「貧民窟に来たとき、おれたちが最高に強かったからだ」

フェリシティがベンチに座ったままデヴィルを見あげる。「何歳だったの？」

「一二歳」

彼女が目をみはる。「まだ子どもだったのね」

「子どもも戦い方を覚えるんだよ、フェリシティ」

フェリシティが考えこむように口をつぐんだ。デヴィルは、子どもはすべからくもっとましな生活を送るべきだという子どもの権利についての講釈を聞かされるのだと思って身構えた。そんなのは百も承知だ。だが身をこわばらせていた彼に、フェリシティはただ短く言っただけだった。「そんなことは覚えなくてすむべきなのに」

彼女の言うとおりだ。

フェリシティが立ちあがると、デヴィルは彼女の持っている刺繍枠に目を向けた。「なんだその刺繍は。狐が雌鶏を殺してるのか？」

彼女は刺繍枠をベンチに放った。「腹が立っていたのよ」

「それを見ればわかる」

フェリシティがデヴィルに近づいてくる。「じゃあ、まだ子どもだったあなたとビーストは戦い方を覚えたのね」

「おれたちは子どもで、すでに戦い方を知っていた」デヴィルは訂正した。「路上で残飯を戦って手に入れながら数週間過ごしたあと、拳闘場を経営している男に見いだされた」いったん口をつぐむ。「おれたち三人はそこで勝ちあがり、やがてコヴェント・ガーデンの頂点に立った」

「三人とも？」

「ビーストとダリアとおれだ」

「ダリアも戦っていたの？」

薄汚れたドレス姿のグレースが、初めて手に入れた賞金で買ったぴかぴかのブーツを履いて得意げにしていた姿が頭に浮かび、デヴィルはにやりとした。「ダリアはビーストとおれを合わせたより勇猛だった。そして勝ち取った賞金で、おれたちより先に事業を始めた。ビーストとおれは、言わばベアナックル・ベイビーズ。ダリアこそ本当のベアナックル・バスターズだ」

フェリシティが微笑む。「すてきな女性ね」

デヴィルはうなずいた。「ああ、おれもそう思う」

「でもいまのあなたたちは、こぶしでは戦っていない」フェリシティがデヴィルの持っているステッキに目を向ける。彼女の手が動くのが見え、自分に触れてくるつもりだろうかとデヴィルは考えた。

もちろん、触れさせるに決まっている。自分はそのまま触れさせるのだろうか。

デヴィルはブーツのつま先をステッキで二度叩いた。「ああ、そうだ。一度剣を使うことを覚えたら、二度と素手では戦えない」おまえは自分にできることをするだけだ。自分だけでなく、きょうだいや仲間たちを守るために。そして剣はこぶしより強い。

「こぶしは使わなくても、いまもまだ戦っているのね」フェリシティがデヴィルのこぶしから目をそらそうとしないので、彼はだんだん落ち着かない気分になった。

手の指を曲げ伸ばしして、咳払いをする。「必要なときだけだ。試合に出たりするのが好きなのはビーストだ」

フェリシティがデヴィルをちらりと見る。「この前の晩はあなたも戦ったの?」

デヴィルは首を振った。「現場に着いたときには積み荷は消えていた」

「でも、そうでなかったら戦っていたのよね。自分の身を危険にさらして」フェリシティが彼のこぶしを包んで指先で指の関節をたどるあいだ、ふたりは身じろぎひとつしなかった。ステッキをきつく握るデヴィルの手は関節が白くなっていて、表面には傷跡がいくつも走っている。だが、それは貧民窟の勲章だ。

彼女に触れられるのは毒にも等しい。毒に侵されたデヴィルは、フェリシティが望むものをすべて差しだしてしまいたくなる。彼が持つすべてを。だからいますぐ手を引き抜くべきだ。「自分のものを守るために必要なことはなんでもした」

「崇高な覚悟ね」フェリシティがささやく。

「そうじゃない、フェリシティ・フェアクロス。おれを王子であるかのように思うな。おれに崇高なところなど、かけらもない」

彼女が美しい茶色の目でデヴィルを見つめる。「あなたは間違っていると思うわ」

フェリシティに親指で手の関節を撫でられ、デヴィルは初めて手というのはこのうえなく敏感な場所なのだと気づいた。そこに与えられる感触がどれほどの力を持つかを。これまではこぶしに痛みしか感じたことがなかった。だがフェリシティはそこに喜びを与え、彼をつくり変えようとしている。いまのデヴィルは、彼女を抱きしめて同じことを教えてやりたい思いでいっぱいだ。

だが彼のような男がフェリシティを求めてはならない。

デヴィルは彼女の手の下からこぶしを引き抜いた。「ここには、おれを呼びだすことはできないと伝えに来た」

そう聞いても、フェリシティの深みのある茶色の目は揺らがなかった。「あなたのところに行くのもだめで、呼びだすのもだめなのね」

「そうだ。おれたちが会う必要はない」

フェリシティは首を振ると、何かを約束するような低くつややかな声で言った。「その意見には同意できないわ」

「だめなものはだめだ」デヴィルは話を終わらせるためにきっぱりと言った。

しかしフェリシティはひるまず、ただ話題を変えた。「あなたの顔を明るい時間に見るのは初めてね」そう言って、彼の顔を記憶に焼きつけるかのようにじっくりと見つめる。

「なんだって？」

「蠟燭の光や貯氷庫の気味の悪い薄明かりの中では見たわ。真夜中の戸外や、舞踏会のときの星明かりに照らされたバルコニーでも。だけど明るい太陽の下では初めて。とてもハンサムなのね」

欠点に満ちたデヴィルの顔の凹凸をたどっていく目の動きがすべて感じ取れるくらい、フェリシティはすぐそばに立っている。欠点だらけの彼とは違って完璧なフェリシティの顔がくっきり見える。だからだろうか、デヴィルは気がつくと口にしていた。「奇妙だな。暗い場所では何度も会ってるのに、太陽の下できみを見るのは初めてだなんて」

息をのんだフェリシティに手を伸ばして触れないようにするには、ありったけの自制心が必要だった。

だが、デヴィルの努力は無駄に終わった。フェリシティが触れてきたのだ。頰骨から顎へと滑っていく指の感触が火のように熱い。鋭い直線からなるデヴィルの顔をたどっていた指が、目的の場所の傷跡にたどり着く。そこは感覚がほかと違って敏感で、痛みと悦びの区別がつかない。そのことを知っているかのように、フェリシティの触れ方はやさしかった。

「この傷はどうしてできたの？」

デヴィルは動かなかった。動いたらフェリシティの指が離れてしまいそうな気がした。けれども、このまま触れ続けられるのも怖い。相反する思いに心を引き裂かれ、彼は唾をのみこんだ。「男きょうだいにやられた」

フェリシティが眉根を寄せて見つめてくる。「ビーストに?」

デヴィルは首を振った。

「もうひとり男きょうだいがいるなんて、知らなかったわ」

「おれについてきみが知らないことはいくらでもある」

フェリシティはうなずいた。「そのとおりね。それを全部知りたいと思うのは間違ったこと?」

なんてことだ。彼女に殺されてしまう。思わず後ずさりしたが、フェリシティの指先が離れると本当に死んだような気分になった。目をそらして、懸命に話題を探す。キスを始めてふたりとも夢中になり、一緒にいてはならない理由がどちらの頭からも消えてしまう前に、何か見つけなければならない。

一緒にいてはならない理由は山ほどある。

デヴィルは咳払いをすると、フェリシティが座っている奇妙な形のベンチに目を向けた。

「どうしてこのベンチは曲線なんだ?」

フェリシティはデヴィルの観察に夢中でなかなか返事をしない。デヴィルはこんなに明るくなくて、身を隠せる陰があればいいのにと思った。

本当は、いますぐ立ち去るべきだ。

フェリシティが口を開く。「これはささやきのベンチなの。片方の端に座ってささやいたことが、反対の端に座っている人に届くように設計されているのよ。かつてこの家に住んでいた女性に庭師が贈ったものだと言われている。ふたりは……」考えがそのまま顔に出る彼女が赤くなって、咳払いをする。「恋人同士だったの」

顔を赤らめているフェリシティは美しく、デヴィルは胸が締めつけられた。

彼はベンチを見つめたあと奥の端まで行って座り、無造作に見えるよう背もたれに腕をかけて体を預け、脚を広げた。「じゃあ、ためしにおれがこっちに座ろう」

フェリシティがデヴィルの意図を汲《く》み取って動き、反対側の端に座って膝の上に視線を落とす。すると彼女の声が隣に座っているかのようにはっきりしていながらも、そっと触れるようにやさしく彼の耳に届いた。「わたしたちがお互いにとってどういう存在なのか、誰にも知られることはないわ」

デヴィルは普段、何かに驚くことがほとんどない。けれどもこのベンチには驚かされた。あるいはフェリシティの言葉に驚いたのかもしれない。ふたりにとって互いが意味のある存在だと考えていることに。デヴィルがはじかれたようにフェリシティに目をやると、彼女は刺繍を見つめている。

「おれたちが話をしてるなんて、誰も思わないだろうな」

フェリシティがうなずく。「密偵が待ち合わせに使うのにぴったりな場所よ」

デヴィルは口角をあげた。「この庭には密偵がよく来るのか？」

フェリシティがにっこりした。「最近、薔薇を這わせたトレリスがよく使われているみたいだから、いろいろ備えておくのが大事だと思って」ちらりとデヴィルを見る。

デヴィルはフェリシティの姿に目を奪われた。伸びた背筋や規則正しく上下する胸、柔らかそうな顎や上半身の曲線に。彼女はルーベンスが描いたデリアだ。サムソンになって、太陽の光を浴びているスカートに抱きつきたい。

彼女にすべてを、デヴィルの力さえも与えたいという気になる。「ヤヌスの話を知ってるか?」

フェリシティが首をかしげた。「ローマ神話の神?」

デヴィルはベンチの背に深くもたれ、脚を伸ばした。「扉と錠の神だ」

「そんな神がいるの?」

「ヤヌスの話には男神だけでなく女神も出てくる」

「聞かせて」フェリシティのささやきには期待がこもっている。デヴィルが振り向くと温かい茶色の目が熱心に見つめていた。

彼は顔がほころぶのを感じた。「フェリシティ・フェアクロス、ずっときみを誘惑しようとしてきたのに、錠の神の話をするだけでよかったとは」

「それなしでも誘惑はかなり効果をあげていたけれど、話は聞きたいわ」

正直な言葉に心臓が跳ねたが、デヴィルはこれまで自制心を鍛えてきたおかげでなんとかその場から動かずにすんだ。「ヤヌスはふたつ顔を持ってる。ひとつはつねに未来を、もうひとつはつねに過去を見ていて、彼から秘密を隠しておける者はこの世にいない。彼はものごとの表と裏を、始まりと終わりを知っている。全知のヤヌスは神々の中で最も強い力を持ち、ユーピテルにも匹敵するほどだった」

フェリシティはデヴィルに体を傾けるようにして話を聞いている。シルクのドレスの胸元からのぞく、太陽の光を浴びたせいでそばかすが散っている肌を、デヴィルはちらりと見た。すると体をひねっているせいでドレスが体に張りつき、いまにも飛びだしそうになっている胸から目をそらせなくなった。ただしいくら胸が美しくても、懇願するようなフェリシティの目にはかなわない。「もっと話して」

デヴィルは王になった気がした。いつまででも語り続け、フェリシティを楽しませたい。こうして言葉を交わしながら、彼女を魅了するものを何もかも知りたい。フェリシティの、彼の美しい錠前破りの心に触れたかった。

実際は〝彼の〟ではない。

デヴィルは頭に浮かんだ考えを押しやった。「だが未来と過去が見えるというのは、祝福であると同時に呪いでもある。どれほど美しい始まりを見ても、彼の目にはつらい終わりが見えてしまう。それがヤヌスの苦しみだった。彼には生に続く死が、愛に続く悲劇が見えた」

「なんてひどいのかしら」離れた場所からフェリシティのささやきが届く。

「ヤヌスは眠らず、何も食べなかった。誰に対しても、何に対しても喜びを見いだせなかった。永遠にも等しい時間を過去や避けられない未来に対して備え、とらわれてしまわないようにすることに費やしていたからだ。ほかの神々は互いの力を手に入れようとつねに争っていたが、ヤヌスと争う者はいなかった。彼が耐えている苦しみを見て、神々は近づかないようにしていた」

フェリシティがさらに体を傾け、ドレスがますます体に食いこんで誘惑が増していく。どうあっても避けられない未来が見えるようだ。「それならヤヌスは陽気な神とは言えなかったんでしょうね」

デヴィルは小さく噴きだした。「ああ、そうだな」フェリシティが目を見開いて居住まいを正したのを見て尋ねる。「どうかしたのか?」

「なんでもないわ。ただあなたが笑うのはとても珍しいから。笑った顔、好きよ」

デヴィルは少年のように頬が熱くなり、咳払いをした。「とにかくヤヌスは未来が見え、悲劇が訪れることを知っていたが、ひとつだけ見えないものがあった。予想がつかないものが」

茶色の目が楽しそうに輝く。「女性ね」

「どうしてそう思う?」

フェリシティが手を振った。「予想がつかないものといえば女だもの。わたしたちは天気みたいに気まぐれだと知らないの?　明確で論理的な目的を持って行動する男性と違って」

わざとらしく咳払いをする。

デヴィルはうなずいた。「そう、女性だった」

「ほらね。やっぱり」

「話を続けてほしくないのか?」

フェリシティはベンチの背にもたれ、片手を顔に添えた。「どうか続けて」

「彼女の名前はカルデア。ヤヌスはカルデアの訪れが見えず、いきなり目にした彼女は鮮やかな色彩に包まれていた。ヤヌスはそんなにも美しい女性を見るのは初めてだった」

「予想がつかない女性って、いつもみんな美人じゃない?」

「きみは自分をとても賢いと思ってるんだろうな、フェリシティ・フェアクロス」

フェリシティがにんまりする。「違うの?」

「この件では違う。なぜならカルデアの美しさはヤヌスにしか見えなかったからだ。ほかの神々の目に映る彼女は、興味を引くところがまったくない平凡そのものの女。生まれる前からそう定められていた。ユーノーを怒らせた彼女の母親が、凡庸な娘を産むという罰を受けたときから」

「凡庸が罰になるというのはよくわかるわ」フェリシティが小声で言った。おそらくデヴィルに聞かせるつもりではなかったのだろう。実際、このベンチでなければ聞こえなかった。

「だがカルデアは平凡ではなく、興味をそそらない存在でもなかった。本当は計りしれないほど美しく、ヤヌスにはそれが見えた。彼にはカルデアの始まりと終わりが見えた。そしてもうひとつ、それまでヤヌスが決して自分に許してこなかったものも見えた」

フェリシティが口を開け、小さく息を吸う。デヴィルの話は彼女の心をつかんでいる。

「何を見たの?」

「現在だ」こんなふうにフェリシティに熱心に見つめられていたら、いつまでだってここに座っていられる。「それまでヤヌスは現在に関心を持ったことはなかった。彼女が現れるまでは」

それがどんなにすばらしいものとなりうるか、彼女が示してくれるまでは。

「それでどうなったの？」

「ふたりは結婚した。そのときから、ふたつの顔を持つ神ヤヌスは三つの顔を持つ神となった。だが、三つ目の顔はカルデアにしか見えなかった。彼女のためだけのものだった。幸せと喜びと平安、愛と平和を経験した顔は。現在を見た顔は。輝かしい完全な状態のヤヌス神を見る能力はカルデアだけに与えられた。女神カルデアの真の姿を見る能力をヤヌスだけが与えられたように」

「彼女がヤヌスの錠を開けたのね」フェリシティがささやくのを聞いて、デヴィルはひざまずきたくなった。

彼はうなずいた。「カルデアはヤヌスの鍵だったんだ」言葉が砂利の上を転がる車輪のように口から出ていく。「そして妻に現在を与えてもらったヤヌスは、自らの力でカルデアに過去と未来を、始まりと終わりを与えた。ローマ人は一年の初めの月にヤヌスをたたえていたが、ヤヌスの意思により、毎月最初の日にカルデアを、過ぎ去った時の終わりとこれから来るものの始まりをたたえることになった」

「それで？　ふたりはどうなったの？」

「愛しあい続けたよ。広い世界で自分の真の姿を見ることができる唯一の存在を見つけられたことを互いに喜びながら。ふたりは決して離れなかった。ヤヌスは錠の神であり続けたし、カルデアは蝶番の女神であり続けた。そして地球は回り続けている」

フェリシティがベンチの上でデヴィルのほうに体を滑らせようとして、はっとしたように動きを止める。そういう行動は適切ではないと気づいたように。それなら、これまでふたりのあいだで起こったことは適切だったとでもいうのだろうか。

デヴィルはフェリシティに自分のところまで来てほしかった。触れてほしかった。このベンチはまるで拷問具だ。「キスは気に入ったのか？」

そんな質問はすべきではなかったが、フェリシティはすぐに問い返してきた。「どのキスのこと？」

デヴィルは片方の眉をあげた。「おれたちがしたキスをきみが気に入ったのはわかってる」

「謙遜という言葉を知らないの？」

「うぬぼれじゃない。きみは気に入ってた」ひと息ついて続ける。「おれも」フェリシティが鋭く息を吸い、背筋を伸ばすのが見えた。ちょっとささやけば届くという気安さからか、デヴィルはつけ加えずにいられなかった。「赤くなった顔がきれいだと、誰かに言われたことはないか？」

彼女の頬が赤く染まる。「ないわ」

「赤い顔をしたきみを見てると、夏のベリーと甘いクリームを思いだす」

「そんなことを言ったら——」

「きみの唇が甘いことは知ってる。胸の先端もそうだ。どっちも同じ色をしているが、そのことは知ってるか？　どっちもきれいなピンクで、とてもきれいだ」

フェリシティの頬はいまや燃えるような深紅に変わっている。「やめて」彼女がささやくと、ふたりをつなぐ秘密の石造りの小道を通って息遣いが伝わってくる気がした。

デヴィルは声を潜めた。「ベンチを怒らせてしまったかな？」フェリシティが小さく囁きだすのを聞いて、彼は身をこわばらせた。フェリシティはこんなに近くにいるのに、あまりにも遠い。「ベンチがこの家の女性に贈られたとき、両端に離れて座った恋人はもっとすごいことを言ってたんじゃないか」

デヴィルに向けたフェリシティの目には熱がこもっている。好奇心だ。フェリシティはもっとすごいことを聞きたがっている。

もっと不適切なことを。

「彼がどんなことを言ったか、おれの想像を聞かせようか」

フェリシティがうなずく。かすかな動きだが、うなずいていると充分にわかる。信じられないことに、彼女は目をそらさなかった。本当に聞きたがっているのだ。デヴィルから。

「まず、生け垣の内側にこの場所をつくったのは、誰にも見られないようにするためだと言ったはずだ。わかるだろう、フェリシティ・フェアクロス。ささやきあう声が人に聞こえないだけじゃだめだ。きみを見ればわかる。考えてることも感じてることも、その美しい顔に全部出ている」

フェリシティが片手で頬を押さえるのを見ながら、デヴィルは続けた。

「男は恋人の顔にさまざまな感情が浮かぶのを見て楽しんだだろう。うっすらと口が開く様子は、彼にとって誘惑そのものだったに違いない。中でもピンクの唇は心をとらえたはずだ。恋人のふくよかな胸の先端や、もう一箇所まったく別のところにも同じ色があることにきっと感嘆した」彼女が息をのんで目を合わせると、デヴィルはにやりとした。「きみの考えてることが、人に思わせたがっているほど無邪気じゃないのはわかっている」

「もうやめるべきだわ」

「そうかもしれない。だが、続けてほしいか?」

「ええ」

輝かしい肯定の言葉がデヴィルの体を貫く。フェリシティと話しながら、触れながら、キスをしながら、その言葉を何度でも聞きたい。自分の髪に指が差しこまれるのを感じながら、互いの肩にしがみつきながら、彼女が求めるすべての場所に口づけながら聞きたかった。

フェリシティのそばに行って手と唇で触れながら続けようと立ちあがりかけたが、彼女に止められた。「デヴィル、わたしに嘘をついたわね」彼はフェリシティと目を合わせた。

嘘なら一〇〇回も一〇〇〇回もついた。「どんな嘘だ?」

「マーウィックがわたしに惹かれて翅を焦がすことは絶対にないんでしょう?」

「ああ、そうだ」そんなことを許す気もない。フェリシティがどれほど熱く燃えるかを知ったいまとなっては。

「わたしはいまでも誰かの翅を焦がしたいと思っている」

太陽が次第に沈んで暗さが増していくとともに、フェリシティに対して抵抗する力がわいてくる。デヴィルは首を振った。「おれはやつにきみを求めさせることはできない」

そんなことをするつもりもない。

なんて複雑な状況をつくりだしてしまったのだろう。もはや手に負えない。デヴィルの力はすべて目の前の女性に渡してしまった。なのに彼女は力の使い方をまるでわかっていない。

フェリシティは首を振った。「マーウィックは欲しくないの」

数メートル離れたところにいる彼女のささやきが、銃声のごとく大きく耳に響く。それでもデヴィルは正しく聞き取ったかどうか確信が持てなかった。「もう一度言ってくれ」

フェリシティがベンチの反対の端からデヴィルを見つめている。その温かみのあるヴェルヴェットのような茶色の目に揺らぎはまったくない。「マーウィックはわたしの虫じゃない」

「じゃあ、誰が虫なんだ？」

「あなたよ」フェリシティが小声で言う。

その言葉の響きが消える前に、デヴィルはフェリシティに向かって動きだしていた。体をのみこんだ火から、彼が生きて逃れるすべはない。

19

フェリシティはデヴィルが欲しかった。

いっときだけではない。庭にあるこのささやきのベンチで、つかの間だけ抱きあいたいわけではなかった。もちろん、それもしたいけれど。

彼を永遠に自分のものにしたい。

それは結婚に興味がないどころかそんな枷《かせ》をいやがっているとしか思えない変人の公爵を、フェリシティが求めていないという理由からだけではない。デヴィルのことが欲しいのは、彼のキスがフェリシティこそ彼の求めるすべてだと感じさせてくれるからだ。フェリシティをからかい、はるか昔の物語で魅了してくれる男性が欲しい。守れる約束しかしない男性が欲しい。

この男性が欲しいのだ。デヴィルが。

本当の名前も過去も知らない。でも彼の目や触れ方、フェリシティに向ける視線、彼女の話に耳を傾けるときの様子は知っていて、そんな彼が欲しくてたまらない。これからの人生の伴侶として。

フェリシティの家族が住むこの家の庭でも、コヴェント・ガーデンでも、パタゴニアでも、デヴィルが望むどこかでも、つねにともにありたい。

そしてデヴィルが何度となく繰り返しているようにフェリシティの前にひざまずき、腰と首を抱き寄せてキスをしてきたら、もっと彼が欲しくなるだろう。それはそのキスがこの先死ぬまで、庭の石のベンチでデヴィルの誘惑のささやきを聞きながら素肌に唇を感じていたいと思わせてくれるからというだけではない。

「フェリシティ・フェアクロス、きみはおれを破滅させる」デヴィルが言葉と言葉の合間にキスをしながら言う。「ここに来たのは、おれにかまうなと……おれのことは忘れろと伝えるためだった」

フェリシティがシャツに包まれたデヴィルの肩をつかんだので、デヴィルは彼女の頬に唇を滑らせ、耳たぶを噛んだ。「あなたから離れるなんて無理よ。あなたを忘れたくない」

別の人と結婚したくない。

デヴィルが体を引いて、フェリシティの顔を見つめる。「なぜだ？」

どうして彼はそんな質問ができるのだろう。どうしたら答えが見つかるのか。

「あなたのすべてを見たいから。過去も未来も全部見たい」デヴィルがしてくれた話になぞらえて返す。

デヴィルは首を振った。「おれは神じゃない、フェリシティ・フェアクロス。むしろ正反対の存在で、きみはおれの過去にも未来にももったいない人だ」

現在ならどうなの？　フェリシティは訊きたかったが、代わりに黙ってデヴィルを引き寄せると、再びキスをされた。デヴィルが喉の奥で低くうなりながら唇に舌を這わせ続けるので、フェリシティはとうとう口を開けて誘惑を受け入れた。彼女がため息をつくと、デヴィルはさらにキスを深め、片手で髪のピンを抜きながらもう片方の手でスカートの下のむき出しのなめらかな足首を探ってくる。温かい手は一度強く足首を握ると、すぐに脚の内側を撫であげはじめた。

「またストッキングをはいてないんだな。悪い子だ、おれの壁の花は」

「待って」あえぐように言ったフェリシティの言葉に従って、デヴィルが指の動きを止める。フェリシティは彼の黒い縁取りのある美しい琥珀色の目が見たくて、体を離した。「どうして嘘をつくの？」

「嘘なんかついてるかな？」

フェリシティはデヴィルの顔をしばらく見つめた。「そう思うわ。わたしを見るたびに、あなたは嘘をついている」

「おれは誰を見ても、そのたびに嘘をつくんだ」

「何か本当のことを言って」

「きみが欲しい」すぐさま発せられた言葉には真摯な響きがあり、フェリシティの胸に喜びが広がった。

でも、これだけでは足りない。「何かほかにも」

デヴィルが首を振る。「いまはほかにはない」

「また嘘ね」フェリシティはささやいたが、身を寄せてデヴィルにキスをした。すると彼女の中にわきあがっているのと同じくらい熱い欲望がデヴィルから伝わってきて、キスが終わる頃にはふたりとも息を切らしていた。デヴィルがフェリシティのうなじに大きな手を置いて、額と額を合わせる。そして目をつぶり、胸が痛くなるくらいやさしい声で言った。「これだけが真実だ。きみを求めている。きみのように純粋で完璧な女性を求めるなんて、これまで夢見たことすらなかった」目を開けて、まっすぐにフェリシティを見つめる。「太陽の光を求めるみたいなものだから」

いま目の前にいるデヴィルがフェリシティの終わりとなる。デヴィルは彼女を破滅させるだろう。

「だが、太陽の光はつかめない。どんなに触れたいと願っても、光は闇に追いやられて指のあいだをすり抜けてしまう」

フェリシティは首を振った。「あなたは間違っているわ。太陽の光は暗闇に追いやられたりしない。闇を明るく照らすのよ」そう言って、再びキスをする。すぐにデヴィルが主導権を握り、性急に彼を求めるフェリシティを豊富な経験で受け止めた。彼女の肌をゆっくり楽しみながら、脚の内側を少しずつ上にたどっていく。

フェリシティはデヴィルの手を止めなかった。膝まで来ても振り払わず、それどころかこれまで触れられていない場所に触れられるよう、脚を開いて隙間を空けた。それでもデヴィルが手を止めずにさらに上へ向かうと、フェリシティは息をのんだ。触れているかいないかのかすかな感触に何も考えられなくなる。

デヴィルがキスをやめた。「柔らかいな。シルクみたいだ」代わりに首筋に温かい唇を何度も押し当てられ、フェリシティは息をのんだ。デヴィルの手が触れている腿が燃えるように熱い。とうとう彼の手がサテンとレースでできた下着の縁までたどり着いてリボンをもてあそびはじめると、そんなものは早く取り去ってほしくてたまらなくなった。「これは……」

フェリシティはうなずいた。デヴィルに気づかれてもっと動揺すべきなのに、まったく気にならない。「あなたにもらったものよ」

「自分の目で確かめられたらいいんだが……」デヴィルがリボンをほどいて下着をゆるめると、フェリシティは体がかっと熱くなって目をつぶった。「色はピンク?」

何も言わずにうなずく。

「いいか?」

フェリシティは目を開けた。「いいって何が?」

「見てもいいか?」

〝見るだけでなく、触れると約束してくれるなら〟

かろうじてその言葉は口にしなかったが、いけないと思いつつうなずくのは止められなかった。彼が約束してくれたものすべてが欲しい。

デヴィルは即座に動き、スカートを持ちあげて脚をあらわにした。ピンクのシルクのリボンに手を伸ばすのが見え、フェリシティの頬に血がのぼる。「このきれいなピンクのリボンは一生忘れない」デヴィルはなかばひとり言のように口にすると、温かい指を生地の下に潜らせて腿を撫でた。

フェリシティは彼が触れやすいよう背中を後ろに倒した。「わたしはこれを忘れないわ」

デヴィルがちらりと彼女を見る。下着のウエスト部分まで手を持ちあげ、そこにもう一本あるピンクのリボンを見えもしないのに簡単にほどいてしまった。「こうすることか?」

フェリシティは息をのんだ。「ええ」

デヴィルが下着のウエスト部分をつかむ。「別の思い出もつくろうか?」

「ええ、お願い」フェリシティがささやくと、彼は握っていた部分を下に引き、手早く下着を脱がせた。

引き抜いた下着を脇に放って、両手を彼女の脚に置く。ふわりとかかっているピンクのシルクのスカート以外、脚を覆うものはない。「リボンがないほうがずっときれいだ」膝にそっとキスを落とされると、フェリシティは全身の熱があがるのを感じた。「さあ、開いてくれ、いとしい人《ラブ》。きみを見せてほしい」

誰にも触れられたことのない部分に口づけながら言われたからというのもある。

聞いただけで鼓動が速まる声の響きに抗えなかったというのもある。

けれどもフェリシティが脚を開いて太陽と外気とこの人並みはずれた男性の前に秘めた部分をさらけだしたのには、ほかにも理由があった。

愛を表明するように、〝いとしい人《ラブ》〟と呼ばれたから。

彼は本当に危険だ。

なぜならフェリシティがデヴィルの言葉に従った瞬間、力強くて温かい働く者の手が膝の内側に侵入して外側に押し開いたからだ。脚のあいだにある翳った場所に視線を据えて何度も唾をのみこむ彼の様子は、さながら……。

フェリシティは手を伸ばして、デヴィルの顔の横を撫でおろした。白い傷跡の下で筋肉がぴくりと動くのが見える。「なんていうか……まるで……」彼が顔をあげると、その目に見えた表情にフェリシティは息を止めた。

「そうだ、おれは飢えてる」デヴィルの両手が動きだして腿を撫であげ、スカートを限界まで押しあげていく。「きみに飢えてるんだ、フェリシティ・フェアクロス。欲しくてたまらない」指先がほの暗い場所を隠している巻き毛に到達した。「きみに触れたい、いとしい人《ラブ》。それ以上のこともしたい。きみを味わいたい」

自分の言葉がフェリシティに衝撃を与えたかもしれないとわかっていても、デヴィルは躊躇なく指を進め、閉じた場所に分け入った。

「すべての場所に触れて、どうすればきみが悦びを感じるのかを知りたい」指を動かしながら、低くうめく。「ひどく潤ってるな」

フェリシティが頬を赤らめるとデヴィルは首を振り、膝を前に押し進めてキスをした。

「だめだ、おれの言ったことで恥ずかしがるな。こうして触れられたいと思ってるんだろう？」

フェリシティはうなずいた。「ええ」何よりも求めている。

「それにキスを欲しがってる」

彼女はデヴィルを引き寄せ、唇を合わせた。「そうよ」

「欲張りだな。だが、言ってくれたらいつでもキスをしよう」

溶けた火が流れるかのごとく、体中に熱が広がる。「いまキスして」

デヴィルがかすれた声で低く笑った。「おれもしたい」指を前後に滑らされて、フェリシティは息をのんだ。「こうされるのは好きか？」うなずいて腰を持ちあげ、彼の手に押しつける。「ここかな？」ゆったりと手が動いた。「それともここ？」そっと円を描くように動かされ、彼女は息をのんだ。「ああ……ここか」

再び円を描かれると、フェリシティは背筋を伸ばしてデヴィルの肩を握った。目を閉じて、口を開く。「ええ、そこよ。もっと」

デヴィルが円を描き続けると、ゆったりとしてはいるが的確な動きに、フェリシティは何も考えられなくなって彼の手首をつかんだ。「やめてほしいのか？」

「違うわ！　いいえ、そうかも……」手を止められると一瞬腹が立ち、目を開いて言う。「やめないで」

デヴィルがかがみこんでキスをした。「ちょっと別のことを試してみよう」

「でも、これが好きなのに！」

「次のはもっと気に入る」デヴィルがささやく。

フェリシティは体をそらしてデヴィルの手に押しつけようとしたが、指は離れていった。

「デヴィル、お願い」

「デヴォンだ」

彼の目は美しく澄んでいて、いままで見たことのない表情を浮かべている。「なんですって？」

「デヴォンと呼んでほしい」

フェリシティは胸から心臓が飛びだしそうになりながら、彼の頰に手を当てた。「デヴォン」

デヴィルがあがめるようにフェリシティの腿の上に頭を垂れる。けれど、そんなことをするのはばかげている。彼のほうこそあがめられるべきだ。フェリシティはデヴィルを求めるあまり震えている指で彼の髪を撫でた。キスが欲しいし、触れてほしい。でも何より彼自身が欲しい。

「デヴォン」

名前を呼んだことがデヴィルを解き放った。フェリシティの腿に柔らかいキスを繰り返して、腿の奥へと迫る。フェリシティはデヴィルの短くてなめらかな髪を撫でながら耐えていたが、押し開かれて見つめられると恥ずかしさに身をよじった。

熱い息が何度も吹きかかる。「なんてきれいなんだ」デヴィルはそこに口をつけ、それで力を得られるとでもいうように深く息を吸った。「名前を教えるべきじゃなかった。これでもうおれはきみのものだ」

それが本当ならどんなにいいだろう。それでも……。「デヴォン」

彼が顔をあげると、フェリシティは目をそらせなくなった。「どういうのが好きなのか、見せてほしい」

フェリシティは首を振った。「そんなのはわからない……」

「これからわかる」デヴィルが再び口をつけると、彼女はすぐに夢中になった。柔らかい部分に舌を押しつけられてあえぎ、さっき気に入ったゆっくりと円を描く動きに息をのむ。彼の頭に両手を置いたまま、フェリシティは最も敏感な芯の部分を舌でこすられ、波のように押し寄せる歓喜になすすべもなく翻弄された。

彼を引き寄せる手に力をこめ、体をすりつける。するとデヴィル——デヴォン——がうめき、彼の体を使って悦びを追い求めるフェリシティを自由にさせつつ、求めるのは彼女だけだというように味わい続けた。その音にフェリシティが恥ずかしくなって手を離すと、デヴィルも中断して顔をあげた。やめないで！　フェリシティは首を振り、両手をあげた。「ごめんなさい。わたし……」

デヴィルはその手を取って手のひらの真ん中にキスをすると、自分の頭の上に戻した。

「欲望に忠実に動いたからといって、謝らないでほしい。どうやったらきみに悦びを与えられるか、おれに教えてくれてるんだから」

フェリシティはその言葉に身を震わせ、目をつぶった。ちゃんとした女性は普通そういうことはしない。

デヴィルが再び顔をさげていき、彼女の芯の上で細かく舌を動かしはじめる。ほとんど感じ取れないくらいかすかな感触に、フェリシティは目を開いた。「デヴォン」すすり泣くような声に気づくと、彼がいたずらっぽく目を輝かせて見あげる。「お願い、もっと」

「それならおれに見せてくれ」デヴィルはそう言うだけで動きを変えない。彼が何を求めているかはわかっているけれど、フェリシティにそれができるだろうか。

デヴィルが顔を離して細く息を吹きかけたが、やさしいその息は彼女を満足させるものではなかった。もどかしくなって腰を持ちあげると、欲望が高まっている場所をご褒美のように小さくついばまれて、フェリシティは声をあげた。

けれども腹立たしいことにそのあとは、触れるか触れないかの動きに戻ってしまう。「お願い、もっと!」

デヴィルが顔をあげ、挑むような表情を向けた。「きみがそうすればいい」

とうとうフェリシティは彼の顔を引きおろし、持ちあげた腰を押しつけて悦びを貪った。デヴィルも彼女の腰を両腕で抱えて固定する。フェリシティはため息をつくように彼の名前を何度もささやき、腰をくねらせた。デヴィルがフェリシティの悦びをさらに高めようと手を動かし、指を中に滑りこませて一点を刺激すると、彼女の目の前に星が散った。「デヴォン!」

デヴィルがうなり声を返す。与えられたばかりの強烈な悦びに加わった、うなり声から来る振動と、そこにこめられた無言の命令に、フェリシティは体を押しつけながら、ひたすらデヴィルにしがみつくことしかできなかった。そして彼女は高みに達した。どうすればいいのかわからず、ただ最高の男性の最高の手に何もかもゆだね、歓喜が脈打ちながら広がっていくのを感じながら彼の名前を呼ぶ。世界が傾き、自分の知るすべてが変わってしまった。

そんな中で、フェリシティは笑いだした。

止めようとしても止められなかった。デヴィルがもたらしてくれた悦びに、強い幸福感が抑えようもなくあふれだす。彼に言われたとおり自ら動いて、自分を解き放ったのだ。ひたすら笑いながら、デヴィルという男性を、キスを、触れられるのを楽しむ。短いデヴィルの髪に手を滑らせ、その感触を味わった。

やがてフェリシティが落ち着くと、デヴィルの口の動きがゆるやかになり、指も動きを止めた。デヴィルが顔を横に向け、彼女の腿にそっと口づける。フェリシティはデヴィルから離れたくなくて、彼の頭や顔、うなじや形のいい広い肩に手を滑らせた。「その、いまのは……」

彼女を見あげたデヴィルの目には、罪深くほの暗い欲望が浮かんでいる。「最高だった」

フェリシティは赤くなった。「笑うつもりはなかったんだけれど……」

「わかってる」

笑うのは普通なのだろうか。知りたくても訊けなかった。「こんなふうに感じたのは初めてよ」

デヴィルの顔を何かがよぎったものの、読み取る前に消えてしまった。デヴィルが美しい口の片端を持ちあげて、にやりとする。「わかってる。おれも一緒にいたんだから。何もかも伝わってきた。指への締めつけや、舌の上の脈打つ感触を通して。そしてあの笑い声……あれほど官能的な声は初めて聞いた。この先ずっと、きみの笑い声を夢の中で聞くことになるだろう」

デヴィルが立ちあがり、手をズボンにこすりつけてぬぐう。沈もうとする太陽の最後の光で、彼の背後の空は真っ赤に染まっていた。

彼は行ってしまった。体はまだこの場にあるが、心はもう彼女のもとにはない。まるで心を寄り添わせたことなど一度もなかったかのようだ。フェリシティはベンチの上で体を寄せた。「デヴォン？」

デヴィルは首を振るだけで、フェリシティを見ようとしない。「名前を教えるべきじゃなかった」

「どうして？」

「きみに呼んでもらうべきものではないから」

フェリシティは引っぱたかれたかのような気がして、体をこわばらせた。

デヴィルが低い声で悪態をつき、完璧な形の頭に両手を滑らせる。その完璧さに気づく自分が、フェリシティはいやでならなかった。目のすぐ上にすんなりと伸びた暗い色の眉やそのあいだに刻まれたしわなど、デヴィルのすべてに目を凝らしてしまう自分が。まっすぐな鼻の先端には、かすかなへこみが見える。頬の黒っぽい影は、それほど頻繁に髭を剃れないことを示しているようだ。そして彼のものであるからこそ美しく魅力的な傷跡。

〝きみに呼んでもらうべきものではないから〟

彼がフェリシティのものになることは決してない。

彼は絶対に開けられない錠だ。

彼のほうはフェリシティを開ける方法をいくつも知っているが、そんなのは関係ない。

「本当のことを言ってほしいと、さっききみは言った」デヴィルの声はかすれている。フェリシティは立ちあがった。この先もつねにデヴィルのものであり、フェリシティのものには決してならないベンチから離れたかった。「そうね。そしてあなたは嘘をついた」

「ついてない。おれはきみを求めていると言った」

いまこの瞬間だけ。永遠に求めているわけじゃない。そう思っても声に出さなかった自分が、フェリシティは誇らしかった。

「おれの名前はきみが呼ぶべきものじゃないというのも、本当のことだ」

二度も言う必要はない。二度も彼女の胸を痛ませる必要はないはずだ。「そうね、デ、ヴィ、ル。わたしは愚か者じゃないから、ちゃんとわかっているわ。大切な名前はわたしには呼ばせられないということを」

デヴィルが目をそらして毒づく。「フェリシティ、そうじゃない。きみが呼ぶべきものじゃないと言ったのは、その名前が大切だからではなくて、呼べばきみの評判が傷つくからだ」

フェリシティは首を振った。「意味がわからない――」

「出生のときにつけられた名前じゃないんだ。おれにそういう名前はない。生後間もないときに、クルム川の土手で布にくるまれて泣いてるところを発見されたから。父親のところに届けてほしいというメモが留めてあったそうだ」

なんてことだろう。

デヴィルの言葉を聞いて、フェリシティは胸が締めつけられた。赤ちゃんの彼が捨てられているところが頭に浮かぶ。「誰がそんなことをしたの?」

「母だ」感情のない声でデヴィルが言う。「そのあと母はポケットに石を詰めこんで川に入った。自分がいないほうが、おれにとってはいいのだと考えて」フェリシティは気分が悪くなった。気の毒な彼の母親はどんな状況に陥っていたのだろう。どんな恐れを抱いていたのだろう。どんな悲しみを胸に抱えていたのか。デヴィルがつけ加える。「母は父がおれを受け入れると思ったんだ」

もちろんそう思うだろう。デヴィルを受け入れない人がいるはずがない。彼は誰よりも強くて誇り高く、勇敢ですばらしい。そんな息子を愛さずにいられる男性がいるだろうか。

誰がそんな男性を愛さずにいられるだろう。

誰がそんな彼から離れられる?

突然頭に浮かんだ疑問とともに、フェリシティは悟った。デヴィルを愛している。いつの間にか愛してしまった。いったいどうすればいいのだろう。

近づいて手を差し伸べる。自分の気持ちを見せたかった。彼を愛したかった。「デヴィル」

ささやかれた名前に彼は首を振り、フェリシティに触れられないように後ずさりした。感情を交えない声で続ける。「だが、父は迎えに来なかった。そして婚外子の捨て子を欲しがる者は町にひとりもいなかった。だから孤児院に送られた。おれには名前がなかったから、そこでつけられた。デヴォン・クルムという名を。捨てられていた州の名前と、母が死んだ川の名前にちなんで」

フェリシティはもう一度手を差し伸べたけれど、デヴィルはさらに後ずさりしただけだった。「お父さんは……きっと知らなかったのよ。手紙が届かなかったんだわ……そうでなければ迎えに来ないはずがないもの」

「きみはきっとすばらしい母親になるだろうな。前にもそう言ったが、本気でそう思ってる。いつかきみはきれいなマホガニー色の髪をした娘を持つだろう。そうなったら、すばらしい母親になるとおれが言ったことを思いだしてほしい」

フェリシティの目に涙がこみあげた。愛する男性の娘でなければ、欲しくない。彼女が愛しているこの男性の娘でなければごめんだ。

「フェリシティ・フェアクロス、きみは真実を望んだ。そしてこれが真実だ。おれときみとでは身分が違う。おれがきみを思えば、それだけできみを貶《おとし》めることになる」

フェリシティは顎をあげた。「そんなのは真実じゃないわ」自分がどれだけすばらしい人か、デヴィルには見えていないのだろうか。普通の男性一〇人分にも匹敵することがわからないのだろうか。彼女が知る誰よりも強くて賢いというのに。

デヴィルが手を伸ばし、フェリシティの頬を指先でそっと撫でる。その仕草が別れを告げているかに思えて、フェリシティは彼の手をつかんだ。

「デヴィル、そんなのは真実じゃない」

「おれは間違いを犯した」風でかき消されてしまいそうなほど低い声を聞いて、フェリシティは悲しみで胸がつぶれそうになった。

「間違いなんかじゃない。こんなにすばらしいものがあるなんて知らなかった」

デヴィルが首を振ってフェリシティを見つめる。「きみをふさわしい生活から引き離せば、きみはきっとおれを許せなくなる。だから二度と捜さないでほしい」

デヴィルが手をおろして背を向ける。フェリシティは振り返ってほしいと祈りながら、去っていく彼を見送った。振り返ってくれたら、そこには希望がある。彼女を気にかけてくれているということだ。

けれどもデヴィルは振り返らなかった。

フェリシティの中にやるせない気持ちといらだちがふくれあがる。

「どうして？」腹が立って、彼の背中に声をぶつけた。デヴィルはフェリシティの心を暴き、彼女を大切に思っていると信じさせておきながら、ちょっとした余興でしかなかったとばかりに立ち去ろうとしている。彼女のことなどなんとも思っていないように。

デヴィルは足を止めたが、振り返らなかった。

フェリシティは必死に自分を抑え、彼に駆け寄らなかった。壁の花にだってプライドはある。そして納得できない気持ちだけを吐きだした。「どうしてわたしだったの？　どうして一瞬だけ垣間見せたの？　あなたを？　あなたの世界を？　いったん与えておいて、すぐに取りあげるようなまねをしたのはなぜ？」

薄暗くなりゆく中、デヴィルの姿を確認するのがどんどん難しくなっていく。彼には答える気がないのだと思いかけたとき、かすかな声が耳に届いた。フェリシティに聞かせるつもりで言ったのかはわからない。ささやきのベンチと同じく、風も声を運ぶのだとわかっていない可能性もある。

「なぜならきみが大切だからだ、フェリシティ」

そう言うと、デヴィルは暗闇に溶けこむように姿を消した。

20

フェリシティはデヴィルの言葉に従った。

デヴィルを捜すことも、事務所や倉庫に押しかけることもせず、コヴェント・ガーデンの各所に彼が配置している見張りたちがフェリシティを見かけることもなかった。実際デヴィルがフェリシティの家の庭を立ち去って以降、バンブル・ハウスの外での見張りに戻っているブリクストンから彼女に関して目立った報告は受けていない。

手紙すら送ってこない。

あれから三日。フェリシティはすんなり姿を消してくれたというのに、デヴィルは時が過ぎるにつれてどんどん彼女のことしか考えられなくなっている。

ブリクストンを通しての呼び出しに応じていなかったら、こんな事態にはなっていなかったのかもしれない。庭でキスなんかしなければ、フェリシティを無視できていたのかもしれない。ささやきのベンチを伝って届いた声の響きを覚えていなければ、絶頂に達すると笑うことを知らなければ、こんなふうにはなっていなかっただろう。

そう、絶頂に達したとき、彼女は笑った。

あんなふうに悦びを開けっぴろげに見せる女性は初めてだった。何ひとつ隠さず全身で歓喜を表すフェリシティからは、混じりけのない純粋な感情が伝わってきた。この先ずっと、あの庭に響いた笑い声を思いだすだろう。夕暮れの光を浴びながら、木々だけに囲まれて悦びを分かちあった彼女のことを。

デヴィルは残りの人生を、フェリシティの悦びの味と笑い声を夢に見ながら過ごすのだ。以前のデヴィルは彼女によって壊されてしまった。

喜悦に身をゆだねたフェリシティの姿と楽しそうな笑い声を頭から追いだそうと格闘しながら三日間過ごした。だが結局うまくいかないままデヴィルはその日も事務所を出て、テムズ川を運ばれてくる氷の受け取りに向かった。沈もうとしている太陽がロンドンの上空に金色と紫の光を投げかけているいまは満潮だ。

デヴィルはフリート・ストリートを横切って波止場に向かった。歩きながら時計を見ると、九時一〇分。いつもはロンドンの港湾労働者たちでいっぱいの酒場が、今日はしんとしている。満潮のときは船を制御しやすいので出入りする船が多く、みんな仕事にありついたのだろう。潮が引けば、一二時間経たないと船は動けない。水運の世界では時は金なりだ。

デヴィルはステッキを手に川べりまで行くと、バスターズが荷受けの際に借りている広い係留場所を目指して波止場を数百メートル進んだ。灰色の空を背景に黒く浮かびあがっている到着したばかりの巨大な船は、積み荷の重さで半分沈んでいる。その原因である一五〇トンの氷は、船倉の中でだいぶ溶けているはずだ。

ウィットはすでに来ていた。黒い帽子を目深にかぶって外套を風になびかせた彼は、ニクを連れている。船長が不安そうに見守るかたわらで、ノルウェー娘のニクは積み荷の書類をあらためていた。「書類によると全部の荷が積みこまれてるはずだけど、見て確かめないとわからないね」

「どれくらいかかる？」顎をしゃくってデヴィルに挨拶をしながら、ウィットが訊く。

「運がよければ水曜の夜に終わる」つまりふた晩かかるということだ。「水が溶けてできた水の排出を潮が引きはじめたらすぐ、今夜のうちに始めれば、それより前に終わるかも」

「どんなにかかってもふた晩だ」ウィットがうなるように言う。「それ以上長く、ちゃんとした警備なしで置いておく危険は冒せない」船倉から水を排出するあいだは、見張りを一二人配置する。ほかにどうしようもないからだ。水が満ちているうちは船倉に入れないが、船より低い場所にある波止場にいる限り、警備員たちは積み荷も自分たちもバスターズが希望するレベルで守ることはできない。

「それならふた晩で。防水ブーツを用意するように言っとくよ」ニクが船長に向かってうなずき、彼を解放する。

「それから、倉庫に運ぶ際の警備を増やしたい。また荷を奪われたくないからな」デヴィルは波止場の足元の板をステッキで叩いた。

「了解」

「よくやった、ニク」

ニクが頭を垂れ、デヴィルの声に潜むかすかな称賛を受け入れる。

「今回の輸送にはデヴィルがほとんど関わってないことを考えると、本当によくやったな」

ウィットがつけ加える。

デヴィルはウィットを見た。「どういう意味だ？」

「この二週間、おまえは彼女にかかりきりだっただろう」

「見張ってたのか？」

ウィットが目をそらして、波止場に向ける。「やつがいるあいだは、全員の行動を把握してる」

やつとはユアンだ。「おれたちに会いたいなら、直接来るだろう」

「やつが欲しがってるのはグレースだ」

「わからないように偽装してるし、警備もつけてる。グレースは大丈夫だ」

低い声でウィットが不満をぶつける。「今日荷が着くとおまえが知ってたことが驚きだ。ずっと彼女と一緒だったからな」

ウィットの言いように、デヴィルは驚いた。「フェリシティを使ってやつに思い知らせるには、まず彼女におれを信用させなきゃならなかった」

ウィットがうなる。「計画はまだ有効なのか？」

「いや、有効じゃない」デヴィルは即答した。そう言えばウィットともめることはわかっていた。だがフェリシティを自分たちのゲームの駒として使うつもりがなくなったいま、そうでないふりをする気力がなかった。

くそっ、何もかも台なしだ。

「そもそもの計画がまずかったな」そう言われて、デヴィルはウィットの顔にこぶしを叩きこみたい衝動に駆られた。

「うるさい、黙ってろ」

ウィットが横目でニクと視線を交わし、ニクが代わりに口を開く。「計画を取りやめにしたんなら、ずっと何をしてたのよ」

「船の心配だけしてろ。きみには関係ない」

ニクが肩をすくめて、そっぽを向く。

「当然の質問だぞ、きょうだい《ブラヴ》」

それはそうだが、かといって必ず答える必要もない。「今晩はよくしゃべるじゃないか」

「きょうだいが愚かなまねをした分、誰かが手を貸してやらないと」

「自分でちゃんとやれる」

そう、ちゃんとやれる。

いまも、これからも。

そのためには、フェリシティのあの笑い声について考えるのをやめればいいだけだ。

「おーい、愚か者たち」

デヴィルは振り返った。「あいつが来た」ニクに顔を向けて忠告する。「おまえはさっさと行ったほうがいい」

ニクが船倉を調べるために渡し板をあがりはじめると、グレースが近づいてきた。長身で堂々とした彼女は、注文仕立ての深紅の外套を完璧に着こなしている。両脇に従えている副官はどちらも女性で、彼女たちの外套は同じ形だが黒だ。三人とも外套以外は黒いブーツしか見えないが、ズボンをはいていることをデヴィルは知っていた。そのほうが動きやすく、必要なときは走れるからだ。警備員はグレースたちから一〇メートルほど離れたところで止まって見守っている。

ウィットは眉をあげ、肩越しに振り返ってしばらくグレースを見つめたあと、重く沈んだ船に視線を戻した。「よう、グレース」

「何をぺちゃくちゃしゃべってたの？」グレースが眉をひそめてウィットに言い、返事を待たずにデヴィルのほうを向く。「ふたりとも、間抜けなハリネズミほどの脳みそしかないのね」

「ロンドンでも最高の人間がおまえを魅力的だと思うことに、おれはいつも驚いてるよ」

「わたしに気づかれないとでも思ってたの？　隠したままでいられるって？　まさかふたり同時に頭を打って、あなたたちふたりを合わせたよりわたしのほうが頭が切れるってことを忘れてしまったとか」

ウィットがデヴィルに言う。「ご機嫌ななめなようだな」

「ご機嫌ななめですって？」グレースは目にも留まらぬ速さで、ウィットの耳を殴りつけた。

「おい、なんてことすんだよ！」ウィットが耳を押さえ、よろよろと後ずさりする。

「練習不足のくせに、きいたふうな口をきくんじゃないわよ、ウィット」グレースが距離を詰め、彼の鼻に指を突きつける。「黙ってたなんて信じられない」

「黙ってたって、何をだよ？」ウィットが哀れっぽい声で不満そうに訊く。

しかしグレースはすでにウィットに背を向け、デヴィルへと向かっていた。それを見てデヴィルはステッキを掲げ、懐に入られないように防御する。「あなたを……川にぶちこんでやりたい。くさいにおいを何日もぷんぷんさせてたらいいのよ。おぞましい泥の中にいる気味の悪い生き物にまとわりつかれればいい」

デヴィルはその言葉にひるみ、ステッキをおろした。昔からきょうだいの中でグレースが一番口が達者だ。脅しを実行に移す腕はデヴィルのほうが上だが。「やめてくれ。そいつはひどすぎる」

「今日は何曜日？」

「なんだって？」

「今日は何曜日かって訊いてるの」

「月曜だ」デヴィルの中で不安がふくれあがっていく。

「そう、月曜」グレースは外套の内側から新聞を取りだした。「月曜日の新聞には何が載っているか知ってる？」

「くそっ」

ウィットが低く口笛を吹く。

「これでわたしの最初のせりふの意味がわかったわね」

「おれたちは間抜けなハリネズミコンビってわけか」ウィットが言う。

グレースははじかれたように振り向き、黒い手袋に包まれた指をウィットに突きつけた。

「ハリネズミは一匹よ。そのちっぽけな脳みそをふたりで共有してるの」すぐにデヴィルに向き直る。

「なんの話をしているのかさっぱりわからない」デヴィルはしらを切った。

「認めないつもり？　間抜けなふりをするのはやめなさいよ。実際、間抜けだけど」グレースが言葉を切って息を吸う。そのあとは意外なほど口調がやわらいで、彼女が意図する以上の感情が伝わってきた。「マーウィック公爵の結婚予告は昨日セント・ポール大聖堂で公示されたわ。そして今日の『ニュース・オブ・ロンドン』で婚約が告知された」

デヴィルは新聞に手を伸ばした。「グレース――」

グレースに丸めた新聞で手を叩かれ、デヴィルはひるんだ。「いつ話すつもりだったの？」

「気づくとは思ってなかったんだ……」ウィットを見ても加勢してくれる様子はなかったので、グレースに視線を戻して悪態をつく。

「わたしがどうすると思ったの？　近くにある橋から身投げするとでも？」

デヴィルは目をそらした。「いや、そんなことは思わなかった」

「服をずたずたに引きちぎるとか？」

デヴィルはなんとか小さな笑みをつくった。「かもな」

グレースが彼をにらむ。「そんなことをするにはわたしの服は高すぎるわ」

デヴィルは噴きだした。「たしかにそうだな」

「じゃあ、何？」

「そうだな、殺す可能性は捨てきれないと思った。そして死んだ公爵なんて、おれたちにとってはまずいものでしかない」

ウィットがうなる。「前に死体と関わったことがないわけじゃないけどな」

グレースはふたりのやりとりを無視した。「ここに来たのは、ユアンが結婚するからじゃないわ。ユアンの婚約者がベアナックル・バスターズの庇護のもとにあると、わたしのところの子たちが言ってたからよ」

デヴィルはその言葉を聞いて体をこわばらせた。

鋭い目を持つグレースがすかさず気づき、赤い眉を跳ねあげる。

「死んだ貴族はおれたちにとってまずいものでしかないと、いま言っただろう？　だからフエリシティを守らなきゃならない。コヴエント・ガーデンのやつらはみんなここから出ていきたがってるのに、彼女はここに来たがるんだからな」

「バンブル侯爵の娘がこんな場所で何をするつもりなの、デヴ？」

ウィットが余計な口をはさむ。「デヴィルは彼女が好きなんだ」

デヴィルから目をそらさずに、グレースが確認する。「そうなの？」

ただ好きなだけじゃなく、好きすぎるのが問題だ。

「それってあなたの事務所で会った平凡な娘でしょう」

「平凡じゃない」

デヴィルの言葉はウィットとグレースの注意を引いた。ウィットがうなり、グレースは考えこんだ。「そうね……平凡じゃないかもしれない」

デヴィルは愚かなことを言ったと思ったが、黙っていた。

グレースが話を変える。「ユアンを陥れるつもりだって、どうして教えてくれなかったのよ」

「なぜならおまえとやつは二度と会わないってことで、おれたちは合意したからだ。やつと関われば、おまえの身に危険が及ぶ」きょうだいであるグレースは大切な存在で、公爵には絶対に居場所を知られるわけにはいかない。彼女はかつて起こったことの証だ。ユアンは秘密を守るためならなんでもするだろう。

グレースの存在が表沙汰になれば、ユアンは絞首刑になる。

しばらく沈黙が続いたあと、グレースが口を開いた。「たしかに昔、そう誓いあったわね」

「いまも状況は変わってないし、おまえもそれはわかってるはずだ。やつはおまえを捜しに来た。跡継ぎはもうけないというあのときの条件を覚えていて、新たな取り引きを望んでる」

状況を理解して、グレースが青い目をみはる。「取り引きって？　ただ両方手に入れたくなっただけじゃないの?」

「やつはどっちも手に入れられない」デヴィルが返す。

グレースはきょうだいを交互に見た。「いまのわたしたちは子どもじゃない」彼女の言葉に耳を傾けながら、ウィットが外套のポケットに手を突っこむ。「もう守ってもらう必要はないの。いつユアンが来ても受けて立ってやる。来たいなら来ればいい。剣を突きつけて迎えてやるわ」

その言葉は真実ではなかった。ユアンはグレースの弱点なのだ。グレースがユアンにとってそうであるように。なのに運命は残酷にも、ふたりにとって互いが死を意味するように定めた。

「グレース——」デヴィルは静かに呼びかけた。

グレースが手を振って、残りの言葉を退ける。「だからどうだっていうの? どんなゲームをしてるのよ、デヴ。その娘をユアンと結婚させようとしてるわけじゃないんでしょ?」

「ああ、違う」そんなことは絶対にできない。

「じゃあ、どうするの? 婚約を解消させて、ユアンに警告でも送るつもりだった? 跡継ぎはつくらせないって」グレースがウィットを見る。

ウィットは両腕を広げた。「おれはやつを叩きのめして領地に戻らせたかったんだ」

グレースがにんまりする。「その案もばかげてるけど、デヴィルのよりましね。まったくあなたたちときたら」真顔になって続ける。「わたしを計画に参加させるべきだったのよ。

ここからはわたしも加わる」

「どうして」

「なぜならユアンは別にわたしの未来を盗んだわけじゃないからよ」

「そんなのは嘘だ」ウィットが言う。

「やつは初めて息を吸った瞬間におまえの未来を盗んだ。おれとウィットからも盗んだが、それはまあお互いさまだ。だが、おまえの場合は違う」デヴィルはウィットに同調した。ユアンはグレースの未来だけでなく過去も奪った。彼女の心も。だがその件について三人のあいだで口にしたことはない。「正当な跡継ぎだったからな」

グレースは身をかたくした。こわばった表情で首を振る。「わたしが跡継ぎだったことはないわ」

それはグレースが女性だったからではない。彼らの父である公爵が、グレースが生まれる前にすでに邪悪な計画を始動させていたからだ。デヴィルは続けた。「おまえは公爵夫人から生まれ、未来の公爵として洗礼を受けた。なのにユアンが、おれたちの父親がしたのと同じように狡猾におまえの未来を奪った」

グレースは目をそらした。テムズ川からの風を受けて、深紅の外套が脚に張りついている。

「あなたたちの父親は最初からわたしを憎んでいた」風の中で、声がかろうじて聞こえる。

「だから、彼の裏切りは予想してたわ。そういう人じゃないと期待したこともない」グレースが首を振る。「でも、ユアンは……」

デヴィルは途方に暮れたグレースの様子を見るのがつらくてならなかった。「やつはおれたち全員を裏切り、未来を奪った。だけどおまえからは過去も奪ったんだ」

グレースがデヴィルに目を向け、頬の傷跡を見つめる。「あなたを殺しかけたのよね」

「おれたち全員を殺しかけた」デヴィルの肌にはそのしるしがしかと刻まれている。

「いまでも殺すつもりかもしれない。だからこそわたしも計画に入れるべきだったのよ。誰よりもユアンを知ってるんだから」それは本当だった。「それにユアンは追いこまれる人間じゃない。追いこむほうの人間なの」

「今回はそうじゃない」

「ユアンは愚か者じゃないわ。わたしがすべての秘密を握ってるって、ちゃんとわかってる。わたしの知っている事実が、わたしの存在そのものがユアンを死刑台に送りこむ。だからわたしを見つけるまで心が安らぐことはない。二〇年間安らげていないはずよ」

「おまえは死んだとやつには言う」ウィットが言った。「おまえの存在を嗅ぎ取れるくらいやつが近づいてきたら、もともとそうする予定だった」

グレースが首を振る。「わたしの体が冷たくならなければ、土に埋めて隠すことはできない。ユアンはあまりにも近くにいる。見つからないわけがないわ」

「おれたちがおまえの存在を明かすことは絶対にない」

「もう隠れているのはうんざりだって言ったらどうする？」ウィットがうなると、グレースは言った。「かわいそうなウィット。いつだって、こぶしに頼ればなんとかなると思ってるんだから」デヴィルに目を向け、コヴェント・ガーデンに声を轟かせた。「心配はいらないわ、きょうだい《ブラヴ》。わたしたちは前にも公爵と戦って、勝利をおさめてるもの。わたしの心配じゃなくて取り引きの心配をしなさいよ。跡継ぎはなしっていう取り引きの」

再びうなったウィットに、グレースが目を向ける。

「なんなの？」

「デヴィルが台なしにした」

デヴィルは歯を食いしばった。「台なしになんかしちゃいない。おれには計画がある」

グレースがデヴィルを見る。「どんな計画？」

「きょうだい《ブラヴ》」ウィットもデヴィルを見た。「どんな計画だ？　彼女を傷つけるつもりはないんだろう？」

デヴィルはずかずか踏みこんでくるふたりを殴ってやりたかった。「計画から除外する」

「結婚させないってこと？」デヴィルが答えないでいると、グレースは続けた。「どうやって？　婚約を破棄されたら評判はめちゃくちゃになるし、彼女から破棄してもそれは同じ。評判が救われる道はないって、あなたもわかってるはずよ」

「やつが近づく前から、フェリシティ・フェアクロスはもう傷物だった」ウィットが言う。

デヴィルはウィットに言い返した。「傷物なんかじゃない」

一瞬の沈黙のあと、グレースが口を開く。「その話はわたしも聞いたことがあるわ。誰かの寝室にいるところを見られたんでしょ？」

「どうしてそんなことを知ってる？」

グレースが赤い眉をあげた。「わたしにはすばらしい諜報網《ちょうほう》があることを忘れたの？　あなたと〝もう終わっているフェリシティ・フェアクロス〟について、どんな話が耳に届いているか知りたい？」

デヴィルはグレースのからかいを無視した。「おれが言いたいのは、彼女は傷物じゃないってことだ。フェリシティは……」

完璧だ。

だが、ふたりにそんなことを言うわけにはいかない。

「まったく、デヴときたら」グレースが言う。

ウィットは帽子を脱ぎ、頭を手でこすった。「ほらな」

「ほらなってなんだよ」

「彼女のことが好きなんだろう」

「好きじゃない」

「じゃあ、彼女を犠牲にしてみなさいよ。祭壇の端まで引っ張っていって誘惑すればいい。あなたが生きている限り、ユアンが結婚することはないと彼に証明してみせるのよ。あるいは結婚したとしても、父親と同じで本物の跡継ぎを得られることはないって。ユアンが跡継ぎを得る可能性をあなたがことごとく排除してやるって。自分が立てた誓いを守るのよ」

デヴィルは女きょうだいから目をそらした。「それはできない」

「どうして?」

「フェリシティの評判をめちゃくちゃにすることになるからだ。おれの手で」

「わたしが使ってる情報屋の子たちが、評判はすでに地に落ちているって言ってる。みんなに手を出すなと言ったその夜、あなたが彼女にキスをしているところを、コヴェント・ガーデンの住民の半分が見てるのよ」

あの夜、デヴィルはフェリシティに手を出すべきではなかった。あの夜以降も。だがあのとき起こったことは、最初の計画とは違う。計画では、あんなふうにひそかに彼女を篭絡《ろうらく》するつもりはなかった。いくらフェリシティと快楽をともにしようと、誰にも知られなければ意味はない。計画を成功させるためには、人前で誘惑しなければならなかった。誰からも見えるところで、大っぴらに。

そうしていたら、フェリシティは社交界を完全に追われていただろう。レディとしての地位を取り戻すことは二度となかった。人から敬意を払われる立場には一生戻れず、光の当たるところに立ちたいという願いは完全についえていたはずだ。

返事をしないデヴィルに、グレースがからかいの笑みを向ける。「その娘《こ》のことが好きじゃないって、もう一度言ってごらんなさいよ」

「くそっ」もちろんフェリシティが好きだ。好きにならずにはいられなかった。なのにバルコニーで初めて見たときから、デヴィルは台なしにするようなまねばかりし続けてきた。ユアンを追い払うという計画を変えたときから。そしてデヴィルはフェリシティと関わり続け……守る気のない約束を彼女にした。守りたくても守れない約束を。

「あなたはすでに彼女を犠牲にしてしまったのよ、デヴ。救う方法はひとつだけ」

デヴィルはグレースに向き直った。声に冷たい怒りがにじむ。「ユアンが跡継ぎを得ることはない。特にフェリシティから得ることは絶対にない」

彼女はおれのものだ。

赤い眉が跳ねあがる。「ユアンはそうね」

デヴィルは眉根を寄せた。「ほかに誰かいるっていうのか？　おれたちが知ってる中で、フェリシティ・フェアクロスにふさわしいやつが？」

グレースが計算のない心からの笑みを浮かべ、ウィットに目を向ける。「誰かしらね」

「まさかウィットってことはないだろうな」ウィットがフェリシティに触れるところを思い浮かべただけで、デヴィルは頭がどうにかなりそうだった。

「まったく、勘弁してくれ」ウィットがうなる。「ヤマアラシくらいの脳みそしかないと言われてもしかたがないぞ。おまえだって言ってるんだよ、デヴ。おまえが彼女と結婚するんだ」

一拍置いて、デヴィルの中で感情が激しく渦巻いた。興奮と切望と、危険なほど希望に近い感情が。

だがそんな希望を持つなど、危険なだけでなくありえない。

デヴィルはすべての感情を締めだした。「だめだ」

「どうして？」

「フェリシティはおれを求めてない」嘘だ。

〝マーウィックはわたしの虫じゃない……あなたよ〟

「あなたはどうなの？　彼女のことが欲しくないの？」

もちろん欲しい。ほかの男たちがどうしてフェリシティを求めないでいられるのか、デヴィルにはわからなかった。

銀のライオンの持ち手を握る手に力がこもる。

グレースはデヴィルの返事を待たなかった。「彼女と結婚できるわ。破滅から救ってあげなさい」

「救うことにはならない。別の破滅と置き換えるだけだ。高貴な生まれの女性にとって、コヴェント・ガーデンの泥にまみれてただの女として生きること以上の破滅があると思うか？　ここでどんな暮らしができるというんだ？」

「何を言ってるのよ。あなたは王にも匹敵するほど裕福じゃない。バークリー・スクエアの西の端を彼女のために買えばいいわ」

「バークリー・スクエア全体を買い占めることだってできるだろう？」ウィットがつけ加える。

それでは足りない。メイフェアを買わなければ。すべての劇場のボックス席を、ロンドンで最も影響力のある男たちとの晩餐《ばんさん》の席を、王との謁見を用意するのだ。そしてマダム・エベールがつくれる最も美しいドレスをフェリシティに着せる。だがそれだけしても、フェリシティが上流階級の人々に受け入れられることはない。二度と戻れない。なぜなら夫が犯罪者だから。人々はデヴィルとのつきあいを楽しむが、犯罪者だということは決して忘れない。孤児院で育った婚外子であり、貧民窟で成長したことも。

公爵の地位を勝ち取ったのがデヴィルだったら、すべては違っていたかもしれない。そう考えた自分が情けなくて、デヴィルは首を振った。こんなことを考えたのは二〇年ぶりだ。飢えにさいなまれ、路上以外の寝る場所を求めていた少年の頃以来だ。

背後からせわしない足音が近づいてきた。せいぜい一二歳ほどの金髪で葦《あし》のように痩せた少女が、グレースの副官の前で止まる。「わたしが使ってる子よ」グレースが言い、少女を呼び寄せた。「こっちに来させて」

四角い紙を持った少女が歩み寄り、片膝を落として挨拶する。「ミス・コンドリー」

グレースは手を伸ばして紙を受け取ると、すぐに開いた。

デヴィルは自分から注意がそれてほっとした。恋わずらいをしている間抜けみたいなことをぺらぺらしゃべってしまった。

もしかしたらあの紙には重要なことが書いてあって、フェリシティについての質問から解放してもらえるかもしれない。

グレースはポケットから硬貨を取りだすと、立ち去りかけていた少女に渡した。「もう行っていいわ。気をつけるのよ」グレースがデヴィルに注意を戻す。「どう破滅したいかは、彼女自身が決めるべきだわ。そう思わない？」

このままグレースは、フェリシティについていつまでも話し続けるのかもしれない。ただデヴィルを苦しめるために。「彼女はもう決定をくだした。社交界に復帰するために、公爵と結婚すると嘘をついたんだ。マーウィックを選んだ。一度も会ったことのない公爵を」

〝彼らをこらしめたかったの。わたしをもう一度仲間にしたいと思わせたかった〟フェリシティはそう言った。

「おれたちの戦いにフェリシティを巻きこんだのは間違いだった」

ウィットがうなる。

「たしかにそうね」グレースが同意した。

「フェリシティを計画から除外する。そして彼女の未来もなんとかする」

グレースはうなずき、届けられた紙に視線を落とした。「あなたが彼女の未来を好きにできる段階はすでに過ぎてしまった気がするけど」

「これまでだって、そうできたかは疑わしいな」ウィットが吹きつける風に身を縮めながら言う。

デヴィルは渋い表情をふたりに向けた。「余計なお世話だ」

グレースが顔をあげずに返す。「ちょっと教えてほしいんだけど、あなたとの取り決めとして、彼女は男を誘惑するやり方を教えてほしいって頼んできたの？」

デヴィルは固まった。どうしてグレースが知っているのだろう。「ああ、そうだ」

グレースが顔をあげてデヴィルを見る。「そしてあなたは教えられなかったってわけ?」

「ちゃんと教えた」ウィットの眉が跳ねあがるのを見て、デヴィルは失敗したと悟った。

「だが、適当な誰かを誘惑する方法じゃない。誘惑するのが不可能な男、つまりユアンを相手にした方法だ。フェリシティがそれを学ぼうと思ったのは社交界に戻るため、もとの地位を取り返すためだ。彼女は評判を取り戻すことを望んでいた。自分だけでなく家族の評判も。その話は聞いてないのか?」

「彼女は評判なんてちっとも気にしてなかったみたいだけど。社交界のやつらになんと思われようが、どうでもいいと思ってるんじゃない」

「どうしてわかる? 一度しか会ったことがないだろう」

グレースが手に持った紙を掲げた。「なぜって、彼女がいまクラブにいるからよ」

デヴィルは硬直した。「どのクラブだ」

完璧な弧を描く赤い眉をあげて、グレースが静かに返す。「うちのクラブ」

一拍置いて、ウィットの静かな声が響いた。「なんてことだ」

あるいは、そう言ったのはデヴィルだったのだろうか。グレースの言葉を聞いた瞬間に体を貫いた怒りに気を取られて、よくわからなかった。

デヴィルはふたりに別れの挨拶もせず、暗闇に向かって歩きだした。長い脚で足早に歩いても満足できず、とうとう走りだす。

暗闇に溶けこむようにデヴィルが姿を消すと、グレースはウィットに言った。「なんだか予想外の成り行きだったわね」

ウィットがうなずく。「デヴィルが勝ったらユアンは気に入らないと、わかってるんだろう？」

「ええ」

ウィットはグレースを見た。「しばらく姿を隠したほうがいい」

彼女はうなずいた。「ええ、それもわかってる」

21

シェルトン・ストリート七二番地は売春宿だと、フェリシティはほぼ確信していた。

一時間前に入り口の扉を叩くと、のぞき見用の四角い小窓が引き戸のように開き、コール墨に縁取られた一対の美しい目が現れた。ダリアに招待されたと伝えると、扉が開いて中に通された。

美しい応接室に案内されると濃いサファイア色のドレスをまとった長身の見目麗しい女性に迎えられ、ダリアは外出しているので待っていてはどうかと誘われた。好奇心にとらわれていたフェリシティは当然その誘いを拒めずに受け入れた。

すると仮面を渡され、さらに広い部屋に連れていかれた。シルクとサテンで覆われた楕《だ》円《えん》形の部屋には長椅子や肘掛け椅子や房のついたクッションが一〇個以上も置かれていて、軽食が用意されている。

そこには男性たちも来ていた。

来ていたというより、次々に到着しつつあると言ったほうが正確かもしれない。

部屋にある六つの扉のうち五つは閉まっていて、ひとつだけ開いている扉から英国で最もハンサムな男性たちが入ってくる。魅力的な彼らはワインやチーズや甘いお菓子やプラムを勧めると、フェリシティのそばに座って自分たちの強さを示す逸話を語ったり、冗談を言ったりして、彼女を世界でたったひとりの女であるかのような気分にさせた。

ここに来た理由を忘れそうになったくらいだ。

何より驚いたのは、ほかに何人も女性がいるにもかかわらず、フェリシティこそが世界の中心だと魅力的な男性たちに思わされたことだった。仮面をつけて入ってくる女性たちは男性に選ばれるために来ているらしく、紳士のひとり（それ以上の人数の場合もあるが）とペアになって部屋から出ていく。

ベッドをともにするためなのは明らかだ。

少し前までのフェリシティだったら、シェルトン・ストリート七二番地で行われていることに居心地の悪い思いをしただろう。だがいまは、ダリアの招待を受けたことにわくわくしている。デヴィルのような男性を誘惑する方法を教えられる人がいるとしたら、ここに集っている信じられないほど魅力的な男性たちだろう。

彼女を楽しませてくれている長身でハンサムな男性が、ネルソンだと自己紹介する。英雄である高名な提督と同じ名前だが、彼のほうが見栄えがいい。笑みを浮かべた目がやさしく目尻に魅力的なしわがあるネルソンは、ひと晩だけでなく一生をともにしたいと思ってしまう種類の男性だ。

彼はお世辞を次々に浴びせたあと、かつて知っていた猫について話しはじめた。その猫は教会の礼拝に出席したがり、しかもただ出席するだけではなかったらしい。「説教壇にのぼるのがとても好きで、いつも祈禱《きとう》書の上に寝そべっていたんだ。言うまでもないが、牧師はまったく気にせず、猫をどかしてから説教を始めていたよ」

ネルソンが濃い茶色の目を楽しそうに輝かせてつけ加えると、フェリシティは思わず笑ってしまった。

「ぼくはいつもかわいそうだと思って見ていた。猫はかわいがってほしかっただけだろうに」

その言葉にこめられた二重の意味にフェリシティは当然気がつき、目を見開いた。これほどあからさまな場合も、〝戯れ〟と呼べるものだろうか。

答えを見つけられないでいるうちに、扉を叩く音が二度響いた。床の振動を感じていると、彼女の背後に視線を向けたネルソンが目をみはり、あわてて立ちあがる。

フェリシティは振り返る前から、そこに何があるのかわかっていた。

何がというより誰がと言うべきかもしれない。

心臓が早鐘を打つのを感じながら振り返ると、やはりそこには長身で黒ずくめのデヴィルが立っていた。ステッキを持ち、目に怒りを浮かべている。顎の筋肉をぴくぴくさせている彼に見つめられるうちに、フェリシティは息ができなくなった。デヴィルの顎に手を伸ばして、やさしくなだめてあげたい。

だめよ、そんなまねはもうしてはならない。

彼女は背筋を伸ばした。「いったいここで何をしているの？」

「ここはきみのような女性が来るところじゃない」

フェリシティはすぐさま言い返した。「どうしてあなたにそんなことを言われなければならないのか、わからないわ」

いつも鋭いデヴィルの顔がさらに鋭さを増し、目の色が濃くなった気がした。「ここはコヴェント・ガーデンの中にあり、おれはコヴェント・ガーデンの頂点に立ってる。だからフェリシティ・フェアクロス、きみにそう言う権利がある」

フェリシティはあざけるような笑みを浮かべた。「それならおとぎ話のお姫さまをあなたの王国に入らせる前によく考えたほうがよかったんじゃないかしら」

「くそっ、フェリシティ」まわりの注意を引かないよう、デヴィルが低い声で言う。「好き勝手にメイフェアから抜けだすなんて、きみにできるわけないだろう」

「でも、できるみたいよ」行き遅れの特権と言おうか、いったんベッドに入れば誰も様子を見に来ない。家を抜けだすというのはこれほど楽しいものなのだと、フェリシティは実感していた。

そして偉そうにしている男性をへこませるのはもっと楽しい。フェリシティは誇らしい気分のまま、くるりと向きを変えると、部屋を横切って美しいマホガニー製の扉まで行き、そこを通り抜けた。自分がどこへ向かっているかわかっているかのように堂々と。

どこへ向かっているかは、デヴィルを振りきってから考えればいい。

フェリシティは彼が悪態をつく声を聞きながら扉を閉めた。うれしいことに扉には鍵が挿したままだったので、それを回して抜き取り、ポケットに入れる。あたりを見回すと、狭い木の階段が上に向かって延びていた。金と深紅のサテンで壁が覆われた空間は薄暗い。

扉の取っ手がガタガタと揺れた。「ここを開けろ」

「いやよ、開けたくない」

一瞬の沈黙のあと、デヴィルが再び言った。「フェリシティ、ここを開けるんだ」

ぞくぞくした感覚が彼女の体を駆け抜けた。これまで感じたことのない興奮と開放感だ。

「錠前破りの才能があったらよかったと、いまだけは思っているんじゃない？」

「錠前破りの才能なんて必要ない、かわいい人《ラブ》」

〝かわいい人《ラブ》〟愛情を示す呼びかけが狭い空間に反響する。その言葉をうれしく思うべきではないのに、思わずにいられなかった。こんなふうに彼の発する言葉に左右されるべきではないのに、どうしようもなく左右されてしまう。デヴィルは彼女を傷つけ、遠ざけ、きっぱり縁を切ったというのに。

フェリシティはもどかしさに息を吐いた。

いまでもデヴィルのちょっとした言葉をこんなにも求めている。

彼を求めている。

フェリシティは扉に背を向け、足早に階段をあがりはじめた。デヴィルが鍵を手に入れる前に、少しでも遠くへ行きたかった。それとも彼を思う自分の気持ちと距離を置きたいのだろうか。しかし、もはやどちらでも関係ない。最初に扉を開けてくれた美しい女性からデヴィルが鍵を手に入れるまで、おそらく一、二分しかかからないだろう。

階段を四分の三ほどあがったとき、扉が勢いよく開いた。壁にぶつかって跳ね返った扉をデヴィルが力強い腕で受け止め、階段室に入ってくる。フェリシティは足を止め、ぽかんと口を開けた。「頭がどうかしてしまったの？　わたしがそこにいたらどうするつもりだったのよ！」

「だが、いなかった」デヴィルが階段をあがりだす。

フェリシティは心臓が激しく打つのを感じながら、後ろ向きに階段をあがった。「ダリアの扉を壊してしまったじゃない」

「あいつは金を持ってるから、問題なく直せる」デヴィルは足を止めずに進んでくる。「フェリシティ・フェアクロス、いまおれはきみに対して腹を立てている」

フェリシティは動きやすいように片手でスカートをつまみながら、階段をあがり続けた。

「そうみたいね。扉を壊したところを見ると」

「きみがコヴェント・ガーデンに来なければ、こんなことはしなくてすんだ」

「ここにはあなたとは関係のない理由で来たのよ」

「何もかもおれと関係がある」

「二度とあなたを捜すなと言ったじゃない」デヴィルはどんどん距離を詰めてくる。フェリシティはそれにつれて鼓動がさらに速まるのを自分が楽しんでいることに気づいた。

「それで代わりに売春宿を捜しだしたってわけか？」

フェリシティは足を止め、壁に手をついて体を支えた。「どうやらここはそうらしいと薄々感じていたの！」この建物をもっと探検しなかったことが残念に思えてくる。

「薄々感じていただと？」自分を抑えるように、デヴィルが天井を見あげた。「ここがほかのなんだっていうんだ？〈ホワイツ〉の支部か？　コヴェント・ガーデン仕様の？」

フェリシティは首を傾けた。「そうなのかなとは思ったけれど……なんていうか、売春宿という感じがしなくて……」彼はもうほとんど追いついている。「どうして女性は全員仮面をつけているの？」

「もう逃げるのはやめたのか？」

フェリシティはうなずいた。「いまのところは」

「おれの言ったことに興味を引かれて、答えが欲しいと思ったからだろう」

「どうして女性はみんな仮面をつけているの？」

デヴィルが彼女のすぐ下の段で立ち止まると、身長が違うので目の高さが同じになった。

「身元を隠したいからだ」

「そんなのはおかしいでしょう？　客は女性の顔を見たいはずだもの」

「フェリシティ……」デヴィルが唇の端にうっすら笑みを浮かべる。「女性たちが客だ」

フェリシティは驚き、思わず口を開けた。「まあ」

ここは売春宿なのだ。男と女が逆の。

「まあ」もう一度声をあげる。「だからネルソンはあんなに魅力的だったのね」

「ネルソンは仕事にかけてはとても有能だ」

「想像がつくわ」

「想像なんてするな」デヴィルが小さくうなる。

フェリシティは目を見開いた。まさか……嫉妬している？　いいえ、ありえない。デヴィルみたいな男性はフェリシティ・フェアクロスみたいな女のことで嫉妬したりしない。

デヴィルが続けた。「いったいここで何をしてる？」

あなたを手に入れる方法を学びに来たのよ。「招待を受けたの」

「ああ、ダリアにだろう。まったくあいつをテムズ川に沈めてやりたい」すぐそばで影に包まれるように立っている彼は、声を抑えて話している。「もう一度訊くぞ、お嬢さん《マイ・レディ》。今度は本当のことを言ったほうがいい。いったいここで何をしてる？」

〝マイ・レディ〟という言葉を聞いて、フェリシティは本当に誰かの妻《レディ》になるというのはどんなものなのだろうと、生まれて初めて考えた。寄り添って立ち、好きなように触れたり触れられたりする相手がいるというのは、どんな気分になるものなのだろう。

デヴィルのそういう相手になりたい。

けれども思いを口にする代わりに、別の質問をした。「もうあなたのところに来てはいけないと言ったわよね」

デヴィルが目をつぶって、ゆっくり息を吸う。「ああ」

フェリシティはその答えに胸が痛んだ。「あなたはどちらかはっきり選ばないままでいたいと思っている。でも、そんなことを許すわけにはいかないわ。あなたはわたしときっぱり縁を切るか、わたしの庇護者として行動するかを選ばなければならない。両方は無理なの。いずれにしても、わたしは守ってくれる人は募集していないけれど」

「コヴェント・ガーデンの売春宿にいるんだから、おれに守ってもらうほうがいいと思うが」

「誰かに守ってもらうのがいやになったからここに来たのよ。わたしは広い世界のいろいろなことを学びたいの」

「きみは家に戻るべきだ」

「戻って何を学べというの？　生贄の羊になる方法？　愛していない男性と結婚する方法？　腹が立つばかりの家族を救う方法？」

再び低いうなり声がする。「じゃあ、ここでは何を学べる？」

あなたを手に入れる方法よ。

フェリシティは唾をのみこんだ。「あなたが最後まで教えてくれなかったこと」

デヴィルは彼女をにらんだ。「情熱について話したことを覚えてるか、フェリシティ？　愛とは違う。辛抱強くもやさしくもない。聖書で好んで語られるようなこととは完全に別物だ。情熱は何かを求める気持ちじゃない。欲望そのものだ」

フェリシティはデヴィルから発せられる熱が波のごとく押し寄せて体を包みこむのを感じ

た。彼に欲望を向けられたらどうなるのだろう。フェリシティがデヴィルに欲望を覚えるときのように頭がくらくらするのだろうか。

自分は彼への欲望にとらわれつつある。

だからデヴィルが去っていったとき、あれほど傷ついたのだろう。

彼を愛しているからではない。

デヴィルがつけ加えた。「情熱は気高い行いよりも罪深い行いと結びついていることが多い」

罪悪感のにじんだ声を聞いて、フェリシティは彼の頬に手を当てずにはいられなかった。デヴィルとのあいだを隔てる手袋がもどかしい。彼を直接感じたかった。「罪についてはよく知っているんでしょうね」

デヴィルが目をつぶって手に頬を寄せてくると、フェリシティの体の芯を喜びが貫いた。

「きみが想像もできないくらい、罪については知っている」

「わたしを見ればその罪がわかると、あなたは前に言ったわよね」

デヴィルが美しい目を開ける。その瞳はすべてを見通しているかのようだ。「嫉妬だ。きみは彼らのいる場所をうらやんでる。彼らの暮らしを。社交界に受け入れられていることを」

おそらくかつてはそうだった。社交界でフェリシティ以外の人々が送っている生活に戻れるなら、きっとなんでもした。彼らの幸せを、彼らのように受け入れられることを、かつては何よりも求めていた。でも、いまは違う。「違うわ。わたしの罪は嫉妬じゃない」

今度はデヴィルが手を持ちあげた。フェリシティに触れるために。温かくて力強い指が彼女の頬に触れる。「じゃあ、きみの罪はなんだ？」

「あなたを求める気持ちよ」フェリシティはかろうじて聞こえる声で言った。

暗闇の中で静かに悪態をつく彼の声がひどく近い。ありえないほど近い。いけないと頭ではわかっていながら、フェリシティはデヴィルとの距離を詰めた。そうせずにいられなかった。「デヴィル、あなたが欲しいの。あなたに求愛して、あなたを焦がす炎になりたい。でも本当は……」彼女は口ごもった。デヴィルが向けている表情が気に入らなかった。フェリシティが言葉にする前からすでに何を言うのかわかっているのではないかと思わせる表情。もしかしたら本当にそうなのかもしれない。「わたしのほうが飛んで火に入る夏の虫なんじゃないかと思う」

頬にあったデヴィルの手が滑り落ちてうなじで止まる。彼はフェリシティの髪に指をくぐらせて引き寄せ、彼女に火をつけた。

デヴィルのキスにためらいはまるでなく、フェリシティは理性がどんどんかすんでいくのを感じた。彼はフェリシティを追い払いたがっていたはずなのに、次の瞬間には彼女の息を奪い、まともにものを考えられなくさせる。フェリシティの顔を手で包みながら反対の腕できつく彼女を引き寄せる体はどこまでも熱い。悦びを波のように送りこんでくる唇は荒々しくも完璧な感触で、舌は温かくて心地よかった。

これが最後かもしれないキスは、信じられないほどすばらしい。デヴィルの腕の中にいつまでもいたかった。階段の上で、いつまでもこうしていたい。そのとき、階段室に咳払いの音が響いた。少し離れた場所から響いてきた音を耳にして、人に見られているというパニックがわき起こる。フェリシティがデヴィルの肩を押しのけると、彼はそんな必要はないとばかりに名残惜しそうに顔を離した。

「何か用か?」デヴィルがフェリシティから目をそらさずに問いかける。

「うちの扉を壊してくれたわね」ダリアが階段の下から返す。

デヴィルはうなって認めたが、やはりフェリシティから目をそらそうとしない。彼女の頬は燃えるように熱くなった。デヴィルがそんなフェリシティの腕を撫でおろし、手を握る。

「そういうことがしたいなら、ここにはそのための部屋があるって知ってるでしょ?」ダリアが続ける。

デヴィルが美しい唇を一瞬きつく結んだ。「あっちへ行け!」顔を寄せて、再びキスをする。短いけれどもたしかなキスをされたフェリシティは、デヴィルが顔をあげたときには息を切らしていた。「さあ、行こう」彼女にそれ以外の選択肢があるかのように、デヴィルが言う。

ふたりは階段をあがった。のぼっては折り返し、のぼっては折り返す。彼の足取りにためらいはなかった。フェリシティが罪深い冒険を約束する美しく謎めいた廊下を興味津々とのぞいていても、進むペースをゆるめずに上へ上へと導いていく。フェリシティは心臓が激しく打つのを感じながらついていったが、やがてデヴィルは真っ暗闇と言っていい狭い空間で足を止めた。行き止まりで、どこにも行くところはない。

デヴィルは彼女を放すと、両手を天井に当てた。頭のすぐ上にさがっている輪が光を反射する。彼が跳ね上げ戸を押しあげて開いた穴を通り抜けると、星明かりを受けた美しい体が浮かびあがり、フェリシティは驚きに口を開けた。

彼が穴から手をおろして、フェリシティに差しだす。躊躇なく手を取った彼女は、デヴィルが支配する夜の世界へと引きあげられた。

22

デヴィルはフェリシティを屋根の上に連れだした。

そんなことはすべきではないとわかっていた。辻馬車に乗せて、彼女の一族が何世代にもわたって暮らしているメイフェアの家に無傷のまま送り返すべきだと。フェリシティを彼女が属する世界とはまるで違う自分の世界に連れてくるのは間違っている。フェリシティを貶めることになるだけだとわかっていた。

だがフェリシティの罪がデヴィルを求める気持ちだというなら、デヴィルも彼女を求めている。フェリシティをどうしようもなく求めていた。

これまでに欲しいと思った何よりも。デヴィルはいままでの人生の大半を貧困の中で腹をすかせ、怒りを抱えて過ごしてきた。だからどれほど何かを求めていても、耐えることには慣れている。そんな彼にフェリシティは自分の気持ちを伝えた。デヴィルのことが欲しい。彼を焦がす炎になりたい。けれど本当は自分のほうが飛んで火に入る夏の虫なのではないかと思う、と。

そしてデヴィルの望みは彼女をどこにでもいいから連れ去って、一緒に燃えあがりたいということだけだ。

デヴィルがフェリシティを屋根にのせ、開口部を閉めて立ちあがると、彼女は夜の世界を見つめていた。眼下に広がる街並みと、頭上の星空を。星空はデヴィルの未来のように澄んで広がっている。

その未来にフェリシティはいない。

だが今夜だけはこの世界を彼女と分かちあうつもりだった。あとで永遠に悔やむとわかっていても。どうしてもそうせずにいられなかった。

フェリシティがクラブで与えられた仮面をはずして暖かい夜気に素顔をさらすと、その思いはさらに強まった。彼女が目を見開いてゆっくりと回り、眺めを堪能する。そのあとデヴィルに向けた幸せそうな笑みを見ると、彼はその場に膝をつきたくなった。「なんてすばらしいの」

「ああ、そうだな」デヴィルは音をたてて息を吐いた。

フェリシティが首を振る。「屋根にのぼるなんて考えたこともなかった」

「屋根の上ほど移動に適した場所はない」デヴィルが手を差しだすと、彼女が信頼を預けるように手をのせた。デヴィルは煙突を迂《う》回《かい》し、割れた瓦を踏み越えながら、曲がりくねった長い通り沿いに屋根から屋根へと彼女を導いていった。

「どこに向かっているの？」

「ここじゃないどこかだ」

フェリシティが足を止め、手を離す。デヴィルが振り返ると、彼女は顔を街のほうに向けていた。両腕を大きく広げ、空を見あげて夜の空気を吸いこむ。その顔にはうっとりしたような笑みが浮かんでいた。

デヴィルは動けなくなった。フェリシティから目をそらせなかった。喜びに満ちた表情を、興奮して赤くなった頬を、息を吸いこんで持ちあがった胸や腰の曲線を、月の光を受けて銀色に輝く髪を見つめずにいられない。その瞬間の彼女はカルデアだった。デヴィル以外の誰にも見えないフェリシティは始まりと終わり、過去と未来、そして現在でもある。

彼女は頭上に広がる夜空のように美しい。

「本当にすてき」フェリシティの言葉は力強く、情熱にあふれている。「自由だと感じるわ。わたしたちがここにいることを誰も知らない。暗闇に潜む秘密のひとつになるって、いい気分ね」

「きみは暗闇が好きだな」デヴィルの声は砂利を踏む車輪の音のようにきしんだ。

彼を見あげるフェリシティの目はきらきらと輝いている。「そうよ。あなたが闇をまとっているから好きになったの。あなたが闇を愛しているから」

デヴィルはステッキの持ち手を握る手に力をこめ、足元に二度打ちつけた。「おれはそんなものは好きじゃない」

フェリシティが眉をあげ、広げていた腕をおろす。「闇を統べているあなたがそんなことを言っても信じられないわ」

屋根の一番高いところにのぼったデヴィルは、彼女を見なくてすむよう別の高い場所に飛び移るかどうか思案した。「子どもの頃は暗闇が怖かった」

一拍置いて、スカートが屋根瓦にこすれる音が響く。振り向かなくても、フェリシティがデヴィルに触れるために手を伸ばそうとしているのがわかった。しかし彼女の哀れみに耐えられる気がせず、デヴィルは足を進めて下の屋根に移り、鉄製の階段をあがって次の屋根にのった。そのあいだもしゃべり続ける。こんなに長く人に話しかけたことはない。とにかく触れるのをやめさせたかった。

「蠟燭は高いから、孤児院では使われてなかった」さらに次の屋根で足を止め、はるか下の酒場の外で揺れているランタンを見つめた。「貧民窟では、暗闇に潜んでいる怪物を避けるためにどんなことでもした」

それでもフェリシティは追ってくる。彼の名前を祈りのように唇にのせながら。

デヴィルは屋根の切り妻を形づくっている赤い瓦にステッキを打ちつけた。振り返って、こっちに来るな、おれのことは放っておいてくれと言いたかった。

「おれはきょうだいを守れなかった」眼下に広がる街に向かって言う。

フェリシティが足を止めた。「彼らはあなたというきょうだいがいて運がいいわ。彼らがどんな目であなたを見ているか、わたしは実際に目にしたから知っている。あなたは自分にできる精いっぱいのことをしてふたりを守ったはずよ」

「それは違う」デヴィルは険しい声で否定した。

「あなたも子どもだったのよ、デヴォン」フェリシティが背後で言う。その声は小さく、名前が呼ばれたのを聞き逃すところだった。いや、それは嘘だ。フェリシティの口から出た彼の名前は救いの言葉のように響いた。

だが、自分にそんな価値はない。「そうだとしても、後悔せずにいられない」

フェリシティは手を伸ばしたが、デヴィルの思いに気づいたのか触れようとはせず、屋根のてっぺんに立つ彼の足元に座って見あげた。「あなたは自分に厳しすぎるわ。彼らとはそんなに年も変わらないでしょう？」

ここで会話を打ちきって、この屋根の跳ね上げ戸を抜けて自分の事務所に戻ることもできる。フェリシティは家に送り返すべきなのだから。けれどもデヴィルはフェリシティの横に、反対を向いて座った。彼女がふたりのあいだの隙間に手袋をはめた手をつく。デヴィルはその手を取って、月がサテンを銀に変えていることに感嘆しながら膝の上にのせた。

デヴィルは愛するのと同時に憎んでもいる暗闇の中で、魔法によってつくられたような銀色の手袋を見つめながら話を続けた。「おれたちは同じ日に生まれた」

フェリシティが一瞬息をのんだあと、問いかける。「どうしてそんなことが……」

デヴィルは彼女の指を手袋の上から祈るようにゆっくりと撫でた。「母親が違うんだ」

彼の手の下で、フェリシティの指がぴくりと動く。「でも、父親は同じなのね」

「グレースは違う」

「グレース」フェリシティが眉間にしわを寄せる。「ダリアね」

デヴィルはうなずいた。「グレースは父親も違う。彼女が残りのおれたちを合わせたより出来がいいのはそのせいだろう」手袋の生地をたどって、ボタンを探り当てる。

彼がボタンをはずしてフェリシティの手首をあらわにするのを、ふたりは見守った。「父親のことは知らないとあなたは言っていたと思うけれど」フェリシティが静かに言う。

「おれが言ったのは、母が死んだとき父がおれを欲しがらなかったってことだ」

「そのあとも？」

デヴィルはうなずいた。フェリシティの顔に目を向けないまま、サテンの手袋をそろそろと抜き取る。すると口に唾がわいた。「だがもっとあとになって、おれたちに使い道が出てきた」少し間を置いて続ける。「グレース以外の子を持てることはないとわかって」

フェリシティが首を振った。「理解できないわ。グレースは彼の実の娘ではないんでしょう？」

「だが、彼はグレースの母親と結婚してる。そしてグレースを自分の娘として受け入れるつもりだった。跡継ぎが欲しかったから」

跡継ぎという言葉が意味するところは……。「お父さまは貴族だったのね」

デヴィルはうなずいた。

彼の父親の称号がなんだったのか訊かないよう、フェリシティは懸命に自分を抑えている。

「だけど……お父さまには息子たちがいた。どうしてもっと子どもをつくらなかったの？もうひとりできるのを待てばよかったのに。妻が息子を産むのを」

「それは不可能だった。それ以上子どもを持つことはできなかったから」

フェリシティが怪訝な顔になる。「どうして?」

彼女はこのうえなく美しい肌をしている。デヴィルはフェリシティの手をひっくり返し、手のひらに円を描いた。「グレースの母親に撃たれて、子どもをつくれなくなったんだ」

フェリシティが目を丸くする。「どこを撃たれたの?」

デヴィルはようやく彼女と目を合わせた。「子どもがつくれなくなる場所だ」

フェリシティが口を開け、再び閉じる。「それで彼が嫡出子を持てる可能性がなくなって、女の子だけが残されたのね」

「そうなったら、たいていの男はあきらめるだろう。血筋が絶えるのをしかたなく受け入れ、遠い親戚にでも爵位を継がせる。だがおれの父は、血のつながった跡継ぎをどうしてもあきらめられなかった」

フェリシティがデヴィルの指を握ってぬくもりを与える。彼女がこの先永遠にデヴィルのもとにとどまって寒さを遠ざけてくれたらどんなにいいだろう。「あなたとビーストね」

デヴィルはうなずいた。「ウィットだ」

ビーストの本当の名前を聞いて、フェリシティは小さく微笑んだ。「正直に言うと、その名前のほうが好きよ。デヴォンとウィットのほうが」デヴィルの手を放して、素手で彼の顔を包む。デヴィルは触れられる前からフェリシティが何をしようとしているかがわかり、目をつぶって待ち受けた。彼女が柔らかい指で頬の長くて白い傷跡に触れ、そっとたどる。

「それからこの傷をつけた人もいるわね」

「ユアンだ」デヴィルはフェリシティの手を握って引き寄せ、初めて人に語る話を始めた。過去をよみがえらせた自分に腹が立つのと同時に、やっと人に語れることに大きな喜びがこみあげる。「彼が……父が孤児院に現れたとき、これで救われると思った」フェリシティがうなずくのを見て先を続ける。「母はわずかな金を遺《のこ》していたが、おれを家に置いてくれていた家族に、父からの連絡を待つあいだの生活費として取りあげられてしまった」

「赤ちゃんから生活費を取りあげたの？」こんなことでショックを受けた顔をしているフェリシティには絶対に伝えられない事実があると、デヴィルは痛感した。この世に存在する汚いものからフェリシティを守りたい。

彼はズボンのポケットから、すりきれて薄くなった小さな布を取りだした。真鍮製のピンがついている。デヴィルが布に施されている刺繍を親指で撫でると、フェリシティがそこを見つめた。手に取ってよく見たいと思っているのは明らかなのに彼女は何も言わず、デヴィルはそれを渡したい気持ちと隠したい気持ちのあいだで揺れ動いた。やはり見せたいと思っても、そうするのが怖い。自分がフェリシティにふさわしい男には決してなれないという証だからだ。デヴィルはしかたなく布を自分で持ったまま、かつては鮮やかだった赤が茶色に色あせているものの、かろうじて〝M〟の字を保っている刺繍だけを見せた。彼のお守りを。

彼の過去を。

デヴィルはフェリシティに理解してほしかった。「父が来たとき、おれは一〇歳だった。

そのときも夜だったのは皮肉なもんだな。おれは男児用の区画にいたんだが、院長の持っている蠟燭の光が近づいてきたときのことを覚えてる。助かったと思ったよ」無意識に彼女の手をきつく握る。「父はおれを領地に連れ帰った。おれがそれまで夢見てきたすべてを集めたような場所に。そして残りのきょうだいに引きあわされた」口をつぐんでから、ぽつんと続ける。「これで何もかもよくなるんだと思ったよ」

そのあとどうなるのかすでに察知しているかのように、フェリシティが指を絡めている手にますます力をこめた。

「だが、そうじゃなかった。暗闇が別の暗闇に変わっただけだった」

フェリシティが自分を一心に見つめているのがわかる。一瞬たりとも彼から注意をそらさない。デヴィルは彼女を見なかった。見られなかった。そこでフェリシティの手を見つめながら話し続けた。手をひっくり返し、関節を次から次へと親指でたどり、でこぼこした感触を味わう。

「おれたちが生まれた日は父にとって驚きの連続だったはずだ。四人も生まれたんだから。男が三人に女がひとり」デヴィルは首を振った。「ざまあみろなんて思うべきではないんだろう。この先の成り行きがわかってるんだから。しかし跡継ぎを欲しがっていた父がその日それを得られなかったことに、ざまあみろと思わずにはいられない。跡継ぎとして通すことができる唯一の子は女の子だった。そしてほかの三人は……」星でいっぱいの夜空を見あげた。「おれたちはみんな婚外子だった」

デヴィルは手を放そうとしたが、フェリシティは受け入れなかった。彼の手を握る手にさらに力をこめてくるので、そのままにする。

「でも、おれの父はずる賢かった。そしてやつにとって名前は財産より重要だった。未来や真実よりも。だから跡継ぎが生まれたと発表した。子どもは男だったと」

フェリシティは目をみはった。「それは法を犯しているわ」

法を犯しているだけじゃない。その跡継ぎが爵位を継いだら、極刑に処せられる。

「誰にも見つからなかったの？　誰も何も言わなかったということ？」なかなか信じられることではないとデヴィルはわかっていた。彼自身、自分が間違って記憶しているのではないかと思い、夜中にしょっちゅう当時を思い返した。父の屋敷には使用人が大勢いた。だから気づいた者も多かったはずだ。誰かが声をあげたはずだと考えて。

だが、デヴィルは当事者だった。そして彼の記憶は嘘をついていない。デヴィルは首を振った。「赤ん坊を見に行こうと誰も思わなかったんだ。グレースは領地に留め置かれて、町に連れていかれたことは一度もなかった。そして母親もそういう生活を喜んで受け入れていた。グレースも婚外子だったからだ。ひと握りの忠実な年配の使用人だけが母親と娘の面倒を見ることを許された。そして父には計画があった。三人の息子を使った計画が。婚外子だが息子は息子だ。やつは一〇歳になったおれたちを集め、領地の屋敷に連れていって計画を伝えた。〝おまえたちの中のひとりが跡継ぎになる。途方もない富を手にし、最高の学校で教育を受けるのだ。手に入らないものは何もない。食べ物も飲み物も、権力も女も、望むものはすべて手にできる〟やつはそう言った」

彼の手を流れる血が止まるのではないかと思うくらい、フェリシティがぎりぎりと手に力をこめる。「デヴィル」

デヴィルはフェリシティを見た。「デヴォンだ」

その名前を彼女が覚えていることが重要だった。家族がつけてくれたのではなく、何もないところからつけられた名前を。そしてデヴィルもそれを覚えていなければならない。フェリシティと一緒にいると、このまま彼女を自分のものにしてしまいたいという誘惑に駆られる。しかし、デヴィルは競争に勝てなかった。公爵になれなかったのだ。彼はいまも何者でもない。

記憶がよみがえった。小柄で葦のように細かったウィットは、歯ばかりが目立つ小さな顔にいたずらっぽい笑みを浮かべていた。背が高くて筋肉質のグレースは、落ちくぼんだ悲しげな目をしていた。子馬のようにひょろりと脚が長く骨ばかりが目立っていたユアンは、ぎらぎらした決意を全身にみなぎらせていた。

「おれたちのうちのひとりがすべてを受け継ぎ、残りの者たちは違う運命を歩むことになっていた。はるかに劣る運命を」

「どんなふうにしたの？　彼はどうやって跡継ぎを選んだの？」フェリシティがささやく。

デヴィルは首を振った。「自分は選ばないとやつは言った。おれたち自身が選ぶんだと」

「どうやって？」

た。

「戦って勝ち取れと」

フェリシティは鋭く息を吐いた。「戦うってどんなふうに?」

デヴィルはようやくフェリシティの目を見ることができた。そこにぞっとした表情が浮かぶところを見たかった。デヴィルがどんな生まれで、どんなことを経てここまで来たのか、彼女が理解するところを見たかった。最初からわかっていたこと、デヴィルがフェリシティよりはるかに劣る地獄にも等しい場所にいるという現実に彼女が直面するところを見たかった。

フェリシティが去ったら、デヴィルはずっと地獄にいることになる。

「父が望むとおりに」

彼女がデヴィルの手を握りしめた。そんな力があるとは思いも寄らなかったほど強く。

「そんな。どうかしているわ」

デヴィルはうなずいた。「肉体的な戦いはどうってことなかった。最初は棒と石、それからこぶしと火で戦わされた。だが、精神的な戦いはまるで違う。これにみんなやられた。やつは鍵をかけておれたちを閉じこめた。暗闇の中に」こんなことはフェリシティに話したくないのに、言葉が次々に出てくる。「そしておれたちに言った。〝自由になって光の中に出ていけるぞ。戦う相手を選んで倒せば〟と」

フェリシティが首を振る。「まさか」

「やつはおれたちに贈り物を与えておいて、そのあと取りあげた。菓子やおもちゃなんかを」デヴィルは言葉を切った。記憶が堰《せき》を切って押し寄せてくる。「たとえば犬だ。暗闇の中でその犬から何日もぬくもりをもらったおれに、やつは〝もし誰かひとりを倒したら、その犬をずっと飼ってもいい〟と言った」

フェリシティが体をすり寄せ、記憶から彼を守るかのように両腕を巻きつける。「ありえないわ」

デヴィルはうなずき、空を見あげて息を吸った。「もちろん拒否した。ウィットはきょうだいだ。グレースもそう。ユアンは……」

ユアンはひとりだけ犬を手元に置き続けることを許された。

ユアンが何をしたか。

フェリシティが首を振り、デヴィルの腕に顔を押しつける。「そんなのはありえない」

デヴィルも彼女に腕を回し、髪を撫でてきつく抱き寄せた。ユアンには絶対にフェリシティを渡さない。

「やつはおれたちの中で一番強い者を跡継ぎにしたかった。一番貪欲な息子を」父は祖先から受け継いだ王国を継がせる息子が欲しかった。「やがておれは競争するのをやめた。みんなの身を守ることだけに集中するようになった」

「あなたたちは子どもだったのよ」フェリシティがささやく。「そんな残酷なことは想像すらしていなかったらしく、その声は傷ついている。「そんな罪深い行いは誰かが止めようとしたはずだわ」

「罪は見つからなければ罪にならない」デヴィルは静かに言った。「おれたちは必死に団結した。そうやって正気を保った。やつを勝たせることは絶対にしないと約束しあった。おれたちを引き離すようなまねは絶対にさせないと」

フェリシティがうつむいて膝の上に視線を据えているのを見て、デヴィルはこれで終わりだと悟った。こんな話を聞いた彼女がコヴェント・ガーデンに戻ってくることはない。彼のもとにはもう戻らないだろう。デヴィルは心を励ましながら話を締めくくりにかかった。

「だが、結局……おれたちはそれほど強くなかった」ユアンが振るったナイフの鋭く不快な感触が頬によみがえる。命令を受けて、ユアンはそうした。暗闇に響いた父の声がよみがえる。

〝欲しいものがあるなら、ほかのやつから奪い取れ〟

そしてユアンは襲ってきた。

デヴィルは息を吐き、記憶を頭から追い払った。「あとはもう逃げるしかなかった」

フェリシティは顔をあげなかった。「それでここに来たのね」

デヴィルはうなずいた。

「父親のところにどれくらいいたの？」

「二年だ。逃げたときは一二歳になっていた」

フェリシティが鋭く息を吐く。「二年も」

デヴィルは彼女を引き寄せ、こめかみにキスをした。「しかし、おれたちは生き抜いた」

フェリシティに美しい目を向けられ、デヴィルの鼓動が速まる。「あなたにその歳月を返してあげられたらいいのに」

デヴィルは微笑み、彼女の柔らかい頬を親指で撫でた。「きみからなら受け取る」フェリシティの美しい目に涙がわきあがる。「だめだ、いとしい人《ラブ》。泣かないでくれ。おれなんかのために」

彼女が涙をすばやく拭く。「信頼できる人は誰もいなかったのね」

「おれたちは互いを信頼してた」デヴィルは心からそう言った。「おれたちは力をつけて強くなることを誓った。王のように裕福になることも、決して終わりのない罰を与えることも。父はずっと跡継ぎを求めてた。だからおれたちが生きている限り、やつに跡継ぎは持たせない。それが罰だ」

涙をたたえた彼女の目が、月明かりを受けてきらめく。フェリシティは口を引き結んだ。

「彼を殺してやりたい」

デヴィルは眉を跳ねあげた。

「そんなのは間違っている、罪だということはわかっているわ。でもあなたの父親は……そう呼ぶことさえいやでたまらないけれど、死んで当然よ」

デヴィルはどう返せばいいのか、一瞬言葉が見つからなかった。「やつは死んだ」

フェリシティがうなずく。「苦痛に満ちた死であったことを願うわ」

デヴィルは思わずにやりとした。彼のすばらしき錠前破りは、ロンドンの社交界では壁の花として知られていようと、雌ライオンの気性を持っている。「もしまだ死んでいなかったら、きみに戦利品として捧げたいと願うところだ」

「冗談にしないで。わたしは本気で言ったのよ、デヴォン」感情が高ぶって、フェリシティの声は震えている。「あなたはそんなひどい扱いを受けるべきじゃなかった。あなたたちみんながそう。暗闇を恐れるのも当然だわ。あなたにはそれしかなかったんですもの」

デヴィルはフェリシティをかたく抱きしめ、その髪にささやいた。「信じてもらえるかどうかわからないが、いまはどうして暗闇をあれほど恐れてたのか思いだせない。これからは暗闇のことを考えると、必ず今夜の出来事ときみが思い浮かぶだろう」

フェリシティが彼のほうを向き、ウエストに手を回して横からぴったり抱きつく。なんの邪心もないすばやい動きに、デヴィルは心を打たれた。自分も体をひねって、座ったままきつく抱きあわずにはいられなかった。彼女の首筋に顔を押しつけ、かぐわしい香りを吸いこむ。ジャスミンの香りは彼を酔わせる。この香りを嗅げば必ずこのすばらしい女性を思いだす。柔らかい肌と官能的な体を。一瞬思い浮かべただけで、口に唾がわいた。

ふたりはしばらく抱きあっていた。デヴィルはフェリシティの香りを吸いこみ、涙や汗ばんだ首筋やしゃくりあげる声を感じていたが、やがて体を引いて濡れた頬にキスをした。

「だめだ、泣かないでくれ。おれにそんな価値はない」

フェリシティがベストの縁をつかんで、彼を引き寄せる。「そういうことを言うのはやめて。あなたには価値がないと信じさせようとするのは」

デヴィルは彼女の手を取り、手のひらに口づけた。「いや、やめない」

「だめよ。もう黙って」

デヴィルはフェリシティの親指の付け根に歯を当てた。「おれと比べたら、きみはお姫さまだ。おとぎ話の女王だ。それがわからないのか？　おれの過去には価値がない。未来もそうだ。だが、きみは違う……」彼女の柔らかい肌に舌を這わせ、手のひらに熱い息を吐く。「ヤヌスのように、おれにはきみの未来が見える。輝かしい未来が」

　そこにデヴィルはいない。

　フェリシティは彼が声にしなかった言葉を正確に聞き取った。「あなたは間違っている。あなたの過去はあなたという人そのもので……計り知れない価値があるわ。そしてわたしの未来はあなたなしではなんの意味もない。輝かしい唯一のものは、わたしたちのいまよ」

「そうじゃない、いとしい人《ラブ》。おれたちのいまは……」デヴィルは小さく笑った。「おれたちの現在は拷問だ」

「どうして？」

デヴィルは彼女の首に手をかけて引き寄せた。目を合わせたまま、真実を伝える。「なぜならおれのいまはきみだけだからだ、フェリシティ・フェアクロス。そしてきみはおれの未来にはなれない」

　その言葉を聞いてフェリシティは目をつぶり、長いあいだ開けなかった。いらだっているように唇がゆがみ、喉が何度も動き、怒りのためか息遣いが荒くなる。ようやく開けたときには、美しい茶色の目は涙で濡れていた。そこに見えるものは、そっくりそのままデヴィルの目にも浮かんでいる。

涙と怒り。そして切望。

「じゃあ、ふたりでいまを生きましょう」フェリシティがささやく。

そして彼女はキスをした。

23

デヴィルの唇に唇を重ねた瞬間、彼の指が髪に滑りこんできた。フェリシティはデヴィルの唇のぬくもりを心に刻んだ。このぬくもりを死ぬまでずっと忘れない。彼の指の感触も、彼がヘアピンを次々と屋根に放り投げていくことも、彼の膝の上に座り、互いの体をぴったり寄せあっていることも一生忘れない。

フェリシティはデヴィルの外套の内側に両手を潜りこませた。彼の体温を感じる。その罪深いほど刺激的な熱や、広い胸板や、脇腹を覆う筋肉のうねりにゆっくりと手を滑らせていく。やがてデヴィルが唇を震わせつつ、低いうめき声を漏らした。甘美な唇をいったん離し、もう一度フェリシティの唇に重ねてきた。

徐々にキスが深まっていく。まるで永遠に続きそうな気がする。夜空に浮かぶ月と星の明かりを受けながら、コヴエント・ガーデンにある建物の屋根の上で長い口づけに酔いしれるうち、この世には自分たちふたりしか存在しないかのように思えてきた。不意にデヴィルが顔を離した。フェリシティは目を開け、彼と視線を合わせた。その満足げに輝く瞳の中には、彼女の喜びに満ちた表情も映っている。「フェリシティ、きっときみはいままで自分の情熱的な部分を見せずに生きてきたんだろうな」

フェリシティはデヴィルの後頭部に手を添え、再び引き寄せた。デヴィルがふたりの唇を触れあわせてささやく。「だが、きみの中ではずっと情熱の炎が燃えていた」デヴィルがふたりの唇を触れあわせて
しばらくして、またデヴィルが話しだした。「きみほど意外性のある女性には会ったことがない。この瞬間、きみとふたりきりでいるいまは、頭上に輝く星たちがきみの熱に嫉妬するまで、おれはきみを熱く燃えあがらせてみたい」

デヴィルの言葉で、フェリシティの全身に一気に火がついた。デヴィルの唇が唇から離れ、頬を伝って耳元へと這いおりていく。その感覚にフェリシティは頭がくらくらし、呼吸が浅くなった。

「そうさせてくれないか？　おれのために燃えあがってくれないか？　今夜、きみを熱くさせてもかまわないか？」

「ええ」フェリシティはそっと返した。デヴィルに耳たぶをなぶられ、悦びに思わず声が震える。「ええ、お願い」

「ずいぶん奥ゆかしいな」デヴィルの低く甘い声が鼓膜に響く。「中に戻らないか？　きみを思いだしてしまうから、おれはベッドに入ってもまともに眠れないんだ」

「そうなの？」フェリシティの口調には驚きとうれしさが隠しきれずににじみでていた。背中をそらしてデヴィルの目を見つめた。

デヴィルがふっと笑う。「ああ。ベッドカバーにのせたきみの手や、ピンク色のかわいらしい靴を履いた足をぶらぶらさせてるきみの姿を。それでおれは……」

「続けて」フェリシティは急に口をつぐんだデヴィルを促した。

「いや、やめておこう」

「ねえ、お願い」

デヴィルが小さくうめく。顔を寄せてフェリシティの唇にキスを落とし、舌で唇をゆっくりとなぞっていく。「まったく、きみにはかなわない」

「でも、いやならいいのよ。無理強いはしたくないもの」

デヴィルは首を振った。「別にいやじゃない。きみは無理強いはしてない」再び唇を重ねる。やさしい完璧なキスだ。やがてふたりの額を触れあわせ、口を開いた。「こんなことを想像するんだ。きみの足元にひざまずいて、そのかわいい靴を脱がせるところを。そしてつま先からふくらはぎ、腿、ヒップへと、きみの全身に手を這わせていく」デヴィルがフェリシティのスカートの中に手を忍ばせ、指先で脚を撫であげる。「このピンクのドレスの下に、いったいどんな体が隠れているのか。想像はふくらむばかりだ。こんな調子だから、ベッドに横になって目を閉じたとたん、きみが身につけてるものを一枚一枚脱がせていく場面や、ついに一糸まとわぬ姿となったきみを想像してしまう。きっときみの体は完璧な曲線を描いていて、肌はシルクのように柔らかくてなめらかなんだろう」

フェリシティは震える吐息をこぼした。「あなたのその想像、気に入ったわ」

「じゃあ、さっそく実践しよう、おれのみだらな炎。きみの望むことならなんでもしよう」デヴィルは立ちあがり、フェリシティを抱えあげて自分より高い場所に立たせた。ふたりの唇が同じ位置になる。デヴィルは再び口づけてささやいた。「いつだってきみの望むことをする」

それは嘘だ。もちろん、フェリシティもそれくらいわかっていた。

本心を教えてほしい。

デヴィルは建物の中に戻るつもりだ。抱きあげられた瞬間、とっさにフェリシティは彼の胸に手のひらを押し当てた。「待って」

突然、一陣の風が吹き抜け、デヴィルは動きを止めた。強い風を受けて彼の外套がはためき、広がったフェリシティのスカートがふたりに巻きつく。軽々とフェリシティを抱きかかえたまま、デヴィルはじっと動かずに立ち、フェリシティの目を見据え、彼女が先を続けるのを待っている。「なんでも言うとおりにする」

「中には戻りたくないわ」

フェリシティが言い終えたとたん、デヴィルは目を閉じ、彼女を抱く腕に力をこめた。うなずいて、やさしい口調で話しはじめる。「わかった。家まで送ろう」

フェリシティを腕からおろそうとデヴィルが動いた。にわかに彼女の鼓動が乱れる。「いやよ」小声で言った。「わかっていないのね。わたしが中に戻りたくないのは……」フェリシティは短く刈りこんだデヴィルの髪に指を滑らせた。髪は羽根のように柔らかい。「ここにいたいからなの」続いてデヴィルの耳に触れた。彼が首を傾け、フェリシティの指に耳を押しつけてくる。彼女には抗えないというように。そんな仕草がたまらなくいとおしく思えた。抗えないといえば、それはフェリシティも同じだ。デヴィルには抗えない。「あなたの世界に」ささやき声で言葉を継ぐ。「暗黒の世界に、星明かりの下にいたい」

デヴィルは身じろぎひとつしない。とはいえ、彼女の声はちゃんと耳に届いているはずだ。その証拠に頰の筋肉がぴくぴく動いている。しばらくして、ようやくデヴィルが動きだした。フェリシティを抱いたまま屋根瓦をおりて、平らな場所に立たせる。それから後ろにさがり、外套を脱いで足元に広げた。

体を起こし、手のひらを上に向けて長い腕をフェリシティに差しだす。なんて魅力的な招待だろう。

フェリシティはすぐさまデヴィルの手を取り、腕の中に飛びこんだ。彼はフェリシティを抱きあげると、柔らかなウールの外套の上に横たえた。デヴィルのぬくもりや香りに心地よく包みこまれる。デヴィルが覆いかぶさるようにして顔を近づけてきた。フェリシティの唇に唇を重ね、ゆっくりと彼女から正気をはぎ取りはじめる。彼女の身につけているものも。

「マーウィック・ハウスの舞踏会で初めて会った夜……」デヴィルはフェリシティの外套を脱がせた。「バルコニーが暗くて、ドレスの色がわからなかった……」デヴィルはフェリシティの顎にキスを落とした。「あのときふと思ったんだ。きみは月の光をまとっていると」

フェリシティは両手を伸ばし、デヴィルの短い髪を撫でた。「あなたが言うと、そんなこともありうる気がしてくるわ」

「なんだってありうる」デヴィルは請けあい、再びフェリシティの唇を奪った。

ゆっくりと口づけを交わしつつ、ボディスの前身頃のリボンをほどき、左右に開いた。コルセットで盛りあがった胸が上下している。彼はフェリシティの唇から唇を離して、首筋を舌でなぞり、肩にそっと歯を立てた。フェリシティの口から抑えきれない声が漏れる。

「気に入ったか？」デヴィルが彼女の肩に唇を押し当てたままささやく。

「ええ」フェリシティはうなずき、両手で彼の後頭部を包みこんだ。

ふと気づいたら、いつの間にかコルセットをはずされていた。こぼれ落ちた胸のふくらみが冷たい夜気にさらされ、またしてもフェリシティは声を漏らした。デヴィルが小さく笑う。肩から、かたくなった胸の頂まで円を描きながら舌を滑らせ、顔をあげた。熱いまなざしをフェリシティに投げかけると、すぐにまた顔をさげて、胸の先を柔らかな唇に含んだ。その瞬間、フェリシティは背中を弓なりにそらした。デヴィルにもっとよくこの体を見てほしい。もっと触れてほしい。

彼が欲しい。

フェリシティの心の声が聞こえたのか、デヴィルはとがった先端を舌で転がすと、今度は唇をすぼめてそっと吸いこんだ。フェリシティはもう放さないとばかりにデヴィルの髪をつかみ、叫び声をほとばしらせた。

デヴィルは低くうめきながら、フェリシティの胸の先を吸い続けている。手がスカートの中に忍びこみ、腿を撫であげていく。たまらずフェリシティは腰を突きあげた。一連の行為のあいだ、ずっと彼の髪をつかんで放さなかった。ゆっくりとフェリシティの腰が揺れはじめる。そのとき、不意にデヴィルが顔をあげた。大きく肩を上下させつつ息を吐きだす。

「くそっ、フェリシティ。まいったな。きみは罪の味がする」フェリシティの動きに合わせてデヴィルも腰を揺らしだす。たちまち彼女の体の中心が熱を帯びだした。こんなふうにデヴィルとぴったり体を重ねているいま、この熱は耐えがたくもあり、悦びでもある。

「デヴォン」フェリシティは吐息をついた。「わたし……」

「わかってる」デヴィルはフェリシティの上からおりてすばやくドレスをはぎ取り、自分のベストも脱いだ。フェリシティのかたわらに座り、あらわになった肌に両手を滑らせた。

「寒いか?」

フェリシティは思わず笑った。彼と一緒にいるのに、寒さなんか感じるわけがない。「まさか。燃えるほど暑いわ」

デヴィルが顔を寄せ、フェリシティの唇をとらえる。「それでこそきみだ」

フェリシティはデヴィルの手に手を重ね、彼の指を撫でた。そのときひんやりとした金属が指先に触れ、手を引っこめた。銀の指輪が三つ。そのひとつひとつを親指でなぞりながら、口を開いた。「これはいつからつけているの?」

デヴィルはフェリシティの視線をたどって自分の手を見おろし、きょとんとした表情を浮かべた。指輪のことなどずっと忘れていたみたいな顔つきだ。デヴィルがにやりとする。「昔、コヴェント・ガーデンに指輪をつくる職人がいた。あの頃、金の指輪をつくる金は誰も持ってなかったが、銀の指輪ならつくれた。拳闘をやってるやつらは、みんな指輪をはめてたよ。自分の強さや勝利を見せつけるために」デヴィルは親指にはめた指輪を示した。「これは初めて鼻を折った記念の指輪」次に薬指の指輪を示す。「これは初めて対戦相手を倒した褒美だ」それから人差し指の指輪を示す。「これは最後の試合を終えて拳闘をやめたときにつくった。こぶしはもうぼろぼろだった」

デヴィルは手を握って開く動作を二度繰り返したあと、こぶしをきつく握りしめた。

「昔の話だ。そんなことがあったなんてすっかり忘れてたよ」

フェリシティは自分の指先にキスをし、それぞれ意味を持つ三つの銀の指輪にその指を押し当てていった。「勇敢に戦った証ね」

デヴィルが低くうめく。フェリシティの頭を引き寄せ、唇にキスをした。このときとばかりに、フェリシティはデヴィルのズボンからシャツを引っ張りだした。早くデヴィルが欲しくてたまらず、ズボンの中に両手を差し入れる。彼の肌は温かくてなめらかで、もっと近寄りたくなる。ああ、もう待てない。

「デヴォン」

「わかってる」なんだか少し前にも聞いたせりふだ。デヴィルは想像以上にフェリシティの体をよく知っている。どこに触れてほしいのか、どこにキスをしてほしいのか、彼女の気持ちをちゃんと読み取っている。デヴィルがかたくとがった胸の頂を指でつまんで愛撫を加えはじめた。舌が首筋を這いあがっては這いおりる。やがて強烈な歓喜がフェリシティの全身を駆け抜けた。

暗闇に叫び声が響き渡る。この欲望を早く満たしてほしいという切羽詰まった叫びだ。

突然、デヴィルの指と舌の動きが止まり、フェリシティは目を開けた。デヴィルがじっと見おろしている。彼の琥珀色の瞳はうっとりするほど美しい。「屋根の上で本当によかった。きみの選択は正しかったな」

フェリシティは眉をひそめた。「どういう意味？」

デヴィルは頭をさげ、また胸の先を口に含んだ。温かくてみだらで、すばらしい感触だ。恍惚感に浸っていたのもつかの間、フェリシティの唇から歓喜の叫びがほとばしった。デヴィルは胸から口を離し、彼女の額に額を押し当てた。「この叫び声だ。暗い屋根の上なら、誰にも遠慮せずに好きなだけ大声で叫べる」

その言葉に、フェリシティは頬を赤らめた。「もう叫ばないわ」

デヴィルが腰をずらし、敏感な部分に自分の張りつめた下腹部を押し当ててくる。「それはどうかな。でもひょっとしたら、きみはいきなり笑いだすかもしれない」

フェリシティの頬がさらに赤くなる。「ごめんなさい……笑うつもりはなかったの」

デヴィルは首を振った。「いや、謝らなくていい。むしろおれは耳元であの笑い声を聞きながら達したいよ。嘘偽りのない明るく弾んだ笑い声を」フェリシティにキスをした。「ぜひまた聞きたい」

フェリシティは目を閉じた。彼女の中で羞恥心と欲望がせめぎあう。欲望が勝った。「わたしもあなたにぜひまたしてほしいことがあるの」再びフェリシティは腰を高く突きあげた。悪態をつくデヴィルの低い声が聞こえ、思わず胸が躍る。彼のかたく張りつめたものがさらにかたくなるなんてことがありうるだろうか。さらに大きくなることが。「だけど、まずは身につけているものをすべて脱いで」

デヴィルは小さくうめき、フェリシティの上からおりて立ちあがると、シャツを脱ぎ、ブーツとズボンも脱ぎ捨てた。身のこなしは実に堂々としていて、いかにも自分の体に自信がある様子だ。当然でしょう？　彼はどこから見ても完璧だ。何時間でも飽きずに眺めていられる。

一糸まとわぬ姿になったデヴィルが一歩踏みだしたところで、フェリシティは手を前に突きだした。「待って」

デヴィルは立ち止まり、情熱的なまなざしをフェリシティに向けてきた。「なぜだ？」

フェリシティは起きあがり、敷物代わりにしていた彼の外套を羽織った。「あなたの体が見たいの」

フェリシティのひと言を受けて、デヴィルがかすかに首を傾け、短く刈りこんだ髪に指を差し入れた。そんな仕草に、いきなり心をわしづかみにされる。見事なまでにたくましい腕や肩から目を離せない。すでに口の中はからからだ。デヴィルが片手でうなじをつかむ。次に胸に向かって手を滑らせ、広い胸板を撫でた。それから脇腹へと手を這わせた。

「お嬢さん《マイ・レディ》、満足するまで眺めてくれ」

フェリシティは女王気分で物憂げに腕を伸ばして空中に円を描き、そこで一回転しなさいと指示を出した。驚いたことに、デヴィルがゆっくりと回りだす。ひと回りしたあと、唇ににやりと笑みを浮かべ、フェリシティに向き直った。

「もう決めたか？　これからおれに何をする気だ？」

ああ、自分がもどかしい。寝室にデヴィルが忍びこんできた夜に交わした会話がふと頭によみがえった。〝恐ろしくハンサムな男性を相手にすると、どうすればいいかわからなくなる〟

デヴィルと視線を合わせた。「まだ決めていないわ。でも、どんなことにもひるまずに挑戦してみるつもりよ」

デヴィルが片方の眉をあげる。「なんとも頼もしい言葉だ」

なんて魅力的な人なのだろう。月明かりを受けて光る肌。黒い毛に覆われた胸板。彫像のごとく見事な筋肉。引きしまった腰。官能的な曲線を描くヒップ。たくましい腿。そして、その腿のあいだにあるかたく張りつめた立派な男性の証。そこが脈打っている。「あなたが浴槽に浸かっていたとき、体の下のほうを……」雄々しく張りきったデヴィルの下腹部を見つめたまま、フェリシティは口を開いた。「見てみたかった……本当は浴槽のすぐそばまで近づきたくてたまらなかったの。でも、必死に自分を抑えたわ」

「くそっ、フェリシティ」デヴィルが悪態をつく。

フェリシティは彼の顔に視線を移した。「どうしたの？」

デヴィルは空を見あげ、息を吐きだした。「すまない」声が急にやさしくなる。きっと悪態を口にしたことを謝っているのだろう。デヴィルはフェリシティに視線を戻した。

「いとしい人《ラブ》、さっききみは舌なめずりしてたぞ」

フェリシティは両手で口元を押さえた。「嘘でしょう？」

デヴィルが白い歯を見せてにやりとする。いたずらっぽい笑顔に、フェリシティは息が止まりそうになった。「舌なめずりをするのはやめてくれ。こっちが照れるだろう。おれはただ、なんていうか……ただきみのために完璧にしたいんだ。だがあんなふうにじっと見られたら、まるできみがおれの……」フェリシティがデヴィルの顔から再び下腹部へと視線を向けたのと同時に、彼は口をつぐんだ。なんてこと。デヴィルは勇ましくそそり立つものをつかみ、手を上下に動かしている。フェリシティの口の中に唾があふれてきた。彼女のような身分の女性には、こんな光景を目の当たりにする機会はなかなかない。

　ゆっくりと気だるげに動く手に視線が釘づけになる。フェリシティは唾をのみこんだ。

「あなたが欲しいわ」

デヴィルの口からかすれた低い声が漏れる。その声に欲望をかきたてられ、フェリシティの体の奥が熱を帯びだした。デヴィルが近づいてくる。彼女の心臓が早鐘を打ちはじめた。

「今夜、きみはいまの言葉を何度も言うことになる」デヴィルはフェリシティのかたわらに膝をつき、羽織った外套に手を置いた。

彼女は渡すまいと外套をつかんだ。

デヴィルが首をかしげる。「フェリシティ?」

記憶にとどめておこうと、フェリシティは彼の美しい裸体に視線を走らせた。「わたしは……」続く言葉が出てこない。

デヴィルはじっと待っている。まさに無限の辛抱強さだ。

なんとか勇気を振り絞って声を出した。「わたしは……あなたとは違うの」

デヴィルは膝を折って腰を落とした。なんだかやけにくつろいで見える。彼なら一生裸のまま平気で生きていけそうだ。不意にデヴィルのまなざしが柔らかくなる。「フェリシティ、おれだってそれくらい百も承知だ。なぜこの外套を敷物代わりにしたと思う? きみがおれとは違う世界に住む侯爵令嬢だからだ」

「そうではなくて、言いたかったのは……」フェリシティはひと呼吸置いた。「わたしはいままで一度も裸になったことがないの。男性の前で」

デヴィルが小さく微笑む。口の端をゆがめて笑う顔がとても魅力的だ。「それも百も承知だ」

「わたし……わたしは……」

デヴィルは外套から手を離した。フェリシティの次の言葉を待っている。

「あなたはどこからどう見ても完璧よ」フェリシティは話しはじめた。「だけど、わたしは……欠点だらけだわ」

デヴィルは黙りこんだままこちらを見つめている。永遠とも思える沈黙が続いた。彼を遠くに感じる。デヴィルが自分とは違う空間にいるように見えた。いったいどれくらい時間が経ったのだろう。フェリシティがもうおしまいだと思ったそのとき、デヴィルが口を開いた。

静かな、それでいて揺るぎない口調だ。「壁の花であり、錠前破りであり、また感嘆すべき人物でもある女性。それがフェリシティ・フェアクロス、きみだ。そんなきみに欠点などひとつもない」

フェリシティの顔が一気に熱くなる。ほんのつかの間、彼の言葉を信じそうになった。

「おれが教えてやる。だからそんなに不安がるな」

そこまで言われたら、断る理由はなくなる。フェリシティは外套を肩から落とし、何も身につけていない姿をさらした。

デヴィルは絵画でも眺めるような目つきで彼女を見つめている。やがてフェリシティを抱き寄せて一緒に外套の上に横たわった。互いの手が、口が、相手の体を探りはじめた。デヴィルの手がフェリシティの肌の上を滑り、フェリシティの指がデヴィルの胸を覆う黒い毛を撫でる。彼が唇でフェリシティの丸みを帯びた腹の中心にある小さなくぼみに触れた。フェリシティはゆっくりと両脚を開いた。脚のあいだにデヴィルが体を置く。

「もう一度言ってくれ」フェリシティの腹部に唇を当てたまま、手で腿の内側の柔らかい肌をなぞりながらささやいた。

フェリシティはデヴィルがなんのことを言っているのかすぐにわかった。「あなたが欲しいわ」彼の体の引きしまった部分や筋肉が盛りあがった部分に手を這わせて告げた。

デヴィルがお礼のキスを返してきた。彼女のへそに唇を押しつけ、円を描くように舌でなぞる。

デヴィルの手が徐々に目指す場所に近づいていく。

フェリシティの手も。

「どこに触れてほしい？」

口に出して伝えるのは恥ずかしい。フェリシティは身じろぎした。デヴィルが彼女の肌に

歯を立てた。かすかな痛みとともに悦びが走り、声が漏れる。なぜ彼は知っているのだろ

う？　歯を立てて軽く噛む行為がキスに負けず劣らず欲望をかきたてることを。

フェリシティが訊こうと口を開くより先に、デヴィルは彼女の腿の付け根に手をやり、指

でそっとかき分けた。低い声が耳に甘く響く。「ここか？」

またしてもフェリシティは声を漏らした。「ええ」

デヴィルが脈打つ敏感な部分を撫ではじめた。最初はやさしく、だんだんと激しくなって

いく。「さあ、言ってくれ。そうしたら、きみの欲しいものをすべて与えるつもりだ。きみ

はただ触れてほしい場所を言うだけでいい」

「そこよ」フェリシティは息を弾ませ、やめてほしくないと自ら腰を揺らして訴えた。「お

願い。もっと……」

デヴィルが親指の腹でさらに愛撫を加えてくる。指の動きに悦びが高められ、体を熱い炎

が駆け抜けた。

「いとしい人《ラブ》、きみに頼みがある」

「ええ、いいわ。なんでも言って。どんなみだらなことでもする」

デヴィルがまた悪態を吐く声が聞こえた。「フェリシティ・フェアクロス、きみはおれを殺すつもりだな？」

「その前に、まずあなたの頼みごとを聞きたいわ」フェリシティの動きに合わせて、デヴィルも腰を揺らしはじめ、彼女の唇から甘い吐息がこぼれた。

「きみに最後までいってほしい。絶頂に達する手助けをさせてくれ」

彼はフェリシティの大切なところに指を押しつけ、撫で回している。何度も、何度も。

「いいわ」

「ここはどうだ？」デヴィルの指が中に忍びこんできた。その瞬間、短い叫びが口をついて出た。指は徐々に深く押し入ってくる。えもいわれぬ感覚に襲われ、フェリシティはデヴィルの頭をつかみ、下へ押しさげた。彼がうめき声をあげる。「まったくみだらなお嬢さんだ。口でも触れてほしいんだな」

「ええ」フェリシティは返した。「そうよ、そうしてほしいの」

デヴィルは熱を持った柔らかな秘部に舌を押し当てた。そっと指を動かしつつ、フェリシティの味を堪能しはじめる。不意に空いた手でフェリシティの片方の脚をつかみ、自分の肩にのせて彼女の大切なところをあらわにした。フェリシティの息遣いが荒くなり、動きも速くなる。デヴィルの手が、口が、舌が、極みへと押しあげていく。フェリシティはデヴィルの髪を両手で握りしめた。ほどなく、世界中に響き渡るほどの大声で彼の名前を叫びながらのぼりつめた。

しばし余韻に浸っていると、やがて意識が現実に戻ってきた。フェリシティが体の位置をずらそうとしたとき、いまもまだ彼女の秘密の場所に触れているデヴィルの舌と指がかすかに動いた。フェリシティはデヴィルの体を引きあげて名前を呼んだ。もっと欲しくてたまらない。そのせいで声がかすれていた。

デヴィルのすべてが欲しい。

彼がフェリシティの上になり、唇を重ねてきた。深く甘い口づけを受けて、再び体の奥に炎がともる。フェリシティはデヴィルの胸に両手を当てた。体を滑りおろし、割れた腹筋を撫で、すっかり心を奪われてしまった彼の分身に向かってさげていく。

フェリシティの指がついに雄々しい高ぶりに触れた瞬間、デヴィルはすばやく腰を引いた。

「待ってくれ」

彼女は目を開けた。「お願い」ささやき声で言う。「お願いだから触れさせて」

デヴィルがうめく。顔を寄せて、フェリシティの唇に口づけた。「だめだ」唇を触れあわせたまま先を続ける。「触れられたら、持ちこたえられそうにない。まだ終わらせたくないんだ」

フェリシティは手を動かすのをやめた。ここで終わりにしたくない。最後まで経験したい。

男女の営みを経験してみたい。きっと触れるたびに、キスをするたびに、体を動かすたびに、ふたりの結びつきは強くなっていくのだろう。

フェリシティはデヴィルと目を合わせたままうなずき、笑みを浮かべた。

デヴィルはちらりとフェリシティの唇に視線を走らせ、彼女の目を見つめた。「いまの笑顔はみだらだったぞ、お嬢さん《マイ・レディ》」

「わたしはあなたのレディなのね」フェリシティはささやき、恐る恐る手を動かした。あと少しで彼のかたくなったものに指を巻きつけられる。

デヴィルが息をのむ。「ああ、そうだ。くそっ。そうだ」彼はそろりそろりと動く手をつかみ、自分の胸に戻した。安全な場所に。

「いつか」フェリシティが口を開く。「あなたはわたしに触れさせてくれるわ」

デヴィルが目をそらした。一瞬。一秒よりも短い時間。とはいえ、それだけあれば充分だ。ほんのかすかな目の動きで、彼の本心を知ってしまった。いつかはやってこない。そのいつかは明日ではない。来週でも、来年でもない。デヴィルの事務所のこの屋根であれ、彼の部屋であれ、貯氷庫であれ、今日みたいな夜は二度と来ないだろう。今夜だけだ。今夜が唯一のチャンス。それなら行動あるのみだ。

今夜はデヴィルと過ごす最初で最後の夜。

ふたりに明日はない。

フェリシティはしっとりと濡れた秘所をデヴィルのかたく張りつめたものにすりつけるように腰を揺らしはじめた。ふたりの口から同時に声が漏れる。夜闇に、切なげな声と低いうなり声が響く。デヴィルが腰を引き、下のほうへ体をずらしていく。「もう一度、絶頂を味わいたいか？」

そういう彼はどうなの？

「待って」フェリシティは言った。

デヴィルは彼女の腹部にキスを落とした。フェリシティは起きあがろうと体をよじった。

「ねえ、デヴォン、待って」

デヴィルがフェリシティの肌に無精髭をすり寄せる。「まかせてくれ。きみは横たわってるだけでいい。今夜、何度も絶頂を味わわせたい。一〇〇回は味わわせよう」

けれど、フェリシティが望んでいるのはそんなことではない。一方通行の愛撫ではない。

「待って」膝を胸に引き寄せてデヴィルに押しつけ、もう一度言った。彼を押しのけてすばやく体を起こす。「それはもういいわ」

押された拍子によろけたデヴィルは、とっさに彼女の腿をつかんだ。「なんだって？」

「だから、わたしはもういいの」

デヴィルに温かくて柔らかい腿の内側を親指で撫でられ、思わずフェリシティは息をのんだ。「もういいだと？」深みのある低い声で言われ、全身に熱いほてりが広がっていく。

もちろん、また絶頂を味わいたい。それを実現させてくれるのがこのすばらしい男性ならなおさらだ。「そうよ。とにかく、わたしひとりだけなんていやなの。あなたにも味わってほしいのよ……」一瞬ためらったが、思いきって口にする。「あなたと一緒に味わいたいの」

デヴィルはすばやくフェリシティの腿から手を離し、言下に返した。「だめだ」

「なぜなの？」

「それは……」言葉を切り、満天の星の下に広がる闇に包まれた街並みに目をやった。しばらくして、フェリシティに視線を戻した。「だめだ、フェリシティ、無理だ。きみを破滅させるわけにはいかない……おれともし……一発やったら、きみの身は破滅だぞ」

彼女を怖《お》じ気《け》づかせようと、デヴィルはわざと汚い言葉を使ったのだろう。けれど、その作戦は完全に失敗だ。その言葉を聞いて、彼を求める気持ちはかえって強くなった。「わたしの欲しいものをすべて与えてくれるんでしょう？　あなたはそう言ったわ。与えてほしい。今夜、あなたにしてもらいたいの。わたしはすべてが欲しい。あなたのすべてが欲しいの」

「あきらめろ。たしかに、きみの欲しいものはすべて与えると言った。だが、それだけは別だ」デヴィルは追いつめられた表情を浮かべている。

「どうして？」

「フェリシティ」デヴィルが立ちあがりながら言葉を継ぐ。「おれはきみにふさわしい男じゃない」

デヴィルに続き、フェリシティも膝立ちになった。「理由は？」

「おれは自分の生まれた場所さえ知らない男だ。だからこの街で生まれ変わった。悪がはびこるこのコヴェント・ガーデンで。そういうわけで、矯正が不可能なくらい汚れきっている。それに、おれはきみを見るのもはばかられるほど身分の低い人間だ、フェリシティ」

「それは違うわ」フェリシティはデヴィルに手を伸ばした。ほかにどうしていいのか思いつかなかった。だが、彼は体を引いてよけた。「あなたの考えは間違っている」

「はっきり言わせてもらう。おれは間違ってない。おれのこれまでの生き方は……」デヴィルは言葉を切り、手で髪をすいた。「これからの生き方は……」後ずさりし、フェリシティから離れる。「無理だ、フェリシティ。この話は終わりにしよう。さあ、もうドレスを着たほうがいい。家まで送っていこう」

「デヴォン」屋根をおりたら、永遠に彼を失ってしまう。それがわかっているから、フェリシティは食いさがった。「お願い、あなたが欲しいの。わたしは……」言おうか言うまいか迷った末に口を開く。「あなたを愛しているの」

デヴィルが目を大きく見開き、脇に垂らした手を動かした。彼女のほうに手を伸ばしてくれるのだろうか？　お願いだから伸ばしてほしい。「フェリシティ……」名前を呼ぶ声はかすれていた。「やめてくれ……」

フェリシティはこみあげてきた涙をこらえた。当然だ。デヴィルに愛されるわけがない。デヴィルは彼女を愛してくれるようなたぐいの男性ではない。それでももうひと言つけ加えずにはいられなかった。「わたしが欲しいのはあなただけよ。ここであなたと愛を交わしたい。この先どうなろうと」

デヴィルがかぶりを振る。「関係を持ったらどうなるかよく考えたほうがいい。ロンドンの連中はきみを仲間の輪の中に戻してくれると思うか？　メイフェアの舞踏会できみの居場所があると思うか？　女王であれ、上流階級の連中であれ、きみとお茶を飲んでくれると思うか？」

「別に女王とお茶を飲めなくてもかまわないわ。ばかね」フェリシティはいらだちのにじむ声で続けた。「もううんざり。わたしは自分で自分の人生を選べないのよ。家族が決めるの。どこに行くのかも、何をするのかも、誰と結婚するのかも。上流階級の人々もいろいろわたしに忠告してくるわ。舞踏会でのわたしの居場所や、わたしに合う男性や、あきらめが肝心だといったことを。

要するに、こう言いたいのよ。〝高望みをしてはだめよ。あなたはもう若くない。おまけに顔立ちは平凡だし、性格は変わっているし、欠点も多すぎるわ〟と。わたしはまだ結婚できるだけありがたいと思わなければならないの。たとえ社交界のすべての女性からそっぽを向かれた残り物の男性が相手でも。もし家族がそういう男性を連れてきたら、わたしは黙って受け入れるしかないのよ」

デヴィルが手を伸ばしてきたが、フェリシティは頭に血がのぼりすぎていて気づかなかった。

「わたしはまだ若いわ」

デヴィルがうなずく。「そのとおりだ」

「平凡な顔立ちでもない」

「きみの顔は平凡とはほど遠い」

「それにどんな人にも欠点くらいあるわ」

「きみにはない」

それならどうしてわたしを求めてくれないの？

両手で膝を抱え、フェリシティは罪を告白した。「わたしはあの人たちを救いたくない」

「家族のことか？」

フェリシティはうなずいた。「わたしは家族の最後の希望なの。家族のために、わたしはすべてを犠牲にしなければならない。あの人たちの未来のために。でも、いやなのよ。そんなのはまっぴらごめんだわ」

「きみが腹を立てるのも当然だ」

「みんな、わたしのことなんてどうでもいいのよ」フェリシティは膝に唇を当ててささやいた。「わたしを愛しているとは思うわ。たいていのことは大目に見てくれるもの。それにわたしがいなくなったら、きっとみんな寂しがる。でも正直に言って、いなくなってもしばらく気がつかないんじゃないかしら。だって夕方わたしがコヴェント・ガーデンに来ていることに、母は気づいていないから。アーサーは自分の結婚生活で頭がいっぱいで、わたしの結婚について考えてくれる時間は一秒もないわ。父は……」声が小さくなって消える。「この芝居に父はほとんど登場しないわね。言わば父はデウス・エクス・マキナ（演劇や小説などで話の収拾がつかなくなったときに神が出てきて万事解決する手法）なの。父が現れるのは、書類に署名してお金を受け取る段階になったときだけ」デヴィルを見あげた。「家族のために犠牲になるのは絶対にごめんだわ」

「ああ」

「別にわたしは公爵を手に入れたいなんて思っていなかった」

「きみにとって結婚相手の爵位など二の次なんだろう」

「そうよ」フェリシティは小声で言った。

「男であること。愛情があること。情熱があること。心臓が動いていること。広い世界に住んでいること。きみの望む結婚相手はそんなやつだな」

フェリシティはいまデヴィルが言った言葉についてひとつひとつ考えてみた。まさにそのとおりだ。彼女の求める結婚相手の条件が見事に集約されている。でも、メイフェアには住まない。もうあそこには住まない。ここに住む。いまいるコヴェント・ガーデンに。この街の王と一緒に。

手に入れられる以上のものをいつも求めてしまう。いつもいつも。

「本音を言ってもいい？」

デヴィルは勘弁してくれとでも言いたげに彼女の名前を口にすると、長々と大きなため息をついた。「いや、何も言うな」

「そういえば、すでにあなたにはわたしの最悪な部分を話したわね。でも、また言わせて」フェリシティは話しはじめた。言葉が口からあふれるのを止められなかった。「わたしは紅茶が嫌い。実はバーボンが好きなの。あなたはしらを切り続けているけれど、氷と一緒にアメリカから密輸されるあのバーボンを一度飲んでみたいわ。わたしは貯氷庫であなたに抱かれたい。あなたの家の巨大な浴槽に浸かりたい。あなたに見つめられながら。ニクみたいにズボンもはいてみたいわ。コヴェント・ガーデンを隅々まで知りたい。あなたのそばにいたい。この屋根の上でも、下にある通りでも。それから、あなたにステッキに仕込んだ剣の使い方を教えてもらいたい。錠前破りが得意なわたしと同じように、あなたもあの剣の扱いが上手なんですもの」デヴィルがあっけに取られた表情でいるのに気づき、言葉を切った。そういう表情を見るのはつらくもあり、おかしくもあった。「でも何より……わたしはあなたが欲しい」

「フェリシティ、この世界は悪に満ちてる。そして、ここの一番の悪党がおれだ」

フェリシティはかぶりを振った。「いいえ、違う。この世界は閉ざされているの。あなたは閉じこめられている」フェリシティはデヴィルの目を見据えた。「わたしはあなたの住む世界に入りたい。今夜、入りたい」この先もずっと。

「やめておけ。そんなことをしたら確実にきみは破滅する」

「とっくに破滅しているわ」

デヴィルが首を振る。「いや、大丈夫だ。まったく問題ない」

何が大丈夫なのかさっぱりわからない。どうもものごとのとらえ方が彼とは違うみたいだ。考えていると突然記憶がよみがえり、フェリシティはデヴィルと取り引きしたことを思いだした。「わたしがマーウィック公爵を勝ち取ることは絶対にないわ。結婚予告を公示し、その後晴れて結婚したとしても、わたしは彼を勝ち取ってはいない。そもそもわたしは公爵を求めていないし、公爵のほうもわたしを求めていないわ。わたしたちのあいだには情熱もないし、目標とするものもないの」

「そういうのはあの男にとってはどうでもいいことだからな。あいつに情熱のなんたるかがわかるわけがない」

「でも、あなたはよくわかっているわ」

デヴィルの悪態を吐く声が闇に響く。「くそっ、そうきたか。ああ、おれは情熱のなんたるかがわかっている。それを今夜、ここで使い果たすんだ。誰かに突然出くわすかもしれないコヴェント・ガーデンの屋根の上で裸になり、情熱を一滴残らず出しつくす」

その言葉に、フェリシティは笑みを浮かべた。このすばらしい男性に対する愛と誇りが胸にこみあげた。手を伸ばしてデヴィルに触れる。彼は体を引かなかった。腿に触れたときも、そばに近づいたときも。「誰かに見られていると思う?」そう耳元でささやいたときでさえ、デヴィルはフェリシティから離れなかった。

「きみの裸を見ているやつがいたら殺してやる」

フェリシティはうなずいた。ああ、この人を愛している。この先一生をかけても、彼以上に愛する人は現れないだろう。「デヴォン……」彼のむき出しの胸を手でなぞり、名前をささやいた。

デヴィルが彼女の手をつかむ。「フェリシティ……」その抑制された声の調子が気に入らない。

「取り引きしたでしょう」フェリシティは身を乗りだし、形のいい官能的な唇の端にキスをした。「わたしを炎にしてくれると約束したわ」

デヴィルはフェリシティに目を向け、かぶりを振った。「フェリシティ――」

「やめて。もう決まったことよ。まさか反故《ほご》にするつもりはないわよね？」

デヴィルが考えこむ。フェリシティは彼の美しい顔に残る戦いの跡を見つめた。頬に残る色あせて白くなった傷跡を。デヴィルがフェリシティの背後に目をやり、遠くの屋根を眺めているあいだ、しばらく彼女はその傷跡を見ていた。それから身を乗りだして、柔らかな頬にそっと口づけた。

「デヴィル」耳元でささやく。彼がぴくりと体を震わせたのを見て、胸が躍った。「わたしたちの取り決めの内容によると、わたしはまだあなたから借りを返してもらっていないわ」

デヴィルはフェリシティの体に腕を回して抱き寄せた。「ああ」

「なんてすてきな返事なの」

デヴィルが彼女の耳元でかすれた低い声で笑う。おもしろくもなんともないという笑い方だ。「まったくだ」

「それで、わたしはどんな恩恵を受けられるの？」

むき出しの背中を撫でられ、フェリシティは背筋に甘い震えが走った。

「なんでも望むものを与えよう」

デヴィルの耳に唇を寄せた。「今夜、あなたが欲しい」

フェリシティが言い終えるよりも早く、デヴィルは外套の上に彼女を仰向けに寝かせた。フェリシティの上になり、大きな手で顔を包んでキスで唇を封じた。甘く深いキスに体が躍動しはじめる。胸が、腿が、たくさん愛された腿のあいだの柔らかな場所が、彼を求めていまもまだ熱を帯びている。

フェリシティはデヴィルの腰に脚を巻きつけた。彼はうめき声をあげてフェリシティの唇から唇を引きはがし、首の筋肉をこわばらせ、頭を後ろに倒した。再びフェリシティを見おろす。その琥珀色の美しい瞳には、欲望と何か苦しみに似たものが宿っている。「今夜だけだ。夜が明けたら、ここから立ち去るんだ。夜が明けたら、きみの住む世界へ帰れ」

一夜だけでは足りない。「わかったわ」フェリシティは嘘をついた。

「ゆっくり時間をかけよう」デヴィルがささやく。「大丈夫だ。おれが守ってやる」

フェリシティはうなずいた。「ええ」いかにもこれまで庇護者として生きてきた彼らしい言葉だ。このほれぼれするほどすてきな男性にすべてまかせて身をゆだねよう。

デヴィルはフェリシティと視線を合わせた。「今夜きみは欲しいものをすべて手に入れられる」

だけど、彼の心は手に入らない。

頭からその考えを締めだし、フェリシティはデヴィルに手を伸ばした。「お願い」彼に向かって腰を持ちあげる。「途中でやめないでね」

デヴィルが笑いながら息を吐きだす。頭をさげて、片方の胸を口に含んだ。彼の愛撫で、頂がかたくなっていく。「欲張りだな。おれだって途中でやめるつもりはない」デヴィルの指が一番感じやすいところを探り当て、指先でなぞり、円を描くように撫で、小刻みに叩いて刺激する。悦びが押し寄せ、フェリシティは息遣いが速くなってきた。デヴィルの指の動きはやさしい。それにもかかわらず、フェリシティの体は張りつめていた。

「もっと」彼女はねだった。「全部欲しいの」

「おれも全部欲しい」デヴィルが額と額を触れあわせてささやき、唇にキスをする。「きみが絶頂に達するとき、おれもきみの中で最高の気分を味わわせてもらう」

「ええ」フェリシティはデヴィルにキスを返した。「ぜひそうしてほしいわ」

「欲張りめ」

フェリシティはうなずいた。「ふしだらな《フォントン》の」

デヴィルが引きつった笑いを漏らす。「なんでそんな下品な言葉を知ってるんだ」

「あなたの影響かしら」

「たしかに」デヴィルが押し殺した声で言い、動きはじめた。

「ずいぶん素直ね」先端が入り口に触れ、彼女は脚を大きく広げた。秘部に当たるものはなめらかで熱く、そして……。「ああ……」

デヴィルがかすれた声でうなる。

彼が入ってきた。ゆっくりと確実に奥へと突き進んでくる。その感覚に、フェリシティは頭がどうにかなりそうだった。かたくて大きくて、想像していた以上に内側を押し広げている。いまは心地よさもないけれど、痛みもない。つらいとすばらしいを足して二で割った感じだ。でも、待って。気持ちいい。とても気持ちがいい。フェリシティは息をのんだ。

デヴィルの体が固まる。「フェリシティ？　何かしゃべってくれ」

フェリシティは首を振った。

「いとしい人《ラブ》……」デヴィルがそっとキスをした。「スイートハート、何か言ってくれ」

フェリシティは目を閉じた。「ああ……」

「〝ああ〟だけじゃなく、ほかの言葉も言ってくれ。痛い思いをさせたくないんだ」

フェリシティはデヴィルを包みこみ、奥へといざなった。デヴィルがうめき声をあげ、目を閉じた。

「ああ、なんて……」フェリシティはあえいだ。

デヴィルがかすれた笑い声をあげる。「スイートハート、〝ああ〟とそんなに変わらないだろう。ほかの言葉を言えないなら、ここでやめるぞ」

フェリシティはあわてて目を開けた。「絶対にだめ」

デヴィルが眉をあげる。「〝ああ〟以外の言葉も言えるじゃないか」

フェリシティは彼の肩に手をやった。筋肉がこわばっている。「もっと聞きたい？」

「ぜひ頼む」デヴィルがやさしく言う。「きみが感じているかどうか知りたいんだ」

その言葉を聞いて、フェリシティは笑みを見せた。上体を起こし、デヴィルに長い口づけをする。うなじに手を回し、彼の目を見つめた。「全部欲しいの」

デヴィルは動きはじめた。ゆっくりした動きを繰り返し、フェリシティに悦びを与えてくれている。何度も何度も。

「どんな感じだ？　教えてくれ」

教えたい。でも、無理だ。何も思い浮かばない。デヴィルの唇で、彼の手で、自分を満たす彼のもので恍惚の世界へと導かれ、言葉はすべて奪われてしまった。ゆったりとした甘美な動きは、かすかに残る鈍い痛みさえ忘れさせてくれる。デヴィルの動きにただひたすら身をゆだねているフェリシティの口から出てくるのは、吐息とあえぎ声だけだ。

デヴィルが目を開け、視線を合わせてきた。彼の瞳には混じりけのない欲望が浮かんでいる。フェリシティは無言のまま手を伸ばし、デヴィルの顎に走る白い傷に指先を滑らせた。

「あなたも全部欲しい？」

「ああ……」デヴィルが悦びにうめく。「くそっ、欲しい。全部欲しい」

ゆっくりと腰を回しながら、奥深くへと入りこんできた。強烈な歓喜に見舞われ、フェリシティは叫び声をほとばしらせた。

デヴィルが動きを止め、眉をあげる。「ここか？」再び動きだした。

フェリシティはデヴィルの肩をきつくつかんだ。「ええ」

彼はもう一度フェリシティが大きな反応を示した場所を突いた。

「そう、そこよ」

さらにもう一度突く。

「デヴィル」フェリシティがあえぐ。

「また言ってくれないか」デヴィルが低いうめき声を漏らす。繰り返し突きあげて、フェリシティを快楽の高みへと押しあげていく。「あの言葉をまた言ってくれ」

フェリシティは目を開け、彼女を見おろしているデヴィルの目をまっすぐ見つめた。「愛しているわ」フェリシティがささやいた瞬間、デヴィルは身を深く沈めた。

「ああ」

「あなたを愛している」フェリシティはデヴィルの広い肩にしがみつき、祈りを唱えるように何度も愛の言葉を口にした。「あなたを愛している」

「ああ」デヴィルはフェリシティをひたと見据え、たったひと言、その甘美な言葉を繰り返しささやき続けた。彼は欲しいものをすべて与えてくれる。彼女が夢見ていたものすべてを。フェリシティが愛をささやいているそのあいだに、ふたりは高みに向かって駆けあがっていった。フェリシティの全身に悦びが波のごとく広がっていく。デヴィルは顔を寄せて最初に彼女のあえぎ声を、次に笑い声をキスで封じた。間もなくとてつもない歓喜に体を貫かれ、フェリシティはデヴィルの耳元で絶頂の叫びをあげた。彼もフェリシティの名前を呼びながら、奥深くに自らを解き放った。

その後の数分間、もしかしたら数時間かもしれないが、ふたりは無言のまま星空の下に横たわり、めくるめく絶頂の余韻に浸った。やがてデヴィルが体を反転させ、フェリシティを自分の上にのせた。彼女はデヴィルの胸に頭を置いて、そこを覆っている毛に指を絡めた。デヴィルが強く抱きしめてきた。彼の腕と外套がフェリシティの体を温めてくれる。デヴィルは彼女の髪をすくようにやさしく撫でている。今夜、自分が変わったのと同じくらい彼も変わった。そんなことをふと思った。

フェリシティは目を閉じた。デヴィルの規則正しい鼓動が耳に心地よい。その音に聞き入るうち、いつしか空想の世界を漂っていた。その夢物語はデヴィルが彼女の手を取り、永遠を誓うところで終わった。フェリシティは息を吸いこみ、デヴィルの体から立ちのぼる香りと、ハナタバコやビャクシン、そして罪の香りで鼻孔を満たした。デヴィルの腕の中で、物語の続きを紡ぎはじめる。

コヴェント・ガーデンでの挙式が終わったあとは披露パーティー。ワインを飲み、歌を歌い、その場にいるみんながにぎやかな楽しい時間を過ごす。夜が来たら、ふたりは屋根にのぼり、ここに座る。今夜の再現だ。でも、今夜よりすてきな夜になる。夜が明けても一緒にいられるから。

死がふたりを分かつまで、ともに生きる。夫婦。生涯の伴侶。美しい琥珀色の目にたくましい肩、そしてまっすぐ伸びた鼻筋を持つ子どもたち。その子たちは世界が広くていいところだということや、街をつくり、そこをより住みよい場所にしようと毎日懸命に働く労働者たちに貴族はとうてい太刀打ちできないことを学ぶ。

やがて男の子たちは父親そっくりの大人の男性に成長し、女の子たちは母親そっくりの大人の女性に成長する。その母親は自分でありたいと願う。フェリシティは目をつぶり、子どもたちの姿を思い浮かべた。子どもが欲しい。もうすでにその子たちを愛している。

彼らの父親を愛しているのと同じように。

「フェリシティ」名前を呼ぶデヴィルの低い声が聞こえた。「そろそろ夜が明ける」

夜明け。闇を焼き払う時間が間もなくやってくる。それとともに、すてきな夢物語は未完のまま幕を閉じる。

〝わたしを家に送り返さないで。ここにいさせて。ここがわたしの居場所なの〟

これは心の声だが、どういうわけかデヴィルに聞こえたみたいだ。彼は荒いため息をついた。「きみにはもっとふさわしい場所がある。結婚して初夜を迎えるんだ。おれより一〇倍も価値がある男と。上流社会に住み、爵位や名声や富を持つ男と。メイフェアにタウンハウスを、田舎に一族が代々受け継いできたカントリーハウスを所有する男と」

怒りの炎が一気に燃えあがる。「あなたは間違っている」

「間違ってない」

「そんな男性にはこれっぽっちも興味はないわ」

デヴィルはじっとフェリシティを見つめている。「もう一度話してみろ。なぜきみは男の寝室で泣いてたんだ？　友人たちがきみをのけ者にした日のことだ。もう一度おれに話せ。

泣いていた理由を」

今度は羞恥心が燃えあがった。「それとこれとは話が別よ」フェリシティは言い返した。「わたしは変わった。いまのわたしはあのときとは違う。メイフェアも舞踏会もどうでもいいの」

「いまの言葉を信じたら……」デヴィルがフェリシティから目をそらし、頭上に輝く星を見あげた。「おれはなんの躊躇もなくきみのベッドに潜りこむだろう。だがそんなことをすれば、きみは二度とその生活には戻れない。きみを受け入れてくれる者はひとりもいなくなる」

「わたしを愛している？」フェリシティはささやいた。瓦屋根の上に吹く風の音と変わらない小さな声だった。ふたりの肌が触れあう音や、ふたりの息が混じりあう音と変わらない、かろうじて聞こえるくらいの声。

希望の音と変わらない、ほとんど聞こえない声。

デヴィルがざらついた息を長々と吐きだした。「おれはきみには釣りあわない」

彼は間違っている。星空の下で、大好きになった場所で、フェリシティはそれを証明しようと心に決めた。

24

何もかもが劇的に変わった。それに気づいたのは翌日の夕方、バンブル侯爵家の馬車から降りたときだ。フェリシティは母を後ろに従えて歩きだした。一歩足を踏みだすたびに、濃いピンク色のドレスの裾がふわりと翻る。

一年前は、一カ月前は、二週間前は、まさにこういう瞬間を夢見ていた。夏の訪れを感じる六月の中旬になると、ロンドンに集結した貴族たちはおのおの領地に戻る準備を始める。だがゴシップ好きな者たちは、この舞踏会が開かれる前にロンドンを離れることは決してない。シーズン中で最も盛大な社交行事、それがノーサンバーランド公爵夫人が主催する今夜の舞踏会だ。

一年前は、一カ月前は、二週間前は、ほかならぬフェリシティ自身もこの舞踏会には何をおいても出席したいと思っていた。ふたりはノーサンバーランド・ハウスの正面玄関の階段に向かって歩を進めた。公爵邸の窓ガラスが蠟燭の明かりを反射して美しく輝いている。母が感動に打ち震えてフェリシティの肘をつかんだ。玄関の扉の前で、招待客数人が談笑している。彼らはフェリシティに向かって挨拶してきた。少しもためらわずに。

フェリシティをにこやかに迎えている。

彼女の気を引こうとしている。

ただし、フェリシティのなかでは何もかもが変わってしまった。

とはいえ、もはや彼女が変わり者で、壁の花で、行き遅れのフェリシティではないからではない。

未来のマーウィック公爵夫人になるからでもない。

ああ、しかしフェリシティが未来のマーウィック公爵夫人になるからこそ、招待客たちはいままでとは状況が一変したと察知したのだ。まったくなんてご都合主義なのだろう。フェリシティが何もかも変わってしまったと実感するのは、この世界の向こう側にある世界に心を奪われてしまったからだ。向こう側の世界を見せてくれた男性に心を奪われてしまったから。その結果、かつては心底魅せられていたこの世界が、向こうに比べたらなんともつまらなく感じるようになった。彼に比べたら。

デヴィルには信じてもらえなかったけれど。そういうわけで勢いにまかせて、大勢の人が集まる屋敷にこうして乗りこんできた。自分の気持ちが嘘ではないことを彼に証明するために。

フェリシティは背筋を伸ばし、肩を張った。この姿勢を保つことで顎があがる。ところが突然、次から次へと不安に襲われた。ひょっとしたら招かれざる客かもしれない。みんなから無視されるかもしれない。結局、デヴィルに受け入れてもらえないかもしれない。でも、彼を手に入れるのを助けてくれる人がたったひとりだけいる。その人だけが頼みの綱だ。ということは、まず婚約者を見つけなければならない。

「婚約したおかげで、すっかり注目の的ね」母が興奮した口ぶりで話しかけてきた。ふたりはノーサンバーランド邸の玄関広間に足を踏み入れた。すでにたくさんの招待客であふれている。母が大階段の上に目をやるとどんちゃん騒ぎの真っ最中で、彼女は思わずぎょっとした声を漏らした。「去年は招待されなかったわ。わたしたちは歓迎されなかった。なぜなら……まあ、理由は言わなくてもわかるでしょう」

フェリシティは歩をゆるめ、母に視線を向けた。「いいえ、ちっとも」

母が娘と視線を合わせ、声を落として言う。「あなたの起こしたスキャンダルのせいよ」

「それはヘイヴン公爵になんとか求婚されようと、せっせと結婚市場に足を運んだことを言っているの？」

母が首を振る。「それだけではないわ」

「わたしが行き遅れだということもスキャンダルになるの？」

「それも少しは影響しているわね」

「社交界の仲間の輪から締めだされたことと比べたらどう？　どちらの影響のほうが大きかった？」

「まあ、フェリシティったら」不自然なくらい大きな笑い声をあげて、母は周囲を見回した。会話を盗み聞きされるのを恐れているらしい。

フェリシティはこの話には興味がなかった。「招待客の一覧表からわたしたちの名前が消されたのは、お父さまとアーサーが一家の財産を使い果たしてしまったからだと思っていたけれど」

母が目を丸くする。「フェリシティ！」

フェリシティは唇を引き結んだ。この議論をするには、いまは時間も場所もふさわしくない。一瞬そう思ったが、別にそれほど気にする必要もない。フェリシティは大舞踏室へと続く階段に向かった。「お母さま、たいした問題ではないわ。今夜、わたしたちはこうしてここにいるんですもの」

「そうね」母が返した。「でも、お父さまにとっては一大事なの。来年もまたここに来ましょうね。そのあとも毎年来ましょう」

いいえ、わたしは来ない。

「そうそう、今夜はお父さまもこちらに顔を出すのよ」

そうでしょうね。いかにもだ。バンブル侯爵家の金庫が紙幣で満たされたいま、父は大手を振ってこの舞踏会にやってくるのだろう。

フェリシティは階段の上部に視線を投げかけた。「マーウィック公爵を捜しに行かないと」

一〇歩も歩かないうちに、いやというほど聞き慣れた声が頭上からした。「フェリシティ！」

ナターシャ・コークウッド。階段のてっぺんに立ち、好奇心に目をらんらんと輝かせ、フエリシティの気を引こうと手を振りながらぴょんぴょん跳ねている。ナターシャは顔を横に向けて、話し相手《コンパニオン》と兄のフォーク卿ことジャレッドに何か話しかけた。ジャレッドはあたりをきょろきょろ見回し、それから妹の視線をたどり、フェリシティに目を向けた。その目の中には何かぎらぎらしたものが宿っている。何か飢えた欲望のようなものが。

フェリシティはすばやく視線をそらし、急いで階段をあがりはじめた。

フェリシティが階段のてっぺんに着くなり、すかさずナターシャが近づいてくる。「フェリシティ！」

「少し話をしたらどうかしら。レディ・ナターシャとフォーク卿はあなたのお友だちでしょう」この一八カ月間、屈辱や悲しみや戸惑いにずっと耐えてきた。なのにそんなことは何もなかったかのように、母はいとも簡単に過去を水に流した。

〝友情がおれたちの考えるものであるとは限らない〟

デヴィルの声が耳の中でこだまする。取り巻きのロンドンっ子たちの中にふたりを置き去りにしてこのまま立ち去りたい衝動に駆られたが、結局フェリシティは立ち止まって向き直った。

「フェリシティ！」ナターシャが息を切らしてやってきた。顔につくり笑いを張りつけている。「あなたが来るのを待ってたのよ！」フェリシティの腕に手を置いた。

フェリシティは自分の腕に触れる不快な手を無言で見おろした。ナターシャが手を引っこめる。フェリシティは顔をあげて口を開いた。「なぜ？」

ナターシャの頬がみるみる赤くなる。目をしばたたき、驚きと緊張が入り混じった笑いを漏らした。「なぜって……あなたが恋しかったからに決まってるじゃない！」兄に視線を投げかける。「そうでしょう、ジャレッドお兄さま？」

ジャレッドが大きな歯を見せてにやにやする。口が小さいわりに、やたらと歯が大きい。

「もちろんだとも」

この一八カ月間、まるで何も起こらなかったかのような態度だ。別にフェリシティを無視していたわけではなく、ただそのあいだずっと兄妹で口喧嘩でもしていたような態度。いまも変わらず友だちであるかのような。

またフェリシティがふたりと友だちに戻りたがっているかのような態度。

〝恵まれない連中〟

再びデヴィルの声が聞こえた。彼が深く低い声でフェリシティの耳元でささやいたときの記憶がよみがえり、彼女は勇気を得た。

「とってもすてきなドレスね」ふと気づくと、ナターシャはまだ話し続けている。フェリシティは両手をスカートに滑らせた。鮮やかなフクシア色のドレスは、今朝仕立屋から届いたばかりだ。ドレスにはマダム・エベールからの手紙が添えられていた。フェリシティのおかげで公爵とすばらしい取り引きができたことに感謝している、鮮やかなピンクを楽しんでほしい、と。

いままでに身につけたどのドレスよりも美しくて豪華なドレスだった。身頃は襟ぐりが深く、肩があらわになるデザインだ。スカート部分は鮮やかな濃いピンク地に濃紫色のシルク糸が織りこまれており、玉虫効果で夕暮れの空のような色に見える。というより、デヴォンの夕暮れの空の色に。

このドレスをデヴィルに見せたい。

あとで見せよう。マーウィック公爵と話し終えたら。それにしても公爵はどこにいるのだろう。果たしてこの人混みの中から見つけられるだろうか。不安が脳裏をよぎったとたん、鼓動が速くなった。フェリシティは婚約者を捜しに舞踏室へ行くことにした。

「ありがとう、ナターシャ……あなたのドレスもいつも美しいわ」母が気を遣って声をかけ、娘の代わりに沈黙を埋めた。

ナターシャは膝を折ってお辞儀をした。「ありがとうございます、侯爵夫人。そして、おめでとうございます。間もなく義理の息子さんができますね！」

母がくすくす笑う。

ナターシャもくすくす笑っている。

ジャレッドはにやにやしていた。

フェリシティは三人の顔を順番に見た。「わたしは頭がどうかしてしまったのかしら？　それとも、あなたはもう一度わたしと友人づきあいをしようと思っているの？」

ナターシャの顔が赤くなる。「いまなんて？」

「フェリシティ！」母の声が割って入った。

「真面目に訊いているのよ、ナターシャ。あなたはわたしたちが一度も仲たがいなんてしたことがないふりをしたいようね。わたしを仲間の輪から追いだしたことなどなかったみたいに。あなたはそう言っていたわよね？」

ナターシャは口を開きかけて、また閉じた。

フェリシティはかつての友人を無視した。ナターシャに対していっさいの関心を失っていた。おそらく知りあってから初めて。フェリシティは浮かれ騒ぐ人々をかき分け、舞踏室を目指した。無遠慮に。さよならも告げずに言った。「早くマーウィック公爵を見つけないと」

「あら、もちろんよ。あなたたちに会う前からそう言っていたの」母がうれしそうにナターシャに話しかけた。どういうわけか、ナターシャやジャレッドも後ろからついてくる。母は声を落として先を続けた。「婚約中の男女はできる限り一緒にいたいものなのよ。当然あなたも知っていると思うけれど」

「あら、もちろんです」ナターシャがまわりにも聞こえるように声を張りあげる。「フェリシティ、わたしたちはいまも心底感心しているの。あなたが彼を勝ち取るだなんて！　だって、どう見てもあなたは公爵が妻に求めるたぐいの女性じゃないんだもの」

「わたしは彼を勝ち取ってなんかいないわ」フェリシティはそっけなく返し、人混みを突き進んだ。

ナターシャがネズミを視界にとらえた野良猫みたいな表情を浮かべる。「勝ち取っていないですって？」

沈黙が落ちた。突然、母が不自然な笑い声をあげた。「まあ、フェリシティ！　悪い冗談はよしなさい。結婚予告も公示しているでしょう。新聞の社交欄にも掲載されているのよ！」

「そうね。でもいずれにしても、そういうものには興味がないの。ナターシャ……」フェリシティは冷ややかなまなざしを送った。「まあ、わたしが公爵を勝ち取ったとしても、あなたはわが家の招かれざる客よ」

ナターシャはあっけに取られ、口をぽかんと開いている。母が娘の無作法な言葉にぞっとしたようにうめいた。いい案配に、フェリシティはようやくマーウィック公爵を見つけた。舞踏室にいる誰よりも背が高く、金髪の頭がひとつ突きでている。にわかに心臓が激しく打ちだした。彼女はわずらわしい一団と別れ、人波を縫って公爵のいるほうへ向かった。

彼から解放されるために。

マーウィック公爵はひとりでいた。背筋をまっすぐ伸ばして立ち、ごった返す人々を見るともなしに眺めている。フェリシティはすぐ目の前で立ち止まった。「こんばんは、閣下」

公爵は一瞬フェリシティを見おろすと、再び室内に視線を戻した。「その呼び方はやめてくれないか」少し黙り、また口を開く。「あの女性は誰だ？」

彼の視線をたどり、フェリシティは振り返った。猫かぶりの達人、ナターシャがつくり笑いを浮かべて近づいてくる。

「レディ・ナターシャ・コークウッドです」

「きみは彼女になんと言った？」

「あなたはわが家の招かれざる客だと言ってやりました」

マーウィック公爵がフェリシティに目を向ける。「なぜ？」

「彼女に傷つけられたからです。それで友人関係を解消しました」

公爵が肩をすくめる。「当然だな」

「でも、ナターシャのことはどうでもいいんです。彼女とは同じ家で一緒に暮らすわけではないので」

「そうだな」マーウィック公爵がうなずく。「ところできみは、自分の気持ちを相手に伝えるときに比喩を使うのが好きなのかな」

フェリシティは息を大きく吸いこんだ。「そういうわけではありません」

公爵が彼女に視線を向けた。その瞳には理解の色が浮かんでいる。何か別の感情も。これは……敬意だろうか？ 「何が言いたいんだ？」

公衆の面前で始まったこの婚約騒動は、やはり公衆の面前で終えるのがふさわしいだろう。少なくとも、マーウィック公爵に直接伝えられる。このことが噂になって耳に入るのではなく。「あなたとは結婚できません」

そのひと言が公爵の関心を引いた。彼はしばらくフェリシティを見つめ、やがて口を開いた。「理由を訊いてもかまわないか？」

舞踏室にいる人の半数はフェリシティたちを見ている。彼女はまったく気にならないが、マーウィック公爵はまわりの目が気になるに違いない。「どこか……ふたりだけで話ができる場所に移りましょうか?」

「いや、ここでいい」

予想外の言葉が返ってきて、一瞬フェリシティは戸惑った。「閣……」途中でやめて言い直す。「公爵」

「理由を教えてほしい」

「わかりました」心臓が激しく打つのを感じながら話しはじめた。「わたしはほかの男性を愛しているんです。彼のほうもわたしを愛してくれていると思っています。わたしにとっては、このきらびやかな上流社会よりも彼のほうがずっと大切なんです。それが本心だとなんとか彼を納得させたいんです」

マーウィック公爵はフェリシティの目を見据えた。「きみの父上がきみの本心を知れば、諸手を挙げて喜ぶかな?」

フェリシティは首を振った。「いいえ。父にとってわたしは最後の望みですから」

「きみの兄上にとってもだろう」公爵がすかさず言う。「ふたりはわたしの金を満面に笑みを浮かべて受け取った」

「愛のない結婚と引き換えに」フェリシティはかぶりを振った。「わたしはそういうのはいやなんです」

「では尋ねるが、きみに愛の何がわかる?」公爵があざけりの混じった口調で返してきた。

〝デヴィルのためなら火の中でも歩く〟ウィットの言葉だ。先日の夜、倉庫でデヴィルの仲間たちの忠誠心について話していたときに口にした言葉。その言葉の意味がいまはよくわかる。自分はデヴィルを愛している。フェリシティは公爵を見あげた。「わたしはほかの何よりも愛を求めています。そうだとわかっているだけで充分です」

公爵が鼻で笑う。

「あなたも愛を求めるべきです」彼は何も言わない。フェリシティはおずおずと口を開いた。「あの、お願いがあるんです。なんらかの形で兄を助けてやってくれませんか？　兄には投資の才能があります。ただ――」

マーウィック公爵がフェリシティをさえぎった。「それはどういうものなのか教えてほしい」

一瞬、なんのことを言っているのかわからなかった。ひょっとして……愛について尋ねているの？　「言葉では表現できません」

「なんとか表現してみてくれ」

フェリシティは視線をそらした。そのとき不意に、楽しげに踊るひと組の男女の姿が目に留まった。サファイア色のドレスを着た女性が男性の腕に背を預け、くるくる回っている。弓なりにそらした女性の美しい背中。女性を支える男性の力強い腕。ターンのときにふわりと広がるスカートの裾。女性が男性を見あげて微笑みかけた。男性が女性を見おろし、いとおしくてたまらないという表情で微笑み返す。ふたりの姿は息をのむほど美しかった。きっとあの男性は今夜のドレスや、タキシードや、息の合ったダンスだけでなく、ターンするたびに自分の脚に感じるスカートの重みも一生覚えていたいと思うだろう。

フェリシティの中で悲しみと願望と決意がせめぎあう。彼女は視線をマーウィック公爵に戻した。「この世界のどこかにあなたにふさわしい相手がいます。必ず見つかるはず。その女性に愛してもらうんです」

「そんな簡単にはいかない」ぶっきらぼうな声が返ってくる。

「まずはその女性を探すところから始めてみたらどうでしょうか」

「とっくにそうしている。一二年間も。いや、それ以上だ。物心がついたときからずっと」

いまの公爵の口調で直感した。彼はまだ出会っていない名前も顔もない女性の話をしているわけではない。公爵にはこの先の人生をともに歩んでいきたいと願う特別な女性がいるのだ。その女性を何年も捜している。

フェリシティはうなずいた。「捜し続けてきた年月は決して無駄ではありません。いつの日か彼女を捜し当てたら、そのときこそあなたは幸せをつかめるでしょう」

「彼女を見つけたら、わたしは不幸のどん底に落ちるだろうな」

突然、デヴィルの姿が目に浮かんだ。昨夜、〝おれはきみには釣りあわない〟と言ったときの姿が。東の空が明るくなりはじめた頃、家まで送ってくれたときの姿が。庭でやさしくキスをしてくれたときの姿が。厨房《ちゅうぼう》に通じる扉から家に入ったとたん、なぜかもう会えない気がして涙がこみあげた。あのときだ。あのとき心に誓った。操り人形のような生き方は終わりにしようと。自分の生き方は自分で決めようと。

「一曲踊ってもらえないか、レディ・フェリシティ？」

フェリシティは眉をひそめた。「どうしてですか？」

「ここは舞踏室だろう。ダンスをするときに使う部屋だ」

踊りたくない。

マーウィック公爵がさらに続ける。「ロンドン中の全員がわれわれを見ている。ここはまわりに合わせて踊ろう」

全員ではない。ロンドンにいるほんのひと握りの人たちだけだ。彼女がだんだん耐えられなくなってきた人たち。それでもフェリシティは差しだされた腕に手を添え、舞踏室の中央へ出ていき、公爵の腕の中におさまった。

ふたりはしばらく無言で踊っていたが、やがて公爵が静かに話しはじめた。「そうか、きみはわたしのきょうだいがきみを愛していると思っているわけだ」

不意にマーウィック公爵の口から飛びだした言葉に、思わずフェリシティはのけぞり、できるだけ体を離した。聞き間違いに決まっている。絶対にそうだ……。「あの……いまなんて？」

「とぼける必要はない」公爵がなおも続ける。「あの男は初めからきみを狙っていた。きみが世界中にわれわれの婚約を発表したあの夜から」その言葉に、フェリシティはステップを踏み違えた。公爵は彼女を抱く腕に力をこめ、一瞬床から持ちあげて、崩れた姿勢を立て直させた。

突然の話に頭がついていかない。フェリシティはただ公爵を見あげた。デヴィルのことを言っているのだろうか。いいえ、そんなはずはない。

でも、この目はデヴィルと同じ色だ。美しい琥珀色の目。なぜもっと早く気づかなかったのだろう。デヴィルの目があれほど情熱をたたえておらず、マーウィック公爵の目がこれほど冷たくなかったら、もっと早く気づいていたはずだ。

パズルのピースがはまった。

ああ、なんてこと。

デヴィルの父親は先代のマーウィック公爵だった。

つまり、一緒に踊っているこの男性は……。「あなたはユアンね」

はたから見ると、何も気づかないかもしれない。けれど公爵の腕の中で体を密着させているフェリシティには、彼が明らかに動揺しているのがわかった。いきなり彼女のこぶしを顎に受けたみたいに。フェリシティがユアンという名を口にした瞬間、公爵の体がこわばった。

彼は奥歯を嚙みしめ、息を止めている。フェリシティの手を握る手は冷たくなり、彼女の背中を支える腕は固まってしまった。マーウィック公爵はフェリシティに視線を向けた。その目の奥には真実の光が宿っている。そして何か不安をかきたてる光も。

だが、そんなものは怖くない。たしかに頭が混乱しているし、ショックを受けてもいる。ほかにもさまざまな感情が渦を巻いている。その中に激しい怒りはあるけれど、恐怖は一ミリもない。もし自分の勘が当たっているとしたら、この男性がユアンだ。三人目のきょうだい。田舎の領地に連れてこられ、爵位を得るための非道なゲームをさせられて、最終的に勝者となった少年。その少年はまだまだ助けが必要なきょうだいを支えようともせず、それどころか劣悪な環境に置き去りにした。喧嘩が絶えない街に。頼れる人が誰もいない街に。そんなやさしさのかけらもない場所で、デヴィルたちは自力で生きてきた。

そのひとつだけを取っても、ユアンが憎くてたまらない。

「あいつが話したんだな」マーウィック公爵の声には驚きがにじんでいた。どこか畏敬に近い響きもあった。

フェリシティの胸にふつふつと怒りがこみあげた。彼女はダンスをやめようとしたが、公爵はそうさせてくれない。ありったけの力をこめて、フェリシティは公爵の腕に背中を押しつけた。「放して」

「まだダンスは終わっていない」

「あなたは彼を傷つけたわ」

「わたしは多くの人を傷つけてきた」

「あなたは彼の顔を刃物で切りつけたのよ」

「言っておくが、選択の余地はなかった」

「いいえ、それは言い訳だわ。この世界のほうがあなたのきょうだいよりも価値があったのよ」フェリシティはかぶりを振った。「あなたは間違っている。わたしならどんなときもここより彼を選ぶわ。わたしは彼を選ぶ。あなたよりも」

マーウィック公爵の目がきらりと光った。「信じないだろうが、わたしがしたことはこの世界とはなんの関係もない」

「それはどうかしら」フェリシティは鼻で笑った。「爵位も屋敷もお金も自分のものになるのよ」

「まあ、好きに考えればいい、レディ・フェリシティ。だが、本当だ。あれはただ結果を出すための手段にすぎなかった」正直な言葉に聞こえ、そこに残酷な響きはなかった。

フェリシティは眉間にしわを寄せた。「どんな結果を望んでいたわけ？」この男性が心底憎い。「あなたは非難されて当然よ。切りつけるだなんて、よくもそんな残忍なまねができたわね。彼はまだ子どもだったのよ」

「わたしも子どもだった」公爵は口をつぐみ、それからくだけた調子で話しだした。「きみもあの場にいたらよかったよ、レディ・フェリシティ。きみならあいつを救えたかもしれない。われわれ全員を救えたかもしれないな」

「彼には救いの手など必要ないわ」フェリシティは声をやわらげた。「男の中の男だもの。強くて、勇敢で、尊敬できる人よ」

「そうなのか？」

その問いかけに、気持ちがざわついた。まるで公爵がチェスの名人で、すでに最終局面を見通しているかのような気がした。再びフェリシティは公爵の腕に背中を押しつけた。恐るべき怪物と化した男性から一刻も早く離れたかった。「てっきりあなたは変人だと思っていたけれど、違ったわね。あなたは恐ろしい人よ」

「そのとおりだ。だが、それをいうならあいつも同類だ」

フェリシティは首を振った。「違う」

マーウィック公爵はとげとげしい口調で言下に言い返した。「あの男は正真正銘の悪党だ。あいつがどうやってきみのことを知ったと思う？ なぜきみに興味を持ったと思う？ 答えを聞きたくないか？」

デヴィルと初めて出会ったときのことを思いだしながら、フェリシティは口を開いた。「本当に偶然だったわ。婚約したとわたしが嘘をついたのを、彼がたまたま聞いていたのよ」

公爵が声をあげて笑う。笑い声はフェリシティの耳に冷たく響いた。「われわれの人生で偶然起きたものなどない。ただの一度も。いまやきみはわれわれの仲間だ、フェリシティ・フェアクロス。いまやきみはわれわれとつながっている。そういうわけで、二度ときみの人生でも偶然は起きない。約束も。裏切りも。舞踏会用の黄金色のドレスも。生け垣に隠れた密偵も。夜に聞く鳥のさえずりさえも偶然ではない」

突然、舞踏室が回りだした。マーウィック公爵の口から次々と思い当たることが飛びだし、フェリシティは背筋が冷たくなった。この男性は、この憎むべき恐ろしい男性はデヴィルと結びついている。もう何年も。この男性はデヴィルとの関係を完全に断ち切れない。おそらく公爵は、フェリシティがデヴィルと親しいことも知っている。なのに、フェリシティを利用した。知っているからこそ利用した。だますのはさぞたやすかっただろう。

「あなたは彼に会うためにわたしを利用したのね」

「そうだ。だが公平を期すために言えば、利用するつもりはなかった。当初からきみに狙いを定めていたわけではない。実際、これについてだけはほんの偶然だった」

公爵はフェリシティをターンさせて、室内を滑るように移動していく。まわりからはふたりが親密に体を寄せあっているように見えるだろう。完璧な組み合わせに。公爵の口から次に出てくる言葉がなんであれ聞きたくなくて、フェリシティが離れようと必死にもがいていることに誰も気づいていない。

「この一二年間ずっときょうだいを捜していた。まったく無駄な努力だったよ。きみはこの話も聞いているか？　ところがある日、男きょうだいのふたり組がコヴェント・ガーデンにいるという情報をつかんだ。氷の売人のきょうだいがいる、おそらく密輸業者だろうと。ふたりは街を牛耳っており、自分たちに忠誠を誓う者には給金を弾んだ。その結果、街全体がふたりを間違いなく守っていて、ずっと情報の真偽を確かめられずにいた。それでわたしはこれまでとは違う方法を取り、ロンドンに出てきて、花嫁を探しているという噂を流した」

公爵の思惑が読めた。「ふたりを暗闇から引きずりだすためね」

彼が驚いた表情を浮かべ、わずかに身を乗りだした。「そのとおりだ。彼らはわたしから身を隠しているかもしれない。だがもしわたしが彼らと交わした唯一の約束を破ったら、黙ってはいまいと思った」フェリシティの背後にじっと目を向けている。

「跡継ぎを残さないという約束でしょう」

またしても公爵が驚いた顔になる。「それもあいつから聞いたのか？」

「彼はあなたとわたしを結婚させるつもりはなかった」フェリシティは小声で言った。

突然、マーウィック公爵の笑い声が轟いた。その瞬間、周囲の目がいっせいにふたりに向けられたが、彼は気にしているふうには見えない。「ああ、そうだ。われわれは話が合うな。わたしにとって、きみはとても役に立った……そしてあいつにとっても、きみは実に役に立った」

「どういうこと？」

「きみは警告だった。ひとつ、幸せになるな。ふたつ、未来を持つな。きみはこれをわたしに伝えるためのあいつからの警告だ。どうやらあのきょうだいは、わたしが両方を手に入れられるとでも思っていたらしい」

フェリシティの耳の奥で、自分の鼓動と室内にあふれる騒々しい音が混じりあって鳴り響いた。彼女はマーウィック公爵と視線を合わせた。「よくわからない。あなたはわたしを求めてはいなかった。わたしのほうもあなたを幸せにするつもりはなかったわ」

「ああ。だが、きみは子どもをもうけるかもしれない。それはあいつにとって由々《ゆゆ》しき事態だ。なぜなら跡継ぎを残さないことが、われわれが父親に与えられる唯一の罰だからだ。つまり、マーウィック公爵の家系はわたしの代で終わらせるということだ。あいつの性格ならよくわかっている。デヴォンはマーウィック公爵家を絶やす気満々だ」

〝決して終わりのない罰を与える〟

目的を遂行するために、デヴィルが選んだ武器はフェリシティだった。デヴィルも公爵もともに彼女を武器にすることを選んだ。

公爵が一拍置いて言い添えた。「ああ、そうだった。実はきみがわたしとの婚約を公言したことはデヴォンから教えられた」

フェリシティはドレスの裾を翻して立ち止まった。今回は公爵も彼女を放した。まわりのカップルはまだ踊っているが、彼らの視線はフェリシティたちに向けられている。ささやき声が次第に大きくなっていく。だが、好きに言わせておけばいい。

「デヴォンは見事に自分の使命を果たした。あいつのことを認めざるをえないな」マーウィック公爵が言葉を切る。「これは推測だが、すでにデヴォンはきみに手をつけたんじゃないか。たぶんあの男は今夜きみがここに来て、われわれの婚約を解消すると見込んでいると思う。言うまでもないが、きみはこうしてここにやってきた。デヴォンを愛していると思いこんでいるから。きっとデヴォンも愛してくれているはずだと信じているから」

ふたりのまわりで舞踏室がぐるぐる回りだした。公爵の言葉を聞いた瞬間、フェリシティはデヴィルが知らせたのだと気づいた。必ずフェリシティがこの舞踏会に来ると。この目の前の傲慢な男性を罵るだけでは飽き足りず、危害も加える気でいると。

マーウィック公爵が感情のいっさいこもらない声で言い添えた。「かわいそうなお嬢さんだ。考えが甘かったな。デヴォンに愛を求めても無駄だ。あの男の中に愛という感情はない。きょうだい三人ともそうだ。これは父親譲りだな。われわれには破滅する以外に道はない。

きみの場合、破滅までの道のりが少なくとも楽しいものであることを願っている」

その言葉に、フェリシティの心は粉々に壊れてしまいそうだった。〝ひとりぼっちのフェリシティ〟に逆戻りだ。〝もう終わっているフェリシティ〟に。いいえ、もう二度と以前の自分には戻らない。フェリシティは背筋を伸ばして立ち、顎をあげて、こみあげてきた涙を押しとどめた。泣いてたまるものですか。泣いている場合ではない。

一歩さがり、マーウィック公爵との距離を空けた。近くで踊っているカップルが足を運ぶテンポをゆるめ、首を回してこちらを見ながら聞き耳を立てている。しかし、誰に見られようが聞かれようがかまわない。フェリシティは腕をあげて、公爵の頬を手のひらで思いきり引っぱたいた。

見事な一撃はマーウィック公爵の頬に炸裂《さくれつ》し、その音が波紋のように舞踏室中に広がっていった。

25

フェリシティが舞踏会に出かけていた頃、デヴィルは悪臭が漂うテムズ川で荷揚げ作業をしていた。あれこれ考えないようにするには、仕事に没頭するのが一番だ。彼は荷物を持ちあげたり運んだりして筋肉を酷使し続けた。そうやって何時間も体を動かしているうちに、やがて服が汗まみれになり、肩もすりむけてきた。体は疲れきり、肩は痛み、汗くささが鼻をつく。今夜はそろそろ終わりにしよう。家に帰り、風呂に浸かって、眠りに就く。そして手に入れられないものへの思いに身を焦がしながら、また朝を迎えるのだ。

まったく、なんてことだ。別れてからまだ一日も経っていないのに、すでに会いたくてたまらない。空気を求めるのと同じくらい、フェリシティを求めている。

デヴィルはぶつぶつと悪態を吐き、事務所の鍵を開けた。建物内には静寂が重く立ちこめている。

くたびれた足取りで階段をあがり、執務室に向かった。鍵穴に鍵を挿しこもうとして、すでに開いているのに気づいた。誰かがこの扉の鍵を開けた。それが誰なのか、思い当たる人物は六人ほどいるが、そうであってほしいと願う人物はそのうちのひとりだけだ。だが同時に、彼女以外の人物であってほしいと願う自分もいる。

デヴィルは扉をゆっくりと押し開けた。蝶番のきしむ音が静けさの中に響く。

フェリシティが部屋の中央に立っていた。男たちが脱がせてみたいと思うたぐいのピンク色の美しいドレス姿で静かにたたずみ、デヴィルを見据えている。どうやらずっとそこに立って待っていたらしい。デヴィルが戻ってくるまで、永遠に待ち続ける覚悟だったに違いない。

過去と未来。そしてうれしくもあり、耐えがたくもある現在。

デヴィルは室内に入って扉を閉めると、きたるべき事態に備えて気持ちを引きしめた。フェリシティを再び追い返す勇気をかき集め、口を開いた。「どうやって事務所に入ったのか訊きたいところだが、やめておこう。知らないほうがいいこともある」フェリシティのドレスを顎で示した。つややかなドレスは無視できなかった。「コヴェント・ガーデンでは見かけない代物だな、お嬢さん《マイ・レディ》」

フェリシティはデヴィルを見つめたままで、ドレスを見もしない。「ノーサンバーランド邸の舞踏会から直接来たのよ」

デヴィルは低く口笛を吹いた。「上流階級の連中におれがよろしく言っていたと伝えてくれたか？」

「いいえ。実際、婚約を解消することで頭がいっぱいだったから」

その言葉に心臓が跳ねあがる。デヴィルは何も考えず、フェリシティのほうへ足を踏みだした。いや、嘘っぱちだ。瞬時に頭に浮かんだ言葉がある。〝よし、これでフェリシティは自由だ。ようやく、ついに彼女が自分のものになる〟

だが、それは見果てぬ夢だ。「なぜだ？」

「マーウィック公爵とは結婚したくないからよ。貴族とは誰とも結婚したくないの」

おれと結婚してくれ。

フェリシティが先を続ける。「それにあそこで……公の場で、上流社会の人たちの前で婚約を解消したら、わたしがあの世界に背を向けてあなたの住む世界に入りたいと言った言葉が本心だと、あなたにわかってもらえると思ったから」

デヴィルの心臓が激しく打ちだした。

「あのあと……公衆の面前で彼を叩いたあと――」

「あいつを叩いた？　それであいつは……」フェリシティに手を伸ばした。

ところが彼女にすばやく体を引かれ、デヴィルはその場で固まった。心の奥に言い知れぬ不安がうごめきはじめる。「そうよ。舞踏室の真ん中で、公爵の中でも最も権力を持つ人物のひとりを叩いたの。いまやわたしは完全に破滅してしまったわ」

そんなのはちっとも気にしない。フェリシティがいるだけでいい。「なぜ叩いたんだ？　あいつに傷つけられたのか？」

フェリシティが苦々しい笑い声をあげた。「まさか。彼は手をあげたりしなかったわ」

「だったらどうして――」

「わたしたちの結婚を取り持ってくれた男性に、まんまとだまされたとわかって傷ついたからかしら……」フェリシティは言葉を切り、しばらく無言でデヴィルを見つめた。「わたしが公爵と結婚することは決してない。初めからそういうことになっていたのよね？」

その質問はふたりのあいだで宙に浮き、氷のごとく冷たく漂った。

「そうでしょう、デヴィル？」

デヴィルは唇を引き結んだ。突然、足の下の床が傾いた気がした。「ああ」

「しかも興味深いことに、マーウィック公爵もわたしと結婚する気なんかさらさらなかったのよ。つまり、あなたたちきょうだいは珍しく考えが一致していたわけね」デヴィルの耳の奥でどくどくと血管が脈打つ音が響きだした。

きょうだい。

フェリシティは気づいている。

「どうしてわかった？」

一拍置き、フェリシティは口を開いた。「だって、そっくりなんですもの」

違う。「それは絶対にない」

フェリシティは目を細くしてデヴィルを見た。「冗談はやめて。自分ではわからないだけよ。あなたたちは似た者同士だわ」

その言葉がどんなに胸に突き刺さるか、彼女はまったく想像もしていない。それがどんなに怒りをかきたてるか、どんなに真実をささやいているか知らないのだ。

「あなたたちきょうだいはふたりとも、わたしを利用する前によく考えなかったのね。公爵はあなたを暗闇から引きずりだすために、一二年間捜し続けていたあなたを見つけるためにわたしを利用したの。でも正直に言って……」フェリシティが言葉を切る。デヴィルは強烈な一撃が放たれるのを覚悟した。もう逃げ場はない。「彼のことはどうでもいいわ。わたしはあの人をはなから信用していなかったもの。だから、決して本心を公爵にはさらさなかった。だけど公爵がいかに過去におぞましい罪を犯したとしても……一度の平手打ちでは足りないくらい憎くても……地獄の底に叩き落としてやりたいとどんなに思っていても……公爵の罪はあなたの罪に比べたらはるかに軽い」

フェリシティはデヴィルに背を向け、執務机を回りこんで部屋の一番奥の窓へと歩いていった。絨毯をこするドレスの衣《きぬ》ずれの音が銃声のごとく室内に響く。彼女が自分から離れていく姿を見るのはつらい。フェリシティが一歩、また一歩と進むたび、室内の空気が冷たくなっていくのを感じる。デヴィルはひとり氷の世界に取り残される感覚に襲われた。

実際、彼女を失ったら、そんな気分を味わうのだろう。

フェリシティはくすんだ小さな窓ガラスに手のひらを当て、外に目を向けている。もっとも、コヴェント・ガーデンには上質なガラスなど似合わない。女王のようなドレスをまとった彼女が薄汚れた窓ガラスに指を滑らせた。その瞬間、デヴィルは現実を思い知らされた。フェリシティを自分のものにするのは叶わぬ夢だと。

今夜、暗い秘密を知られてかえってよかったのだ。

自分は彼女にふさわしくない。

「わたしを愛している？」フェリシティが単刀直入に切りこんだ。「ゆうべも、わたしはこの建物の屋根の上で訊いたわ。あなたは〝おれはきみには釣りあわない〟と答えた。そのとき思ったの。あなたは、わたしがこの世界よりも向こうの世界を気に入っているという愚かな考えにしがみついているのだと」

くそっ、そのとおりだ。あのとき彼女に話すべきだった。話す機会はいくらでもあったはずだ。

だがこうしてまたふたりでいるいま、まだ話す機会はある。ただし昨日よりも、いっそう苦しい思いをするだろう。

さらにつらい思いをするのは目に見えている。

「だから、今夜もう一度訊くわ。あなたはわたしを愛している？」

この状況は拷問に等しい。「フェリシティ……」

デヴィルは窓に近づいた。だが、フェリシティは振り返ろうともせず、コヴェント・ガーデンに連なる屋根に目を向けたままだ。自分がフェリシティに与えられるのは、このゆがんで見える景色だけだ。「わたしは愛を交わしたいと頼んだわ。ここがわたしの居場所だということをわかってほしいと」

ああ、きみはいつもそう言っていた。

「フェリシティ」デヴィルはかすれた声で名前を呼んだ。

「でもね」フェリシティが恥ずかしそうな笑みを浮かべる。「あのときのわたしは真実を知らなかった。あなたの仕掛けた罠にまんまとはめられたなんてこれっぽっちも思っていなかったわ。だから、あんなおめでたいことが言えたのよ」

一瞬、デヴィルの心臓が止まる。それから激しく打ちだした。「フェリシティ」

「気安く呼ばないで」彼女が怒りをこめた声で冷たく言い放つ。「あなたにわたしの名前を呼ぶ権利はないわ」

それはそのとおりだ。

「〝フェリシティ・フェアクロス〟わたしの寝室に忍びこんだ夜、あなたはそうささやいて、誰も実現できそうにない約束をした。あの夜、あなたはおとぎ話に出てきそうな名前だと言ったわね。そして願いごとを叶えてやると言ったわ。あなたは約束してくれた。わたしが求めているのはそれだけだと知っていたから」

「おれは嘘をついたんだ」

フェリシティはとげとげしい笑い声をあげた。「それくらい見抜いていたわよ。あなたは簡単にわたしをゲームに引きずりこめると思ったんでしょう。ひと言、また愛されるようになると言えば、また受け入れられるようになると言えば、またあの世界の一員に戻れると言えば、わたしをだませると思ったのよね。そうとは知らずに、わたしは喜んであなたの話にのったわ。なぜだかわかる？　あなたを信じていたからよ」

フェリシティの口から出てくる一言一句が、デヴィルの耳につらく響いた。彼女はまた塔に戻ってお姫さまを演じたいと言っていた。

「それだけならまだしも、あなたはわたしをゲームに誘い入れるために広い世界を見せてくれた。たちまちわたしはその世界に魅せられたわ。あなたは生きがいのある人生も見せてくれた。それからこんなそぶりも見せた。いかにも自分が……」

フェリシティは唐突に言葉を切った。だが、デヴィルにはその先に続く言葉が聞こえた。〝愛する価値のある男であると〟彼女の口からその言葉が出ることは決してないだろう。真実を知ったいまとなってはなおさらだ。

フェリシティは首を振った。「あなたは口先だけの最低な人ね。わたしはあなたに嘘をつかれるより、上流社会の人たち全員に無視されるほうがまだ耐えられる……」小さく首を振り、窓の外に目をやった。「あなたに名前を知られなければよかったわ。秘密にしておけばよかった。あなたの名前と同じように」

「もう秘密じゃない。きみに教えただろう」

「そうね、教えてもらったわ。デヴォン・クルム。過去の名前ね」

「それが本名だ」

フェリシティがうなずく。「マーウィック公爵が言っていたわ。わたしは警告だったと。公爵に警告を与えるためにあなたはわたしを利用したと」

デヴィルはうなずいた。「そうだ」

フェリシティは冷ややかな笑い声をあげた。「あなたみたいに息をするように嘘をつく人には会ったことがないわ。口から出る言葉が見事にすべて嘘なんですもの。あなたは本名を名乗らなかった。わたしに知られるのを恐れていたからね」これは見当違いだが、デヴィルは聞き流した。「あなたはわたしが傷つくと知っていながら、わたしを誘惑して自分の目的を達成するための駒として使った。自分の私的な問題にわたしを巻きこんでしまうと自覚していたんでしょう。それでもわたしを犠牲にしたの。ずっとわたしを破滅させる計画を立てていたのよ」フェリシティは言葉を切った。瞳には怒りと深い後悔が見える。前者はなんとか対処できるだろう。これまでもどうにかうまく怒りとつきあってきた。だが後者は、フェリシティが自分と関わったことを後悔しているのだと思っただけで、胸に刃物でえぐられるような鋭い痛みが走った。「こんなにあなたを愛させておいて、あなたのほうはそのあいだ、わたしを破滅させようと企んでいたのね」

デヴィルはフェリシティの言葉に打ちのめされた。

「あの夜、取り引きをしたでしょう。マーウィック公爵を与えてくれたら、代価を支払うと。あなたはどういう代価を求めるつもりだったの？」

「フェリシティ」

「代価はなんだったのよ？」彼女は怒りを爆発させた。

「一夜限りの関係を持つことだ」デヴィルは自分が残忍な怪物に思えた。「そして、きみを破滅に追いやる」

一瞬、フェリシティはたじろいだ表情を見せた。だがデヴィルに話しかけるというより、ひとり言のようにぽつりと言った。「それで跡継ぎを残させない目的は達成されるわね」冷淡な笑いを漏らす。「どちらがひどい行為かしらね？」声に悲しみがにじんでいる。「破滅していくわたしを眺めて楽しんでいるのと……」

「楽しくなどなかった」

「だったら、復讐のほうが楽しいのね。まったくくだらないわ。復讐しても、結局何も変わらない。おまけに気持ちがすっきりするどころか、かえって苦しくなるわ」フェリシティは口をつぐみ、やがて言葉を続けた。「そのうえ、なんの罪もない人まで傷つけるのよ。わたしは傷ついたわ」罪悪感がデヴィルの胸を貫く。フェリシティは美しい茶色の瞳を彼に向けた。「わたしはこれまで何度も傷ついてきた。でも今回の件に比べたら、どれもたいしたことはなかった……デヴィル、あなたに比べたら、どの人もたいしたことはなかったわ」

デヴィルは痛みの居座る胸に手をやった。この痛みは一生抱えていかなければならない。

「フェリシティ、頼む――」

デヴィルをさえぎり、フェリシティは話しだした。「それより始末が悪いのは、あなたのくだらない計画より嘆かわしいのは、あなたがひと言言ってくれたら、ひと晩と言わず幾晩でも、この身をあなたに捧げたということよ」デヴィルから視線をそらした。「ばかみたい。悪魔と真っ向勝負できると思っていたなんて、わたしはとんでもない愚か者だわ」

「フェリシティ」

「やめて」フェリシティはかぶりを振った。「もう充分よ。まだわたしをばかにする気なの？

よくもあんなたわ言が言えたものね。〝きみが大切だからだ、フェリシティ……〟」

くそっ、あれは本心からの言葉だ。

「〝きみは美しい、フェリシティ……おれはきみを見るのもはばかられるほど身分の低い人間だ、フェリシティ……〟ばかばかしい。笑っちゃうわ」

そんなふうに言うのはやめてくれ。嘘はひとつもない。

「それから、こういうのもあったわね……〝だめだ、フェリシティ、無理だ。きみを破滅させるわけにはいかない……〟」フェリシティはひと呼吸置いて続けた。「一番お気に入りのせりふよ。なんて思いやりのある言葉かしら。あなたは口であんなことを言いながら、頭の中でいろいろ計画を練っていたのね。わたしの婚約をつぶす計画や、わたしの未来をつぶす計画や、わたしをつぶす計画を」

違う。屋根の上ではそんなことを考えていなかった。その頃にはもう……ただきみを守りたかっただけだ。

その頃にはもう彼女を愛していた。

フェリシティがデヴィルに向き直った。怒りといらだちをたたえた目には涙が光っている。

「実際、信じはじめていたわ。あなたの言葉を信じはじめていた。〝もう終わっているフェリシティ〟は〝大胆不敵なフェリシティ〟に変身したと。メイフェアのフェリシティはあなたの手でコヴェント・ガーデンの屋根の上で生まれ変わったと、本気で信じはじめていたのよ」

ウィットのナイフのごとく、彼女の言葉のひとつひとつがデヴィルの胸に突き刺さった。いまこの場でひざまずき、真実を伝えられたらどんなにいいだろう。フェリシティはデヴィルが口を開くのをじっと待っている。彼がフェリシティにふさわしい人生を与えるのを待っている。フェリシティを失うのはつらいが、彼女が生きる場所はここではない。この現実にただひたすら耐えよう。自分の幸せより彼女の幸せを優先するべきだ。

フェリシティの目が悲しみに曇る。デヴィルは心を鬼にしてその目を見据えた。彼女に手を伸ばすことも、近づくこともしなかった。「おれはきみのための計画を立てただろう？おれの心はすでに決まってる。きみには破滅してもらう。そのほうがおれは幸せになれる」

フェリシティがふっと笑う。「あなたにわかってもらえると思っていたわ。あなたがひとりではなく、わたしたちふたりで幸せになるのだと。それ以外は何も望まない。あなたがそばにいてくれたらそれでよかった。きっとあなたは笑いが止まらないでしょうね。計画がすべて思いどおりに運んで、うれしくてしかたがないんじゃないかしら」

それは絶対に違う。くそっ。とてもではないがそんな気分にはなれない。あの夜の屋根の上での出来事は復讐とはなんの関係もなかった。ユアンとも。彼女と自分。ふたりだけがあの夜、あの場所で存在したすべてだった。フェリシティがいればそれだけでいい。一糸まとわぬ姿で横たわる彼女を永遠に見つめていたかった。

屋根の上で生まれ変わったのはフェリシティだけではない。自分も生まれ変わったのだ。

だがそう言ったら、フェリシティはここにとどまるだろう。それはできない。やはりここにはいさせられない。まして、この世界以外何も彼女に与えられないならなおさらだ。

フェリシティの目の中の悲しみが怒りに変わる。よし、それでいい。怒りを表に出せるのはいいことだ。フェリシティなら怒りをいい方向へ向かわせられる。必ずこの状況を乗り越えられるだろう。もっと怒れ、もっと怒れ。デヴィルは彼女の怒りをあおった。「本音を言ってもいいか？」

「ええ」フェリシティの口調がどうも気に入らない……親密な行為のときの彼女の声が、デヴィルの耳によみがえった。あのときの言葉には、ずっと一緒にいたい相手だという気持ちがこめられていた。フェリシティの喜びとふたりの未来が刻まれていた。

だが、ふたりが分かちあう未来はない。フェリシティの未来だけだ。そこに自分はいない。彼女に未来を与えることができる。現在を与えることができる。フェリシティにふさわしい未来と現在を。いつまでも変わらず、自分らしく生きていってほしい。

「早く言って」フェリシティがいらだたしげに言葉を吐きだした。「嘘つきさん、たまには本音を言って」

デヴィルは自分ができる唯一のことをしようと心に決めた。フェリシティにふさわしくないこの世界から彼女を切り離す。フェリシティを自由にしてやるのだ。

デヴィルは嘘をついた。

「きみは完璧な復讐の駒になってくれた」

フェリシティが体をこわばらせる。目を細くし、激しい憎しみをこめてにらみつけてきた。

デヴィルはその目を平然と見返した。フェリシティの視線はデヴィルの体内に浸透し、骨や筋肉に潜りこみ、彼の中にあったなけなしの幸せをひとかけらも残さず奪っていった。憎しみを持つのはいいことだ。デヴィルは自分に言い聞かせた。憎しみの感情に涙は無縁だ。

そこには愛が入る余地もない。

デヴィルはフェリシティから愛を奪った。盗っ人同然に。いや、違う。彼女からではない。彼自身から奪ったのだ。

壁の花で、行き遅れで、錠前破り。デヴィルのいとおしくて美しいフェリシティは泣いていない。女王のごとく顎をあげ、落ち着いた声で言った。「あなたには暗闇がお似合いよ」

その言葉を置き土産に、デヴィルのもとから去っていった。

26

翌朝、デヴィルは船で届いたばかりの氷の動きを監視するのも、二トン近い違法商品を夕方届ける準備をするのも、テムズ川の波止場や貧民窟にあるベアナックル・バスターズの倉庫へ行くのもすべて取りやめ、外套と帽子を身につけて、バンブル侯爵の跡継ぎ、グラウト伯爵アーサーが住む屋敷へ向かった。

そして別に驚くことではないが、けんもほろろに門前払いを食わされた。グラウト伯爵の屋敷の執事は見くだした態度で、身長が一八〇センチ以上もあって自分の体重よりも三〇キロは重いデヴィルを見つめ、あげくの果てに目の前で玄関扉をぴしゃりと閉めた。あまりの勢いに、デヴィルは鼻がもげたかと思ったくらいだ。

グラウト伯爵は会わないと、デヴィルは執事にあっさり追い払われた。

こんな結果になったのは、おそらく〝デヴィル〟としか書かれていない名刺がまずかったのだろう。

「メイフェアのくそったれめ」デヴィルはかたく閉ざされた扉に向かって悪態をついた。どうやらロンドンのこちら側に住む上流階級の連中は、デヴィルみたいな男たちの中には金と権力の両方を持つ者が存外多くいることに気づいていないらしい。もし気づいていたら、協力関係を結んでも損はないと思うはずだ。

まあ、フェリシティはそんなのはごめんだと言うだろうが。

ふと頭に浮かんだ考えをデヴィルは振り払った。

さあ、どうする。正攻法がだめなら、別の方法で入るしかない。フェリシティのために。

屋敷の裏手に回り、侵入方法を検討した。一階の窓を破って侵入しようか。蔦に覆われた壁をよじのぼり、三階の窓から侵入する手もある。正面玄関に戻って、あの執事を叩きのめして屋敷に入ってもいい。あるいは大きく張りだした枝のついた木にのぼって、二階のバルコニーから入ってもいい。

フェリシティの住むバンブル・ハウスのバルコニーとたいして違わない。

彼女の寝室に忍びこんだときと同様に、デヴィルはすばやく木によじのぼり、錬鉄製の手すりを乗り越えた。静かに取っ手を回してみると、簡単に扉が開いた。

貴族というやつは愚かだ。これではどうぞ盗んでくれと言っているも同然だ。

デヴィルが室内に入ろうとした瞬間、すぐ近くから女性の声が聞こえた。「どうして話してくれなかったの？」

「心配をかけたくなかったんだ」

「あなたはわたしが起きる前にもう出かけているわ。そして帰ってくるのはわたしが寝てから。心配するに決まっているじゃない。それに、わたしにちっとも話しかけてくれなくなった。そんな日が続いたら何かおかしいと思うわよ」

「もういいよ、プルー……何も心配しなくていいんだ。言っただろう、ぼくがなんとかすると」

デヴィルは目を閉じて空を仰いだ。まいった。ここは夫婦の寝室らしい。おまけにグラウトとその連れあいは、ただいま喧嘩の真っ最中だ。

「心配しなくていいと言われても……もしわたしがあなたとの生活に興味を失ったような態度を見せはじめたら、あなただって文句のひとつも言いたくなるでしょう」

デヴィルは聞き耳を立てつつ、フェリシティの家族についての情報を集めたときに、誰もが口をそろえてレディ・グラウトはかなり頭の鈍い女性だと言っていたことを思いだした。その後、趣味は読書と水彩画。グラウトとは恋愛結婚で、ともに二〇歳のときに式を挙げた。その後、ふたりはロンドンで幸せに暮らしている。息子は五歳。そのふたりの最初の子どもが生まれる前に、グラウトは投資で富を蓄え、かなりの財産家になっていた。現在、レディ・グラウトはふたり目を身ごもっているらしい。

「無理よ、アーサー。あなたひとりではどうにもならないわ。現にいまも途方に暮れた顔をしているじゃない。わたしはお金がなくても平気よ。アーサー、これでもわたしは頭がいいの。あなたは秘密にしておくなんて愚かな考えを持ってしまったけれど、それでもわたしは喜んであなたを助けるわ」

レディ・グラウトは頭の鈍い女性だという話だが、どうやらそうでもなさそうだ。

「まったくみっともないよ。ぼくたちも！　両親も！　フェリシティも！」

「あら、何を言っているの。あなたがへまをしたのよ！　あなたのお父さまも。あなたの妹もへまをしたわ。だけど、フェリシティがマーウィック公爵を叩いたのにはまっとうな理由があったんじゃないかしら。実を言うと、理由を知りたくてたまらないの」

長い沈黙が落ちた。やがて、グラウトの静かな声が静寂を破った。「プルー、これはぼくの務めだ。きみを幸せにするのが。きみが安心して快適に暮らせるようにするのがぼくの務めなんだ。結婚したとき、きみに誓っただろう」

グラウトの言葉にいらだちが混じっているのを、デヴィルは聞き逃さなかった。愛する者を守り抜きたいという必死な思いも。だから自分もここにいるんだろう？　フェリシティを守るためにここへ来たんだろう？

「わたしもあなたについていくと誓ったわ！　もう、アーサーったら……」デヴィルは眉をあげた。レディ・グラウトは幸せではなさそうだ。「わたしたちは運命共同体でしょう。たとえ教会のネズミみたいに貧乏でもわたしはかまわない。ロンドン中の人たちがこの先一生、家に招いてくれなくてもかまわない。舞踏会に誰からも招待されなくてもまったくかまわないわ。あなたとずっと一緒にいられればそれでいいの」

〝わたしは変わった。いまのわたしはあのときとは違う。メイフェアも舞踏会もどうでもいいの〟

「愛しているわ」レディ・グラウトが静かな口調で言った。「子どもの頃から愛していた。

以前のお金持ちのあなたも、いまの貧乏なあなたも愛している。あなたはわたしを愛している?」

〝あなたはわたしを愛している?〟

レディ・グラウトの声とフェリシティの声が重なった。六時間前にフェリシティが言った言葉が、いま違う女性の口から出てきた瞬間、デヴィルは膝からくずおれそうになった。

「ああ」グラウトは即座に返した。「もちろんだよ。きみを愛している。だからぼくはこんなふうに何もかも台なしにしてしまったんだ」

ああ。

もちろんだ。自分はフェリシティを愛している。フェリシティのすべてを愛している。彼女は太陽であり、新鮮な空気であり、希望だ。

ああ。自分はフェリシティを愛しきれないほど愛している。

だが、この気持ちを伝える機会を自らふいにしてしまった。デヴィルはフェリシティを利用し、嘘をつき、彼に対する憎しみを抱かせた。フェリシティを裏切り、その愛を踏みにじったのだ。こんなに愛しているのに、フェリシティとは一緒になれない。自分は犯した過ちに一生苦しむだろう。

とはいえ、よく考えてみると、こういう結末になって、かえってよかったのかもしれない。結局、愛があっても、フェリシティがメイフェアの人間だという事実は変わらない。デヴィルはいつまで経ってもコヴェント・ガーデンの人間だ。決してフェリシティの放つ、まぶしい光の中に出ていけるような立派な男ではない。それでも、彼女を暗闇からは守ってやれる。いや、それ以上のことができる。フェリシティが望むものはすべて与えられる。

さて、もうそろそろいいだろう。ふたりの寝室に入って、彼らの欲しいものをすべて提供しよう。今回は失敗が許されない。

デヴィルはグラウト伯爵夫妻と話を終えると、その足で倉庫へ向かい、仕事を始めた。手を休めずに働き続け、船で届いたばかりの氷を貯氷庫内へ積みあげていった。いまは筋肉痛がありがたい。この痛みは愛する女性を苦しませた罰だ。

フェリシティに嘘をついた罰。

氷の積み上げ作業は、氷点下の中で長時間過ごさないよう、六人の男たちと交代で行っている。だがデヴィルは体にまとわりつく冷気も、貯氷庫の暗闇や肩の痛みと同様に自らへの罰として受け入れていた。そういうわけで、寒さは大歓迎だ。天井からぶらさがる六個ほどのランタンには闇を照らすほどの明るさはない。何気なく目を向けた先に暗闇が広がっていると、そこに吸いこまれそうな恐怖にときおり襲われるが、デヴィルは無視した。ちょうど汗に濡れた服の不快さを無視するのと同じだ。彼はいったん手を止め、動きやすいように外套を脱ぎ、氷を積みあげた氷壁にかけてから作業を再開した。

それからどれくらい時間が過ぎただろう。一緒に働く男たちと何度交代しながら貯氷庫の出入りを繰り返したのか、思いだせなくなっていた。そのとき突然、冷気を逃さないよう閉められていた鋼鉄の扉が開く音が聞こえた。ウィットだ。厚い外套と帽子、そして膝までのブーツを身につけている。

ウィットは扉を閉めてデヴィルに向き直り、しばらく無言で見つめていた。それから大きな氷の塊をいくつか積みあげると、ようやく口を開いた。「何か食え」

デヴィルは首を振った。

「それと、水も飲め」

デヴィルは貯氷庫の中央へ向かい、積み重ねて置いてある氷の塊をひとつ持ちあげて肩に担いだ。「まわりを見ろ。水ならたっぷりある。飲みたいときに飲む」

「ひどい汗だな。それと、積み荷が間もなく到着する。おまえにも手を貸してほしいはずだから、体力を温存しておいてくれ」

いまの話を聞いて、デヴィルは内心驚いた。積み荷が到着する。それはつまりすでに日が暮れて外は深い闇に包まれているということだ。彼は暗い貯氷庫に潜りこみ、真夜中近くまで働き続けていたらしい。

「心配ない。まだまだ体力は有り余ってる。なあ、見ろよ。知らないうちにこんなに積みあげてたんだな」

ウィットが室内を見回す。「ああ、そうだな」

デヴィルはうなずいた。寒さを感じないふりをしていたが、仕事の手を止めたとたん、噴きだしていた汗がたちまち冷たくなり、さすがに体が凍えそうになった。「休憩は終わりだ。

仕事に戻らせてくれ。おれのことより、おまえこそ体力を温存しておけ」

またしてもウィットはデヴィルを見つめ、しばらくして言った。「グレースは身を隠した」

デヴィルは動きを止め、ウィットに向き直った。「いつまでだ?」

「おれたちがユアンをおとなしくさせるまで。あいつはおまえがあのお嬢さんを手に入れたのが相当気に入らないらしい」

「おれはあのお嬢さんを手に入れてはいない」

「彼女、ユアンを引っぱたいたらしいな」ウィットは少し間を置いて続けた。「フェリシティ・フェアクロスっておとぎ話に出てくる名前みたいだ。そんな彼女が百戦錬磨の拳闘士並みの右フックをユアンの左頬にめりこませたそうだぞ。あっぱれだな」

デヴィルは無言のままだった。愛する女性をウィットに褒められて、思わず言葉が喉に詰まり、何も話せなくなってしまった。

長い沈黙のあと、またウィットが口を開いた。「少なくとも、外套は着ろ。寒い中にいたらどうなるか、おまえもよくわかってるだろう。デヴ、おまえが死んだら、あのお嬢さんを救えないんだぞ」

デヴィルは両目に怒りをたぎらせ、ウィットをにらみつけた。「おれはとっくにあのお嬢さんを救ってる」

ウィットが反論したそうに眉をあげる。

「おまえだってもうフェリシティをコヴェント・ガーデンで見かけないだろう? そんなこ

とより、さっさとここから出ていけ」

ウィットは何か言いたそうなそぶりを見せたが、結局きびすを返し、扉へ向かって歩きだした。「やつらは三〇分後にここへ来る。仕事はそこからが本番だ」

時間どおりに、がっしりした男たちが木箱や樽を抱え、一列になって貯氷庫に入ってきた。今回届いた積み荷は、これまでベアナックル・バスターズが扱った中で最も量が多い。すべての積み荷が貯氷庫におさまると、今度は大量の氷が運ばれてきた。何トンもの氷が。デヴィルはじわじわと襲いかかってくる喉の渇きも空腹も、長時間の労働からくる肩の痛みも疲れも無視して、貯氷庫にとどまった。

この先に待ち受けるフェリシティのいない人生に比べたら、これくらいどうということはない。

男たちの動きにはいっさい無駄がなかった。手際のいい作業っぷりは長年の経験の賜物《たまもの》だ。貯氷庫は積み荷をすばやく運びこんで隠しておくのに役立つ。そのうえ、ここに荷物を置いておけば、見つかる危険性も低い。

夜が明ける一時間前、空が黒から灰色へと変わりはじめる頃、搬入作業がすべて完了した。デヴィルはランタンを手に持ち、貯氷庫から出た。大人の男と少年の合わせて六〇人の運搬作業員は、倉庫の二階で固まって休んでいる。そこには、ニクと若い女たち数人もいた。貧民窟に住む彼女たちは倉庫内の管理を担うニクのもとで働き、作業を円滑に進める助けとなってくれる。

ウィットが倉庫の向こう側にある巨大な木の足場をのぼっていく。彼が二階にいる作業員たちに声をかけたとたん、場がいっせいにざわざわしだした。まあ、当然だ。普段から無口な男がいきなり演説をぶちはじめたら、驚くに決まっている。

「おまえたち、今夜はご苦労だった」ウィットは大勢の集団の中に女性もいることに気づき、そちらに目を向けた。「お嬢さんたちもご苦労だった。積み荷は安全が確認されるまで貯氷庫に保管しておく。心配するな。みんなの身の安全も守る。知ってのとおり、荷物をここに置き続けていたら儲《もう》けにつながらない。毎日金をどぶに捨てるようなもんだ……」ウィットがかぶりを振る。男たちを見回し、貧民窟特有の訛りで再び話しはじめた。「だが、いまはそんなこたあ気にすんな。おまえたちは何も考えなくていい。デヴィルとおれにまかせろ。こういうことにかけちゃ、おれたちは誰よりもよく知ってる。それにアニカもいる。口が達者なだけでなく頭も切れる、おれたちのかわいいアニカもな」

男たちの集団から歓声があがり、ニクが大げさな身ぶりで気取ったお辞儀をする。それから口を両手で押さえた。「ビースト！　話が長すぎるよ。いつになったら一杯飲めんの？」

大きな笑い声がはじけた。ウィットは目尻にしわを寄せて満足げに微笑み、男たちを眺めている。不意にその視線が倉庫の奥にいるデヴィルに向けられた。デヴィルに向かって顎をあげて合図すると、また言葉を続けた。「実は、カルフーンがおれたちのために〈歌う雀〉亭《ブラヴ》を開けたままにしてる。眠気覚ましのエールはベアナックル・バスターズのおごりだ、きょうだい」

どっと大歓声がわきあがる。ウィットは足場から飛びおり、デヴィルのほうへ歩いてきた。デヴィルは首を傾け、ウィットに声をかけた。「ウェリントン並みに熱のこもったいい演説だった」

「最後にエールをおごるとつけ加えたしな。おまえも来るだろう？」

デヴィルは首を振った。「いや、いい」

「そうか。わかった」ウィットがデヴィルの肩にぽんと手を置いた。その瞬間、激痛が走り、思わずデヴィルは声をあげた。ウィットがあわてて手を離す。「もうやめておけ。そのうち大怪我《おおけが》するぞ。ひどく汗もかいてるじゃないか。まだ立ってるのが不思議なくらいだ。デヴ、家に帰って熱い風呂に入れ」

デヴィルは首を振った。「あと少しだけだ。もう一列積んだら帰る。あいつらはよく働いてくれたよ」

「おまえだって一日中ここで働いてたじゃないか。おれたちの誰よりも働いた。早く帰って体を休めろ」デヴィルが無言を貫いていると、ウィットがさらに続けた。「家に使いをやって、一時間後におまえが風呂に入れるように準備しておけと伝えさせる。いいな？ ちゃんと帰れよ」

デヴィルはウィットに調子を合わせてうなずいた。だが本心では、フェリシティを傷つけた記憶が生々しく残る家には戻りたくなかった。「早く〈歌う雀〉亭に行け。ほら、みんなが待ってる。おれはもうひと働きしたら、風呂に入って、ベッドでひと眠りさせてもらう」

「フェリシティ・フェアクロスはベッドを温めてくれそうにないな」

ウィットの言葉が胸に突き刺さった。「その話はこれ以上したくない」

「なあ、デヴ、今度あのお嬢さんを屋根に連れていくときは、見張りを遠ざけたほうがいい」

デヴィルは大声で悪態を吐いた。「あいつらの口からフェリシティ・フェアクロスの悪い噂が漏れたら、ただじゃおかないからな」

「それはない。ノーサンバーランド公爵夫人の目の前でマーウィック公爵を平手打ちしたという噂を聞いたとたん、やつらは彼女をよりいっそう好きになった」

「よりいっそう？」

ウィットの目が翳る。「やつらはフェリシティならおまえを幸せにできると思ってるみたいだ、きょうだい《ブラヴ》」

ああ、そのとおりだ。実際、フェリシティはデヴィルを幸せにしてくれた。正直に打ち明ければ、彼女と過ごした時間はこれまでの人生で一番幸せだった。デヴィルは幸せとは縁のない生き方をしてきた男だ。だがフェリシティの腕の中にいるときや、彼女に見つめられているときはたしかに幸せだった。「フェリシティ・フェアクロスの話はしたくない。今後、彼女の名前を口にしたやつは首にしてやる。フェリシティがコヴェント・ガーデンに来ることは二度とない」

ウィットはしばらくデヴィルを見つめていたが、やがてうなずいて歩み去った。

作業員たちは倉庫を出る支度を始め、最初に見張りに立つ一団は屋根にのぼっていった。デヴィルを撃ち殺さない限り、誰も倉庫内には侵入できない。ベアナックル・バスターズの許可がない限り、誰ひとりとしてここには入れない。倉庫から全員が出ていったところで、デヴィルはまた貯氷庫に戻った。火がともっているランタンはひとつだけになっていた。

ひとりでさっそく氷壁の仕上げに取りかかった。大きな氷の塊を持ちあげたり、ずらしたりして微調整を加えながら最後の列に積みあげ、上面が平らに整えられた高さ二メートルほどの完璧な氷の壁をつくりあげていく。この一日がかりの骨の折れる作業が、結果的にすばらしい取り引きにつながる。黙々と作業を続け、ようやく氷の壁が完成したときには、デヴィルは疲れ果てて肩で息をしていた。ゆっくりと鋼鉄の扉に向かって歩いていき、ランタンを床から拾いあげて貯氷庫から出ると、再びランタンを床に置いて扉を閉めた。早く扉の鍵をかけて暗闇から逃れたいという切迫感に駆られていた。

まるで暗闇から逃れることができるとでも言わんばかりに。

そのとき、突然声が聞こえた。「彼女はどこだ？」

デヴィルは振り返り、暗がりに立つユアンと向きあった。「どうやって入った？」

ユアンがランタンのぼんやりした明かりが届くところまで近づいてきた。金髪、長身で肩幅が広く、貴族にしては体格がよすぎる。この男には洗練さのかけらもないことに誰も気づかないとは奇跡としか言いようがない。生まれの卑しい母親の血を受け継いだ証だ。とはいえ、貴族というのは自分たちが見たいものしか見ないやつらだ。

デヴィルの質問を無視して、ユアンがまた同じ質問をした。「彼女はどこだ？」

「おれの仲間にまた怪我をさせたら、おまえのはらわたをえぐり取ってやる」

「また？」ユアンがとぼける。

「おまえだな？　おれたちの積み荷を強奪してるのはおまえなんだろう？」

「なぜそう思う？」

「上流階級のやつが波止場でおれたちの船を見ていた。タイミングが……ロンドンに来るとおまえが噂をばらまく直前に積み荷の強奪が始まった。そして、いま……おまえはここにいる。なあ、ユアン、おれたちの人生を脅かすだけでは足りないのか？　おれたちの商売まで脅かしに来たのか？」

ユアンが暗い通路の壁に寄りかかった。「きみたちの商売に興味はない」

「よく言うよ。田舎の屋敷で暮らした最後の夜、殺す気でナイフを握って向かってきただろう。それに、何年もおれたちを捜してた。ユアン、おれたちはおまえが送りこんだ男たちに会ってる。全員追い払ってやったよ。貧民窟で生きる者たちにはひとつだけ決まりがある。それは、誰にもベアナックル・バスターズの話はするな、だ」

不意に視界の隅に何か銀色に光るものをとらえ、とっさにデヴィルはユアンの手に目をやった。ユアンはデヴィルのステッキを持っていた。にわかに心臓が激しく打ちだす。デヴィルは無理やり笑ってみせた。

「おれを黙らせたいのか？　いまも変わらず、おまえは人殺しなのか？　この貴族野郎、なめるなよ。おまえと違って、おれは二〇年も貧民窟で生き抜いてきたんだ」

ユアンが唇を引き結ぶ。

デヴィルはさらに続けた。「だが、おまえはおれを殺せない。どうだ、図星だろう」

「そう思う理由は？」

「昔、おれたちを逃がしたのと同じ理由だ。もしおれを殺したら、グレースに何があったのか知る機会をおまえは永遠に失う」

その言葉を聞いても、ユアンは表情ひとつ変えなかった。呼吸も。背筋の伸びた姿勢も。しかしデヴィルが真実を突いたしるしをわざわざ探す必要はない。デヴィルはユアンを自分のことのようによく知っているときがあった。いまもこの男のことはほかの誰よりよく知っている。デヴィルとユアンのふたりはかたく結ばれていて、切り離すことができない。ウィットも合わせて三人は。グレースも合わせて四人はひとつに結ばれている。

「わたしはきみを見つけた」ユアンがようやく口を開いた。

その声が暗い通路に冷ややかに響く。貯氷庫に匹敵するほどの背筋も凍る冷たさだ。「そうだな。だが、グレースを見つけてない」

「デヴォン、きみは過ちを犯した」過ちなら過去に何度も犯してきた。だが、あの結末はその比ではない。「フェリシティ・フェアクロスを見くびったのが失敗のもとだな」

〝嘘つきさん、たまには本音を言って〟

「彼女に引っぱたかれたそうだな」

ユアンは頰に手をやった。「わたしの思惑に気づいて腹を立てたんだ」

「おれの思惑にも気づいたんだろう」

〝あなたがひと言言ってくれたら、ひと晩と言わず幾晩でも、この身をあなたに捧げた〟

「わたしはフェリシティに、きみもあの場にいたらよかったと言った」あの場とは彼らきょうだいが教育され、試練を受けさせられた田舎の屋敷のことだ。そこでユアンは爵位を勝ち取り、彼らの父は跡継ぎを勝ち取った。

もしフェリシティがあの場にいたら、デヴィルはいま頃生きてはいないだろう。彼女を守ることで頭がいっぱいで、自分の身の安全は二の次になっていたはずだ。デヴィルはかぶりを振った。「あの屋敷にフェリシティがいなくてよかったと思ってる。彼女にはあんな場所には一ミリも近づいてほしくない。おれたちの苦しむ姿をフェリシティに見られるくらいなら死んだほうがましだ。おまえ、よくあそこに住めるな。おれだったら燃やして灰にする」

「それは毎日考えている」ユアンが悠然とした口調で言う。「おそらくいつか実行に移すと思う」

デヴィルはしばらくユアンを見つめた。こいつはちっとも変わっていない。落ち着き払った態度も、こちらを見つめてくる目つきも昔のままだ。そして相変わらず感情を見せない。どうやらこの男にとって感情は、〈驚異の部屋（一五世紀から一八世紀にかけてヨーロッパでつくられていた珍宝蒐集室）〉に陳列されている滅多に拝むことのできない珍品と同類らしい。

ユアンに感情を与えられるのはグレースだけだ。なのに、こいつはグレースまでも殺しかけた。ユアンはいつも自分が一番大事で、自らの欲望を叶えるためなら邪魔者を排除することを躊躇しない。

どうも邪魔者の筆頭はデヴィルらしい。昔からそんな気がしていた。

「わたしは積み荷を盗んだ犯人ではない」ユアンがいきなり話題を変えた。いかにもこの男らしい。デヴィルはユアンの言葉を信じた。すべてが明るみに出たいま、嘘をつく必要はない。「チードル伯爵だ。彼がきみの積み荷を盗んでいる」

デヴィルは眉をあげた。その言葉を信じていいのかどうか確信が持てない。とはいえ、ユアンには嘘をつく理由がない。「つまりおまえはチードルが盗みを働いてるのを知っていながら、黙って見逃してたわけだ」

「デヴォン、われわれはみな、なんらかの形で犯罪に関わっている」ユアンがすげなく返す。「それにひと言言わせてもらうと、だいたいきみの酒はわたしの求めているものではない」

「ああ、そうだろうな。おまえのことだ、高級な酒しか口に合わないんだろう」

「わたしが求めているのはグレースだけだ」ユアンが言う。「フェリシティ・フェアクロスは実に役に立ったよ。わたしをここに導いてくれたからな。グレースを見つける一歩手前まで。ああ、まったくもってフェリシティは都合がいい女性だった……わたしの想像以上に

……きみが夢中なことに気づいてからはなおさらだ」

ユアンの一言一句がデヴィルの神経を逆撫でする。フェリシティは単に都合がいいだけではなかった。ゲームの駒でもあったのだ。「よくも彼女を利用したな」

ユアンが金色の眉をあげ、デヴィルを見据える。「すまない、もう一度言ってくれないか。今度はもっとゆっくりと」

くそっ。利用したのはデヴィルも同じだ。たしかに最初はそうだった。ユアンへの警告として舞踏会へ送りこんだ時点では。だが計画が進行するにつれ、フェリシティを利用しようという気持ちは消えていった。デヴィルはもがき苦しみ続け、やがて泥沼に沈んでいった。

「問題は、フェリシティ・フェアクロスが都合がいいだけの女ではなかったことだ。彼女は賢すぎた。それが皮肉にも、かえってフェリシティ自身を苦しめる結果となってしまった。彼女はわれわれの秘密を知っている」

デヴィルの体が瞬時にこわばった。ユアンの放った言葉が銃声のごとく暗い通路にこだまする。ユアンの首に手をかけ、息の根を止めてやりたい衝動に駆られたものの、デヴィルはこらえた。「やはりおまえを殺しておけばよかった。実際、その機会はあったのに」

「いいことを教えてやろう。ほぼ毎日、わたしもきみがそうしてくれていたらよかったと思っている。だが、デヴォン、きみはいつも取り引きが好きだった。もし取り引きするものがあるとしたら、それを持っているのはきみだ」

やめてくれ。フェリシティは取り引き材料ではない。自分にとってとても大切な存在だ。

「フェリシティに指一本でも触れたら、おまえを殺す。これについては交渉の余地はない」

ユアンが視線を落とす。「しかし驚いたよ。まさかきみに誰かを愛する感情があるとは考えもしなかった。デヴォン、かつてのきみは違った。愛なんてものはつくり話の中にしか存在しないと思っていた。それがこんなふうに変わるとは」

これがほかの人の口から出た言葉なら辛辣に聞こえたかもしれない。あるいはまったく逆に、温かく聞こえたかもしれない。だが、ユアンの口から出た言葉には好奇心がにじんでいた。どことなくデヴィルがなぜ変わったのか知りたそうな言い方だ。

ユアンが先を続ける。「教えてくれ、いつフェリシティを愛していると気づいた？　舞踏室のバルコニーで、わたしが彼女の手にキスをしたときか？　彼女があの黄金色のドレスを着ていたときだ。それにしても、あれは残酷だったな」

デヴィルは、自分もいいように利用されたとでも言いたげなユアンの口ぶりが気に食わなかった。「いちおう言っておくが、おまえはグレースにはふさわしくない。グレースとの約束さえ守れないんだからな」

ユアンの目が細くなる。「それとも生け垣に隠れていたあの少年から、わたしが庭でフェリシティにキスをしていたという報告を受けたときか？　そのとき彼女を愛していることに気づいたのか？」少し間を置いてから続けた。「その頃には、もうフェリシティはきみを愛していた。たぶんきみもすでに彼女を愛していたんだろう。しかし、なんという変わり身の早さだ。フェリシティのことを自分のものだと思うまでに、ほとんど時間がかかっていない」

デヴィルはユアンの言葉にひどく腹が立った。デヴィルがフェリシティを愛しているのを当の彼女は知らないのに、この男は知っていたというのが最もたちの悪い裏切り行為に思えた。フェリシティがデヴィルの本当の気持ちを知らないのは、もしフェリシティに本心を打ち明けていたら、デヴィルはもはや彼女の求めに抗えず、その結果フェリシティが彼女にとって真にふさわしい人生を生きられなくなるとわかっていたからだ。

「きみが自分の気持ちに素直になっていたら、わたしを罰するための道具としてフェリシティを使う前に、最初から彼女を愛していると認めていたら、こういう結末は避けられた――」

「なあ、きょうだい《ブラヴ》、フェリシティを脅す前に、じっくり考えたほうがいいぞ」

ユアンはデヴィルに冷めきった目を向けた。「なぜだ？」

「そんなことをしたら、おれは躊躇なくおまえを破滅させるからだ」

「彼女のためならなんでもできるんだな」

デヴィルはうなずいた。「そのとおりだ。フェリシティが幸せになるなら、おれは喜んですべてをあきらめられる。公爵を殺した罪で絞首台にのぼる自分の姿が目に浮かぶよ……なんのためらいもなく、おまえを殺す場面も」

「これは単純な取り引きだ、デヴォン。わたしにグレースの居場所を教えるなら、フェリシティ・フェアクロスに知るべきではないことを知ってしまった罰を与えるのはやめよう。それだけではない。さらにいい条件を提示するつもりだ。フェリシティをただ生かしておくのではなく、われわれのさんざんたる婚約を正式に解消する。そして彼女の父親には解決金を支払おう。彼女の兄にも。フェリシティにはこれ以上は望めないくらいの金を残す。きみと一緒になるよりもはるかに楽な暮らしができる金を」

なんと冷徹な男だろう。それが言葉の端々に表れている。フェリシティはデヴィルだけのおとぎ話のお姫さまだ。ユアンが彼女の近くにいる姿を想像しただけで、はらわたが煮えくり返る。

ユアンがさらにたたみかけた。「われながら実に寛大だ。デヴォン、そう思うだろう？」口をつぐみ、また話しだした。「だがわたしにグレースを渡さないのなら……フェリシティ・フェアクロスに罰を与えるしかない。そしてきみにも。わたしは結婚を強行する。あのお嬢さんを田舎へ連れていき、決してきみが見つけられない場所に住まわせる。そうなると、二度と会うことはできないだろう」

デヴィルの体が硬直する。彼は無理やり眉をあげてみせた。「彼女を見つけられないと本気で思っているのか？　ユアン、おまえがぬくぬくと太陽の光を浴びてるあいだ、おれは暗闇の中で生きてきたんだぞ。いいか、おれを見くびるなよ」

沈黙が落ちた。やがてユアンが口を開く。「そこまで言うなら、会いに来ればいい。だがフェリシティに近づいたら、わたしは彼女からすべて取りあげる。彼女の愛するものすべてを。きみがフェリシティと視線を合わせるたび、安定していた彼女の生活は苦しくなっていく。わたしは父から罰の与え方を学んだ。それは当然きみも忘れていないだろう」

暗い記憶の底から、少年時代のつらい思い出が浮かびあがる。デヴィルは父に犬を取りあげられてひと晩中泣いていた。翌朝、目を赤く腫らして屋敷の外に出ると、ユアンが芝生でデヴィルの犬と遊んでいた。

この男は四人で共有した過去より自分ひとりの未来をいつも選ぶ。完璧な跡継ぎになるために。

「くそったれの怪物め。おまえは父親にそっくりだ」

ユアンはぴくりとも動かない。「そうかもしれない。だが、このゲームにあのお嬢さんを巻きこんだのはきみだろう。きみはフェリシティを武器として交渉のテーブルにのせた。わたしはただそれを利用しただけだ」

ついにデヴィルの怒りが爆発した。こぶしを振りあげてユアンめがけて飛びかかり、こぶしに全体重をのせてユアンの顔に叩きこんだ。骨が砕ける鈍い音が薄暗い通路に響く。ユアンがのけぞる。彼は後退したが、背中が石壁に当たり、身動きが取れなくなった。「彼女を脅せると思ってるのか？」

ユアンは信じられない速さで体勢を立て直し、反撃に出た。重いパンチがデヴィルの目を直撃して、息が止まるほどの激痛が走る。デヴィルはユアンを壁から引きはがし、猛然とこぶしを繰りだした。

「フェリシティを脅すようなまねをする気なら、おまえは生きてここから出ることはない。このぬかるんだ床の上で死んでいくんだ。おれは彼女を守るためならなんでもする。おれたちの問題からフェリシティを遠ざけるために、おれは幸せをつかむ唯一のチャンスをあきらめた。おれの過去から、おまえの過去から、げす野郎のおまえから遠ざけるために」

ユアンはデヴィルをじっと見ている。その顔は無表情のままだ。「彼女が消えたら、どうやって捜すつもりだ？」

あらゆる手段を使ってだ。

荒い息をつきながら、デヴィルはユアンを床に投げだし、貯氷庫に向かって歩いていった。鍵を出そうとポケットに手を伸ばしたとき、ユアンの声が聞こえた。

「グレースはどこだ？」ユアンは上体を起こして壁に寄りかかっていた。顔が薄闇に覆われているせいで、顎からしたたり落ちる血が黒く見える。「一二年だぞ。きみを一二年捜し続けた。そしてようやく噂を……ベアナックル・バスターズの噂を聞いたとき、きみとウィットの話しか出てこなかった。女性の話はいっさい聞こえてこなかった。妻の話も、姉や妹の話も。いったい彼女はどこにいる？」

ユアンの声には苦悩が混じっていた。一瞬、心臓が一回打つあいだ、デヴィルは真実を教えるか迷った。残りの人生は陰からフェリシティを見守り続けるつもりだった。彼女が結婚して年を重ねていく姿を。きっと子どもも生まれるだろう。母親にそっくりな茶色い髪をした小さな錠前破り。だが、フェリシティを見つけられなかったら……。

愛する女性の居場所がわからなければ、やはりユアンと同じく怒りを募らせるに違いない。

だが遠い昔、三人の子どもが明るい未来に向かっておぞましい過去から逃げだしたのは、この男のせいだ。ユアンが三人を無情にも裏切ったからだ。

三人で逃げたあの夜を思いだしたとたん、頬に残る傷跡がずきずきとうずきだした。

今日はこの裏切り者を罰してやる。「ユアン、おまえはグレースを殺そうとしただろう。

父親の最後の試練で、刃物を手に持ったのはおまえだった」ユアンが顔をそむける。「おまえはグレースから盗みを働いた。公爵の位を。それだけじゃなく、さらに名前まで奪った」

ユアンがすばやく顔をこちらに向けた。目をかっと見開いている。「グレースがいらないと言ったんだ」

「いずれにしても、盗んだ事実は変わらない」デヴィルはそっけなく返した。「おれたちはみんな子どもだったが、おまえとグレースは実際の年齢よりもずっと大人だった。それに、おまえたちふたりは強い絆で結ばれてた」

「彼女を愛していたんだ」

それはデヴィルも気づいていた。幼い恋だったが、ふたりのあいだにはたしかに愛があった。だからこそ、ユアンのしたことは許せない。「じゃあ、なぜグレースを守らなかった？」

「わたしは守った！　だからこそグレースをきみと逃がしたんだ！」

デヴィルは顔を横に向け、ユアンに頰の傷跡を見せた。「おれがおまえたちのあいだに入らなかったら、おまえはグレースを殺してたはずだ。あの出来事をおれがとっくに忘れてるとでも思ったか？　刃物で切りつけられたときの燃えるような熱い感触を、もう覚えてないとでも思ったのか？」

罰することと庇護することは同じコインの表と裏だ。この教訓は身をもって学んだ。あのときグレースを守らなかったら、デヴィルは自分を責めただろう。いまフェリシティを守らなかったら、間違いなく自分を責めるだろう。

フェリシティの身の安全を守るためなら、何度でも報復を受ける覚悟はできている。だからこそ、そんな覚悟もなかったユアンを徹底的に罰してやりたい。「グレースはいなくなった」

きっぱりとした口調で冷たく言い放った嘘が、暗い通路にこだまする。デヴィルの前に姿を見せてから初めて、ユアンが素の自分をさらけだした。大きく息を吸いこむ。まるでデヴィルがステッキから剣を抜き、剣先を心臓に突きつけたかのように荒々しい呼吸音だ。

「どこに行った？」

「おまえの手の届かないところにいる」

「言え」ユアンの低い声がかすかに震える。

デヴィルはユアンをじっくり見つめ、最後の一撃を放った。「もうおれたちは誰もグレースを見つけられない」

ユアンにグレースは死んだと思わせたかった。きっとグレースはこの嘘にかんかんになって怒るだろう。しかしこれでいまいましい怪物がグレースを捜すのをあきらめるなら、終わりよければすべてよしだ。それになんといっても、ユアンを苦しめることができる。こいつには当然の報いだ。策略がうまくいけば、久しぶりに今夜はぐっすり眠れるだろう。

いや、それはない。なぜならフェリシティがいないからだ。

デヴィルは貯氷庫の扉に向き直り、ポケットに手を入れて鍵を出そうとした。くそっ、何もかもうんざりだ。自分には殺伐とした過去と殺伐とした未来しかない。そのふたつだけを背負って生まれてきたヤヌスだ。

ヤヌスと同様に、デヴィルも現在を見ることができない。

不意に、ステッキの持ち手の銀色に輝くライオンが視界の隅に映る。次の瞬間、膝を殴りつけられ、激痛が走った。

「きみはグレースを守らなければならなかったんだぞ」

デヴィルは痛みに耐えながら、すらすらと嘘をついた。密輸業者は嘘が得意中の得意だ。

「おれより先におまえが守らなきゃならなかったんじゃないか」

ユアンがうなり声をあげ、いきなり一撃が飛んできた。「きみがわたしから彼女を奪ったんだ」

突然、デヴィルの目の前がぐるぐる回りだした。「おれは奪ってない。グレースは自ら逃げることを選んだ。おれたちと一緒に逃げたかったんだ」

「今夜、きみは自分の死亡証明書に署名する。わたしは愛なしで生きていなければならない。それならきみは愛なしで死ぬがいい」

その言葉は、デヴィルの心にユアンから受けた肉体的な苦痛以上の打撃をもたらした。

フェリシティ。意識が急激に遠のいていく。こめかみに手をやった。生温かく濡れたものを指先に感じる。血だ。

フェリシティ。彼女がいない場所で死にたくない。

このままもう会えないのか。もう触れられないのか。あの柔らかい体のぬくもりを感じられないのか。最後のキスもできずに死んでいくのか。

本心を伝えないまま死にたくない。

フェリシティ。愛していると伝えないまま死にたくない。

愛していると言えばよかった。

そうしたら、結婚しただろう……フェリシティとこの自分が結婚するのだ。

鋼鉄の扉が開いた。聞き慣れた金属のこすれる重々しい音が、いまはなぜか初めて聞く音に感じられる。

いや、それはない。フェリシティは自分のもとを去ったじゃないか。

〝式が終わったあとは、披露パーティー。コヴェント・ガーデンはお祭り騒ぎだ。ヴァイオリンや管楽器がにぎやかな音を奏で、みんなワインをたらふく飲んだり、大声で陽気に歌ったりした。デヴィルはフェリシティに一〇〇回でも愛していると伝えた。一〇〇〇回でも〟

デヴィルはなすすべもなく引きずられ、貯氷庫の凍てついた床に転がされた。

〝ふたりは結婚し、フェリシティはコヴェント・ガーデンの女王になった。デヴィルの仲間たちは彼女に忠誠を誓った。やがてフェリシティは子どもを身ごもった。ふたりはたくさんの子どもに恵まれた。機器の仕組みに詳しい娘たちは母親にそっくりだ。フェリシティはいまの生活をこれっぽっちも後悔していなかった〟

デヴィルもこれっぽっちも後悔していなかった。

いや、ちょっと待て。何かおかしい。これは過去の話ではない。未来の話だ。

デヴィルは手と膝をついて体を起こした。暗い通路のはるか先で、ランタンの明かりがぼんやりちらついている。フェリシティのところへ行かなければ。彼女を守らなければ。

愛していると言わなければ。

愛していると直接伝えなければならない。

フェリシティは彼の光だ。

光。光が間もなく消えようとしている。ユアンは扉のところに立ち、デヴィルを見おろした。「わたしは闇の中で生きていかなければならない。そしてきみは闇の中で死んでいく」

デヴィルは扉へと這っていこうとした。貯氷庫内の暗闇が徐々に息を奪っていく。ここで死にたくない。こんな真っ暗闇の中では死にたくない。

「フェリシティ！」

扉が閉まり、完全な漆黒の闇に包まれた。

「開けろ！」

返事はない。聞こえてくるのは鍵がかかる音だけだ。ひとつ、またひとつと不気味な音をたてて施錠されていく。デヴィルを貯氷庫に閉じこめるために。

「フェリシティ！」彼は力の限り叫んだ。恐怖と不安が全身を貫く。遠ざかる意識の中でなんとか自分を奮いたたせ、扉ににじり寄った。扉をこぶしで叩く。

またしても返事はない。

「ユアン！」デヴィルはきょうだいの名前を叫んだ。「頼む」

今度は扉に体当たりして、大きな音を響かせた。無駄なのはわかっていた。貯氷庫は倉庫の一番奥にあり、うまく隠されている。この程度の音では、外にいる見張りたちに聞こえるわけがない。それでもあきらめられなかった。フェリシティのもとへ行くため、必死に叫んだ。彼女の身の安全を守るために。デヴィルは後ろを向いた。見渡す限り、漆黒の闇が広がるばかりだ。ぬかるんだ床に手で触れながら、彼は慎重に進んでいった。やがて部屋の中央に積みあげられた氷の塊を見つけ、それに手をついて立ちあがった。そして近くに置いたつるはしを手探りしはじめる。

当然、闇が迫ってくる感覚に襲われた。重く立ちこめる冷気が体にまとわりつく。デヴィルは大きく深呼吸した。「くそっ、どこにあるんだ」ようやくつるはしを見つけ、柄を握りしめて扉まで這って戻った。彼女の名前をもう一度大声で叫ぶ。「フェリシティ!」

だが、フェリシティはここにいない。この声は彼女に届かない。デヴィルはフェリシティを頭から締めだした。

〝愛しているわ、デヴィル〟

デヴィルは立ちあがり、つるはしを振りかぶって鋼鉄の扉に打ちおろした。何度も。何度も。フェリシティのもとへ行かなければ。つるはしを振りおろす。彼女の身の安全を守らなければ。また、つるはしを振りおろす。

〝わたしを愛している?〟

ああ、愛している。フェリシティを愛している。そう思った瞬間、われに返り、現実を突きつけられた。こんなことをしても無駄だ。どれだけ愛しているか、フェリシティに伝える機会は永遠に来ない。

〝あなたには暗闇がお似合いよ〟

デヴィルにはもはやつるはしを振りあげる力は残っていなかった。そのまま床にくずおれ、目を閉じる。やがて冷たい闇の中に滑り落ちていった。

27

昨夜は一睡もできなかった。フェリシティは夜明けとともに起きて、兄の屋敷へ向かった。厨房から中に入り、家族の居住空間である二階へあがり、寝室の扉を開けた。その瞬間、ベッドでキスをしている兄とその妻の姿がいきなり目に飛びこんできた。

あわてて背を向け、片手で目を覆った。「嘘でしょう！　もうなんなのよ！」

夫婦がお楽しみ中の場面を目の当たりにして、口から飛びでた言葉は少々とげとげしかったとはいえ、頭に浮かんだほかの言葉よりはずっと配慮がある。そういうわけで、この反応は上出来だ。

義姉のプルーデンスが小さく悲鳴をあげた。アーサーがむっとして言う。「フェリシティ、勘弁してくれ。ノックくらいしろよ」

「だって、まさか……」フェリシティはわかったというふうに手を振り、ちらりと後ろを見た。プルーデンスはベッドカバーを顎まで引きあげ、ヘッドボードに背中を預けて座っている。フェリシティは扉に目を向けた。「おはよう、プルー」

「おはよう、フェリシティ」プルーデンスの声にはおかしそうな響きがあった。

「会えてうれしいわ」

「そうそう、フェリシティ！　あなたのほうはいろいろ大変そうね」

フェリシティは顔をしかめた。「ええ。もうあなたも聞いているんでしょうね」

「まったく、いったいどうなっているんだ！」アーサーが突然声を張りあげる。「家中の扉に鍵を取りつけないといけないな」

「アーサー、どの扉にも鍵はついているわよ」

「いや、まだ足りない。もっとつけないとだめだ。ほんの一日足らずのあいだに、ぼくたちの寝室に招かれざる客がふたりも入ってきたんだぞ。これは異常事態だ。フェリシティ、もうこっちを向いてもいい」

フェリシティは向き直った。兄と義姉はガウンを羽織っている。おなかがふくらんだプルーデンスはかわいらしい化粧台へと歩いていく。ベッドの足元に立っているアーサーは……あまり機嫌がよくなさそうだ。

「わたしは招かれたのよ」フェリシティは弁解した。「呼びだされたの！　〝フェリシティ、至急来い〟こんな尊大な文面を送ってくるなんて、誰かさんは自分が王さまだと勘違いしているのかしら」

「いくらなんでも早すぎるだろう。いま何時だと思っているんだ？」

「眠れなかったのよ」正直に言って、この先ずっと眠れない夜を過ごすことになりそうだ。夢にコヴェント・ガーデンの王、デヴィルが出てくるから。寝ているあいだは、自分を見つめるデヴィルのまなざしも、触れてくる手の感触も、自分を愛してくれているかもしれないという希望も、すべて夢などではなく現実だと感じている。けれど目が覚めたとたん、何もかも夢だったのだとひどく落胆する。この夢と現実の差が大きすぎることが眠れない原因だ。

「アーサー、もともと今日会いに来るつもりだったの。ひと言謝りたかったのよ。本当に悪いことをしたわ。自分でもわかっているの。お父さまは雲隠れしてしまったし、お母さまはずっとふさぎこんでいる。そして、わたしは二日前の夜の出来事について考え続けていて……ちょっと待って。話は変わるけれど、わたしのほかにもここに突然入ってきた人がいるの？」

アーサーが眉をあげる。「いつ気づいてくれるかと待っていたよ」ため息をつく。「ぼくはノーサンバーランド邸の舞踏会での出来事は気にしていない」

今度はフェリシティがため息をついた。「それはどうかしら。アーサー、やっぱり気にしたほうがいいわ。あれは……わたしの人生最高の瞬間ではなかった。たぶんわたしの破滅は決定ね」

いきなりアーサーが大声で笑いだした。「そうだな」

「正直なところ、むしろあれはあなたの人生最高の瞬間だったと思うわ」化粧台の前に座っているプルーデンスが楽しそうに言う。「マーウィック公爵はかなり不愉快そうな人ですもの」

「実際、不愉快な人よ」フェリシティは返した。「ほとんどいつも。だけど……」自分のくだした決断について話す前に口をつぐんだ。彼女は自由になったけれど、父とアーサーは投資の失敗を埋めあわせる道が完全に絶たれてしまった。もしまだアーサーがお金がなくなったことをプルーデンスに話していなかったら、フェリシティの決断は兄へのひどい裏切りになるだろう。

アーサーの自業自得だったとしても。

フェリシティは兄に向かって目配せした。

「プルーは知っている」アーサーが言う。

フェリシティは義姉に目をやった。「そうなの？」

「このおばかさんが投資に失敗したのをわたしに隠し通せると思っていたことなら知っているわ」

フェリシティは口をぽかんと開けた。プルーデンスが家計の危機的状況に直面して泣いたりわめいたりする姿は想像できないが、まさか……なんていうか……こんなに幸せそうにしている姿も想像していなかった。フェリシティはアーサーに視線を戻した。「何かあったのね」

アーサーはフェリシティを見つめ、やがて口を開いた。「ああ」

ひょっとしてマーウィック公爵は婚約を破棄しなかったのだろうか？　もしそうだとしたら、公爵が怒っていたことを考えると、ただデヴィルを痛い目に遭わせるためだけに破棄しなかった可能性は大きい。たしかにフェリシティもデヴィルに腹を立てているし、傷つけられもした。だが、仕返ししたいとは思わない。「わたしはマーウィック公爵とは結婚しないわよ。舞踏会でわたしの意志ははっきり伝えたわ……それでも、もし彼がここに——」

「フェリシティ、ぼくはおまえとマーウィックの結婚には興味がない。はっきり言って、初めからこの結婚話を進めるのはいやでたまらなかった。それと同じく、舞踏会の話も興味がない。それより舞踏会のあとに何があったのか、そっちのほうが気になる」

フェリシティは体をこわばらせた。勘弁して。

「舞踏会のあとは何もなかったわ」

「それはぼくたちが聞いた話とは違うな」

プルーデンスに目をやったフェリシティは、またアーサーに視線を戻した。「ねえ、わたしの前にこの部屋へ入ってきた人は誰なの？」

「おまえの知っている人だ」

フェリシティは背筋が冷たくなった。「よくものこのこ顔を出せたものね」デヴィルは彼女を利用し、裏切ったのだ。

〝きみは完璧な復讐の駒になってくれた〟

彼はフェリシティをすでに充分痛めつけたはずだ。まだ足りないというのだろうか？

「ところが来たんだよ」アーサーが続ける。「昨日、ひょっこりこの部屋に姿を現した」

「彼のことなんてどうでもいいわ」フェリシティは嘘をついた。

アーサーが眉をあげる。

「わたしに言わせれば、どうでもよくはないわ」プルーデンスが割りこむ。

黙っていて、プルー。「彼はなんて言ったの？」フェリシティは尋ねた。デヴィルは屋根の上で過ごした夜の話だけはしていないはずだ。彼だってフェリシティと結婚しなければならなくなる危険は避けたいだろう。わざわざ自分の首を絞めるようなまねはしないに違いない。

そもそも、デヴィルはフェリシティと結婚したいと考えたことさえないだろう。

「いろいろ言っていたよ」アーサーが妻に視線を送る。「ていねいな自己紹介から始まって……あそこの木をのぼって寝室に押し入ったわりには、えらくていねいだった」

「彼の得意技なのよ」

「そうなの？」プルーデンスが問いかけた。まるでデヴィルの乗馬の趣味についての話題で盛りあがっているかのようだ。

「ぼくたちはおまえにどう伝えたらいいか話しあっていたんだ」アーサーが言う。「そのとき、彼にこっぴどく叱られてね。ぼくはおまえを不当に扱っていると」

フェリシティははじかれたように兄に視線を向けた。「そんなことを言ったの？」

「ああ。彼に、おまえは決して目的を達成するための駒ではないと言われたよ。ぼくたちがおまえをひどい目に遭わせているとも言われた。ぼくたちはおまえにふさわしくないとも」

怒りといらだちの涙がこみあげた。デヴィルだってフェリシティにふさわしくない。「余計なお世話だわ」

「でも、フェリシティ、彼はすると決めたことは必ず実行する男性に見えたわ」プルーデンスが言った。

とりわけ、ひとりで勝手に去っていくときは。

「彼の言うとおりだよ」アーサーが口を開く。「ぼくたちはおまえにひどい態度を取った。おまえはぼくたちを見捨ててしかるべきだと、彼は思っている。おまえを軽く見ている勝手なやつなど見捨ててしまえばいいと」

「そんなのは口先だけよ」自分の復讐のためにフェリシティを利用するだけ利用しておきながら偉そうなことを言うなんて、お門違いもいいところだ。

「おまえを軽く見ていたそんな人間に、彼は大金を注ぎこもうとしている」

フェリシティはアーサーが何を言っているのかすぐにぴんときた。たちまち体がこわばる。

「お金を提供するという申し出があったのね」

アーサーがかぶりを振る。「金は金でも巨額の金だ。ぼくにだけではない、父上にもだ。金庫の中が隙間なく埋まるほどの大金だよ。再び投資を始められるように」

フェリシティは首を振った。デヴィルからお金を受け取るということは、また彼と結びつくということだ。デヴィルは運用状況を確認するためにいつでもこの家に来ることができる。デヴィルには会いたくない。彼が近くにいるのは耐えられない。「受け取らないわよね」

アーサーが目をしばたたく。「受け取ったらだめなのか？」

「だめよ」フェリシティはきっぱりと言った。「彼がそんなことを言いだしたのは、罪の意識みたいなものを感じているからなの」

「罪の意識を持つ男が金を使うことに文句を言う者もいれば、その男の金のおかげでぐっすり眠れるようになる者もいるというわけだ。まあ、それはいいとして、なぜミスター・クルムは罪の意識を感じているんだ、フェリシティ？」

ミスター・クルム。その名前が兄の口から出ると、なんだか違和感がある。デヴィルはフェリシティと一緒にいるときはその名前を使わなかった。

そしてミスター・クルムという名前は、ミセス・クルムなりたいと思ったときもあったことをフェリシティに思いださせた。

いまは違うけれど。絶対に。

「なぜって、そうだからよ」フェリシティは言い放った。「なぜなら……」言葉が途切れる。

「わからない。とにかく彼は罪の意識のようなものを感じているの」

「ねえ、アーサー、ミスター・クルムは例のことで罪の意識を感じているんじゃないかしら。ほら、彼は話してくれたじゃない」

アーサーがため息をつく。フェリシティはプルーデンスに視線を向けた。義姉は得意げな表情を浮かべている。「例のことって？」

「ミスター・クルムはどう言っていたかしら？」プルーデンスの顔に笑みが広がる。フェリシティはデヴィルがなんと言ったのか、早く知りたい気持ちを抑えられなかった。「そうそう、思いだしたわ。彼はあなたを愛していると言ったの」

みるみるうちにフェリシティの目に涙がこみあげた。涙とともに、怒りといらだちと憎しみも。それは本人の口から聞きたくてたまらなかった言葉を、デヴィルはプルーデンスとアーサーに言ったからだ。フェリシティではなく。つまりこれは表向きの言葉で、本心ではないということだ。

フェリシティはかぶりを振った。「それはないわ。彼は嘘を言ったのよ」

「嘘ではないと思うな」アーサーが言う。

ひと筋の涙が頬を伝う。フェリシティはすばやく指でぬぐい去った。「いいえ、彼はわたしを愛してなんかいない。わたしを不当に扱ったのはお兄さまたちだけではないわ。彼も同類よ」

アーサーがうなずく。「ああ、それはミスター・クルムも言っていた。間違いを犯して、おまえを幸せにできなくなってしまったと話していたよ」

フェリシティは動きを止めた。「本当にそう言ったの？」

プルーデンスがうなずいた。「ええ。ミスター・クルムは自分の失敗を一生後悔しながら生きていくだろうと言っていたわ。自分が得た機会と失った機会を一生忘れないとも」

またひと筋の涙がこぼれた。そしてまたもうひと筋。フェリシティは洟《はな》をすすり、首を振った。「彼はわたしのことなんかそれほど気にかけていなかったわ」

アーサーが首を振る。「これ以上何も言わない。おまえが決めろ。ミスター・クルムがおまえにとって価値のある男なのかどうかは自分で判断するんだ。だが、フェリシティ、これは知っておいてほしい。デヴォン・クルムはおまえに大金を贈ってくれたよ」

「あなたにでしょう」フェリシティは言い直した。「それで、これからわたしはどうなるの？　永遠にお兄さまの監督下に置かれるの？　お兄さまに帰属するの？　そして、この世界でひっそりと寂しい人生を送るの？　以前は何もかもが輝いていたけれど、いまは色あせて古びて見える貴族社会で。アーサー、彼はわたしの未来を金めっきが施された監獄にするつもりなのよ」

「フェリシティ、それは違う。ぼくはミスター・クルムが言った言葉をそのまま伝えただけだ。彼はおまえに大金を贈った。彼はおまえが自分にとっての幸せを見つけることを願っている」アーサーはプルーデンスに目をやった。「あのときミスター・クルムはなんて言っていたかな？」

プルーデンスがため息を漏らす。「〝どこに住もうと、誰とともに生きようと、きみの望む未来であるよう願う〟よ」

フェリシティは眉をひそめた。「そのお金って持参金なの？」あのろくでなし。デヴィルは別の扉を用意した。すべて解錠して自由になったはずなのに、また閉じこめられて新しい鍵をかけられる。

アーサーが首を振る。「違う、おまえのものだ。金はおまえのものになる。フェリシティ、莫大《ばくだい》な金だ。一生かけても使いきれないほどの」

呆然とするあまり、フェリシティは言い返す言葉を何も思いつかなかった。プルーデンスが化粧台に置かれた箱を手に取り、フェリシティに近づいてきた。「ミスター・クルムからあなたへの贈り物よ」

「贈り物はお金だけではないの?」ピンク色のシルクのリボンが結ばれた、横幅があり、高さが三センチほどのオニキスの黒い箱だ。かわいらしい箱を見て、たちまちフェリシティは胸が痛くなった。黒とピンク。闇と光。永遠の誓いのようだ。

「金の話をするときに、その箱も渡してくれとミスター・クルムに言われたんだ。断固とした口調だったよ」

フェリシティはピンクのリボンをほどき、手首にていねいに巻きつけて箱の蓋を開けた。中にはエンボス加工が施された厚手の白いカードが入っていた。デヴィルの美しい筆跡で書かれた、黒インクの文字が目に飛びこんでくる。たったふた言。

〝さようなら、フェリシティ・フェアクロス〟

その言葉に胸が締めつけられ、また涙がこみあげてきた。

大っ嫌い。デヴィルはフェリシティが欲しくてたまらない唯一無二のものを奪っていった。彼自身を。

フェリシティは箱からカードを取りだした。その瞬間、光を放つ金属を見つけ、息をのんだ。箱の中には、精巧につくられた鋼鉄製のきらきら光る細い棒が六本並べて置かれていた。涙がとめどなくあふれ、頬を伝う。フェリシティは震える手を伸ばして、なめらかな金属の棒に指先で触れた。「デヴィル」無意識に、彼の名前が口からこぼれた。「なんて美しいの」

プルーデンスが首を伸ばして箱の中をのぞきこむ。「これは何？　ヘアピンかしら？」

「そうよ」

「変わったデザインね」

フェリシティは一本取りだし、溝が彫られてぎざぎざになっている先端を見つめた。そして、再び黒いヴェルヴェットの布の上に戻す。フェリシティは指先でL字型の棒に、キリスト教世界で最も美しい道具箱の中身に一本一本触れていった。棒の反対側の先端の三分の一は平たくなっている。「錠前破りの道具よ」

お金はもちろん価値があるけれど、錠前破りの道具があれば、なんでも手に入れられる。

〝きみはヘアピンを握るたび、その手に未来をつかむ〟どこからともなくデヴィルの声が聞こえてきた。以前、デヴィルが倉庫でフェリシティに言った言葉だ。あのとき、彼に自分の才能を恥じる必要はないと教えられた。

この錠前破りの道具はデヴィルがフェリシティをよくわかっている証拠だ。デヴィルは彼女の気持ちを最優先に考えてくれる。彼女の愛してやまないものを優先してくれる。現に罪悪感にさいなまれているいまもなお、フェリシティが何を喜ぶかを考えて贈り物を用意してくれた。

でもそれより何より、この贈り物はデヴィルがフェリシティを愛している証拠だ。

彼はフェリシティを自由にしてくれた。彼女は二度とアーサーの仕事や、実家や、自分の社会的地位をもとに選択しなくていいのだ。メイフェアからも解放される。自分が望まない世界から去ることができる。デヴィルは未来を与えてくれた。

屋根の上で過ごした夜のように。あのときデヴィルに、自分の世界には受け入れられないと拒絶された。それでもデヴィルは、彼の目に見えていた未来をフェリシティから奪いはしなかった。過去と未来の両方を見ながら、未来を切り開いていくヤヌス同様に。あの夜、デヴィルはフェリシティに選ばせ、彼女はデヴィルを選んだ。その選択に、一瞬たりとも後悔はしなかった。そしていま、デヴィルはフェリシティが破滅しないよう守ってくれた。家族の空の金庫を紙幣で満たしてくれただけでなく、彼女のことも大金持ちにしてくれた。デヴィルはフェリシティにお金と自由の両方を与えてくれた。

〝どこに住もうと、誰とともに生きようと、きみの望む未来であるよう願う〟

フェリシティは錠前破り用のピンを一本ずつ髪に挿した。

貴族の世界はもういらない。フェリシティには住みたい世界がある。

デヴィルはそれを彼女に与えてくれた人だ。

新しい未来に飛びこむ覚悟はできている。


三〇分後、のぼる太陽が貧民窟に立ち並ぶ建物の屋根を金色に染める頃、フェリシティは倉庫の巨大な鋼鉄の扉を必死に叩いていた。倉庫に入りたいのにいくら扉を叩いても入れてもらえないこんな状況のときは、コヴェント・ガーデンでのベアナックル・バスターズの守りのかたさはありがた迷惑以外の何物でもない。

それならほかの方法を試すしかない。フェリシティは髪に手をやり、きらきら光る鋼のヘアピンを二本抜き取った。本当にほれぼれするほど完璧な形だ。どうやらデヴィルは複雑な錠前破りの道具に詳しい熟練の職人を見つけたらしい。世の中にはそういう職人は存在しないことになっている……でも考えてみれば、デヴィルは存在しないものを専門に扱う人だ。きっとこれをつくった職人も難なく見つけたのだろう。フェリシティは地面に膝をつき、鍵穴にヘアピンを挿しこんだ。

ドレスが汚れ、フェリシティはだんだんいらいらしてきた。

あのろくでなし。覚悟しておきなさい。思いきり罵詈雑言《ばりぞうごん》をぶつけてやるわ。デヴィルはそうされて当然だ。

ひとしきり文句を並べたら、彼が愛していると言うまで倉庫に居座ってやるつもりだ。一度言ったくらいではだめ。何度も言ってもらわないと。

突然、背後で屋根から誰かが地面に飛びおりた気配がした。「お嬢さん」

男性の声が聞こえ、フェリシティははじかれたように振り返った。以前ここに来たとき、家まで送ってくれたハンサムで愛想のいいジョンだ。「おはよう、ジョン」満面に笑みをたたえて言った。

「おはようございます」ジョンが深みのある低い声で返した。「わかってると思いますが、あなたにこの扉の鍵を開けさせるわけにはいかないんです」

「よかった」フェリシティはにこやかに言い返した。「なかなか開かなくて困っていたのよ。

あなたがわたしを倉庫に入れてくれるのね？」

ジョンの眉があがる。「それは無理ですね」

「どうしてよ。わたしはここに来てもいいことになっているわ。デヴィルに守られているのよ。わたしはコヴェント・ガーデンを自由に歩き回れるの」

「いまは違う。おれたちはあなたを見つけたら、メイフェアに送り届けなきゃならないんです。有無を言わせず。もうデヴィルとは会ってないんでしょう？」

そのひと言に、フェリシティは胸が締めつけられた。もうデヴィルは会いたがっていない。いいえ、ばかばかしい。デヴィルは絶対に会いたがっている。

彼女を愛しているのだから。

まったく、なんてデヴィルは愚か者なの。今日こそは、面と向かって愛していると言ってもらわなければ。

けれどそれを実現させるためには、この状況はまずい。フェリシティは攻め方を変えた。

「あの夜はわざわざ送ってくれてありがとう。ちゃんとお礼を言わなくてごめんなさい」

「こう言っちゃあなんですが、あなたは道中ずっとデヴィルを罵ってましたからね。まあ、おれに礼を言うのを忘れるのも無理はない」

フェリシティは唇を引き結んだ。「彼に腹を立てていたんですもの」

「そうですね」

「別にあなたに腹を立てていたわけではないのよ」

「わかってますよ」

「あの夜、デヴィルはわたしから離れていったわ」

「ええ」

何度も何度も、デヴィルは彼女から離れていった。フェリシティはジョンと視線を合わせた。

「ゆうべもまた、彼はわたしから離れていった」

ジョンの茶色い目の中に何かがちらついた。何か哀れみのようなものが。やめて、哀れんでなんかほしくない。

「デヴィルはわたしのためだと思っているの。でも、わたしはそんなふうに思っていない」

ジョンがにやりとする。「でしょうね。わかりますよ」

「あなたも奥さんにおまえのためだなんて言わないほうがいいわ、ジョン。それがあなたの本心でないのなら」

ジョンが低い豊かな声で笑った。フェリシティはジョンにだけでなく、自分自身にも言い聞かせるように話し続けた。

「デヴィルは鈍感なんだわ。もちろん、わたしにはもったいないくらいすばらしい人よ。男の中の男なんですもの」フェリシティは再びジョンに目を向けた。「彼は男の中の男だわ」

「ベアナックル・バスターズとニクしか、この扉の鍵は持ってないんです」ジョンは倉庫の屋根を見あげた。

「ねえ、ジョン、こういうのはどう？　あなたが倉庫の裏側へ見回りに行っているあいだに、わたしはこの鍵を開けるわ」

「この鍵は開けられません」

フェリシティはにっこりした。「ジョン、わたしたちがもっと親しくなったら、きっとあなたもわたしの錠前破りの腕前がわかるわ」

「あなたが達人なのは知ってます。開けてるところを見たから」

ジョンの言葉にフェリシティの鼓動が速まった。彼の大きな茶色い目は悲しみにあふれている。そんな目で見ないで。デヴィルに忠誠を尽くすジョンは、フェリシティを倉庫に入れようとはしないだろう。たとえ彼女にちゃんとした目的があるとわかっていても。

「お願い、ジョン」

「すみません」

不意に、ナイチンゲールのさえずりが聞こえた。ここでナイチンゲールの鳴き声を聞くなんておかしい。フェリシティは鳴き声が聞こえたほうに目をやった。何も変わった様子はない。彼女はジョンに視線を戻した。ジョンは……笑っている。

フェリシティは眉をひそめた。「ジョン？」

「レディ・フェリシティ」不機嫌な声が頭上から聞こえた。フェリシティが上を向いたそのとき、ウィットが倉庫の横から出てきて彼女の隣に立った。

「あなたたちと一緒に行動するなら、わたしはズボンをはかないとね」

ウィットが首を傾けた。「それも悪くないな」

フェリシティの要求に応じるというウィットの暗黙の了解に、うれしさがこみあげた。

「ちょうどいまジョンに、あなたのきょうだいをとても愛しているという話をしていたところなの」ウィットが黒い眉を片方あげた。「そういうわけで、開けられない鍵を開けて倉庫に入らせてもらうわ。わたしを愛さないなんて愚かだと、ひと言ってやりたいのよ。でも、鍵を開けるのに少し時間がかかりそうなの。愛する男性と一戦交えたいときは、できるだけ早く勝負をつけたいものよ。あなたにもこの気持ちはわかるでしょう」

「ああ、わかる。だが、やつはここにはいない。家に帰った」

フェリシティは首を振った。「それがいないのよ。ここに来る前に、まず向こうへ行ってみたの」

ウィットが不満げにうなる。

「だから、中に入れてもらえないかしら」

ウィットが顔をしかめる。「扉をノックしたか?」

「ええ、したわ」

彼はこぶしを握りしめ、倉庫の扉に叩きつけた。「それで、返事はなかったのか?」

ウィットの顔に浮かぶ表情を見て、フェリシティはいやな予感がした。「ええ」

彼はすぐさま鍵を鍵穴に挿しこみ、扉を開けた。広大な倉庫内は暗く、静まり返っている。

「デヴィル?」ウィットは大声で呼びかけた。

返事はない。フェリシティの心は沈んだ。何かがおかしい。彼女はジョンに向き直った。「明かりが必要だわ。ランタンを持ってきてもらえる？」

ジョンはランタンを取りにすでに走りだしていた。

ウィットがジョンの後ろ姿に向かって叫ぶ。「あいつは帰ったのか？」

ジョンはきっぱりと言った。「あなたたちが出たあとは、誰も倉庫に出入りしてません」

「デヴィル！」ウィットは声を張りあげた。

しんとしたままだ。

ジョンがフェリシティにランタンを手渡した。彼女はランタンを高く掲げた。「デヴィル？」

「やっぱり帰ったんだ」ウィットが言う。「くそっ、ジョン、ここには一〇万ポンドの価値のあるものが置いてあるんだ。倉庫の扉はひとつしかない。だが誰の出入りもないってことは、おまえたち見張りは全員寝てたのか？」

「ビースト、デヴィルはあの扉からは出ていってません」ジョンも譲らない。「あいつらは自分の仕事をちゃんとわかってます。見張り中に居眠りなんかしない」

言いあう男たちをその場に残し、フェリシティは倉庫の奥へと向かった。昇降口の扉が開いているのに気づき、のぞいてみる。下は真っ暗闇だ。

デヴィルは絶対に扉を開けっぱなしにしたりしない。それが開いているということは、この下で何かがあったと考えて間違いないだろう。

「デヴィル？」フェリシティはぽっかりと空いた穴の縁に立ち、名前を呼んだ。まさかこの中にいるはずはない。彼は貯氷庫も暗闇も嫌っている。

それでも……デヴィルはここにいる。間違いない。

すぐにフェリシティはおりていき、片手にランタンを掲げて、暗く長い通路を走った。心臓が破裂しそうなほど激しく打っている。「デヴィル？」もう一度呼びかけた。

そのとき、前方の床に光るものが見えた。銀色の光。あれはライオン、デヴィルのステッキだ。武器が床に転がっている。

貯氷庫に通じる扉も見えた。

フェリシティは手を伸ばし、扉の取っ手を引いた。鍵がかかっている。扉には頑丈な鋼鉄の南京錠がきれいに縦一列に並んでついていた。全部で六個。

フェリシティは扉を力いっぱい叩いた。「デヴィル？」

返事はない。

さらに叩く。「デヴィル？　そこにいるの？」

またしても返事はない。

「デヴィル？」もう一度、叩いてみる。それから、扉に耳を押し当てた。どくどく打つ自分の心臓の音しか聞こえない。

フェリシティはランタンを床に置き、躊躇なくヘアピンを髪から抜いた。さらにもう一度、力をこめて扉を叩き、声を張りあげた。

「デヴィル！　わたしよ！」ウィットとジョンはまだ来ない。でも、ふたりを待ってはいられない。

急いで膝をつき、南京錠をはずしにかかる。手を動かしながら、デヴィルに聞こえるかもしれないと思い、扉に向かって声をかけ続けた。

「そんなところで死んだら許さないわよ、デヴォン・クルム。言いたいことが山ほどあるの。あなたはひどい人だわ。だけど、とてもすてきで――」

ひとつ目の南京錠がカチッと音をたてて開いた。フェリシティは南京錠を留め金からはずして通路に放った。間髪を容《い》れずにふたつ目に取りかかる。

「……あなたったらいきなり兄の屋敷に現れて、わたしを愛していると言ったんですってね。どうして先にわたしに言わないの？　いくらなんでもそれはないわ。おかしいと思わなかったの？　絶対変よ……罰として、この先一生、一分ごとにわたしを愛していると言ってもらうから……」

ふたつ目の南京錠がはずれた。すぐに三つ目の南京錠の鍵穴にヘアピンを挿しこむ。

「デヴィル？　そこにいるの？」フェリシティは扉を叩いた。

物音ひとつ聞こえない。彼女は三つ目の南京錠を投げ捨てた。

「愛しているわ。もうとっくに知っているわよね」四つ目の南京錠を床に投げ、五つ目に取りかかった。「デヴィル、寒い？」振り返ってウィットとジョンに向かって叫んだ。ふたりはまだ来ない。「もうすぐ開くわ」フェリシティは六つ目の南京錠の鍵穴にヘアピンを挿しこみ、穴の中を探った。どうやらこれだけ内部の構造が違うらしい。彼女は二本のヘアピンを合わせて一緒に動かしながら声をかけた。「もうすぐよ」

開いた。最後の南京錠を脇へ放り、フェリシティは重く分厚い扉をやっとの思いで開けた。たちまち一段と冷たい空気が押し寄せてくる。目の前に、さらにもう一枚扉が立ちはだかった。ここにも縦一列に南京錠が並んでいる。フェリシティはぬかるんだ冷たい床にすぐさま膝をついた。

あまりに暗くて手元が見えない。手探りでひとつ目の南京錠を開けはじめた。彼にまた呼びかける。「デヴィル？　そこにいるの？　お願い、聞こえたら返事をして」心臓が激しく打っている。フェリシティはこみあげてくる涙をこらえた。「デヴィル、がんばって。いま、急いで鍵を開けているわ」彼女は話し続けた。「デヴィル、わたしよ。聞こえる？　わたしはここにいるわ」何度も何度も繰り返した。

突然、かすかな音が聞こえた。扉をノックする音。虫の翅のように軽い音だ。彼女の炎に引き寄せられた夏の虫が扉の向こうにいる。

「デヴィル！」フェリシティは彼の名前を叫びながら扉を叩いた。「聞こえたわ！　待っていて。あなたをひとりにはしない。二度とあなたから離れないわ。あなたもわたしから離れられないわよ」

扉の向こうから音が聞こえたことで、がぜん力がわいてきて、フェリシティは確実な手つきでひとつ、またひとつと南京錠をはずしていった。

「もう、鍵が多すぎるわよ、デヴィル。こんなに厳重に氷を保存している人はあなたくらいしかいないわ。やっぱりあなたは密輸業者ね。ひょっとしたら、泥棒でもあるのかもしれない。なぜならわたしの心を盗んだんですもの。わたしの未来も。だからこうしてわたしは、あなたに盗まれたものを取り戻しに来たわ」

三つ目の南京錠がはずれ、四つ目に取りかかる。この時点で、髪につけていたヘアピンはすべて折れ曲がったり壊れたりして使い物にならなくなっていても当然だった。けれど、これらのピンは無敵だった。そして、デヴィルも無敵だ。

「こうなったらもう結婚するしかないわね。わかっているでしょう。これからは、わたしたちふたりの幸せに関係することはあなたに勝手に決めさせないわ。ひとり取り残されるのは寂しいものよ。それに、あなたも……」フェリシティは四つ目の南京錠を脇に放り、五つ目を解錠しはじめた。「ねえ……あなたを氷の地下牢《ろう》に閉じこめたのは……これはわたしの元婚約者の仕業なの？」

沈黙。フェリシティは五つ目を放り、最後の南京錠の鍵穴にピンを挿し入れた。

「あとひとつよ、デヴィル。待っていてね。すぐ開けるわ」

カチッ。

最後の南京錠を投げ捨て、扉の下に取りつけられた頑丈なかんぬきをはずすと、フェリシティはありったけの力をこめて扉を引き開けた。その瞬間、凍てつく冷気が勢いよく流れてきた。彼女は扉のそばで倒れているデヴィルを腕の中に抱き寄せた。

デヴィルはフェリシティの首に顔を押しつけて体を震わせていた。何度もフェリシティの名前をささやいている。感謝の祈りを捧げるように。

フェリシティはデヴィルを強く抱きしめた。彼のそばにいたくて、彼の体を温めたくて、思わず腕に力がこもる。「錠前破りの道具なんていう、すてきな贈り物をありがとう」

「き、きみの……おかげで、た、た、すかった」デヴィルが歯をガタガタ言わせ、言葉を絞りだす。

「当たり前よ」フェリシティは彼の冷たいこめかみに唇を寄せてささやいた。「わたしはいつもあなたを助けるわ」

「フ、フェリシティ」デヴィルが彼女の名前をささやく。「おれは……」

フェリシティは両手でデヴィルの腕をさすりながら話しかけた。「だめよ……いまは何も話さないほうがいいわ。ここでもう少し待っていて。ウィットを呼んでくるわ」

デヴィルが体をこわばらせる。「い、いや、いい」必死に声を振り絞った。「ここは真っ暗闇だった」

その言葉に胸が詰まった。「そうね。ランタンを置いていくわ」

たちまちデヴィルの腕が鋼のごとくかたくなり、フェリシティの腕をつかんだ。その手は驚くほど力強く、同時にとても心地よかった。「ラ、ランタンじゃだめだ。きみが光だ。おれを置いていくな」

「わたしではあなたを担げない。ウィットを連れてすぐ戻ってくるわ」

ランタンのぼんやりした明かりを受けたデヴィルの目の色は黒く見える。「二、二度とおれを置いていかないでくれ」

フェリシティはうなずいた。「置いていかないわ。でも、ここは寒いでしょう。体を温めないと」

「きみの燃える火で温めてくれ」デヴィルは懸命に声を出そうとしている。「きみは炎だ。愛してる」

愛の言葉がフェリシティの全身に響き渡った。彼女は少しでも温めようと、デヴィルの体をさすり続けた。

デヴィルは頭を後ろに倒してフェリシティを見あげた。「きみを愛してる」

フェリシティの鼓動が大きく跳ねる。「デヴィル、あなたを暖かい場所に連れていくわ。どこか痛いところはある？」

「愛してる」デヴィルが小声で繰り返す。「愛してる。きみはおれの未来だ」

フェリシティの心臓は激しく打っていた。彼は頭がどうかしてしまったに違いない。「デヴィル、地上に出てからもう一度言って。時間ならたっぷりあるわ」

「充分な時間などない」デヴィルはフェリシティを抱き寄せた。歯がガタガタ鳴り、鼓動は信じられないほど速い。「きみへの思いを伝えるには、時間はいくらあっても足りない」彼はフェリシティにキスをした。デヴィルの唇は冷たいのに、なぜか熱く感じた。フェリシティは手を伸ばしてデヴィルの頬を撫でた。

デヴィルがフェリシティの唇から唇を離し、ふたりの額と額を合わせた。

何度もささやく。「きみを愛してる」

フェリシティの頬はゆるみっぱなしだ。こんな暗闇の中で、こんな凍てつく貯氷庫の中で、死の一歩手前で踏みとどまっているこの男性は愛をささやいている。でも彼にとって、ここは自分の気持ちをフェリシティに伝える最も完璧な場所でもあった。「あなたは兄に最初に言った」

「ああ」

「ひどく腹が立ったわ」

「ああ、知ってる」

「だからここに来たの。アーサーに最初に言ったことと、お金のことで文句を言ってやろうと思って」

デヴィルが体を震わせる。またフェリシティの首に顔を押しつけた。「きみに自由になってほしかったんだ」

「デヴィル、お金はいらないわ」

「おれもいらない。きみがいなければなんの意味もないからな」

「あなたってとてもハンサムだけれど、愚かよね。それならわたしを手に入れたらどう？」

「きみに……訊かれたことがある。なぜ自分を選んだのかと……」これから大事な話をするというように、デヴィルが慎重に言葉を口にする。「あの夜、おれの目にはきみは簡単に自分を犠牲にする女性に見えた。それで、きみならあいつを勝ち取れると思ったんだ」

フェリシティはうなずいた。壁の花で恵まれない、〝ひとりぼっちのフェリシティ〟

「だが、違った」デヴィルが先を続ける。「まったく違った。おれの目は節穴だったんだ。

おれはきみのそばにいたいと思った。きみが誰かのものになるのは耐えられなかったよ。誰にも渡したくなかった」フェリシティを抱き寄せる腕に力がこもる。彼女の首に押し当てられたデヴィルの顔はいまもまだ冷たい。「くそっ、フェリシティ。すまない」

「許さないわ」

デヴィルがはじかれたように顔を離す。「許してくれないのか？」

「ええ、一生かけて償ってもらうわ。わたしはデヴィルにふさわしい妻になるつもりよ」

デヴィルがにやりとする。「おれはその一瞬一瞬を崇拝する」

「ねえ、ここから出ましょう。体を温めなければならないわ」

彼はさらに強くフェリシティを抱き寄せた。「きみが温めてくれ」

デヴィルはフェリシティの唇に唇を重ねた。こんな状況でもキスをしようと考えられる彼が頼もしい。フェリシティはデヴィルに身をまかせて、彼の胸に置いた両手を広い肩へと滑らせ、男らしい荒削りな顎をなぞり、髪に差し入れた。そのとき、指先が濡れた部分に触れた。

「おっと、まさかここでこんな場面に遭遇するとは夢にも思ってなかったな」突然、ウィットの声がした。

デヴィルが唇を引きはがす。「失せろ」

「だめよ、ウィット。行かないで」フェリシティはあわてて言った。「あなたの助けが必要なの」

「いや、助けはいらない」デヴィルは立ちあがろうとした。その瞬間、体に痛みが走ったのか、鋭く息を吸いこんだ。そんな姿を見て、フェリシティは胸が苦しくなった。

ランタンの明かりに手を近づけてみると、指の腹に血がついている。「デヴィル、頭から血が出ているわ」ウィットに顔を向ける。「体が凍えているし、怪我もしているの」

ウィットはすばやく前に進みでて、デヴィルの腕を自分の肩にかけた。「いったい何があった？」

デヴィルはこめかみを指で押さえ、顔をゆがめた。「ユアンだ」フェリシティに手を伸ばした。「あいつはきみのところにも行ったか？」

フェリシティは首を振った。「来ないわ。婚約を解消したんですもの。わたしは公衆の面前で彼を叩いたのよ」

デヴィルがにやりとする。「聞いたよ。たいしたもんだ。鼻が高いよ」

「叩かれて当然よ。それより、彼に何をされたの？」

「グレースは昨日の夜、逃げた。ユアンにグレースは死んだと思わせたんだ」デヴィルがフェリシティを抱き寄せ、こめかみにキスをしてからウィットに目を向ける。「あいつはひどく逆上した」

ウィットがうなずく。「ユアンはロンドンを去った。見張りが報告してくれたんだ。夜明けに馬車に乗ってメイフェアの屋敷を離れた」

デヴィルもうなずいた。「必ずまた戻ってくる。おれたちに復讐したくてたまらないだろう」

ウィットはランタンを手に持ち、デヴィルの顔をまじまじと見た。「こいつはひどい。かなりやられたな」

フェリシティは顔をしかめた。「あなたへの復讐はもうすんだでしょう。この一回で充分よ」

デヴィルは彼女を見つめ、ウィットに視線を移した。「あいつも今日はひどいありさまだろう」

ウィットがうなる。その言葉が指す意味を理解しているようだ。しかしフェリシティにはわからなかったので、彼女は胸にくすぶっていた怒りを爆発させた。「彼はあなたを殴ったうえに、貯氷庫に閉じこめたのよ。死ぬ可能性も大いにあった。それに比べたら、あなたが彼に何をしたとしてもたいしたことないわ」

「いまのは愛する女性を必死に捜したことがない男が言いそうなせりふだな」

フェリシティは一瞬もためらわずに言ってのけた。「わたしは愛する男性を必死に捜したわ。それで、ひとつ提案があるの」

男ふたりがフェリシティを見つめる。ややあって、ウィットが口を開いた。「彼女のことが好きになったよ」

デヴィルがにやりとする。そして立ちあがろうとしたとたん、痛みに顔をしかめた。「おれもだ」

フェリシティはあきれて目をぐるりと回した。「あなたは頭から血が出ているのよ。わたしを好きだと言っている場合ではないわ」

「フェリシティ・フェアクロス、好きなものは好きなんだからしょうがないだろう」

彼女はウィットと一緒にデヴィルを貯氷庫から運びだし、倉庫を抜けて外に出た。太陽がまぶしく輝いている。

フェリシティはジョンに声をかけた。「馬車を用意して！　ほかに必要なのは……デヴィルは怪我をしているの。急いでお医者さまに診てもらわないと。瀉血《しやけつ》治療を行うやぶ医者ではなく、まともなお医者さまに」なぜかジョンはその場から動かず、驚いた顔をしたあと、満面に笑みを浮かべた。

フェリシティはわけがわからず眉をひそめた。

「ジョン、早く。お願い」だが、ジョンは動こうとしない。フェリシティは彼の視線をたどって振り返った。一〇歩ほど後ろに、デヴィルが立っている。

フェリシティはあわててデヴィルのかたわらへ行き、腕をつかんだ。ふたりの足元でドレスの裾がふわりとふくらむ。

「大丈夫？」手をデヴィルの腕から肩へと滑らせた。「どこか痛いところはない？　頭は痛い？もう立てるのね？」

デヴィルはフェリシティの手を取り、指の関節にキスをした。「心配は無用だ。きみはあいつらにおれがやわな男だと思わせたいのか？」

ウィットがうなる。「彼女のこととなるとたちまちおまえがやわになることくらい、あいつらはみんな知ってる」

「つまり、あいつらはおれがフェリシティにふさわしい男ではないと思ってるわけか」

「ずいぶん勘が冴えてるな」

フェリシティはあきれて首を振った。「あなたたちふたりとも変だわ。お医者さまを呼んできて！」

「おれには医者よりきみが必要だ」デヴィルが言う。

「なんですって？」やはり彼は頭がどうかしたに違いない。

「きみは戻ってきてくれた」

「もちろんよ。あなたを愛しているもの。この大間抜け」

ウィットが噴きだした。デヴィルがフェリシティの指にキスを落とす。「おれの知性を少々疑ってるみたいだな」

「まさか。疑ってなんかいないわ」フェリシティは返した。「実際、あなたは頭脳明晰《めいせき》ですもの。ただ、わたしが自分自身のことをわかっていないと言うときのあなたは別よ」

「愛している、フェリシティ・フェアクロス」

フェリシティはにっこりした。「ずっとわたしをそう呼ぶつもりなの？」

「きみが感じよく頼んできたときは、そう呼んでやってもいいな」デヴィルはフェリシティに体を寄せた。「バルコニーで初めて見た瞬間から、きみを愛していたんだと思う。鍵をヘアピンで開けて、光の中から闇の中に出てきたきみを見た瞬間から」

「自由な世界に」フェリシティはささやいた。

「覚えてるか？　あの夜、きみの寝室で、塔からお姫さまを救いだす話を冗談半分でした――」

「ええ、あなたはわたしを救いだしてくれたわ」フェリシティは口をはさんだ。

デヴィルが首を振る。「違う、きみがおれを救いだしてくれたんだ。色のない世界から救いだしてくれた。光のない世界から。きみのいない世界から」親指の腹でフェリシティの頰を撫でた。「美しくて完璧なフェリシティ。きみがおれを救ってくれた。おれは最初からきみが欲しかったんだ。きみと出会い、すべてが、まさに何もかもが二の次になるのは時間の問題だった。きみを守ること、きみを愛することが最優先事項になったんだ」フェリシティの目にみるみる涙がたまっていく。「一番の望みはきみの幸せだ。きみが幸せなら、おれはどうなってもいい」

「だけど、わたしの幸せとあなたの幸せはつながっているわ。そうでしょう？」

デヴィルがうなずく。「フェリシティ、おれはきみをメイフェアに住まわせてやれない。おれたちは決して歓迎されないだろう。きみはずっと貧民窟で暮らすことになる。おれたちがどんなに金持ちでもだ」口をつぐみ、何かじっと考えこんでいる。ほどなく、また話しだした。「だが、それ以外のものはすべてきみに与えられる。広い世界も。きみはひと言頼むだけでいい」デヴィルの美しい琥珀色の瞳が太陽の光を受けて輝いている。「きみはおれを過去から救ってくれた。現在を与えてくれた。そしていま……未来もおれに与えると約束してくれ」

「ええ」フェリシティの目から涙がとめどなく落ちる。「もちろんよ、約束するわ」デヴィルは熱烈なキスでフェリシティの唇を奪い、ふたりは息ができなくなるまでキスを深めた。突然、ウィットの文句を言う声が聞こえた。「そういうのはベッドでやってくれ」

頰を真っ赤に染めて、フェリシティは唇を引きはがした。「お医者さまを見つけ次第、そうするわ」通りに向かって歩きだした。

「待ってくれ」デヴィルが呼び止める。「きみはあの暗闇の中でおれを救おうとしていたとき、たしかおれたちは結婚するしかないと言ってた気がするんだ」

フェリシティはにんまりした。「あなたは寒さに震えていたし、頭に怪我もしていたでしょう。たぶん幻聴じゃないかしら」

「いや、ちゃんと聞いたぞ」

「普通は女性から男性には求婚しないものよ。少なくとも、わたしみたいな女性は絶対にしないわ。それにあなたみたいな男性には絶対に求婚しない」

「きみみたいな女性とは？」

「行き遅れとか、壁の花とか言われている、〝ひとりぼっちのフェリシティ〟みたいな女性のことよ」

「それで、錠前破りのお嬢さん《レディ・ロックピック》、あのときみは求婚したのかしなかったのか、どっちなんだ？」

「あれは求婚というより、話しかけていたのよ」

「もう一度言ってくれ」

「いやよ」フェリシティは顔が燃えるほど熱くなった。

デヴィルが彼女のこめかみに口づける。「いいだろう？」

「いやだと言っているでしょう」フェリシティはデヴィルから離れて歩きだした。

「なんだ、つまらない」デヴィルが鼻で笑う。一瞬のちに、背中に声をかけてきた。「フェリシティ？」

彼女は振り返った。太陽がさんさんと降り注ぐ倉庫前の地面に、デヴィルが膝をついている。その姿を目にした瞬間、デヴィルが倒れそうになっていると思い、フェリシティはとっさに両手を前に突きだしてあわてて駆け戻った。

デヴィルがフェリシティの伸ばした手をつかみ、彼女を引き寄せた。フェリシティのドレスの裾が舞いあがる。デヴィルが口を開いた。フェリシティは目を丸くして、愛する男性を見おろした。「おれはたいしたものは持ってない。何も持たず、何も与えられずに生まれてきた。きみにふさわしい高名な男でもないし、誇れる過去もない。だが、おれはここに誓う。

おれが築きあげたこの場所で、かつては自分のすべてで、いまはきみがいなければなんの意味もないこの場所で誓う。この先一生、きみを愛し続けると。きみに世界を与えるために、おれはどんなことでもする」

フェリシティは首を振った。「世界はいらないわ」

「じゃあ、何が欲しいんだ？」

「あなた」単純明快な答えだ。「わたしはあなたが欲しい」

デヴィルが笑みを見せる。なんて美しい笑顔だろう。「ふたりで過ごした初めての夜から、おれはきみのものだ。ほかに欲しいものはないのか？」

フェリシティは頬を赤らめた。

デヴィルが薬指につけている銀の指輪をはずした。フェリシティの脈が跳ねあがる。彼はそれをフェリシティの親指にはめてキスをした。指輪に、そして彼女の指の関節に。いずれは正式に結婚式を挙げるだろう。だが間違いなくこの瞬間、この場所で、太陽の光と空気の祝福を受けながら儀式を執り行っているように感じた。

フェリシティが心から愛する夫が立ちあがった。長身で広い肩をした彼はフェリシティの前にそびえるように立ち、彼女の頬を両手で包みこみ、顔を上に向けさせた。フェリシティはコヴェント・ガーデンの女王らしく王の唇にキスをした。

すべてが終わったところで、デヴィルは倉庫の屋根を見渡した。フェリシティもデヴィルの視線を追い、屋根を見あげた。散り散りに屋根に立つ何十人もの男性たちが、見張りを一時中断して見おろしていた。ライフル銃を手にしている者もいれば、にやにやしている者もいる。

フェリシティは頬が赤くなった。デヴィルが力強い声で叫んだ瞬間、その頬は燃えんばかりに熱くなった。「わが妻よ《マイ・レディ》」

デヴィルが顔を寄せて唇を重ねた。長く深い口づけを交わしていると、やがて見張りたちが足を打ち鳴らし、口々に祝いの言葉を叫びはじめた。耳をつんざく大音響が地面を揺るがし、振動がフェリシティのつま先に伝わってきた。男性たちのにぎやかな祝福を受け、喜びが体を駆けめぐる。

デヴィルがフェリシティを抱き寄せ、耳元でささやいた。その言葉に喜びが熱い炎となり、彼女の全身を貫いた。「世界がきみを待っている」

エピローグ

三カ月後

フェリシティはコヴェント・ガーデンにあるベアナックル・バスターズの倉庫の前にいるデヴィルの横に立った。ちょうどいま、ウィットが手綱を握る最後の鋼鉄製の荷馬車が出発したところだ。

デヴィルがフェリシティをきつく抱き寄せた。九月の風がドレスの裾をはためかせる。コヴェント・ガーデンの王と女王は並んで立ち、ひづめの音が夜の闇に消えてなくなるまで通りを見つめていた。あたりは一瞬静まり返り、それからすぐに倉庫の屋根の上に立つ見張りたちや、夜中に届く積み荷の搬入作業をする男たちの声が聞こえてきた。フェリシティはデヴィルを見あげて微笑みかけた。「また一日が終わったわね」

彼はフェリシティを見おろし、頬を両手で包んで唇を寄せてきた。ふたりは息ができなくなるまでゆっくりと長いキスを交わした。「わが妻よ、もう遅い。きみはベッドに入ったほうがいい」

「あなたと一緒にベッドに入りたいわ」フェリシティのからかいの言葉に、デヴィルが彼女の大好きな小さなうなり声をあげる。「もう一度、〝わが妻〟と呼んでみて」

デヴィルは身をかがめ、フェリシティの首の柔らかい肌に唇を当てた。「わが妻よ……」首の付け根に軽く歯を立てた。「わが妻よ……」首筋を甘噛みする。「わが妻よ」

フェリシティは体を震わせた。デヴィルの首に腕を巻きつける。「何度耳にしても聞き飽きないわ、わたしの旦那さま」

デヴィルが顔をあげ、フェリシティと視線を合わせた。月明かりの中、彼の目は黒く見える。「きみが暗黒の世界に嫁いだことを思い出すときでも、聞き飽きないのか？」

デヴィルを貯氷庫から救いだしたあの日の数日後、ふたりは結婚特別許可証を取得して結婚式を挙げた。式はとてもすばらしく……フェリシティが想像していたものとは何もかも違った。たとえば、『バークス・ピアレージ（貴族名鑑）』に名前が載った半分の貴族たちが参列するセント・ポール大聖堂での落ち着いた式ではなく、コヴェント・ガーデン市場から目と鼻の先にあるセント・ポール教会でのにぎやかな式だった。

フェリシティの両親はいたく失望したが、貧民窟のエール好きの酔っぱらいの教区牧師が式を執り行った。会衆席を埋めつくしたのは、ベアナックル・バスターズの仲間たちとその家族、フェリシティの両親、アーサーとプルーデンス、そしてフェリシティやデヴィルやフエアクロス一家の味方である悪名高い貴族の面々たちだ。つまるところ、結婚披露パーティーでヘイヴン公爵夫人が言ったように、スキャンダルはみんなで一緒に楽しむに限るのだ。

グレースだけは祝福の場にいなかった。いまも姿を消したままだ。ベアナックル・バスターズがユアンの行方を捜しているが、三カ月前にロンドンを離れたあとの足取りはまだつかめていない。挙式が行われる前にマダム・エベールからフェリシティに荷物が届いた。箱の中身は、バックスキンの膝丈のズボン《ブリーチズ》、純白のシャツ、メイフェアで見かけるたぐいのすてきなピンクと銀色のベスト。表地は黒で裏地はピンクのサテンの厚手の外套。ほかにも日常着や革製の膝上丈のブーツが入っていた。そのどれもがデヴィルのサイズにぴったりだった。結婚式にふさわしい服装。コヴェント・ガーデンの女王と釣りあう装いだ。

箱の中には、メッセージカードも入っていた。

〝ようこそ、きょうだい《シスター》〟

夕方になると、結婚披露パーティーは最高潮に達した。その場でレディ・フェリシティ・フェアクロス、現在のミセス・フェリシティ・クルムは三つ目の名前を授かった。最も大切な名前――〝バスターズの花嫁〟だ。

ふたりの結婚式の日は本当に完璧な一日だった。夫となった最愛の男性は、祝福の言葉をかける笑顔いっぱいの大勢の人々に囲まれているフェリシティを見つけ、彼女の手を取り、コヴェント・ガーデンの事務所の屋根の上に連れていった。そこでフェリシティはデヴィルと一緒に、ふたりのそばから放たれる、火のともった何百もの紙製のランタンが夜空にゆらゆらと揺れる美しい光景を眺めた。

フェリシティはデヴィルの腕の中に体を預け、キスをねだった。デヴィルは唇を重ねながら、近くの細い煙突をステッキで二度叩いた。それを合図に、妖精たちは屋根からいなくなった。満天の星の下、デヴィルは妖精たちが用意したシルクと毛皮で妻のためにベッドをつくった。

あの日の夜の思い出に浸っていたフェリシティは身を震わせた。デヴィルが彼女を抱き寄せる。「寒いのか？」

「いいえ」フェリシティは顔をほころばせた。「いろいろ思いだしていたの」

デヴィルが彼女の髪に唇を寄せて微笑む。「いい思い出か？」

「最高の思い出よ」フェリシティはまつげの下から彼を見あげた。「いまは九月だからまだ大丈夫だけれど、もうすぐ屋根に出られなくなるわね」

フェリシティの言葉に含まれた意味、彼女が望んでいるものに気づいたデヴィルが、黒い眉を片方あげた。「おれを見くびるんじゃないぞ、フェリシティ・フェアクロス」

フェリシティは笑い声をあげた。「別にフェリシティ・クルムでもいいのよ。デヴィル、あなたを見くびってはいないわ……いくらあなたでも天候は変えられないでしょう」

デヴィルがうなずく。身を寄せてきて、低く抑えた声でフェリシティの耳元でささやいた。「実は屋根の上で過ごすのは、夏より冬のほうがいいんだ」

フェリシティは目を丸くした。「そうなの？」

「冬になったら、雪の上に横たえたきみを熱く燃えあがらせようと考えてる。おれの美しい炎の女を」

太陽に焼かれたように、フェリシティは体が熱くなった。「いま、あなたを屋根に誘う練習ができるかしら？　わたしのハンサムな夏の虫を」

デヴィルは背筋を伸ばして姿勢を正した。「いや」

「だめなの？」

「ああ。きみに見せたいものがある」デヴィルはフェリシティの手を取り、倉庫の裏手に向かった。ふたりは明るい街灯に照らされたドルリー・レーン劇場を通り過ぎ、〈歌う雀〉亭の前で足を止めた。デヴィルは扉を押さえ、フェリシティを先に店内へ通した。店の中は男性たちであふれ、一日の重労働の疲れをエールで癒やしている。デヴィルは店主にうなずきかけると、フェリシティをともない、ダンスのできる空間へ向かって歩いていった。近くには、弦楽器と管楽器で構成される四人組の楽団が待機している。デヴィルがフェリシティを腕の中に抱き寄せた。その瞬間、演奏が始まった。

彼がフェリシティを抱いたままくるりと回る。予想外の展開に、彼女は声をあげて笑った。

「ダンスの腕前を見せたくて、わたしをここに連れてきたの？」

デヴィルが首を振る。「覚えてるか？　おれは以前きみに、ダンスをするような人には見えないと言われたんだ」

ええ、覚えている。「それで？　本当はダンスをするの？」

「いままではしなかった。ダンスは幸せなときにするもんだと思ってたんだ」

フェリシティはデヴィルの顔を見あげた。「あなたは幸せではなかったのね」

「きみに出会う前は、幸せに縁がなかった」

フェリシティはうなずき、デヴィルの肩にそっと手を置いて視線を合わせた。「見せて」

メイフェアならスキャンダルになりそうなくらい、デヴィルはふたりの体を密着させた。速いテンポの音楽に合わせ、腕に抱いたフェリシティを揺らし、持ちあげ、くるくる回転させる。彼女は夫に抱きつき、力強い腕に安心して身をまかせた。楽団の奏でる音楽とともに、デヴィルの回る速度がだんだん速くなっていく。いつしか客たちが集まってきて、手拍子ではやしたてた。

突然、デヴィルがフェリシティを抱きあげ、そのまま酒屋を出た。外は霧がかかり、街灯の明かりに照らされた石畳の通りは鈍い金色に光っている。フェリシティの呼吸が落ち着いたところでデヴィルは彼女を道におろし、軽く口づけた。フェリシティの口元にはまだほんのりと笑みが残っていた。「妻よ、どうだった？」

フェリシティはかぶりを振った。「夢とは違っていたわ」デヴィルがむっとした表情を浮かべる。彼女は声をあげて笑いだし、夫に手を伸ばした。「いとしい人……わたしのデヴィル……すばらしかったわ。現実のほうがずっとすてきだった」

ふたりは唇を重ね、長く深いキスをした。やがて、デヴィルが顔をあげた。そこに笑みが広がっていく。不埒で魅力的な笑みが。

フェリシティも夫と同じ笑みを浮かべ、つま先立ちになって耳元でささやいた。「わたしを愛して。過去のわたしも、現在のわたしも、そして未来のわたしも」

フェリシティの中に炎をともす言葉がデヴィルから返ってきた。「ああ、もちろんだ」

著者あとがき

二年前、ロンドンでたまたま知りあった男性が彼の祖父の話をしてくれた。彼はコヴェント・ガーデンの近くにある波止場から運ばれてくる、氷の塊を使ったレモンのかき氷を売っていた。残念ながらあなたの名前は忘れてしまった。しかしあなたがいまどこに住んでいようと、わたしはこの物語を書く大きなヒントとなった話をしてくれたあなたに大変感謝している。ガヴィン・ウェイトマンが記した、一九世紀から二〇世紀にかけて実際に行われていた氷貿易とそれが世界にもたらした影響についての著書、『The Frozen Water Trade（氷貿易）』と同様に。

ちょうどその頃、わたしは〈99％インクレディブル〉のポッドキャスト番組『完璧なセキュリティ』をわくわくしながら聞いていた。それはこじ開けるのは不可能と言われていたチャブ錠を、一八五一年に開催されたロンドン万国博覧会に来ていたアメリカ人の錠前職人が破ってみせ、安全な世界などないことを証明して錠前論争を巻き起こしたというエピソードだった。フェリシティ・フェアクロスはそのアメリカ人よりも一四年も前に同じチャブ錠を破っていたことになる。わたしは彼女の物語を創作するに当たり、完璧なタイミングで大きなヒントをもたらしてくれた、この番組のホスト、ローマン・マーズと彼の番組制作チームにも感謝したい。

フェリシティのささやきのベンチはセントラル・パークのシェイクスピア・ガーデンにある、秘密を打ち明ける完璧な場所——チャールズ・B・ストーヴァーに捧げられた半円形のベンチのレプリカである。

現在のコヴェント・ガーデンはすっかり洗練された街に様変わりしており、一八三〇年代の面影はない。わたしはロンドン博物館でチャールズ・ブースが一九世紀後半から一七年間にわたり詳細に調査してまとめあげた『Life and Labour of the People in London（ロンドン市民の生活と労働）』を何時間もかけて読み続けた。この壮大な資料をデジタル化して一般公開しているロンドン博物館にも心から感謝したい。

いつものことながら、本作品が世に出るまでには多くの人の協力があった。執筆過程でつねに寄り添ってくれた発想の宝庫であるキャリー・フェロン、そしてキャロリン・クーンズ、ライエイト・シュテーリック、ブリタニー・ディマリ、エレノア・ミクーキ、アンジェラ・クラフト、パム・ジャフィ、リビー・コリンズ、エイヴォン社のみなさんには大変お世話になった。この場を借りて、お礼を述べたい。そして、わたしのエージェントのスティーヴ・アクセルロッドと広報担当のクリスティン・ドゥワイアにもお礼を言いたい。ふたりは唯一無二の存在だ。

ベアナックル・バスターズはキャリー・ライアン、ルイーザ・エドワーズ、ソフィー・ジヨーダン、アリー・カーターがいなければ、いまもまだ形になっていなかっただろう。妹のキアラと、女性たちが社会のあり方をどう変えていくかについていつも話をしてくれる母がいなければ、物語に登場することもなかっただろう。

最後に、エリックへ。金庫の鍵の開け方や、権力への陶酔や、犯罪人生などについて調べた大量の資料をまとめてくれてありがとう。もしわたしが逃亡生活を送ることになったら、あなたも一緒に来てくれるとうれしい。

訳者あとがき

お待たせしました。サラ・マクリーンの新作をお届けします。

同日の同時刻、公爵家に三人の男の子が生まれます。三人とも母親が違う非嫡出子《バスターズ》。そのうちふたり、腕っぷしの強いデヴィルとウィットは、彼らの出自から素手のろくでなし《ベアナックル・バスターズ》どもと呼ばれ、公爵家とは無縁の生活を送っています。同じく非嫡出子なので、本来であれば公爵家を継ぐことはできないはずのユアンが公爵の跡取りとなったことから歯車が狂い、三人の苛酷な運命が幕を開けます。

ユアンが成人してマーウィック公爵となったのに対して、デヴィルとウィットはロンドンの貧民窟を根城に密輸で自分たちの帝国を築きあげ、裏社会の顔役にまでなりました。ユアンは田舎の屋敷にこもって社交界にはいっさい顔を出さず、〝公爵は頭がどうかしているのでは?〟とまことしやかに噂されるほどでしたが、そんな彼が突如としてロンドンに出てきて花嫁探しを開始したのですから、妙齢の子女のいる貴族たちは大いに色めきたち、〝頭がどうかしている〟などという噂はなかったことにして公爵邸での舞踏会へこぞって出かけます。

舞踏会の夜、公爵邸の薄暗い庭園にはデヴィルとウィットの姿もありました。ふたりは、ユアンが田舎にいるあいだは彼の存在に目をつぶっていましたが、ユアンが自分たちの縄張りであるロンドンに出てきて、花嫁探しを始めたとあっては看過できません。デヴィルがユアンに思い知らせてやろうと邸内へ向かいかけたとき、目の前にひとりのレディが現れます。

彼女の名はフェリシティ・フェアクロス。同じ著者の別シリーズ中の一作、『愛がふたたび始まるならば』をお読みの方はぴんとくる名前ですね。そう、ヘイヴン公爵の後妻候補のひとりだった侯爵令嬢です。聡明で心やさしいフェリシティはそちらでも強く印象に残りましたが、実は彼女に関しては語られていないことがまだまだあったのです。フェリシティがデヴィルの前に現れたとき、彼女が通ってきた扉には鍵がかかっていたはずなのです。デヴィルはフェリシティに興味を引かれますが、それがきっかけで図らずも彼女をユアンとの確執に巻きこんでしまうことになります……。

フェリシティは見た目はそれほどぱっとしないものの、出自的には社交界の中心にあるべき存在ですし、実際少し前まではそうだったのに、気がつくと壁の花になっていました。理由はいろいろあるものの、やはり一番大きな原因は友人だと思っていた人たちから急にそっぽを向かれるようになったことでした。いま風に言うと〝ハブられる〟ですね。自分の何が悪かったのだろうと気に病むフェリシティに、デヴィルは単にきみが連中に追従するのをやめたからだと指摘します。フェリシティ自身が考えるように、理由なんてあったとしても、本人たちも忘れているくらいの些細なものだったのでしょう。

メイフェアの外の世界を見るようになったフェリシティは、あれほど戻りたがっていた社交界の中心への興味を失っていきます。自分の力で広い世界の扉を開けたいと願う気持ちは彼女の隠された〝技能〟のおもとで、まさに本作の鍵にもなっています。それを理解し、ありのままの自分を受け入れてくれるデヴィルにフェリシティが心惹かれるのは当然でしょう。

それではフェリシティが新たな扉を開く物語をどうぞお楽しみください。

二〇二三年一一月

ライムブックス

悪魔《あくま》は壁《かべ》の花《はな》に恋《こい》をする

著　者　　サラ・マクリーン
訳　者　　岸川由美《きしかわゆみ》

2023年12月20日　初版第一刷発行

発行人　　成瀬雅人
発行所　　株式会社原書房
〒160-0022東京都新宿区新宿1-25-13
電話・代表03-3354-0685　http://www.harashobo.co.jp
振替・00150-6-151594
カバーデザイン　松山はるみ
印刷所　　中央精版印刷株式会社

落丁・乱丁本はお取替えいたします。
定価は、カバーに表示してあります。
 ISBN978-4-562-06556-1 Printed in Japan